Tras los muros

Tras los muros

Núria Esponellà

Premio Néstor Luján
de Novela Histórica 2009

Traducción de
Juan Carlos Gentile Vitale

Rocaeditorial

Título original: *Rere els murs*

Primera edición: mayo de 2010

Marquès de la Argentera, 17, Pral.
08003 Barcelona
info@rocaeditorial.com
www.rocaeditorial.com

Impreso por Brosmac, S.L.
Carretera de Villaviciosa - Móstoles, km 1
Villaviciosa de Odón (Madrid)

ISBN: 978-84-9918-144-8
Depósito legal: M. 13.316-2010

A mi familia.

A la historiadora Sònia Masmartí i Recasens y al pequeño Martí, que ha vivido los avatares de esta novela antes de nacer.

Índice

Nota

Esta novela está inspirada en el monasterio de Sant Pere de Rodes, que en el siglo X ya era un importante lugar de peregrinación.

Buena parte de los hechos que narro están basados en acontecimientos reales, tal como explico en el apunte histórico que aparece al final del libro.

La acción principal transcurre durante la segunda mitad del siglo XII, cuando el Maestro de Cabestany esculpió la portalada de mármol de la iglesia.

En aquella época, Sant Pere de Rodes formaba parte de las grandes rutas de peregrinación a Santiago de Compostela, Roma y Tierra Santa. Era un monasterio poderoso, favorecido por los condes de Empúries y los vizcondes de Peralada, que entonces estaban enfrentados.

Tras los muros narra un tiempo convulso en que la rivalidad entre estos nobles y el abad de Rodes era constante. En este contexto envenenado, el vizconde de Peralada se convirtió en impulsor de la obra de ampliación del monasterio.

Los términos que a lo largo de la novela aparecen con asterisco se encuentran en el Glosario (página 411).

A través del relato he intentado responder a unas cuantas preguntas como: ¿qué hombres lo habitaban?, ¿qué delirios y pasiones los impulsaban a vivir?, ¿qué sabían entonces del mundo?, ¿por qué luchaban?

Me he dejado guiar por el conocimiento y la intuición, y he mantenido a los personajes históricos más significativos que intervinieron en la construcción de la portalada; por tanto, cualquier similitud con los hechos no es casual.

Personajes principales

Blai Conocido como el Pájaro, es un joven huérfano, súbdito del abad. Vive con Sebastià en el hospital de peregrinos.

Sebastià Tutor de Blai; administra el hospital de peregrinos bajo la supervisión de fray Bernat.

Guisla Molinera del molino de Balascó, que depende del monasterio. Quedó viuda muy joven y tiene un hijo, Adalbert.

***Maestro de Cabestany** Uno de los escultores más importantes del siglo XII. Su obra se extiende desde Navarra hasta la Toscana italiana. Su identidad es desconocida y podría haber sido monje benedictino.
En la novela toma el nombre de **Maestro Peire**, un ex monje que se ha convertido en escultor de renombre y trabaja de manera itinerante. Es viudo y viaja acompañado de su hija.

Càndia Hija del maestro escultor, se aloja en el castillo de Peralada y es huésped del vizconde Jofre de Rocabertí.

Arnau de Elna Oficial escultor del Maestro Peire.

***Jofre I de Rocabertí** (?-1166) Fue vizconde de Peralada y estaba casado con Ermessenda de Vilademuls. Guerreó a menudo contra su vecino y pariente Hug de Empúries.

*__Dalmau IV de Rocabertí__ Primogénito de Jofre de Rocabertí. Sucedió a su padre en 1166 y gobernó el vizcondado de Peralada hasta 1181. Murió en Occitania luchando a favor del rey Alfonso *el Casto*.

*__Hug III de Empúries__ (?-1173) Hijo de Ponç II de Empúries y de Brunesilda. Gobernó el condado emporitano entre 1154 y 1173. Tuvo que afrontar la mala situación económica en que se encontraba el condado, hecho que acentuó las tensiones con los Rocabertí de Peralada. Estaba casado con Jussiana o Jessiana de Entença.

*__Condesa Jussiana__ (?-1192) Provenía de la familia de los Entença. Era señora de Alcolea de Cinca y dio cuatro hijos al conde Hug.

Joan de Empúries Hermano del conde Hug. Gobierna la encomienda del Temple de Castelló de Empúries.

Dalmau de Quermançó Hijo del señor de Quermançó y consejero del conde Hug de Empúries.

*__Abad Berenguer__ Ocupó el cargo de abad de Sant Pere de Rodes entre 1150 y 1191. En 1157 consiguió una bula del papa Adriano IV que confirmaba todos los privilegios que los reyes de Francia Luis y Lotario habían otorgado al monasterio.

*__Fray Ramon de Mallols__ En 1163 era prior y bodeguero del monasterio y poseía bienes importantes.

*__Fray Gausbert__ Ocupó el cargo de monje camarero desde 1150. Servía al abad Berenguer.

Fray Bernat Monje anciano que se ocupa de la portería. También tiene la responsabilidad del hospital de peregrinos, pero ha delegado la tarea en un ayudante, Sebastià.

Fray Ermengol Monje que cuida del huerto del monasterio.

Fray Damià Ocupa el cargo de sacristán y controla el archivo.

Fray Guillem Monje obrero que supervisa las obras de reforma del monasterio.

Ponç Clérigo que ayuda a fray Damià en la sacristía y vive en el pueblo de Santa Creu.

Aimeric Mozo del monasterio. Trabaja en las caballerizas y está casado con Miquela, que ayuda en la cocina del hospital de peregrinos.

* Personajes históricos

Monasterio de Sant Pere de Rodes

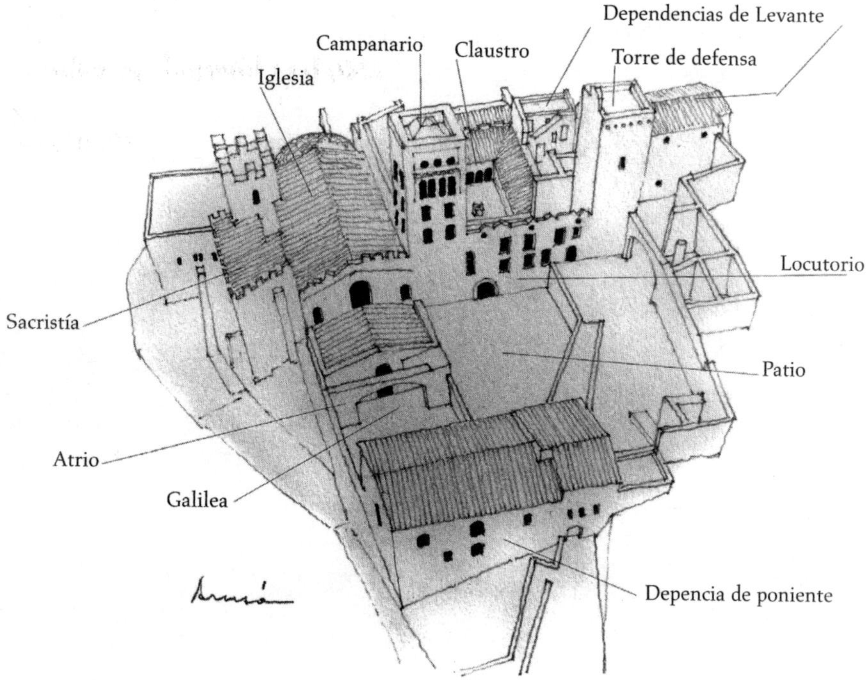

«No hay libertad sin valor.»

PERICLES

Primera parte

LA LUCHA POR EL PODER

[illegible]

[illegible]

[illegible] el primer [illegible]

[illegible] tres viernes [illegible]

[illegible] edificio [illegible]

[illegible] pero [illegible] piso, [illegible]

[illegible] que [illegible]

[illegible] sentado [illegible]

[illegible] de la [illegible]

[illegible]

[illegible] quedado [illegible]

[illegible] con [illegible]

[illegible] de papel [illegible]

[illegible]

[illegible]

[illegible] nada...

Capítulo 1

Los dominios

Abril de 1161

Una luz cegadora dominaba ahora el monasterio. El ojo del vendaval había dejado paso a remolinos violentos. Desde los bancales de los olivos, la gran mole del edificio aparecía imponente, con los muros segados a ras del precipicio, de espaldas al mar furioso, bajo la guardia del castillo que coronaba la montaña. El abad Berenguer estaba en la sala capitular, sentado en el sitial de brazos, donde presidía las reuniones de la comunidad de monjes. Tenía un pergamino en la mano y observaba la fuente de nueces confitadas con miel que le acababa de traer fray Gausbert, el monje camarero. Aún no las había probado ni le apetecían.

—¡Este loco del conde! —exclamó con voz ronca—. ¡Ahora nos quiere negar los derechos de pesca!

El conde Hug de Empúries era un noble endemoniado, ambicionaba las propiedades del monasterio y le acababa de enviar un requerimiento.

—Está rabioso porque el vizconde Jofre sufraga las obras de reforma —dijo fray Gausbert.

—¿Qué culpa tenemos de sus disputas? —se lamentó. Hug de Empúries no podía perdonar la fortaleza de su pariente, Jofre de Rocabertí, ni el hecho de que los Rocabertí se hubieran separado del viejo condado.

—Son primos y algún día deberán hacer las paces. —Fray Gausbert miró la fuente de nueces con aire fatigado—. No habéis comido nada...

—No podemos consentir que nos perjudiquen —reflexionó el abad, con los ojos clavados en el pergamino.

—¿Puedo retirarme? Mañana llega el maestro escultor y tiene que estar todo a punto. —Fray Gausbert acababa de recordar las cosas que le quedaban por hacer. Debía ordenar el cuarto, preparar los hábitos limpios y recoger la sala.

—Tenéis razón, lo había olvidado. —Hizo un gesto de asentimiento, mientras el monje camarero abandonaba la sala, al vaivén de sus hombros caídos.

Un rato más tarde, recibió a un clérigo gordo, de expresión amodorrada, que parecía en desacuerdo con lo que estaba escuchando.

—No hago ningún mal, padre abad.

—Estáis contradiciendo la ley de la Santa Iglesia, Ponç, tenéis mujer y tres hijos.

La luz que entraba por los ventanales de alabastro iluminaba una gran cruz de madera que presidía aquella austera sala, amueblada sólo con los elementos imprescindibles: una gran mesa de roble, sillas de brazos destinadas a los monjes y una tribuna que servía de base al sitial.

Desde su silla, el abad podía escrutar perfectamente a los visitantes que le solicitaban audiencia. El clérigo se había quitado el sombrero ajustado de lana negra, que le dejó al descubierto una calva brillante, bañada de sudor.

—Y no me digáis que vuestros feligreses lo comprenden —le riñó—, ¡estáis en boca de todo el mundo y os exijo que rectifiquéis!

Hasta entonces, el clérigo había escuchado en silencio.

—No actuaría bien si abandonara a mis hijos; el pequeño sólo tiene un año —dijo levantando la mirada.

—Hacedlo como queráis; id a Roses, a Peralada, a donde sea, pero no permitiré más escándalos en mi jurisdicción —ordenó con voz áspera—; y si de aquí a nueve días no habéis rectificado, ¡os expulsaremos del pueblo!

El abad despidió al visitante con un gesto brusco de la mano e, involuntariamente, hizo bambolear la cruz de plata que le colgaba del cuello.

«¡Qué se han creído estos clérigos, quiénes se piensan que son!»

Debería poner orden en el caos, hacer respetar su autoridad entre los religiosos que vivían con mujeres y aquellos barones tronados que querían meter su cuchara en todo. Si se lo hubieran permitido, habrían comprado cargos e influencias.

Podía comprender los pecados de los hombres, pero no permitirlos.

La reforma gregoriana, a la cual se habían acogido hacía años, les exigía una vida evangélica y mantenerse alejados del poder político. Por eso, él mismo impartía justicia en el monasterio. Con los años, había afinado los rasgos de un juez severo; operaba con las balanzas y el estilete del discernimiento: la intuición aguda, la opinión firme y unos principios inamovibles.

Hizo un gesto de cansancio y atravesó la sala con la intención de cumplir un ritual. Como cada día, abrió la puerta de la galería que daba al mar para admirar la costa y respirar hondo.

La tempestad matinal se había deshecho, empujada por la tramontana, que seguía soplando. Pero ahora el cielo era más limpio y se veía perfectamente la masa rocosa del Cap de Creus y algunas casas de labor diseminadas. Aquella panorámica lo calmaba. Todo aquel territorio quedaba bajo su jurisdicción, de la Selva a Llançà y, siguiendo a poniente, donde no llegaba la vista, por bosques y praderas, hasta las riberas del río Muga y el declive de unos cuantos estanques.

Se fue tranquilizando mientras repasaba mentalmente las propiedades dispersas que poseían en los condados de Besalú, Girona, Barcelona, el Pallars, y también al otro lado del Pirineo y en el reino de Aragón. Todos aquellos bienes eran fruto de donaciones y legados que habían recibido en testamento.

Suspiró, apoyado en la baranda de la galería. Debía conseguir, como fuera, una tregua con el conde de Empúries; era preciso acabar las obras con tranquilidad, antes de la celebración del Jubileo.

Cerró los ojos. Había denunciado las agresiones del conde Hug al Santo Padre de Roma y esperaba recibir respuesta pronto; sólo así el conde se avendría a razones.

El mar bramaba como un animal dispuesto a engullir la montaña y una ráfaga de viento lo hizo retirarse.

Poco después, el abad abandonó la sala para dirigirse al escritorio. Caminaba con autoridad; la cabeza alta, la tonsura bien rasurada y un rostro de piel fina con arrugas en torno a los ojos y las comisuras de los labios.

Tenía cincuenta años y hacía más de diez que guardaba en secreto un asunto privado.

Al entrar en el escritorio, lo iluminó la luz que entraba por los ventanales de alabastro. Allí dentro reinaba una calma absoluta. Era la hora de descanso de los monjes que transcribían manuscritos y un fuerte olor a tinta, pluma de ave y pergamino invadía la atmósfera solitaria.

Caminó por la sala hasta llegar a los muebles que precedían a los pupitres de los copistas. Una vez allí, abrió el arca de los libros profanos, donde guardaban los códices visigóticos y grecolatinos. Todos aquellos escritos quedaban fuera del alcance de la mayoría de monjes, que se limitaban a recitar los salmos.

Apartó los libros que había que preservar de la curiosidad malsana; metió la mano dentro del cajón más profundo del arca, hasta que encontró el listón que protegía el fondo del mueble y lo empujó con suavidad.

Contra lo esperable, la pieza de madera se desplazó hacia un lado y dejó al descubierto una pequeña cavidad. Introdujo la mano y palpó en su interior.

—Aún está —murmuró exhalando un suspiro.

Enseguida volvió a ajustar la portezuela, recolocó los libros y cerró el arca.

Capítulo 2

El huérfano

Sebastià lo había despertado temprano.

—Fray Guillem te necesita, va corto de mano de obra y quiere aprendices. —Lo miró con decisión por debajo de las cejas rectas, adivinando la pereza que el muchacho llevaba pegada a los ojos—. ¿Qué dices, Pájaro? —Su tutor no lo llamaba nunca por el nombre de pila.

Blai había abierto un ojo. Vio el rostro jovial de Sebastià, la gran barba salpicada de pelos blancos, y se encogió de hombros.

—Recibirás una medida de pan de habas al día.

El muchacho bostezó, estiró los largos brazos y respondió con voz adormecida:

—Ahora voy...

—Espabila —insistió Sebastià, que lo conocía bien, porque había sido su tutor desde que tenía cuatro años.

Antes de morir, el padre del muchacho lo había dejado bajo la protección de los monjes. Blai tenía un recuerdo borroso de aquel episodio, apenas una impresión visual. Se veía como una hormiga delante de unas puertas inmensas que daban a un pasillo oscuro y largo; alguien lo tenía de la mano y, al fondo de todo, lo esperaba el abad, con la cara pálida como la de un muerto. Y él lloraba y lloraba, y decía que no quería ir. Había crecido en el hospital de peregrinos, por deseo del abad, y allí debería servir durante toda la vida.

Se vistió y salió al patio. Caminaba ágil, con los brazos que le colgaban hasta las rodillas, y las piernas flexibles. Tenía una belleza extraña, el pelo color de panocha, la cara salpicada de pecas, los labios carnosos y algo femeninos, y unos ojos azulísimos. De pequeño, la gente se quedaba admirada de él. ¿De dónde habéis sacado a este niño pelirrojo? Le tocaban el cabello y miraban y volvían a mirar aquellos iris transparentes, casi de albino.

Atravesó el patio con la expresión despreocupada de los que aún no han abandonado del todo la infancia. Quería ser un hombre, pero aún era demasiado joven para conocer el talante de los hombres. Nadie le había hablado de su madre y apenas sabía quién era su padre.

Mientras se dirigía a la entrada del monasterio oyó el canto de la abubilla. Los cerezos silvestres que crecían en la montaña ya estaban llenos de frutas y pronto podría coger cerezas. Se las comería a puñados, bajando por el camino.

Alguna vez había robado manzanas del huerto de fray Ermengol. El abad Berenguer debía de darse cuenta de que crecía demasiado a su aire y lo hizo instruir en doctrina con los chicos del pueblo de Santa Creu. Aquellos rapaces le enseñaron a tirar piedras con honda y a montar lazos para cazar conejos, pero eran mezquinos y lo insultaban. En doctrina aprendió a recitar episodios bíblicos y a escribir nombres y números en tablillas de cera. No se aplicó demasiado en los rudimentos de la escritura, no por falta de inteligencia sino por desgana.

A los ocho años había dejado el estudio, porque ya era un hombre. Desde entonces ayudaba en el hospital.

Sebastià salió fuera y se quedó mirándolo. Cojeaba un poco, por culpa de una herida de guerra que le había partido el hueso de la rodilla.

—¡Deprisa! —gritó.

El chaval hizo un gesto de asentimiento. Prefería trabajar con los obreros; la tarea del hospital no le agradaba y tenía pocas opciones. Él dependía del señor abad, que se dedicaba a rezar. Aunque pertenecía a uno de los estamentos más bajos de la sociedad, tenía suerte de no ser esclavo, porque habría pasado bastantes más penalidades.

Había muchos señores, nobles barones, condes, vizcondes y una pequeña nobleza de caballeros que gobernaban los castillos. Todos ellos tenían súbditos y cobraban impuestos a los campesinos, que no podían abandonar la tierra ni dejarla en herencia a sus hijos.

Al llegar a la puerta del monasterio, llamó:

—Entra, muchacho. —Fray Bernat, el viejo monje portero, le abrió—. El oficial de obras te espera.

Fray Bernat le había explicado que los maestros arquitectos y escultores del primer monasterio trabajaron quién sabe cuántos inviernos sobre la roca viva, con un montón de obreros que desafiaban la dureza de la montaña. Habían construido aquel edificio a conciencia, para que durara muchos años, aunque sabían que, en comparación, ellos no vivirían mucho más que la llama de una antorcha. El monasterio estaba destinado a perdurar en el tiempo, mientras que una persona llegaba a vivir apenas sesenta años.

En más de una ocasión había oído explicar la leyenda de los tres monjes, que daba razón de ser al monasterio. Fray Bernat la repetía a los peregrinos que llegaban. «Hace siglos, cuando los persas amenazaban la ciudad de Roma, el Papa quiso poner a resguardo las reliquias del apóstol Pedro y encargó la misión a tres monjes. Aquellos hermanos embarcaron en una nave y, al llegar cerca de esta costa —precisaba el monje mientras hacía chasquear la lengua— buscaron la cueva donde había vivido el obispo san Pablo de Narbona y ocultaron allí las reliquias. Cuando pasó el peligro volvieron a buscarlas, pero, con el paso de los meses, la vegetación había ocultado la entrada de la cueva y no fueron capaces de encontrarla. Entonces, dos de aquellos monjes se quedaron en la montaña y el tercero regresó al Vaticano a explicar lo que había pasado. Al cabo de un tiempo, pudieron hallar el escondite de las reliquias y construyeron este monasterio encima de la cueva.»

Capítulo 3

La llegada del maestro escultor

Al día siguiente, una noble comitiva atravesó el portal de entrada al monasterio. La presidía el vizconde Jofre de Rocabertí, un caballero fornido que vestía una cota* con mangas de piel de zorro. Lo seguían su hijo, un joven de cabellera frondosa, bien plantado, y el maestro escultor, que era algo calvo y tenía un aspecto sobrio. Iban escoltados por caballeros y los acompañaban unas cuantas damas: la vizcondesa Ermessenda de Vilademuls, la hija del escultor, una doncella y dos sirvientas, que precedían a un esclavo y un asno cargado con alforjas.

El escultor llevaba un portarrollos cruzado sobre el pecho que iba con él en cada viaje. Confiaba en la misión que lo había llevado hasta allí, pero estaba un poco cohibido por el despliegue con que lo habían recibido en Peralada. Ya estaba acostumbrado a las peleas de los nobles belicosos que disputaban entre sí, enfrentados a los intereses de los abades, y les temía más que a los salteadores de caminos.

Cinco meses atrás, había recibido al vizconde Jofre en el taller de Cabestany con una cierta frialdad, sin dejar las herramientas. El vizconde había alabado los relieves del tímpano de mármol que estaba esculpiendo; dijo que eran la admiración de todo el mundo, que en ellos se reconocía la mano de un maestro. Tenía la intención de levantar una portada monumental en Sant Pere de Rodes y había pensado en él. Le ofreció una cantidad de onzas de oro suficientes para vivir bien, además de la manutención y la ropa para todos los ayudantes que necesitara. Y él había aceptado.

Ahora estaba a punto de emprender una obra que lo retendría durante dos años, a lo sumo, en aquel monasterio que no tenía nada que envidiar a los que había visto en la Lombardía y la Toscana.

Salieron a recibirlos dos monjes. Uno era alto y corpulento, de cara delgada. Aparentaba menos edad que el otro, que tenía la mirada huraña y era deforme, panzón y de espaldas estrechas.

El escultor reconoció al abad en el monje alto que llevaba un bastón con empuñadura de cruz. El vizconde había aflojado el galope para decirle en voz baja: «Son el abad Berenguer y el prior Ramon».

Después de descabalgar y dar permiso a los hombres armados que los acompañaban, los Rocabertí y el maestro escultor fueron a hacer la reverencia al abad y a saludar al prior.

—Bienvenido seáis, Maestro Peire —había dicho el abad Berenguer—, me han hablado muy bien de vos.

Las damas se quedaron conversando con fray Bernat, que les hacía cumplidos, y los monjes y los caballeros entraron en la iglesia.

La antigua portada de mármol estaba destrozada porque, en un asalto al monasterio, las milicias habían desfigurado los relieves a golpes de maza. Aquella visión desoladora quedaba compensada por la perfección interior de la iglesia.

El Maestro Peire quedó admirado por la extraordinaria composición de columnas y capiteles.

—Esta iglesia tiene más de dos siglos, fue impulsada por el abad Hildesind, que aquí descansa —dijo el abad Berenguer en un arranque de orgullo. Habían bajado a la cripta y les mostró la inscripción de una losa funeraria.

Se ahorró decir, porque se habría alargado demasiado, que la iglesia había sido consagrada en tiempos de la condesa Ermessenda de Girona, en el año 1022. En aquella ocasión habían santificado el edificio con agua bendita, sal, cenizas y vino, para que los nobles no la volvieran a profanar.

—Es muy bella —comentó el Maestro Peire.

El abad asintió mientras se arreglaba el cordón del hábito con sus nudosos dedos.

Entraron en el monasterio por el mismo pasillo que utilizaban los monjes para ir y venir del oratorio. De allí habían salido al claustro, que estaba en obras. Ya habían cubierto la superficie del antiguo patio, que serviría de cisterna, y estaban levantando las aberturas porticadas del nuevo claustro.

—Estamos haciendo una gran obra —dijo con satisfacción el vizconde, y miró con fijeza a su hijo, que no parecía haberlo oído.

—Deberemos tener paciencia, pero, al final, habrá merecido la pena —reconoció el abad.

Instantes después habían dejado el claustro para dirigirse al escritorio, que daba al mar.

La estancia estaba bien amueblada, con arcas y gran diversidad de elementos que servían para el estudio: lámparas de aceite, plumas, tinteros, ábacos de todas las medidas, para que los novicios aprendieran cálculo aritmético, y astrolabios latinos con esferas de latón que giraban suspendidas de una anilla y daban idea del movimiento de los astros. Tres monjes estaban sentados en taburetes altos, de espaldas a los ventanales, de manera que la luz se derramaba sobre los manuscritos que tenían en el atril.

Los tres benedictinos saludaron sin levantarse.

—Disculpad que continúen trabajando —los excusó el abad—, el día se acorta y tienen mucho que hacer. —Se acercó a uno de los monjes que ilustraba un libro gigantesco—. Ésta es nuestra amada Biblia, la niña de nuestros ojos.

Era un gran códice de más de dos codos de alto.

—Fue copiada en el monasterio de Ripoll, en tiempos del abad Oliba —prosiguió—, y la estamos completando con miniaturas; esperamos tenerla acabada de aquí a unos años...

—Si Dios quiere —respondió el monje copista sin levantar los ojos del códice.

Estaba terminando de perfilar una escena del sacrificio de Isaac y la mano le iba del pergamino al tintero de hueso. Delicadamente, mojaba la pluma y dejaba deslizar su trazo sobre el dibujo.

—Nuestro hermano aprendió el arte en Ripoll. —El abad se acercó al atril con complacencia. Parpadeó—. Lo hemos liberado de las demás tareas para que acabe las pinturas; por suerte, tenemos buenos escribanos para copiar los textos antiguos.

Necesitaban una Biblia ejemplar, no suntuosa pero sí magnificada, y aquella empresa eximía a los monjes copistas de cualquier otro trabajo.

El Maestro Peire observó el códice desde una cierta distancia. No quería molestar al monje ilustrador, que trazaba las cenefas vegetales con pulso seguro. Se fijó en la precisión de las columnas de los cánones y en las letras capitales, dibujadas a manera de frontispicio. Quizá podría inspirarse en ellas.

—¿Me permitiréis mirarlo con calma?

—Cuando queráis —respondió el abad.

Les sorprendió un silencio tenso que no parecía afectar al hijo del vizconde. Desde que habían entrado en la biblioteca no había mostrado ningún interés por lo que decía el abad y ahora se entretenía haciendo girar el astrolabio.

—¿Por qué no nos enseñáis los planos, maestro? —sugirió el vizconde—. Supongo que habéis tenido en cuenta la descripción de la portada antigua que os hice llegar.

El escultor asintió. Descargó el portarrollos sobre la mesa, lo destapó, extrajo un pergamino y lo desplegó poco a poco.

—Aquí tenéis el proyecto —dijo finalmente.

Ante los ojos de todos aparecieron los dibujos de unos capiteles y de una portada grandiosa y, casi al instante, el abad y el prior se miraron.

—Le pedí al Maestro Peire que trabajara en vuestro encargo —se afanó a decir el vizconde—, es más fácil partir de un esbozo para decidir una obra que os complazca, padre Berenguer.

Pareció que el prior estaba a punto de replicarle, pero el abad se adelantó:

—Os escuchamos, Maestro Peire.

—Como bien sabéis, he trabajado en el Piamonte y en la Toscana. —El escultor hizo una pausa, como si sopesara lo que estaba a punto de decir—. Y he observado que las iglesias más sólidas ganan delicadeza si se utilizan piedras alargadas sólo desbastadas, y arquerías y ventanas de doble derrame, como las que se están construyendo allí.

—Dudo que sea algo bueno —interrumpió el prior.

El Maestro Peire lo dejó hablar, convencido de que era mejor no enemistarse con aquel monje tan influyente. Pero el abad Berenguer cortó al prior con un gesto.

—Dejadlo acabar, fray Ramon. Explicadnos bien vuestra idea, maestro.

—He pensado en una portada monumental —prosiguió el escultor señalando los dibujos que ocupaban el centro del pergamino—. Deberemos construir una estructura muy sólida... Habrá que levantar una arquivolta que pueda ir adornada con molduras. Podríamos unificar los dos tímpanos anteriores y dividir la puerta con una columna central. —Fue siguiendo el dibujo del arco y le quedó al descubierto aquel dedo cortado que habría echado en falta al acariciar un cuerpo de mujer.

—Aún no hemos decidido el material que vamos a utilizar —lo interrumpió el prior examinando el plano con suspicacia—. La piedra de la montaña es pizarrosa, se descascarilla y sólo es buena para hacer tejados.

—Tenéis razón, fray Ramon —dijo el vizconde. Antes había mirado de reojo a su hijo, que no mostraba ningún entusiasmo por ver los planos—. Tenemos una buena cantera y podemos extraer toda la piedra que necesitamos.

De improviso, el joven preguntó:

—¿Puedo retirarme? —Esperó un gesto de asentimiento, dibujó una reverencia en el aire y salió de la sala.

—Os agradezco la buena disposición, vizconde —dijo el abad—. ¿Y vos qué pensáis, maestro?

El Maestro Peire tenía la respuesta a punto. La antigua portada había sido hecha a conciencia por otro maestro artesano del que nadie recordaba el nombre. Los relieves estropeados que había visto en la iglesia conservaban aún una fuerza extraña y magnética que sólo podía captar un escultor como él, pero ya no servían para nada.

—¿Y los mármoles viejos? Me habéis dicho que os consta que algunas piezas fueron transportadas desde Empúries y son buen material... —Se rascó el mentón—. Si me permitís, creo que los relieves antiguos nos pueden servir.

—¡Eso no! —se adelantó el prior. Había enarcado las cejas y arrugó la frente pelada; pero la tensión sólo duró un momento, porque las mejillas le pesaban demasiado.

—Estoy hablando de aprovechar lo que tenemos; más de la mitad de los relieves están estropeados, pero me siento con ánimos para trabajarlos por la otra cara.

—Nos exponemos a romper las piezas —replicó fray Ramon.

—A mí me parece una idea razonable —lo contradijo el abad—, el mármol es más adecuado que la piedra, y eso nos ahorrará tiempo y gastos. —Hizo una señal de complicidad dirigida al prior—. Y vos, fray Ramon, estaréis de acuerdo, como administrador que sois de nuestro monasterio.

Una sonrisa de satisfacción se dibujó en los labios poco perfilados del vizconde, mientras la cara del prior adquiría un aire furioso.

—No me parece bien, la portada antigua es un legado y el relieve de la peregrinación de Eliécer ha presidido durante años nuestra iglesia —replicó en tono áspero, mirando al escultor con recelo—. Por si no lo sabéis, maestro, esta pieza representa el frontispicio de nuestra amada Biblia y dudo que ningún monje apruebe el disparate de esculpir su reverso.

—¡Fray Ramon! —la voz del abad Berenguer adquirió un tono severo.

—Si es como dice fray Ramon —el escultor habló en tono conciliador—, puedo esculpir la misma escena.

La expresión del abad seguía siendo tensa.

—Si me permitís, padre abad —precisó el vizconde Jofre—, creo que debemos valorar la opinión del Maestro Peire, al fin y al cabo, él es el escultor.

—No podemos escoger según qué, estamos en un lugar de peregrinación —insistió el prior; se había inclinado sobre el pergamino y le temblaba la papada.

El abad fue hacia los ventanales de alabastro que filtraban una luz brumosa.

—Fray Ramon, agradecemos vuestras palabras —acabó diciendo—, pero hemos de considerar lo que más conviene a nuestro monasterio... En estos momentos, la mejor manera de exhortar a los peregrinos a llevar una vida ejemplar es que recuerden los milagros de Jesucristo... Eso los incitará a la imitación —prosiguió.

El prior hizo un gesto huraño.

—Si me permitís, señores, me retiraré —dijo. Y volviéndose con un aire pesado que desentonaba con su andar envarado salió de la sala.

Pareció que el abad pasaba por alto aquella reacción airada.

—¿Cuántos obreros trabajan con vos? —preguntó al Maestro Peire.

—Me acompañan un oficial de confianza y doce escultores y picapedreros; todos ellos necesitan manutención.

Jofre de Rocabertí había enrojecido al pensar en el dinero que debería pagar. Calibró cuánto costaría pagar a tantos hombres; subiría los impuestos a los mercaderes y pediría dinero a los prestamistas judíos de Peralada.

—Nos habéis pedido una obra de grandes dimensiones para dentro de dos años y necesitamos la ayuda de muchas manos.

Más tarde, cuando se despedían, el abad dijo al vizconde:

—Tenemos buen mármol y un maestro escultor reconocido en toda la cristiandad. No hagáis caso de lo que diga nuestro prior, ya se avendrá a razones, vizconde, yo sólo veo una oportunidad magnífica.

A sus cuarenta y ocho años, el Maestro Peire trabajaba impulsado por un ritmo incansable que agotaba a los ayudantes del taller que tenía a su servicio. Hacía más de veinte años que había roto los votos monacales en el monasterio de San Saturnino de Tolosa de Languedoc, donde aprendió el arte de la escultura y el cálculo de los antiguos.

En el monasterio se había sentido llamado a dar vida a la piedra y muy pronto la comunidad de monjes, regida por una regla monástica severa, se le hizo pequeña y agobiante. Había decidido abandonar la orden religiosa para llevar una vida itinerante, primero al servicio del conde Ramon de Tolosa, esculpiendo capiteles en las iglesias de la ciudad, después en Narbona, en un taller de escultores de renombre. Desde allí viajó a Girona. Entonces ya dominaba el oficio; era capaz de animar el mármol y la piedra, de distribuir personajes de proporciones deformadas en los capiteles. Sabía agruparlos sin contradecir la ley del encuadre, y esto le había permitido ganar fama de maestro.

Pero la vida nómada lo obligaba a vivir desarraigado. Trabajaba aquí y allá, siguiendo los caminos de peregrinación. Así había llegado a la Lombardía y la Toscana. En aquellas tierras admiró las tallas clásicas, los bajorrelieves de los sarcófagos antiguos y la solidez de las iglesias romanas; se sintió cautivado por tanta grandiosidad y, al mismo tiempo, liberado. Le agradaron el mar, los puertos abiertos a la circulación de gente y de mercancías, y las mujeres de las ciudades marítimas. También conoció a una dama extraordinaria con quien habría compartido toda la vida si ella no lo hubiera dejado por culpa de unas fiebres malignas; aquella dama le había dado lo que más quería en el mundo después de ella, lo que le había permitido recuperar fuerzas después de enviudar: su hija Càndia.

Capítulo 4

La hija del escultor

El Pájaro estaba en la montaña, recogiendo ramas de brezo que servirían para barrer los andamios, cuando vio llegar a la comitiva que acompañaba al maestro escultor y, sin pensarlo demasiado, cambió de rumbo.

A medio camino encontró a dos sirvientes que remontaban el sendero con caballos y mulas. Iban al castillo que se elevaba en la cima de la montaña como una flecha clavada en el cielo. Los saludó sin pararse.

Entrevió el monasterio, que quedaba encajonado entre dos mundos, los precipicios de roca y el mar. Y siguió bajando por la pendiente.

Cuando estaba cerca del recinto se detuvo en una pequeña explanada desde la que se veía bien el patio del monasterio. Se fijó en la comitiva que acababa de entrar; eran señores nobles, unas cuantas damas y una cuadrilla de hombres de armas. En el centro cabalgaban el vizconde de Peralada, su hijo y un caballero de aspecto sencillo al que no pudo reconocer. Los seguían las damas, entre las cuales reconoció a la condesa Ermessenda de Vilademuls, que iba vestida con ricos brocados y tenía el aspecto altivo de siempre. La acompañaban dos sirvientas, una dama y una muchacha muy delgada. La vio descabalgar con un giro del cuerpo; muy menuda y vestida con un brial* del color del heno, y se quedó embobado mirando aquel rostro pálido y la cabellera negra que se le escapaba del velo.

Mientras los señores descabalgaban, una de las sirvientas saltó al empedrado y fue hasta el burro que transportaba la carga. Hurgó en las alforjas y volvió donde estaba la muchacha con un objeto en las manos, que él no podía ver bien ni era capaz de adivinar.

Mientras observaba a las damas, el Pájaro vio que los caballeros entraban en el monasterio y los soldados de escolta en el refectorio* del servicio; seguramente se repondrían del camino y llenarían el estómago con alguna escudilla de garbanzos y tocino. Los hombres de armas le inspiraban admiración y temor. Alguna vez había deseado servir a las órdenes de un señor, aunque Sebastià no lo quisiera. Pero en más de una ocasión, de camino hacia el molino o las viñas, había visto la crueldad de los hombres del conde, que arrancaban las cepas sólo para hacer daño, atacaban las casas de labor, herían a los pobres labradores que se oponían y robaban todo lo que podían.

En un momento llegó al muro que protegía el tejado de las caballerizas. Lanzó el haz de brezo al suelo y escaló la pared, usando las grietas de las piedras. Cuando estuvo arriba, se arrastró sobre las tejas para que nadie lo viera.

En el patio sólo quedaban las damas, que hablaban con fray Bernat. Las dos sirvientas charlaban en un rincón, pendientes de los movimientos del esclavo del vizconde, que vigilaba la carga y los animales.

Se quedó quieto, encogido como un gusano, hasta que oyó un ruido y asomó la cabeza para espiar. Era Aimeric, el mozo de las caballerizas, que había salido a cotillear. Aquel hombre envejecido por el sol y el trabajo duro entró y salió dos o tres veces de los establos, y no hacía más que mirar a las damas.

Él no se había movido y observó a la muchacha, que ahora sopesaba algún objeto con las manos; se había puesto de puntillas, como si quisiera mirar la mollera de fray Bernat, y sonreía. No le veía bien los ojos, pero los intuía. Hasta que ella se giró para decir algo a las doncellas. Entonces pudo contemplarla: el escote cerrado sobre el pecho que apenas se insinuaba, la cara fresca de rosa, los labios bien perfilados y una mirada alegre de ojos oscuros e inquietos. Deseó transformarse en un ruiseñor y volar hasta aquella mano menuda y darle los buenos días.

—¡Corred, el burro se escapa!

La voz ronca de Aimeric alertó a todo el mundo. Había encerrado todos los caballos menos una yegua joven, que debía de estar en celo y se había escapado. Al verla, el asno se había lanzado tras ella. El Pájaro había visto copular caballos con yeguas alguna vez. Seguro que el asno había percibido sus efluvios, que en eso los machos son muy finos.

El esclavo salió a perseguir al asno, que había atrapado a la yegua y quería montarla. Pero la yegua no se dejó, quizá porque esperaba a un caballo y no a un burro, y huyó a la carrera. Y el asno detrás, y el esclavo del vizconde detrás del asno.

Fray Bernat parecía avergonzado y las damas alteradas. Al principio, la muchacha y su dama habían estallado en risas, pero la condesa Ermessenda las miró con severidad y se truncaron las carcajadas. Habían pasado de las exclamaciones al silencio y ahora miraban la escena con preocupación.

El esclavo consiguió acortar distancias. Pero cuando estaba a punto de capturar al animal, el asno frenó y le clavó una coz que lo tumbó en el suelo. Aimeric y fray Bernat fueron a socorrerlo, mientras el animal volvía a la carrera.

Viendo la situación, el Pájaro bajó del tejado siguiendo el muro por los agujeros que dejaban las piedras.

Oyó gritar a la muchacha:

—¡Que no se rompa mi cofre!

Una vez en el suelo, empezó a correr como una flecha detrás del asno. Lo persiguió hasta que consiguió cogerlo por la cola, tal como había visto hacer a los arrieros con los animales rebeldes. Cuando le pareció que lo tenía dominado, el asno se volvió inesperadamente y le mordió el brazo. Todo fue muy rápido, sintió el morro del animal rozándole la piel y no tuvo tiempo de pensar en nada; reaccionó instintivamente y se defendió mordiéndole la oreja.

El asno se detuvo de repente y bramó espantado, hecho que permitió al Pájaro bajar las riendas y salvar la carga.

Entre todos habían armado tanto escándalo que Sebastià salió del hospital caminando, paticojo. Enseguida asistió al esclavo, que tenía sangre en la cara y las rodillas peladas.

—Llevadlo a la enfermería —dijo fray Bernat.

—Este esclavo merece un castigo. —La vizcondesa había

estado observándolos con cara de perplejidad—. ¡Por su culpa he estado a punto de perder la carga!

—Son cosas que pasan, señora —la voz mesurada de fray Bernat la interrumpió—, los asnos son difíciles de dominar.

Ermessenda lo miró con reprobación.

—A vos todo os parece bien —murmuró.

Aimeric y Sebastià cogieron al esclavo por los hombros y se lo llevaron al hospital de peregrinos.

—Tendremos que capar a los asnos, Aimeric, si no tienen demasiadas ganas de hembra y se ponen rabiosos —dijo Sebastià.

—Como los hombres que viven solos —replicó el mozo.

Poco después, fray Bernat se despidió de las damas para volver a la portería, con un andar de viejo que arrastraba los pies.

La vizcondesa riñó a sus sirvientas:

—Otra vez llevaréis la carga vosotras, ¿oís? —un tono de disgusto le desfiguró la voz.

Mientras Ermessenda amonestaba a las criadas, la muchacha fue al encuentro del Pájaro.

El chaval se había quedado en un rincón, sudado y resoplando, con el corazón al galope. La tenía delante, enrojecida y despeinada, mirándolo con unos ojos vivos y negros que ahora podía contemplar de cerca.

—¿Cómo te llamas? —preguntó con un sonido melodioso, mientras su mano acariciaba un pasador de color azabache.

—Blai, pero todo el mundo me llama Pájaro... —la voz le temblaba un poco y se esforzó por disimularlo—. Hablas como los peregrinos que vienen de la tierra del Papa...

La muchacha sonrió.

—Mi madre era milanesa, pero yo me he criado cerca de aquí, al otro lado de estas montañas.

Mientras hablaba volvió a mirar a aquel joven bien plantado, de pelo rojo y ojos transparentes como el agua de mar. Vestía igual que un campesino pero tenía un aire digno.

Él intentó leerle la mirada, pero no supo hacerlo.

—Gracias, Pájaro —prosiguió ella—. Soy la hija del escultor; me llamo Càndia... ¿Te ha hecho mucho daño?

Él ya ni se acordaba del daño. Se miró la manga; los hilos

del tejido se habían estropeado y tenían la marca de la mordedura.

—No es nada.

—Le diré a mi padre que te compense —insistió ella. Entonces la vizcondesa la llamó desde el fondo del patio con voz altiva.

—Espera... —El Pájaro la retuvo con un gesto. Le daba vergüenza mirarla a los ojos, de tan perfecta que la encontraba—. No quiero nada, me conformo con una prenda —dijo sacando fuerzas de flaqueza.

Càndia no se lo pensó demasiado; abrió la mano y le dio el pasador.

—Tengo que irme, adiós. —Sonrió.

El chaval la vio marcharse, ceñida por el vestido bordado, con el aspecto de una dama noble, y se sintió pequeño y poca cosa.

La espió desde las caballerizas durante un rato, a través del portal entreabierto. Se había quedado tieso como un pasmarote, embobado y mudo. Càndia hablaba con los gestos más gráciles que había visto nunca. La encontraba bonita como un ángel del cielo y perfecta, sin ningún defecto. Y fue recordando una y otra vez las palabras amables y sensatas que le había dedicado.

Le pareció que ella lo observaba de reojo y su inquietud creció. Habían seguido el juego durante un rato, hasta que apareció el hijo del vizconde. Entonces un nudo extraño le constriñó el pecho. Recordó que Càndia era una dama, aunque hubiera tenido la consideración de agradecerle lo que había hecho. Y cuando los caballeros volvieron a salir del monasterio, adivinó que todas las miradas eran para la muchacha y lo invadió una rabia acongojada y desconocida que no sabía identificar.

El Pájaro tardó días en reconocer su mal, antes de que volviera a sentir la punzada de los celos y aquella conmoción que lo trastornaba.

Aquella noche aspiró mil veces el aroma del pasador de Càndia. Olía a rosas y lavanda, como ella. Le costó coger el sueño y debía de soñar con ella porque al día siguiente se levantó abatido como un sonámbulo.

Estuvo pensando en Càndia todo el día. Sólo deseaba volver a verla y la recordaba constantemente. Y el maestro de obras le llamó la atención más de una vez porque se retrasaba en el trabajo.

Durante días y noches no supo qué le pasaba. ¿Por qué estaba tan angustiado? Las cosas que antes lo entretenían habían dejado de interesarle. Ya no iba a ver los caballos ni tenía ganas de correr por la montaña. Nada tenía importancia, sólo ella.

Cada día preguntaba a Sebastià si irían al mercado.

—¿Se puede saber qué tienes en Peralada? —dijo su tutor.

Un mediodía, mientras comía en la cocina, Miquela, la mujer de Aimeric, le adivinó el mal.

—Tienes cara de bobo, chaval —dijo secándose los labios con una punta del delantal—, ¿no será que estás enamorado?

Hasta entonces no había sabido qué lo perturbaba.

Capítulo 5

La amenaza

Habían pasado tres meses desde la llegada del Maestro Peire. Desde entonces, los escultores que estaban a sus órdenes trabajaban esforzadamente.

A media mañana, el centinela de la torre de vigilancia lanzó el grito pidiendo el relevo. El aviso resonó en todo el patio. El sol comenzaba a castigar las nucas de los picapedreros, que desbastaban bloques de mármol en los bancos de madera. Alrededor del patio, un siervo hacía la última hornada de pan, dos campesinos apilaban leña y corcho contra una pared y Aimeric cargaba estiércol en una carretilla. Un hedor fuerte se había apoderado del recinto, esparcido por la brisa, que mezclaba el aliento apestoso de los establos con el olor del pan cocido.

Fuera del perímetro del monasterio, que los rebaños mantenían permanentemente limpio y desbrozado, se extendía una gran masa boscosa de encinares, robledales y castaños, casi una selva, que ahora brillaba con multitud de reflejos.

Volvía a hacer un día de tramontana y el sol encendía fuego en las aristas de los muros.

El Pájaro trabajaba con los obreros que concluían el último piso del campanario. Casi no descansaban. Sólo se detenían para beber agua y levantaban los ojos al cielo, como si se acordaran de la lluvia. Pero el tiempo parecía haberse aliado con la lucha fratricida de los señores poderosos.

A esa hora los monjes atendían sus tareas cotidianas en la portería, el huerto, el jardín medicinal, el escritorio y la cocina. Repartían las labores entre las siete horas de plegaria, además de las vigilias nocturnas. Trabajaban buena parte de la mañana y descansaban una vez terminada la comida. Entonces se reunían en el claustro con los novicios, que recibían la enseñanza de la regla benedictina.

Aquella casa aún alojaba más huéspedes. Temporalmente albergaba a nobles que se retiraban a hacer penitencia a cambio de una donación generosa de bienes. Desde hacía un año vivían allí tres barones, que hacían vida aparte; uno era señor de una fortaleza y los otros, dos caballeros del Rosellón que pasaban el día entre la lectura contemplativa y la compañía distante de los monjes.

Cuando acababa la mañana, en el ala norte de la iglesia de Sant Pere, la sombra rápida de una capa que desafiaba el calor franqueó una de las puertas del templo. A la altura del transepto, detrás de un contrafuerte, se oyó un gañido de bestezuela en los goznes de hierro y una presencia oscura entró en la sacristía.

El ruido de la puerta resonó dentro de la estancia mal ventilada y, casi al mismo tiempo, un vago hedor a encierro dominó el olor de incienso y de mirra que venía del altar.

La luz que entraba por el ventanuco iluminaba una gran caja de sombra voluminosa. Quien había entrado en la sacristía ajustó la puerta con un gesto lento, como si deseara hacerla callar, y volvió a caminar sigilosamente. Se ocultaba bajo una capa y un sombrero oscuro de ala ancha, y al llegar al mueble, se agachó y sacó una llave de debajo de la caja. Con aquella llave abrió la cerradura. Inmediatamente quedaron a la vista unas cuantas prendas de liturgia. Con una mano huesuda y temblorosa apartó estolas, casullas y túnicas holgadas con orillos bordados y cordones que servían para decir misa y para el recitado de horas canónicas, y hurgó en el fondo de la caja hasta que encontró lo que quería: una bolsa de lino bordado. Instantes después cerró el mueble y, durante unos segundos, se quedó mirando la imagen del crucifijo que colgaba de la pared, con la bolsa apretada al pecho, como si calibrara interiormente lo que estaba haciendo.

De improviso, se abrió el portillo del presbiterio, dejando paso a un centelleo de luz procedente del altar, y entró un encapuchado.

—Sois un imprudente, Ponç, os dije que entrarais por el huerto. —La que sonaba era una voz de hombre, brusca y grave. La capucha le ocultaba el rostro, sólo se le entreveía el mentón y una sotabarba colgante. Debía de haber estado esperando en la penumbra de la iglesia y arrastraba un tono de indignación—. No podemos arriesgarnos por nada.

—No me ha visto nadie —dijo el clérigo. A contraluz se lo veía cuellicorto, apretado por la sotana negra y abotonada.

—Más os vale, si queréis conservar la cabeza y el cargo.

—Me habéis prometido uno mejor.

—Podéis perderlo todo si no actuais con prudencia, cualquier detalle podría levantar las suspicacias del abad y no os lo perdonaríamos. —Las últimas palabras sonaron como una sentencia—. Guardadla bien —prosiguió el encapuchado. Acababa de abrir una mano blanca y carnosa, y le mostró una llave de la medida de un dedo—, más os valdría perder la vida que extraviarla. —Aún añadió—: Recordad en qué hemos quedado: si sospechan, retiraos; el más pequeño descuido puede hacer fracasar vuestra misión y no podéis equivocaros.

—¿Acaso os he desobedecido alguna vez? —el clérigo Ponç hablaba ahora con voz enronquecida—. Si falla algo, ¿me negaréis vuestra merced?

No se oyó ninguna respuesta. El encapuchado había salido por la puerta que daba al altar mayor. Por un instante, la sacristía se iluminó tenuemente bajo la luz del cirio pascual que ardía al lado del altar y, casi al mismo tiempo, se oyó retumbar un golpe en el exterior del patio, seguido por el grito de alguien que decía «¡Aguantad el banco!».

El abad Berenguer no oyó el alboroto del patio. Suspiró balanceándose en el sitial. Había hecho un esfuerzo pacificador, pero también necesitaba ser un buen estratega.

«Se acerca un año importante y no podemos permitir que

se estropee», se dijo. Era preciso conseguir una tregua que reforzara su mandato; aún confiaba en que los nobles hicieran las paces.

Por un instante entornó los ojos. Quería creer que pronto tendría respuesta del Santo Padre y el conde Hug se avendría a razones.

—Padre Berenguer...

Se volvió al oír la voz del prior Ramon. Esperaba no tener que aguantar ninguna otra mala noticia.

—Hace rato que os he mandado llamar.

Ramon de Mallols había entrado en la sala con un andar agitado y nervioso que le hacía temblar las carnes. Parecía visiblemente irritado.

—Perdonad, he tenido que ir al patio... Estos picapedreros y los esclavos del vizconde son unos ineptos, han roto otro bloque de mármol, como si nos sobraran, ¡y el maestro escultor no hace ni caso! —El prior había fruncido las cejas. Tenía un brillo furibundo en los ojos.

El abad lo escuchó sin inmutarse.

—Tenemos un encargado de obras; es él quien debe ocuparse. —Se llevó la mano a la mollera pulcramente rasurada, que sólo se cubría los días de celebración o cuando iba de viaje.

—Si hemos de administrar esta casa, padre abad, no podemos permitirnos descuidos y, la verdad, creo que os equivocasteis al conceder vuestra confianza al Maestro Peire; al paso que vamos, es probable que no tengamos acabada la portada para el Jubileo... Deberíamos haber encargado la obra a otro maestro.

—Os agrada llevar la contraria —dijo el abad. Estaba delante de un hombre poderoso que provenía de un linaje tan importante como el suyo; era hijo de uno de los caballeros del conde de Empúries y había sido nombrado prior de aquella casa antes de que él fuera abad—. ¡Estoy pensando cómo podré solucionar los problemas que tenemos y vos me venís con estas historias! —prosiguió, endureciendo la expresión—. El Maestro Peire es un escultor extraordinario, sabe trabajar el mármol y conoce el arte antiguo. —Hizo una pausa—. Si esta portada no se acaba, Dios quiera que sí, será por culpa del conde de Empúries.

El prior levantó la mano intempestivamente, con expresión de disgusto.

—Debo preocuparme por los asuntos domésticos de esta casa y mi obligación es deciros lo que no va bien; insisto que...

—¡Basta, Ramon! ¿Queréis que os diga qué debe preocuparnos? —Una expresión de cansancio había invadido el rostro del abad. Se acercó al sitial y se sentó—. Acabo de saber que el conde ha retenido la barca que tenemos en el estanque de Castelló y quiere impedir que los pescadores nos paguen los tributos.

—Toda una declaración de guerra —concluyó el prior—. Estamos entre la espada y la pared; ya os dije que no debíamos aceptar que el vizconde de Peralada sufragara las obras del monasterio.

—Es preciso hacer que el conde entre en razón... —El abad se quedó pensativo, midiendo las consecuencias de sus palabras mientras el prior hacía un gesto de enojo—. Espero que el Santo Padre responda pronto a nuestra petición de ayuda... Lo único que puede hacer recapacitar a Hug de Empúries es la pena de excomunión; es un hombre ambicioso y querrá que lo enterremos en lugar sagrado, en esta casa.

Lo interrumpieron los tres golpecitos de alguien que llamaba a la puerta. Unos pasos delicados precedieron el revoloteo de un hábito y, detrás de ellos, apareció fray Damià, gordo y solemne.

—Pasad —el abad se dirigió a él—, ¿habéis recibido alguna nueva sobre el delegado de Roma? Ya hace dos meses que escribimos la carta al Santo Padre...

—Aún no hemos recibido nada, venerable. —Fray Damià negó con un gesto. El cargo de sacristán le daba derecho a controlar los papeles del monasterio y toda la mensajería.

El abad sofocó un suspiro. Había sido implacable en su petición al papa Alejandro. Le había hecho saber que el monasterio estaba amenazado y pedía un castigo ejemplar para el conde Hug si no cambiaba de actitud.

—Ya estoy cansado de tantas causas judiciales —murmuró con expresión absorta. Las obligaciones del cargo le pesaban demasiado y a veces entraban en contradicción con los principios de la vida benedictina—. Quizás eso detendrá al conde, eso y la ley.

—¿Queréis pleitear aún más contra él? —Al prior se le ensombreció la mirada.

—Decidme qué debo hacer, pues... Haced venir al procurador, Damià —añadió—, demandaremos al conde Hug por la barca y la viña que nos ha usurpado. —El abad hablaba ahora sin un ápice de duda. El conde se comportaba como un perro sin dogal, era despectivo y no había quien lo parara—. Le enviaremos una misiva para que deje de molestar a nuestros súbditos.

El monje sacristán hizo un gesto de disgusto. Tampoco parecía muy convencido de aquella decisión.

—Creo que os equivocáis, venerable —le replicó.

—¿Vos también defendéis al conde Hug?

—Ya sabéis que mi hermano le servía —respondió fray Damià.

—Cuando entramos en esta santa casa hemos de renunciar a la familia, nuestros votos nos obligan —la voz del abad sonó taxativa, aunque sabía que fray Damià se disgustaría—. Nadie quiso matar a vuestro hermano, que en gloria esté... Unos provenimos de Peralada y otros de Empúries, pero eso no debe afectar a nuestra vida de monjes.

Era consciente de que pertenecían a linajes contrarios, pero aquella circunstancia no debía enfrentarlos.

—Recordar es necesario —lo interrumpió fray Ramon.

El abad se incomodó. No podía pasar por alto el hecho de que fray Ramon fuera más antiguo que él en aquella casa; era un hombre inteligente, había demostrado con creces su valía y seguramente habría querido ser abad. Pero los hermanos lo habían escogido a él. Y él había obrado con prudencia, ratificándolo en el cargo de prior y concediéndole privilegios para no tenerlo en contra. Necesitaba a alguien que lo ayudara a cumplir una responsabilidad que le pesaba como un saco de escombros y fray Ramon había demostrado ser un buen gobernador, aunque fuera un hombre de carácter complicado.

—Fray Ramon tiene razón —asintió fray Damià.

—Insisto en mi petición —el prior volvió al asunto que le interesaba—: habría que controlar más a los hombres del Maestro Peire y...

—Hablar poco es una virtud, estimados hermanos, nos evita hablar mal de los demás. —El abad hizo un gesto de despedida con la mano—. Gracias, ya podéis retiraros.

Procuraba actuar con ponderación y no toleraba que hubiera división entre los monjes. Debía velar por todos. Dios quería paz y él también, pero antes había que hacer justicia.

Fray Damià salió primero y, detrás de él, el prior cerró la puerta con un golpe seco. Antes había mirado al abad por el rabillo del ojo con cara malhumorada; quién sabe qué debía de estar pensando.

El abad se quedó solo en la sala capitular. Meditaba qué haría. Cuántos malentendidos; sólo de pensarlo se ponía enfermo.

Fray Gausbert lo interrumpió.

—Padre abad, deberíais probaros el hábito nuevo.

—Dejaos de historias.

Sudaba. Se levantó del sitial y se encaminó hacia la puerta.

A simple vista, desde la altura de los ángeles con trompetas que adornaban las vigas policromadas del techo, la cabeza del abad Berenguer se habría visto como una mancha lisa envuelta por un faralá de cabellos. Llevaba la tonsura tan impecablemente rasurada que desasosegaba, y caminaba inclinado hacia delante, con toda la longitud de su cuerpo delgado, no tanto porque se infligiera mortificaciones ni ayunos, sino por su propia complexión. Pero aquella aureola frágil se desvanecía en momentos como aquél, en que deseaba estar solo.

Capítulo 6

El deseo oculto

El Pájaro estaba encaramado en el campanario. Esperó a que el ayudante, desde la base de la torre, atara el capazo y lo hiciera subir con la polea.

Cuando la carga llegó arriba, la desató.

—¡Falta mortero! —los obreros del andamio le reclamaron material.

Bufó. Había vuelto a ver a Càndia una sola vez, por la festividad de la Santa Creu, acompañando a los vizcondes a misa. Iba bien escoltada y no se habían podido decir nada, pero en más de una ocasión lo había mirado con aquellos ojos de ciruela madura y había sonreído.

—¿Es que no me oyes?

Se apresuró a obedecer. Ya estaban en el tercer piso y pronto acabarían la obra.

El sol quemaba. Levantó la frente sudada y agradeció el viento que soplaba con la furia de la tramontana, que hacía peligrar los andamios. Más de una vez, durante el invierno, habían descendido del campanario agarrados a los barrotes de madera para no caerse.

Pero las alturas no le impresionaban. Caminaba ligero sobre los tablones, teniendo bajo los pies el vacío más absoluto. No pensaba en ningún peligro y se sentía libre colgado sobre la torre. En el andamio inferior trabajaban cinco obreros. Uno de ellos vigilaba que no se enroscaran las maromas de las garruchas, ya que, por más que el mozo que estaba en el suelo atara bien el capazo, era fácil perder la carga.

—¡Venga, chaval! —oyó que gritaban de nuevo.

Subía un nuevo cargamento. Mirando abajo vio las cabezas despeinadas de los hombres que colocaban las piedras con paciencia, formando hileras seguidas. Muchos de ellos eran campesinos de la llanura que servían al monasterio; estaban a las órdenes de fray Guillem, el monje obrero, y sólo tenían derecho a una manutención de pan de cebada y de queso.

—¡Ea, vamos, que fray Guillem nos meterá prisa!

Desde el campanario se oía el rumor del patio. Los picapedreros se movían como un solo hombre. Trasladaban los mármoles ayudados por dos caballos sementales, que tiraban de los bancos con la ayuda de sogas, mientras un mozo iba mojando las cuerdas continuamente para evitar que se partieran con la fricción.

Para desplazar aquellos bloques minerales se necesitaba fuerza y concentración. Era fácil perder una pierna, un brazo o, en el peor de los casos, sufrir una muerte terrible, aplastado bajo una piedra.

—¿Qué haces?

Uno de los obreros lo había sorprendido distraído. Ahora intentaban desmoldar el arco de un ventanal y necesitaban ayuda.

El Pájaro no se lo hizo repetir, se movió con rapidez y se puso debajo del arco.

Al cabo de un rato, alguien gritó la hora de terminar y, casi inmediatamente, las campanas comenzaron a repicar, atronadoras.

Al momento, recordó que tenía calor y hambre. Se restregó las manos en los pantalones rasgados y miró abajo, hacia el vacío, desafiando aquella torre vacía que sólo llenaban los andamios, tres pesadas campanas y un arco de piedra que aguantaba las paredes para que el campanario no se inclinara.

No tardó en llegar al suelo y atravesó el patio en dirección a la iglesia, donde las voces rudas de los obreros ya se perdían fuera del recinto. Ahora el patio estaba desierto y las caballerizas tranquilas. Seguro que Aimeric había mal alimentado a los caballos y los asnos con cuatro manojos de hierbas secas, porque el prior había restringido la alfalfa con la excusa de que era un mal año. Aquellos animales le gustaban. Cada día los iba a ver y los mimaba un poco, aunque Aimeric lo riñera por malacostumbrarlos.

Entró en la galilea del templo sin hacer ruido. El maestro escultor seguía trabajando en su banco, impasible, y le echó un vistazo rápido, pero no dijo nada. Aquel hombre parecía vivir fuera del mundo; esculpía ajeno al paso de las horas, totalmente concentrado en vaciar el mármol para obtener los volúmenes deseados.

Blai se quedó boquiabierto observando el movimiento de las manos precisas del escultor. Se movían tan seguras y ligeras que, viéndolo trabajar, muy pocos se habrían dado cuenta de que le faltaba la punta de un dedo de la mano izquierda. Era maravilloso ver la exactitud con que pulía los detalles y sabía elegir entre una variedad de herramientas que servían para dar forma a la piedra. Él las había ido conociendo poco a poco, a medida que distinguía un martillo dentado, o martellina, de un trinchante y diferenciaba una barrena de un trépano.

El Maestro Peire estaba acabando una escena magnífica sobre la pesca milagrosa de Jesús y sus apóstoles en el lago Tiberíades y, en aquel momento, horadaba los ojos de las figuras con un taladro atado a un arco de cuerda. El arco descansaba sobre su pecho y, con la mano, el escultor enrollaba y soltaba la cuerda, de manera que la punta del taladro giraba sola, perforando la piedra.

A esta curiosa herramienta la llamaban violín, y el escultor la manejaba como nadie. Cuando hubiera esculpido los ojos de las figuras, fundiría un poco de plomo y marcaría las pupilas.

El Pájaro se fijaba en todo lo que hacía el escultor, porque tenía una idea. Deseaba que algún día se dignara mirarlo y le propusiera aprender el oficio.

Habría preguntado muchas cosas, pero tuvo miedo de molestar al maestro.

Se coló en el interior del templo traspasando la portalada de mármol, que ya lo sobrepasaba en más de un palmo. Estaba a medio esculpir, con dos grandes estatuas de san Pablo y san Pedro que parecían humanas a los lados de la puerta. Una vez más, se le erizó el pelo. Tuvo la sensación de que lo perseguían las sombras móviles de las columnas y que, allá al fondo, una presencia hostil velaba en la cripta, donde se quedó atrapado una noche.

La cripta descansaba sobre la cueva donde decían que había vivido san Pablo de Narbona. La gente difundía el rumor de que la montaña estaba totalmente perforada por grutas que se comunicaban entre sí a través de túneles profundos y que los monjes lo guardaban en secreto. Miquela le había explicado que debajo del monasterio había un pasadizo tan profundo que una vez entró una muchacha y tardó tanto tiempo en recorrerlo que salió ya vieja. También decía que en el corazón de la montaña se abrían dos caminos. Uno llevaba a un tesoro que los monjes tenían guardado y el otro a la boca del infierno, por eso a veces se oían los lamentos de las almas en pena.

—Eso es lo que oyes por la noche, cuando todo está quieto —le había dicho la mujer de Aimeric.

—¿Qué son almas en pena?

—Quienes mueren en pecado y vagan sin descanso.

Él se sentía un animalito indefenso, separado del mundo y lanzado al misterio de lo oculto e incomprensible.

Se dirigió al altar de la Virgen de la cueva y se santiguó. Aquella Madre de Dios lo tranquilizaba. Tenía un niño Jesús en la falda, y lo miraba con unos ojos grandes y negros como el carbón. Cuando la veía le sobrevenía una paz dulce, como la que alguna vez le había inspirado en sueños su madre.

Palpó la bolsita con el regalo de Càndia, que llevaba colgada al cuello, como un amuleto, y caminó en dirección al altar mayor. Quería llegar hasta el reconditorio de las reliquias, una cavidad protegida por una reja que contenía una arqueta.

Sabía perfectamente qué había debajo del mantel que envolvía la arqueta. Había visto el hatillo de lino que ocultaba un dedo incorrupto, momificado y seco, de santa María Magdalena, una ampolla con sangre de Cristo y otra con óleos santos, astillas de la Vera Cruz y un relicario que contenía el tesoro más venerado por los peregrinos: la cabeza y el brazo derecho del apóstol Pedro.

La puerta de la celosía estaba abierta y entró en el presbiterio. Mientras subía los escalones del altar mayor, oyó un ruido apagado y retrocedió. Debía de ser algún monje. Si lo veían, cobraría, y tendría que inventarse una excusa.

La llama del cirio pascual que se reflejaba sobre el mantel del altar le infundió respeto. Escuchó, inmóvil. Le pareció ver el relámpago producido por una sombra al pasar por delante de la puerta de la sacristía y se pegó a la pared mientras la angustia le helaba la sangre.

Estuvo a punto de salir corriendo, pero una mezcla de orgullo y de vergüenza lo retuvo. «¿Serás tan cobarde de huir? ¿Acaso no ves que no hay nadie?»

Recordó la explicación que Sebastià daba de los ruidos que se oían de noche: «Lo que oyes es el reflujo del mar, entra por las cuevas y resuena dentro de la montaña». Caminó hasta el reconditorio y se estiró sobre la reja que cubría la abertura. Allí dentro había monedas que los peregrinos ofrecían cuando iban a venerar las reliquias.

Con un poco de suerte podría conseguir alguna. Se sacó un cordel de los pantalones y lo ató a una vara de hierro que servía para arrancar la cera que dejaban las velas; fregó la vara insistentemente y la lanzó dentro para ver qué pescaba.

Al cabo de un rato Sebastià lo vio llegar al hospital, con la mano agarrada a los pantalones.

—¿De dónde vienes, perdulario?

—Me he entretenido en el patio. —No buscó ninguna excusa, sabía que le adivinaría la mentira. Tampoco hizo caso del tono severo de su tutor, lo conocía demasiado bien para saber que el enojo no duraría demasiado.

—¿Qué ocultas? Venga, enséñamelo.

Le registró los bolsillos y encontró tres monedas condales. Él se dejó registrar sin mover un dedo, consciente de que si no recibiría.

—Son para... quiero comprar un presente para ella —dijo en voz baja, con la cabeza gacha.

—Ya me la esperaba, ésta... ¿Y quién es la muchacha que te hace perder el juicio, si se puede saber?

—La hija del Maestro Peire.

—No es preciso que me expliques nada más. Devuelve las monedas a su sitio, ¿oyes? Y quítate de la cabeza a esa muchacha, créeme.

Capítulo 7

Sebastià

Fuera del patio, Sebastià desempolvó una capa vieja y miserable con golpes fuertes que le marcaban los músculos de los brazos.

—¡Traedme la capa y el zurrón! —ordenó al peregrino que acababa de llegar.

El recién llegado obedeció a aquel hombre de complexión fuerte y rostro duro que lo escudriñaba con ojos tensos y agudos, como si supiera que no podía enfrentarse a él o tendría las de perder.

Sebastià resopló, y un mechón de cabello del color de las borlas de los castaños, ni claro ni oscuro, le cayó sobre las sienes. A los cuarenta y cinco años tenía la gran barba salpicada de pelos blancos.

—¡Pues no lleva roña esta ropa!

Se acercaba la Virgen de agosto y el hospital se iba llenando de devotos. El peregrino que acababa de llegar era desdentado, de aspecto envejecido, y lo escuchaba en silencio, como si adivinara que más valía no protestar. Aquello era el hospital de un monasterio y no un hostal; allí tendría cama gratis y un plato de sopa caliente, hasta que hubiera recibido las indulgencias.

Después de desempolvar la capa, Sebastià la dejó sobre un poyo, se secó las manos en la camisa y fue hasta las caballerizas arrastrando ligeramente la pierna. Ya estaba acostumbrado a renquear; en resumidas cuentas, el único mal que le importunaba era el dolor de aquella maldita cicatriz en la rodilla derecha cada vez que cambiaba el tiempo. Pero aquella herida pertenecía a un pasado antiguo, lleno de recovecos de sombras y de sufrimientos secretos que él nunca explicaba.

Cogió un sayal* que se secaba sobre un pajar y se lo dio al peregrino:

—¡Cambiaos, que parecéis un porquerizo!

—¡Dios os lo pague con buen carácter! —le espetó el hombre haciendo un gesto de ofendido.

—¡Lavaos o nos contagiaréis a todos! —gritó. Aquel piojoso iba sucio como un palo de gallinaceo y encima era lengua larga, así lo partiera un rayo.

Hacía más de diez años que atendía a los visitantes del monasterio y se encontraba con gentes de toda clase. Venían sanos o enfermos a cumplir alguna promesa o a hacer penitencia. Peregrinaban en grupo, hombres y mujeres. Éstas solían viajar acompañadas de su marido o de familiares para protegerse de los peligros del camino y se quedaban a dormir en el hostal del pueblo de Santa Creu.

En el hospital sólo recibían hombres. La mayoría eran campesinos, gente de clase baja. Cuando llegaban señores nobles que hacían correr los mancusos de oro, los monjes los agasajaban y los dejaban dormir en el monasterio. Pero él no veía nunca aquel oro, como máximo los peregrinos le pagaban la voluntad con alguna moneda condal y se guardaban los sueldos para las confesiones.

El hospital era un nido de sorpresas y los peregrinos también. Los había ariscos y los había glotones que, si los hubieran dejado, habrían cometido abusos.

No obstante, los compadecía. Muchos de ellos huían de la miseria, pensando que viajaban bajo la protección de la Pax Dei de la Iglesia y que tenían garantizada la solidaridad de la gente y el respeto de los señores, pero por el camino padecían penalidades. Los atacaban los osos y los lobos al pasar los Pirineos, y los asaltaban los bandidos. Al final, llegaban medio muertos y extenuados, y aún hacían la ascensión descalzos, con cilicios, argollas y cadenas de hierro, arrastrando pesadas cruces o flagelándose el cuerpo para purificarse. Y todo porque habían recaído en las miserias del pecado.

Aquella noche lo había despertado la cara de espanto de un peregrino.

—Tenéis que venir, hay uno que está muy afiebrado.

Bajo la temblorosa claridad de la lámpara de aceite que colgaba de la pared, Sebastià se levantó deprisa. Se le cerraban los ojos, de tanto sueño que tenía, pero debía de ser un asunto grave.

Encendió una vela antes de entrar en la celda común donde dormían los peregrinos y aquel cuarto oscuro como una garganta de lobo se iluminó.

En uno de los jergones descansaba el campesino que había llegado la tarde anterior, piel y huesos.

—Ha ido descalzo todo el camino, apenas comía y dormía al raso, por eso debe de haberse enfermado —murmuró el hombre que había ido a avisarle.

Vio el rostro contraído del peregrino con quien se había enfrentado aquel día; le tocó la frente con la mano: ardía.

—Sólo faltaría que fuera una infección —dudó. Si era una enfermedad contagiosa, más valía llevarlo a la enfermería del Coll de Perer, donde se alojaban los apestados.

—¿Quiere decir que es grave?

—No lo sé.

Sebastià había recogido a más de un penitente moribundo. Le impresionaba la devoción de algunos caminantes, que desafiaban la cordura con promesas prácticamente imposibles de cumplir.

Auscultó el pecho del enfermo.

—El corazón le late con normalidad... De momento, le daremos agua de borrajas para hacerle bajar la fiebre.

Le administró el remedio y volvió al dormitorio a esperar el alba.

Pero por la mañana el enfermo había empeorado; la fiebre no había disminuido y deliraba.

—Hemos pasado toda la noche en blanco —dijo el peregrino que le había avisado durante la noche.

Sebastià llamó al Pájaro.

—Ve a avisar a fray Bernat; y no es preciso que vuelvas, vete directamente a trabajar.

Lo vio salir del hospital. Su ahijado había crecido. El abad se lo había encomendado cuando era un niño. «Queremos que os hagáis cargo de él, es hijo de Norbert», había dicho. Vaya chaval; tenía las mejillas rosadas y los ojos de gato. Y él lo había criado a cambio de cuatro medidas de legumbres y un sueldo de plata.

Fray Bernat llegó poco después, arrastrando los pies. Aquel monje menudo, de rostro bonachón, conocía gran cantidad de fórmulas magistrales, que preparaba con las plantas del jardín de la abadía. No negaba la asistencia a nadie y los campesinos lo tenían en gran estima, porque les daba remedios. Ahora tenía a su cargo la portería, pero aún se ocupaba del hospital.

—Dejadme ver qué tiene. —Examinó con detenimiento las córneas rojas del enfermo, le apartó las barbas de la cara, y palpó el pecho—. Sí que sois barbudo, buen hombre —exclamó. Y vaticinó en voz baja—: Temo que sean cuartanas...

Era el mal más temido por todos. Lo contagiaban los mosquitos de las aguas pantanosas y provocaba fiebres altas, que se reavivaban al tercer o cuarto día.

—¿Habéis pasado por las marismas? —El peregrino parecía no haber oído y fray Bernat levantó la voz—: ¿Habéis venido por las marismas, sí o no?

El hombre pronunció un sí apagado.

Poco después Sebastià acompañó al monje hasta la enfermería.

—Esto no me gusta nada —dijo el benedictino—, debía de incubar la enfermedad y ahí tenéis.

—No es el primero que nos llega afiebrado; ¿recordáis al hombre que subió de rodillas arrastrando cadenas de hierro?

El viejo monje se pasó la mano por la sesera con aire de resignación. Nunca había visto unas rodillas tan descarnadas. A veces se veía obligado a persuadir a los peregrinos que se mortificaban para que abandonaran la subida imposible y aceptaran las prácticas de piedad y de oración.

—De momento, más vale que tome jarabe de poleo y tomillo caliente.

Abrió el arca de las medicinas, pasando la mano temblorosa por una profusión de bacías de aceite y de jarras que contenían los remedios, entre los cuales nunca faltaba el hipocrás y los colutorios y diuréticos, que obtenía con hierbas del jardín o con lo que compraba en el mercado. Con eso preparaba las curas.

—Si en dos días no mejora, llamaremos al médico... Roguemos a Dios para que no sea contagioso.

Sebastià asintió. Alguna vez, cuando ya no sabían qué hacer, llamaban a un médico judío de Peralada que atendía a los monjes.

—Esperémoslo.

Habían establecido que los peregrinos no se quedaran más de tres días en el hospital, de esta manera evitaban abusos; pero si alguien enfermaba o llegaba herido, hacían una excepción.

—Vuelvo a la portería —dijo fray Bernat sin presentir que aquella noche dormiría poco.

Sebastià vio marcharse a aquel monje de aspecto sencillo, que raras veces levantaba la voz pero imponía autoridad.

Entrevió por el ojo de la ventana la blancura de las nubes y respiró tranquilo.

Hacía más de quince años que vivía en el hospital. En aquella comarca no había nada que hacer, aparte de servir al señor conde, y, a los catorce años, ya había abandonado el hogar paterno: un alodio* que consistía en una casa de labranza y unas cuantas besanas de tierra que la familia tenía en propiedad, a cambio de pagar los tributos de centeno, cebada y vino al señor de Empúries. El conde los estrujaba con los impuestos, y no podían vender ni un palmo de tierra sin su permiso. Él era el pequeño de siete hermanos; por eso se había ido a servir en las milicias emporitanas y, al cabo de poco, montaba guardia en el castillo de Sant Salvador. Había aprendido el arte de la guerra y el manejo hábil de la lanza y la espada, hasta que fue investido caballero.

Años más tarde, había viajado a Jerusalén acompañando a los peregrinos y hombres de armas que iban a conquistar los santos lugares. Allá probó la cara amarga de la guerra y una lanza endemoniada le partió la rodilla.

Si Dios quería, nadie sabría jamás qué había pasado en aquel viaje al infierno. De vuelta a casa, se había retirado a vivir en una cueva cercana al monasterio, y no salió de allí hasta que el abad lo llamó para que ayudara a fray Bernat en el hospital.

Finalmente se había refugiado tras los muros del monasterio y se consideraba uno más entre todos aquellos peregrinos que buscaban protección, como si intuyera que él mismo ya iba hacia el ocaso de su vida, medio abandonado a la fe que había resurgido de las cenizas de su corazón. Admiraba aquel lugar de devoción y fortaleza, a partes iguales, para su consuelo. Lo admiraba a pesar de la mezquindad que veía en los hombres que allí vivían, y en sí mismo. Y silenciaba deseos no confesados, como el que sentía por la molinera de Balascó, una joven viuda que se hacía respetar.

Capítulo 8

La carta pontificia

El abad Berenguer se retiró a su cuarto. Estaba preocupado por la situación en que se encontraban desde hacía meses. Mientras esperaba la hora de comer estuvo sopesando si, al paso que iban, debería pedir un buen cargamento de piedra para poder acabar la portada.

«Así tendríamos piezas para sustituir los mármoles que se vayan rompiendo —se dijo—, quizá fray Ramon tenga parte de razón; pero antes deberemos hablar con el maestro escultor, para ver qué dice.»

Oyó la campanilla que avisaba de la hora de comer y no tardó demasiado en abandonar la celda y salir a la galería porticada que rodeaba el claustro, en dirección al refectorio.

Contempló el renovado claustro con satisfacción. Las obras de restauración lo habían transformado. Era infinitamente más luminoso y bien ventilado, y los proveería de agua de lluvia gracias a la cisterna que habían construido en el espacio del claustro antiguo. Caminó por la galería y se detuvo ante la tumba de uno de los abades que lo habían precedido y que estaba adosada al muro. Por un momento, mientras admiraba el sepulcro esculpido con relieves de ángeles, olvidó que tuviera ningún pleito con el conde de Empúries ni ninguna queja del obispo de Girona. Pensó que él también reposaría en aquel lugar de calma cuando el Señor lo llamara.

El sonido refrescante del agua de la fuente atemperaba la

canícula del mediodía y se dejó llevar por la placidez del rumor del agua.

Cada vez que salía al claustro contemplaba los capiteles que había esculpido el Maestro Peire, las escenas de la vida de los monjes y los leones y dragones de colas entrecruzadas que protegían aquellas columnas perfectas.

Todo el esplendor del monasterio radicaba en el espíritu divino que lo habitaba. Dios era el sabio arquitecto que había creado el mundo y otorgaba a los hombres la gracia de conseguir el paraíso; una gracia, se dijo, que él esperaba. «Dios me perdone si peco de soberbia.»

Iba distraído en estos profundos pensamientos cuando fray Bernat salió a su paso. El viejo benedictino caminaba resollando, como si hubiera corrido, con las manos ocultas en las mangas del hábito.

—¡Padre abad, ha ocurrido algo grave!

Salió de golpe del oasis de paz en que había caído. La expresión de turbación de fray Bernat no presagiaba nada bueno, y aún menos lo que le dijo en voz baja.

—¿Estáis seguro?

Lo que acababa de oír era tan preocupante que habría deseado no saberlo.

—Quien ha robado la carta pontificia ha entrado por la sacristía, padre abad, es imposible que haya podido abrir la puerta lateral de la iglesia, porque el cerrojo está bien atrancado. —Fray Bernat hizo una pausa. Se pasó la mano por la tonsura y, con la determinación con que resolvía todos los asuntos, a pesar de su ancianidad, continuó—: El ladrón debía de saber dónde estaba la carta, porque no ha forzado ninguna cerradura.

La voz de fray Bernat era grave y ronca, casi un murmullo. Desde el comienzo de la conversación habían hablado en voz baja para evitar ser oídos por alguien.

—¿Cómo se pueden haber llevado el documento sin forzar la caja del archivo? El único que sabe dónde guardamos la llave es fray Damià. Esta tarde hablaré con él, ha de saber cómo han podido abrir.

Cuanto más lo pensaba, menos lo entendía. Fray Damià era un buen sacristán y tenía a cargo el archivo, pero ¿acaso había sido negligente?

—El ladrón debe de haber descubierto la llave y ha abierto el archivo para coger lo que quería —especuló fray Bernat.

—No lo sé... ¿Para qué querría un documento así? —reflexionó el abad. Intentaba quitarse de encima la peor sospecha—. Quizá buscaba otra cosa.

—¿Qué, si no? —Fray Bernat parecía no estar de acuerdo—. Una bolsa que no pesa no puede contener monedas ni oro... ¿Qué se puede ir a buscar en un archivo? ¿Qué documentos podrían interesar a un ladrón? ¿Registros de enfiteusis? ¿Testamentos a favor del monasterio?

—No lo sé —dijo el abad. Cada vez se sentía más confuso y perdido. No podía descartar la posibilidad de que alguien ambicionara la carta pontificia, pero ¿quién?—. Será difícil que puedan abrir el portarrollos del documento porque la única llave que lo puede abrir está en mi cuarto...

—¿Habéis comprobado si la tenéis? —dijo fray Bernat.

El abad palideció de golpe, pensando en la posibilidad de que alguien la hubiera robado.

—Ha debido pasar este mediodía —farfulló fray Bernat—. Aún no entiendo cómo han conseguido atravesar el patio sin que yo los viera; no me he movido de la portería. —Tenía el aire escarmentado que gastan los vigilantes traicionados.

El abad calibró las razones que le venían a la cabeza, con la mirada clavada en los leones y dragones, que parecían observarlo desde los capiteles, confrontados a su visión. Alguna fuerza extraña los vigilaba más allá de todo lo que era visible. Bajo la aparente tranquilidad de aquel santo lugar palpitaba también la respiración bestial del maligno.

—No estamos libres de las tentaciones que corrompen a los hombres... —murmuró.

Alguna noche que no podía dormir había oído aquel aliento helado en la nuca persiguiéndolo como una sombra fría. Quién sabe si algún hermano había caído en la sedición y... No quería ni pensarlo. Inesperadamente se estremeció, y se santiguó pensando que debía recuperar la calma.

—Si hubiesen buscado monedas, habrían revuelto la sacristía o la cripta —dijo fray Bernat.

—Quizá no hayan tenido tiempo. —No estaba convencido, pero prefería creer eso.

—¿Y si es alguien que tiene acceso a la iglesia? —especuló fray Bernat. Pero sus últimas palabras fueron interrumpidas.

Uno de los monjes semaneros, que preparaba la comida, acababa de salir de la cocina con un cuchillo en la mano. Casi al instante, les llegó un olor especiado de guiso de lentejas y el ruido del paramento de escudillas y cucharas, y retrocedieron detrás de la puerta. El monje semanero atravesó la galería sin verlos; afiló el cuchillo en un poyo de arcada arrancándole escalofríos cada vez que la hoja fregaba la piedra y, al acabar, volvió a la cocina y cerró la puerta con un fuerte chirrido.

—Todo hace pensar que el ladrón puede entrar y salir libremente del monasterio —continuó en voz baja fray Bernat—. No lo sé, es extraño que un ladrón robe un documento así.

—Un ladrón o alguien que no nos quiere bien.

El abad se quedó pensativo. Aquello era muy grave; no podía creerlo. ¡Alguien les había robado la carta del Papa! Gracias a aquel permiso firmado por el Pontífice, el monasterio tenía un poder de indulgencia semejante al de Roma. No quería ni pensar qué pasaría si el robo llegara a hacerse público; no podrían celebrar el Jubileo y peligraría la peregrinación al monasterio. Tenían el recurso de pedir asistencia al Santo Padre, que debía de tener constancia escrita de la carta original... Pero ¿qué excusa darían al Vaticano?

—Este robo demuestra que no estamos bien protegidos. —Pensó en el secreto que guardaba en el escritorio y se estremeció—. Los ladrones han entrado muy fácilmente, y eso quiere decir que pueden volver... —dudó—. Me temo que buscan otras cosas; tenemos un patrimonio de gran valor, las joyas del sagrario, las reliquias... —De pronto lo asaltó un temor concreto y exclamó—: ¿Por qué no lo había pensado antes? ¡Las reliquias!

—Querido hermano, necesitamos vuestra ayuda.

Fray Bernat escuchaba sin entender nada.

—Pero...

El abad lo hizo callar con un gesto.

—Esta noche venid a la cripta; que esto quede entre nosotros, ni una palabra a nadie —le advirtió—. Ahora id al refectorio, yo iré de inmediato.

Retrocedió obsesionado por una sola idea. Ya en su cuarto,

caminó deprisa hasta la mesilla de noche y abrió el cajón. La llavecita del portarrollos estaba en su sitio, pequeña y bien limada. Sólo entonces respiró un poco más tranquilo.

Instantes más tarde entraba en el refectorio con actitud resuelta. No era fácil dirigir una congregación de monjes. El mundo no permitía una vida de oración. «Estamos corrompidos por hombres demasiado ambiciosos —se dijo—, y por las debilidades de la carne.»

Los monjes lo esperaban en silencio, en mesas alineadas.

Los novicios, vestidos con el hábito ceniciento y la tonsura bien rasurada, estaban intercalados entre los monjes más viejos, entre ellos fray Bernat, tal como obligaba la regla de la comunidad. Y completando la hilera, el resto de los monjes.

El abad repasó con la mirada aquellos rostros conocidos y, poco después, con un gesto, dio la orden de sentarse. «No debe saberlo nadie —se dijo—. Nadie.»

Capítulo 9

Los oprimidos

En el corazón del verano, las marismas se convirtieron en charcos de fango putrefacto. El agua estancada criaba mosquitos y los mosquitos propagaban enfermedades.

La sequía afectaba a los estanques de Castelló, una gran albufera partida en dos, y había hecho disminuir la pesca. Para llegar a ella había que atravesar zonas de lodo seco y transitar por los puentes que comunicaban el estanque de arriba con el de abajo, y conducían a la desembocadura y a las salinas de Roses. En la primavera era bonito ver a los pescadores lanzando las redes para apresar los peces que subían del mar. Cerraban las aguas con caballetes de juncos y, cuando no había pescado, cogían ninfas, unas plantas que servían para hacer jarabes.

Aquel paisaje plácido de estanques y de islotes de juncos y cañas inspiraba terror a la gente. Algunas noches las aguas subían repentinamente, con un fuerte bramido que se oía desde muy lejos. El rumor provenía de los gases comprimidos que salían del fondo de la laguna y helaba la sangre de los campesinos. Algunos decían que era el mugido de un toro monstruoso que vivía bajo las aguas; otros, el bramido de unos bueyes que habían sido engullidos por las profundidades del averno. Pero los pescadores afirmaban que era el grito estridente de la garza real que vive en las marismas.

También había caballeros que inspiraban un terror semejante entre los labradores. Uno de ellos era el consejero del conde de Empúries, Dalmau de Quermançó.

En aquella hora del atardecer, el extremo de camino que se veía desde el estanque sólo era una nube de polvo. El aire apestaba a aguas fétidas. Dos mujeres limpiaban pescado, sentadas sobre una duna de arena. Vaciaban las tripas, fregaban el pescado con sal y lo colocaban dentro de un barril. Los hombres descargaban la pesca; iban y venían de la ribera a los botes amarrados a un pequeño muelle de madera. Había cuatro muelles como aquél, enclavados entre los juncos, uno a cada lado del estanque. Y aquellos hombres, con la camisa arremangada y los pantalones de lino doblados hasta la rodilla, debían remar primero hasta las aguas fangosas y, desde allí, perchar hasta el muelle con la ayuda de una caña larga.

Eran labradores ligados a la tierra y sometidos al señor de Empúries. Malvivían del cultivo de un poco de cebada, legumbres y viña, y de la pesca en los estanques. En otro tiempo, sus bisabuelos habían vivido bajo la protección del rey franco y del primer conde Ramon Borrell de Barcelona, tenían tierra y derecho de pesca, a cambio de pagar los tributos. Pero los condes se habían ido fortaleciendo, los obligaban a pagar una parte mayor a cada nueva cosecha y se habían apoderado de todos los derechos.

Todos aquellos hombres se afanaban ahora en transportar cestas.

—¡Venga, daos prisa! —dijo uno de los que vigilaban la descarga.

Las mujeres gritaron:

—¿Traéis anguilas?

Los hombres hablaban con monosílabos.

—Sólo barbos.

—Poca cosa.

—¡Si Dios no nos ayuda con lluvias, no tendremos salazón y deberemos comer pan de habas! —dijo una de las mujeres.

Cerca de allí, por el camino que conducía al estanque, tres jinetes galopaban impetuosamente levantando una gran polvareda. Uno de ellos llevaba un serón lleno de lanzas con cintas rojas, el otro portaba una ballesta colgada en bandolera y el tercero cabalgaba en medio, sobre un caballo de silla colorado, como los de los caballeros bretones. Lucía el escudo de Empúries bordado en el pecho, e iba medio armado, con una espada ligera, sin coraza ni casco, y con unas botas de cuero que le llegaban hasta la mitad del muslo.

En su galope furioso, los tres caballeros acababan de cortar el paso a un rebaño de cabras que habían huido balando en estampida.

Uno de los campesinos que vigilaba la descarga de pesca distinguió a los tres jinetes que se acercaban al estanque.

—¡Gente armada! —gritó—. ¡Son los hombres del conde Hug!

Casi al instante, toda aquella gente se contagió de una prisa extraña. Los unos y los otros, tanto los que estaban en la ribera como las mujeres que salaban pescado, se afanaron por ocultar los barriles y las cestas entre los juncos. Pero los jinetes ya estaban allí. Dalmau de Quermançó, el consejero del conde Hug, comandaba el grupo; iba despeinado, con una cicatriz a lo largo de la ceja derecha y las dos piernas torcidas como patas de langosta, que debían de haber tomado la forma de la silla de tanto hacer vida sobre el caballo. Había dado a sus hombres la señal de que se detuvieran y, sin descabalgar, echó un vistazo a los campesinos.

—¿Qué pescado guardáis para el abad? —dijo con voz altiva.

Los campesinos estaban obligados a dar la mitad de las capturas de pescado al conde Hug y una tercera parte del pescado restante al monasterio.

—Señor, no hemos pescado casi nada —respondió uno de los hombres más viejos—. El estanque se ha secado mucho y los bagres se asfixian, sólo hay cuatro barbos...

—No sé si me habéis entendido. —El consejero miró hacia los juncos con impresión impasible—. ¡Traed lo que debéis dar al monasterio!

—Señor, apenas tenemos comida; el abad nos reclamará la parte que le toca.

Como si oyera llover, Dalmau de Quermançó hizo una señal a sus hombres, que galoparon en dirección a la vegetación que cubría cestas y barriles. Los jinetes dieron dos o tres vueltas en torno a los juncos y destaparon el escondite.

Los campesinos se habían ido replegando sobre sí mismos.

—¡Me habéis mentido, desgraciado! —Con un gesto furioso el consejero amenazó al hombre que había hablado—. Ya sabéis qué pena tienen los ladrones. —Aún no había dicho esto cuando le clavó un puntapié en el rostro.

El viejo labrador gritó de dolor. Casi al mismo tiempo, los sicarios del consejero volcaron las cestas de pescado por el suelo. Los campesinos ya no retrocedían; la acción de los hombres armados los había llenado de rabia y se agolparon formando una barrera contra ellos.

Mantenían una calma tensa y, de improviso, un joven salió del grupo.

—¡Al infierno! —gritó apuntando al corazón del consejero con un arpón, que amenazaba conseguir una trayectoria bien calculada.

Pero en contra de lo que era de esperar, Dalmau de Quermançó reaccionó desenvainando la espada y, en un abrir y cerrar de ojos, se abalanzó sobre el muchacho, gritando:

—¡Bastardo de mierda! ¡Te cortaré el cuello! —la voz de Dalmau sonó despiadada, y aún más lo fue su gesto. Había embestido el arpón y, con un golpe de espada, hirió de arriba abajo el brazo del chico.

Una de las mujeres fue a socorrer al joven.

—¿Qué le habéis hecho a mi hijo?

Los campesinos no tuvieron tiempo de reaccionar con acierto; todo fueron carrerillas y gritos mientras intentaban protegerse del ataque de los hombres del consejero.

—¡Hijos de perra! ¡Malditos bastardos! ¡El conde no sabe que tiene un nido de serpientes! —vociferaban los unos y los otros.

Pero entonces los caballeros ya habían tirado de las bridas de los caballos y no tardaron en desaparecer entre las dunas.

Cuando estaban lejos y habían aflojado el galope, el lancero se acercó a Dalmau.

—¡Deberíamos haberlo matado, a ese hijo de mala madre! —dijo.

El consejero seguía cabalgando y mirando el camino.

—No nos conviene que el conde lo sepa, son súbditos suyos —soltó—. Sólo quiero atemorizarlos.

—¡Bien se merecía un escarmiento ese legañoso! —insistió el ballestero.

Dalmau seguía espoleando el caballo, como si tuviera prisa por llegar a algún sitio.

—¡Si vuelvo a ver a ese hijo de puta le arranco el hígado! —El hombre armado escupió al suelo—. Aún no entiendo por qué no lo hemos matado, si...

Ante el último comentario, el consejero frenó y retrocedió encima del caballo, galopando con furia.

—¡Meteos la lengua en el culo! ¡Aquí mando yo!

Los fulminó con la mirada. Poco después, tiró de las riendas del caballo y cogió impulso para volver a abrir paso.

El sol hacía brillar la hierba seca de la llanura, que la falta de agua había convertido en estepa. En poco rato, los caballeros llegaron a unas cercas rodeadas por tamariscos y fresnos. Aquellas tierras de pasto donde los campesinos recogían los frutos de los olivos bordes ahora estaban secas como el vidrio. Pastaba un rebaño de cabras vigilado por cuatro niños desastrados y una chiquilla que recogía raíces de hinojo encaramada en un margen. Se había encorvado hacia delante y el sayal le descubría media pierna.

—¿Y si nos divertimos un poco? —El lancero aflojó el galope y le dedicó una mirada lasciva a la muchacha. Farfulló—: Estaría bien tenerla debajo como a una marrana...

—Guárdate las ganas para tu ramera —lo cortó el consejero.

El escudero no respondió; aflojó el galope hasta encontrarse con su compañero y sonreír con una mueca burlona:

—Si hubieran sido niños no diría lo mismo. ¿No has tenido que apretar nunca las ancas, tú que duermes cerca de él?

El consejero se volvió.

—¿Qué murmuráis, cabrones? ¡Si os vuelvo a oír os hago capar! ¡Los cuervos estarían contentos! —los amenazó.

Enseguida inició un trote ligero en dirección a la montaña.

Hasta donde alcanzaba la vista era propiedad del conde de Empúries, desde la península rocosa del Cap de Creus hasta los márgenes del río Ter, una extensión de tierras y de marismas cortada por la sierra del Montgrí y, hacia el mar, una zona de enormes dunas que amenazaban con invadir los campos si soplaba un viento fuerte.

El consejero giró la cabeza, como si midiera la dimensión de los derechos adquiridos sobre aquel territorio. En sentido contrario al que ellos habían tomado, en un rato de cabalgada, se encontraba el desvío que conducía a Peralada, la villa de los Rocabertí. En aquel lugar, los hombres armados emporitanos disputaban el cobro de aranceles de mercancías a los caballeros del vizconde Jofre.

—¿Adónde vamos? —dijo el lancero, que había conseguido atrapar a su señor.

—Nos espera el veguer de Palau-saverdera; es un hombre eficiente y ya debe de haber cobrado los impuestos... Pero antes tengo que resolver un asunto.

Dicho esto, espoleó el caballo y se dirigió al este.

Poco a poco, el paisaje fue cambiando; en aquella zona predominaban los grandes rediles*, campos de viña y de olivos que eran propiedad de casas de labor solitarias con corrales de ganado y herramientas de labranza propios.

Los jinetes cabalgaron un buen rato entre las viñas y, poco después, tomaron un sendero que los llevó hasta una cabaña de viñatero.

Aún no habían frenado los corceles, cuando salió un hombre de la cabaña. Era un clérigo gordo y cuellicorto, de espaldas caídas, que llevaba un sombrero de ala. Los miró, amedrentado. Temblaba completamente.

—Estoy vivo de milagro —dijo casi gimoteando.

El consejero hizo como si no lo oyera y comenzó a acariciar la crin del caballo.

—¿Traéis lo que tenéis que darme?

—Señor —la voz del religioso se hizo ronca y débil—, me han robado dos salteadores de caminos; ya estaba cerca de Pedret y...

—¿Cómo sabéis que no eran mercenarios?

—Iban sucios y andrajosos, señor, como la mala gente que se refugia en el bosque.

El consejero se irguió sobre el caballo; tenía los estribos bien cogidos y echó el cuerpo hacia atrás. Esbozaba una sonrisa torcida, sin ningún rastro de humor, como una mueca extraña:

—¿Me estáis diciendo que no habéis sabido defenderos de dos bribones desarmados y que os han cogido la carta pontificia?

El clérigo se había ido replegando contra la pared de la cabaña, como un animal atemorizado.

—Me han atacado por sorpresa y he perdido el puñal, señor. Yo he cumplido con la misión, llevaba la bolsa bien escondida; debéis mantener vuestra palabra, me prometisteis que...

—Sois un inútil, Ponç —dijo el consejero, y se inclinó sobre la silla. Miró de reojo a sus ganapanes, palpando la espada como si fuera a desenfundarla, pero no lo hizo.

Ponç se había precipitado a decir:

—¡Me esperan en Santa Creu, señor, dejadme marchar, el presbítero sabe que estoy aquí!

Mientras lo decía, salió corriendo a través de las viñas.

Pero ni aquella confesión ni la huida del clérigo, que ya se veía sentenciado, espolearon al consejero a perseguirlo. Dalmau se había quedado inmóvil encima de la silla, como si se hubiera arrepentido de ajustar cuentas.

Sus hombres, en cambio, estaban a punto para la cacería. El ballestero había tensado el arco y, antes de que su amo le diera la orden, disparó una flecha, que salió impelida, haciendo un recorrido curvo en el aire, y clavándose en la espalda del fugitivo, tan acertadamente que lo vieron caer al suelo como un peso muerto.

Capítulo 10

El incendio

El Pájaro encontró el cadáver en medio del camino, cuando iba al pueblo de Santa Creu a buscar cal para el mortero. En torno al monasterio no había roca calcárea y había que extraer el material de una ladera cercana al pueblo. Hacía aquel viaje al menos una vez al día; había que mezclar la cal con arena, dos medidas de arena por una de cal. Con aquella pasta espesa los obreros levantarían unas paredes duras y resistentes.

Mientras empujaba la carretilla vacía por el empedrado agradeció el aire fresco. Iba tranquilo, hasta que se paró en seco. Había una caña clavada en una juntura de empedrado con un perro muerto colgando. Le produjo angustia ver a aquel animal destripado, con las vísceras devoradas por las hormigas.

Él había matado gusanos y ratas, pero quien había matado a aquel perro debía de tener el corazón de piedra. Pensó en la crueldad del hijo del hostelero de Santa Creu, que despellejaba gatos vivos. Aquel gamberro ahora vivía en Peralada. Saurina, su hermana, era un demonio y se arrimaba a los chavales a escondidas. Él también había jugado a tocarla y el animal de su hermano no se lo había perdonado nunca. Por culpa de aquella mala bestia, los niños del pueblo lo habían hundido en un lavadero sucio de algas fangosas. Tenía siete años y por poco se ahoga. Había llorado como una nena y los chavales del pueblo se reían de él. Aquella panda de granujas se unía en su contra y lo insultaban: «Eres un cagón. Huérfano. Tu padre era una boñiga. Perro sarnoso, pilila pequeña, alfeñique». Sólo había salido a defenderlo el hijo del herrero. Entonces fue consciente, por primera vez en la vida, de que, en el mundo, los más fuertes y grandes oprimen a los pequeños y débiles.

Si había superado aquella historia mezquina era por mérito propio y gracias a los consejos de Sebastià. Había aprendido a defenderse y aquel recuerdo ya no lo hería. Solamente le inquietaba no saber quién era su padre. Nadie quería hablarle de él; ni siquiera su tutor.

«Pregúntaselo al abad —le había dicho Sebastià—. Si no quiere explicártelo es porque no te conviene saberlo.»

El padre abad había comenzado diciendo: «Piensa que tu padre te ofreció al monasterio cuando él ya veía la muerte encima; te hemos dado todo lo que necesitas, hijo, y saber más te perturbaría. Fíjate en los novicios que también han sido entregados por sus padres y están aquí para servir al Señor».

Recordaba muy bien aquellas palabras, que le dieron rabia. Por primera vez había intuido que todo lo que pasaba en el monasterio también le afectaba; todos aquellos chavales, con los que tenía prohibido hablar, debían obedecer al abad y, cuando fueran mayores, profesarían como monjes. Se había sentido muy decepcionado y, desde entonces, lo perseguía el silencio sobre su origen.

—¡Maldita sea! —exclamó delante de aquel perro muerto que apestaba.

Sin pensárselo más, arrancó la caña del empedrado y la lanzó cuesta abajo. Al caer, las tripas del animal se esparcieron sobre las rocas y, casi al instante pensó que aquello era una señal. Quizás alguien le estaba espiando. Se palpó el amuleto que le había regalado Càndia. Le tranquilizaba sentir la forma del pasador, saber que los dedos de ella lo habían tocado una y otra vez.

Echó un vistazo en torno y no vio a nadie; sólo rebaños de ovejas pastando y unos cuantos campesinos que despedregaban los bancales de las vides. Se giró en dirección al monasterio y lo vio alto y fuerte como un padre poderoso.

Volvió a empujar la carretilla y prosiguió hasta llegar al pueblo de Santa Creu, que se elevaba sobre una colina. Lo envolvía una muralla que rodeaba la iglesia y las casas de los clérigos y los mercaderes que se habían enriquecido con las visitas de los peregrinos.

Fuera de la muralla quedaban los hogares de los campesinos y de algunos siervos del monasterio; eran casas sencillas, con establo y pequeños huertos. También había un cementerio plagado de cruces que señalaban las tumbas infantiles que tanto le impresionaban. Él había tenido suerte de no morir en el parto ni antes de llegar a la pubertad, como tantos pequeños difuntos que entristecían los hogares.

A la entrada del pueblo, oyó un galope furioso de caballos que retumbaba en el aire. Poco después le llegó un gran olor a humo y vio una espiral negra que subía al cielo. Las campanas de la iglesia del pueblo habían comenzado a repicar repitiendo el toque de fuego.

Ya en la plaza, oyó los gritos de alerta.

—¡Fuego! ¡Los soldados han prendido fuego al granero!

Enseguida comprendió qué pasaba, abandonó la carretilla y corrió a apagar las llamas entre una cuadrilla de gente que intentaba salvar las provisiones de la comunidad.

Los hombres habían comenzado a luchar con las llamas, y las mujeres, entre ellas unas cuantas peregrinas que pernoctaban en la hostería, llenaban cubos de agua y los iban pasando.

Los hombres actuaban dirigidos por el herrero, que daba órdenes a su hijo mayor. Los dos habían tomado el mando y estaban encaramados al piso donde se almacenaba el grano.

La paja había ardido deprisa y hacía peligrar la cosecha de cereales que habían obtenido con tanto esfuerzo, haciendo aplastar las mieses por las vacas en medio de la plaza, hasta que las espigas se habían abierto soltando el grano. Ahora, hombres y mujeres iban todos a una, como si tuvieran que salvar a sus hijas, pero no daban abasto. Las llamas crecían y amenazaban el suelo del granero.

—¡Vaciad la cisterna o estamos perdidos!

La cisterna del pueblo estaba en la cima de la colina y daba agua a una gran acequia que alimentaba un canal, bordeando la pared del granero. Unos cuantos hombres abrieron la compuerta del canal y dejaron desaguar la cisterna. El agua no tardó en llegar al granero.

Al rato se pudieron sofocar las llamas, antes de que ardiera el grano.

Blai había sido empujado hasta el centro de la plaza, acompañado por el hijo del herrero.

—¿Estás bien?

—¿Y tú?

Se miraron el uno al otro y sonrieron. Estaban sucios y ennegrecidos como carne ahumada.

—¡Malnacidos! —bufó el hostelero sacudiéndose las cenizas del sayal. Era un hombre de fisonomía simiesca, gordo como un barril, y las carreras lo habían dejado extenuado.

—¿Estáis seguros de que eran soldados de Empúries? —preguntó un clérigo muy anciano.

—¿De dónde, si no? ¡Sólo puede ser obra de ese demonio de consejero! —dijo un mercader—. El conde Hug aún no sabe que tiene un cuervo en casa.

—¡Entre unos y otros nos arruinarán! —se quejó el hostelero, que era bajo como un tapón—. Desde que se pelean por los derechos de los estanques sólo roban y hacen maldades.

—¿Y dónde están los soldados del castillo que tienen que protegernos? —la mujer del herrero interpeló al viejo clérigo. Era seca como un clavo y llevaba un sayal caído de cintura para abajo que la hacía aún más austera—. Presbítero, quejaos al abad para que nos haga justicia.

Poco a poco, las demás mujeres se sumaron a las lamentaciones.

—¿Qué os apostáis a que los hombres del castillo de Sant Salvador no vendrán a defendernos? —exclamó Miquela, la mujer de Aimeric.

—El conde Hug está en contra nuestra —prosiguió, e hizo el gesto suspicaz de quien espera una mala pasada.

El Pájaro le vio temblar la pechera bajo la tela del sayal. Aquella expresión de enojo le acentuaba aún más la mancha roja que le afeaba la mejilla.

Las otras mujeres no dejaban de murmurar.

—Sólo faltaba que el conde riñera con el abad.

—¿Quieres decir que ha sido él quien ha dado órdenes para que nos atacaran?

—¡Oh, claro!

—Siempre recibimos los mismos —dijo la mujer del carretero, enseñando una hilera de dientes picados.

—¡No debíamos haber dejado que la gente de las casas de Palau se refugiara aquí! —comentó uno de los pastores.

—¿Qué querías? ¿Entregarlos a los hombres de aquel malvado para que los mataran? Les han robado todo lo que tienen, y sólo porque se defendieron con las horcas les querían cortar la cabeza.

El herrero respondió con la misma decisión con que templaba las herramientas de los escultores; estaba acostumbrado a ser preciso, porque el Maestro Peire era muy exigente y quería las gradivas y los cinceles bien afilados.

—Venga, dejad de discutir y avisad al abad —dijo el viejo presbítero—, aún no sabe que el clérigo Ponç ha muerto.

Explicó que los otros clérigos habían ido a identificar al difunto, por eso se había quedado sólo en la rectoría.

—Ahora que tenía a su mujer y a sus hijos en Roses... —se lamentó Miquela.

El Pájaro estaba perplejo.

—No entiendo nada —dijo.

El hijo del herrero lo observó desde una altura considerable, ya que era bastante corpulento, con una mirada limpia que inspiraba confianza.

—El conde Hug de Empúries reclama el tributo a los arrendatarios de Palau, pero ellos no lo pueden pagar porque no han tenido una buena cosecha —explicó— y pasan hambre. Los soldados del conde los han amenazado y ellos han debido defenderse con las horcas y luego han venido a refugiarse aquí, para que el abad los protegiera, pero ya lo ves —prosiguió—, ¡los soldados del conde Hug lo han sabido y se han vengado quemándonos el granero!

Habrían hablado más tiempo, pero el herrero lo llamó y el muchacho volvió a la herrería caminando con pasos largos y desgarbados.

Blai recordó que los obreros lo esperaban y aún debía cargar la cal.

La chiquillería del pueblo estaba en la plaza. Había hijos de cada familia. Se fijó en la niña pequeña del carretero, que no era muy agraciada. Hablaba con la hija de un mercader, una joven muy bonita que no debía de tener más de doce años y ya estaba prometida con un comerciante de ovejas del Rosellón.

La miró con cierta pena. Càndia era aún más bonita.

Fue a cargar la cal al molino de sangre, que se llamaba así porque funcionaba con fuerza animal. El molinero era un hombre malcarado que vigilaba una pareja de bueyes. Los animales daban vueltas a una gran mole de piedra que iba triturando la roca calcárea.

El mozo del molinero, un sirviente forzudo y legañoso, le ayudó a cargar la cal sin decirle apenas palabra.

Poco después, el Pájaro salió del pueblo. La carretilla pesaba bastante, pero el viento a sus espaldas lo ayudaba a empujar. En la primera bajada le salió al paso Saurina, la hija del hostelero.

La muchacha se había plantado en medio del camino y lo miró con lascivia. Llevaba el cuello desabrochado y se le veía el canalillo del pecho. Iba un poco desaliñada, con el cabello recogido bajo el pañuelo.

—¿Adónde vas tan deprisa? —preguntó cogiéndolo del brazo.

Parecía no importarle que fuera sucio como un carbonero y lo empujó hacia unas matas de brezo. Él no tuvo tiempo de reaccionar y la dejó hacer. La muchacha se le enroscó como una serpiente caliente y, con los labios ardiendo, comenzó a pellizcarle la piel.

—¿Se te ha marchitado la pilila? —dijo con una sonrisa burlona.

El Pájaro notó la tensión del cuerpo que se despertaba y, cerrando los ojos, imaginó la mano fina de Càndia y aquella boca espléndida y rosa que lo transportaba al cielo. Pero encontró el pelo quebradizo y grasoso de Saurina, que se echó atrás, acalorada y roja. Se secó la mano con el pañuelo y rompió a reír.

—¡Ay, señor! —De golpe interrumpió la risa—. Dame eso —dijo agarrando la bolsita de cuero que llevaba colgada al cuello.

—¡No lo toques! —El joven le frenó la mano bruscamente.

—¿Te lo ha dado tu amada?

—No te interesa.

—¡Dámelo!

La muchacha sonrió, maliciosa, y durante unos momentos forcejearon, hasta que él la apartó, furioso.

—Déjame tranquilo, ramera.

—¿Quién te crees que eres, desgraciado? ¡Ve a ver si te quiere tu dama!

Ni siquiera respondió. Recuperó la carretilla y volvió al camino.

Cuando ya estaba lejos, ella aún gritaba:

—¡Hijo de perra! ¡Tu padre era un corrupto!

Tu padre, tu padre... ¿Qué sabía aquella bruja de su padre? Recordó el olor de rosas frescas que desprendía Càndia con una pizca de remordimiento en el corazón.

A las puertas del monasterio encontró una cuadrilla de hombres armados que bajaban del castillo de Sant Salvador en dirección al pueblo. Debían de haber visto el humo y oído repicar las campanas, pero llegaban tarde para socorrer a aquella gente.

Capítulo 11

En la cripta

Aquella tarde, en el hospital, Sebastià le había impartido la lección del día. Cuando los peregrinos ya descansaban en la celda común, éste y el Pájaro se refugiaron en una sala con techo de vigas iluminada por una gran lámpara de aceite.

—Fíjate bien. —El tutor empuñó la espada, tenso. De pronto rajó el aire, dejando que el brazo obtuviera la rapidez de movimiento que no le permitía la pierna mala.

Aún era fuerte como un buey de labranza y dominaba el arma con la destreza propia de los caballeros; la enderezaba una y otra vez, con una ligereza que cortaba el aliento.

El chico intentaba imitarlo sin demasiado éxito. Su maestro paraba los golpes en seco y él debía esquivarlo y conseguir tocarle el cuerpo con la espada. A pesar del esfuerzo, Sebastià se anticipaba a todas las estocadas del muchacho.

—No malgastes tu fuerza en vano —le dijo—. Primero debes bloquear el golpe, interceptar mi espada.

El Pájaro quería ganar, pero Sebastià se guardaba siempre algún golpe oculto para el final y sólo en contadas ocasiones, cuando era evidente que el contraataque del joven aprendiz culminaría en derrota, se dejaba ganar.

Aquel día la lección fue corta porque Sebastià tenía que salir.

—Cierra la puerta, pero no eches el cerrojo —le ordenó.

Solía marcharse sin dar demasiadas explicaciones, pero todo el mundo sabía que iba al molino de Balascó a ver a la molinera.

Después del toque de vísperas, cuando hacía rato que Sebastià se había ido y todo estaba en calma, el Pájaro salió. Tenía la intención de devolver las monedas al pozo de la cripta. Debía restituirlas, si no quería arriesgarse a tener cargo de conciencia.

A esa hora, los monjes ya habían abandonado el coro, pero la iglesia aún estaba abierta. Comprobó que estaba solo en la nave, con la única compañía de las llamas de los cirios, que desdoblaban sombras espectrales en las columnas de piedra. Caminó en dirección al altar mayor, un poco cohibido por la majestuosidad del templo, y se volvió de golpe dos o tres veces, sin ver a nadie.

Cuando ya llegaba al altar mayor, se detuvo. Una sombra se movía al fondo de la pared. Lo empapó un sudor frío y, casi al instante, un murciélago sobrevoló el crucero con un aleteo intermitente de pájaro zigzagueante. Había muchos como aquél; anidaban en las cavidades de los contrafuertes, en las torres y en los rincones oscuros del monasterio.

Se tranquilizó pensando que no era nada y que saldría de allí enseguida.

Los asientos del oratorio aún desprendían el aliento denso de las respiraciones de los monjes y el eco apagado de la salmodia de los cantos de vísperas.

Se dispuso a franquear la puerta de la celosía que protegía el altar mayor y llegar al reconditorio de las reliquias para devolver las monedas a su sitio. Entonces oyó una voz sibilante, como un murmullo de cadencias que subía del interior de la cripta, y se pegó a la pared, quieto como una estatua.

—Esta tarde hemos sabido que el clérigo Ponç ha muerto y tememos que no sea un hecho casual —la voz modulada del abad se le había vuelto clara—. Hasta ahora he callado lo que sé a nuestros hermanos, fray Ramon, porque quería estar seguro de... Bien, a vos no os puedo ocultar que tenemos motivos para estar preocupados.

—¿Qué motivos?

—Alguien nos ha robado la carta pontificia.

El Pájaro distinguió la voz de fray Bernat y oyó que el prior exclamaba:

—¡¿Qué?!

Hablaban cada vez más bajo y tuvo que acercarse a las escaleras que descendían a la cripta.

—Han entrado en el archivo y se han llevado el cofre sin forzar ninguna cerradura; eso quiere decir que el ladrón tenía entrada libre a la iglesia, o que alguien le ha abierto desde dentro. —De nuevo le llegaban las palabras del abad—. Hemos hablado con fray Damià, y él no se lo explica.

—¿Queréis decir que tenemos un traidor en casa?

—No estamos diciendo nada, no lo sabemos y más vale que esto quede entre nosotros; sólo tenéis constancia de ello vos y fray Damià.

El Pájaro se esforzó por prestar atención a lo que decían porque habían ido adelgazando la conversación hasta un murmullo imperceptible.

—La verdad es que le hemos dado muchas vueltas y creemos que la muerte de Ponç puede estar relacionada con el robo, ¿no es así, fray Bernat? El clérigo debía dejar el cargo de ayudante de la sacristía y tenía acceso al archivo.

—¿Queréis decir que la habría robado él?

—Podría haberlo hecho para obtener un beneficio o porque estaba disgustado. —El abad hizo una pausa—. No lo sé, tenemos muchos enemigos.

Mientras escuchaba, el corazón del chico latía tan fuerte que tenía miedo de que lo oyeran, y se tuvo que llevar la mano al pecho para calmarlo.

—Pero ¿por qué? —los monjes seguían hablando.

—Lo ignoro, de momento debemos mantener el robo en secreto, para que no lo sepa Su Santidad.

El Pájaro casi no respiraba. Con sigilo, había abandonado el rellano de la escalera y se había ido a ocultar a la entrada del deambulatorio. Allí volvió a aguzar el oído. Pero entonces las voces se habían apagado. Los monjes habían enmudecido y un rumor de pasos se perdió al fondo de la cripta.

Durante un rato esperó a que los monjes salieran de la boca de lobo, pero extrañamente no lo hicieron. En vez de eso, un silencio denso y brumoso, como una mano fría y espesa, se apoderó del deambulatorio. Entonces sintió una punzada de angustia. Aquel lugar le daba miedo, sobre todo desde aquella noche en que... «¿De qué tengo miedo?», se dijo, tragando saliva.

Acercó la oreja a las piedras y volvió a oír un jadeo extraño. Era una respiración sorda, parecida a la de una bestia rodeada por los cazadores, un resuello lejano que había descubierto años atrás.

Lo atravesó un ramalazo de pánico. Recordó las entrañas de la cripta y echó a correr como un conejo asustado, por la nave lateral de la iglesia y dando por acabado lo que había ido a hacer.

Ya fuera, en el patio, inspiró el aire con desasosiego.

Cuando tenía siete años, había ido a pedir a la Virgen de la cueva que le concediera el favor de ver a su madre. Era tarde y después de rezar había ido a curiosear a la cripta. Se había entretenido mirando las tumbas y no oyó los pasos de fray Bernat ni el ruido del cerrojo que trancaba la celosía del altar mayor y se quedó atrapado en la cripta.

Recordaba aquella peripecia con un sudor frío. Primero, había intentado salir encaramándose por las rejas, pero resbaló, cayó al suelo y se torció el tobillo. Se había quedado inmovilizado, con vahídos y el pie dolorido. Poco a poco, el silencio se había hecho sepulcral y la oscuridad amenazadora, y le pareció que las bóvedas de piedra se ensanchaban y estrechaban encima de él. Los muros se movían en espiral y, cuando estaban a punto de ahogarlo, se descomponían en rayos de luz que iluminaban las losas. Estaba aterrorizado y no podía moverse. Mucho más tarde, muy entrada la noche, oyó un ladrido de bestia herida que retumbaba con un fragor inmenso, como si en el interior de la montaña gritasen centenares de voces oscuras que querían hacerse oír.

Gritó que quería salir, que lo sacaran de allí. Se desgañitó hasta quedarse afónico, hasta que comprendió que nadie podía oírlo, y se encogió como un gusano, rogando que las reliquias hicieran el milagro de protegerlo. Entonces, sin saber cómo ni de dónde venía, oyó una voz dulce y entrevió a una dama vestida de azul, resplandeciente, que sonreía con ojos amorosos. Justo en aquel momento, notó una esponjosidad de hierbas bajo sus pies y recobró la confianza.

A medianoche lo despertó un chirrido de piedras que rozaban entre sí apagadamente. Al abrir los ojos, distinguió a contraluz la figura de un monje con la capucha puesta que lo estaba mirando. No podía verle el rostro y se restregó los ojos, pero al volver a mirar, ya no había nadie. Pensó que quizá deliraba; estaba agarrotado y aturdido, y tenía fiebre.

Al día siguiente, cuando lo encontró fray Bernat, era un cuerpo candente de huesos helados y había perdido el conocimiento.

Durante muchas noches no pudo dormir. La oscuridad, igual que las aguas fangosas, se le presentaba como un remolino negro que lo separaba del mundo; un pozo oscuro que conducía a los infiernos.

—Nadie está libre de tener miedo, ni el más valiente —le había dicho Sebastià—. Dejaré encendida la lámpara de aceite.

El Pájaro le había confesado su visión.

—Me parece que la dama que he visto era mi madre.

Sebastià había guardado un largo silencio, apabullado por el peso de la reflexión.

—Puede ser... Ella te quiere y, desde allá arriba, vela por ti.

Los clérigos siempre hablaban de los enviados de Dios y de la Virgen. ¿Y si su madre era un ángel?

Aquel día, la mano ruda de su tutor le había sosegado.

—Cuando tienes mucha fiebre, chaval, sueñas cosas extraordinarias que parecen de verdad.

Capítulo 12

La hoguera de los vicios

Al cabo del día, el viento se calmó totalmente. Fray Ermengol salió del recinto del monasterio para ir a regar el huerto. Era la mejor hora, ya que así la tierra se mantenía húmeda durante la noche. Había abierto el portal y se encaminó al trozo de tierra que se abría sobre el roquedal.

Tenía un aspecto enfermizo; caminaba con pasos desacompasados, como si no acertara a poner el pie en el suelo, y en su rostro huraño, de frente calva, sobresalían unos ojos de párpados violáceos.

Había tardado un rato en regar los árboles frutales, las coles castigadas por el sol y un surco de hierbas de los canónigos que servían para rebajar el deseo sexual de los novicios y, poco después, examinó las calabaceras con detenimiento, como si buscara alguna razón para arrancarlas y añorara las verduras de invierno.

Al acabar, miró hacia el cielo barrido de nubes y balbuceó unas palabras. Tenía jaqueca y un dolor extraño en las tripas, y aún le resonaban en el cerebro las campanadas de la iglesia de Santa Creu tocando a muertos. Por la mañana habían enterrado al clérigo Ponç. Dudaba de que lo hubieran asesinado unos salteadores de caminos, como decía la gente. Él no lo creía. ¿Qué debía de haber pasado ese mediodía en que le había abierto la puerta del huerto? Tenía órdenes de hacerlo, sin que nadie lo viera. ¿De qué habían hablado con monseñor? ¿Qué ocultaban? Sospechaba que la visita del clérigo y su muerte tenían relación directa, pero ignoraba el motivo. No habían echado en falta nada en el monasterio, si no el abad los habría llamado a capítulo. ¿Cuál era, pues, aquel misterio que monseñor se llevaba entre manos y que él no podía saber?

«Si mantienes la boca cerrada, no te pasará nada —le había dicho—, me debes fidelidad... Y llámame venerable, que pronto lo seré.» Fray Ermengol se había limitado a obedecer. Dios era un padre severo, enviaba a sus hijos a aquel mundo de lágrimas y sufrimientos, y él tenía obligaciones concretas; sólo era un pobre monje con un patrimonio miserable que consistía en un baúl, dos sayales viejos y unas pocas monedas condales.

Fuera como fuese, estaba atrapado; atrapado entre la promesa de fidelidad a su señor, las obligaciones que exigía la condición de monje y aquel vicio que lo mantenía esclavizado.

Pero todos aquellos pensamientos no servían de nada. Tenía la boca seca y el cuerpo le pedía cumplir la necesidad de siempre. Miró la sombra sesgada de los frutales que señalaba el inicio del anochecer y calculó el tiempo que le quedaba para la plegaria de vísperas. No podía llegar tarde al oratorio porque el abad lo pondría en evidencia con alguna amonestación en voz alta como: «Hermanos, no podemos permitir que nada se anteponga a la plegaria y al oficio divino».

Al cabo de un rato, abandonó el huerto y accedió al patio exterior del monasterio, que a aquella hora estaba desierto. Lo atravesó procurando que nadie lo viera, mientras dejaba atrás la casa monacal que se dibujaba oscura en el cielo, como un guerrero bien protegido. Aquella casa era el único hogar que tenía y, si lo descubrían, debería pasar hambre y mendigar.

Cuando llegó a la bodega miró a los lados para comprobar que no hubiera nadie. Hizo girar la llave en la cerradura con sus manos surcadas de venas como raíces, y entró. Casi al instante, sintió una marea de efluvios que provenía de la despensa. Pero él tenía el olfato restringido; estaba habituado a distinguir el olor agridulce del moho de los toneles y no conocía ningún otro placer. El hedor del vino lo incitaba y lo llamaba como un canto de sirenas para hacerlo caer en la tentación. Aquella necesidad lo hacía ser cómplice de monseñor y lo obligaba a callar, si no quería que el abad supiera que lo desobedecía. A cambio de mantener el silencio, podía entrar y salir libremente de la bodega.

Desde hacía un año, el escenario de su consuelo era un rincón profundo donde se acumulaban unos toneles oscuros y húmedos que lo excitaban. Allí había plantado el imperio interior de sus instintos.

Hacía más de veinte años que vivía en el monasterio. Había ingresado sin vocación, gracias a la intercesión de un tío benedictino, y los monjes lo habían admitido en consideración al compromiso de servirles. De otro modo, si abandonaba los hábitos y rompía los votos, no tendría dónde caerse muerto.

Nunca había robado nada de la bodega; no lo tentaba ningún otro alimento que no fuera el vino, ni siquiera entraba en la despensa. Ignoraba todos aquellos sacos de frutas secas y de calabazas, todas las butifarras y criadillas que se secaban colgadas en cañas, y los arenques que llenaban los barriles, simplemente porque su obsesión le impedía codiciarlos. Sólo deseaba beber.

Fue al fondo de la bodega y se acercó a una hilera de toneles de roble donde guardaban el vino de la añada. Allí el tufo a vino era casi insoportable, pero él lo encontraba embriagador. Descartó los toneles de garnacha y mistela, que estaban reservados al abad, y se agachó debajo de un tonel desvencijado.

Sólo de examinar el pico de latón se sintió poseído por un impulso incontrolable y fatal, un deseo fuerte y perverso, tan ardiente como una mujer impúdica, y se amorró al chorro de vino.

Cuando acabó, se levantó saciado pero no demasiado bebido; era capaz de caminar sin tambalearse y podría llegar a tiempo al oratorio. Se sentía como una gaviota rapaz indigna de perdón. «Estate preparado», le había dicho monseñor, y ya temía las nuevas órdenes que debería obedecer.

Aquella misma tarde el abad Berenguer recibió al escultor en la sala capitular. El Maestro Peire no se había cambiado de ropa; vestía la camisa de trabajo manchada de polvo de mármol y el pelo lanoso que le envolvía el cráneo le marcaba la calva. La expresión de la cara lo delataba; la serenidad y la confianza que siempre lo acompañaban parecían haberse desvanecido. Estaba preocupado. Hacía días que sufría tropiezos, como si un mal agüero pesara sobre él. Debería hacer frente a problemas que amenazaban la obra monumental que, ya de por sí, comportaba tantos esfuerzos. Sus hombres estaban más nerviosos que de costumbre, discutían por nada, y todo por culpa de la fragilidad del mármol. Aquel día, además, una polea muy pesada había caído sobre una pila de piezas y unas cuantas se habían agrietado. Nadie sabía dar razón de cómo había sucedido.

—Decidme, maestro.

Su petición había sido atendida de inmediato. El abad Berenguer lo recibió de pie, en el centro de la estancia. A contraluz del sol, se le veía una mollera brillante que emergía de la tonsura. Miró al escultor con aquel aire de severidad que compartían los ministros de la Iglesia.

A primera vista, el Maestro Peire se dio cuenta de que no estaban solos. En un rincón de la sala, el prior despachaba documentos con fray Bernat. Aquel monje altivo ni se volvió a mirarlo. Continuó dándole la espalda, con pliegues en la nuca grasienta, mientras fray Bernat iba diciendo que sí.

Al maestro le habría gustado hablar en privado y no sabía por dónde empezar. Se limitó a decir:

—Padre abad, se nos está acabando el mármol. —Era consciente de lo que aquello significaba; meses atrás, él mismo había insistido en utilizar las piezas antiguas, contra la opinión de aquel diablo de prior.

Vio cómo fray Ramon se volvía y lo miraba con desdén, con aquella cara agria, de mejillas colgantes, y simuló no darse cuenta. El prior era de aquellos hombres a los que más valía no tener como enemigos. Con frecuencia se presentaba en la obra preguntando sobre esto y aquello, sólo por llevarle la contraria.

—¿Queréis que nos retiremos? —preguntó fray Bernat.

—Quedaos, estimado hermano —dijo el abad—. Vuestra opinión vale tanto como la nuestra.

Fray Bernat asintió; era uno de los monjes de más edad y hacía un montón de años que el abad lo había distinguido con distintos cargos.

—Como queráis —respondió con la disponibilidad habitual.

El abad le dedicó una sonrisa afectuosa. Se podía fiar de aquel monje sencillo que inspiraba respeto.

—Vamos con mucho cuidado, abad, pero se han roto más piezas de mármol —dijo el Maestro Peire.

Hacía días que trabajaba inquieto porque la escasez de material estaba retrasando la obra. Las distracciones de los ayudantes tampoco mejoraban la situación. La caída de la polea había provocado un destrozo considerable y, para acabar de complicar las cosas, algunos mármoles de la antigua portada estaban tan consentidos que se partían como si nada. En pocos días, unas cuantas piezas destinadas a los relieves historiados que coronarían el tímpano se habían roto.

—He procurado utilizar todas las piezas —prosiguió el escultor—, pero algunas se han resquebrajado.

Evitó hablar de negligencias. Por la mañana había llamado a los aprendices para advertirles: «Si rompéis más mármol deberé aplicaros la ley... no me obliguéis, y haced bien vuestro trabajo». Las negligencias se pagaban caras, sólo había que decírselo al abad o al vizconde para que les cayera encima una pena severa, que solía ser de unos cuantos azotes.

—Vuestros hombres son unos irresponsables y vos no los vigiláis —lo acusó el prior.

El escultor intentó disimular el enojo que le producían aquellas palabras.

—Eso no es verdad, hacen bien su trabajo —respondió lacónicamente.

En una obra tan grande siempre había problemas y él no quería represalias. Años atrás no había podido evitar que dos esclavos murieran flagelados por orden del conde de Tolosa. Nunca lo olvidaría; una ráfaga de dolor le había roto el corazón, y prometió que se haría cargo de los hijos de aquellos hombres desgraciados. Era su manera de combatir el remordimiento de haberlo permitido, y una culpa así sólo se podía limpiar con misericordia. Desde entonces, procuraba evitar los castigos físicos y evitaba las amenazas a los hombres que trabajaban con él. En aquella ocasión se había limitado a ordenar que tomaran precauciones para que no volviera a pasar, y aquella mañana volvió a contar las piezas de mármol que quedaban.

—¿Cuánto material os falta, Maestro Peire? —preguntó el abad.

—Al menos quince piezas grandes.

Estaba acabando el relieve de la vocación de san Pedro; faltaba detallar los pliegues y las barbas. Ya había esculpido la arquivolta del tímpano y buena parte de los relieves históricos, el milagro de la curación del hombre de la mano seca, la aparición de Jesucristo a los apóstoles, la resurrección de Lázaro y la Santa Cena.

—Sí que habéis calculado mal... —el abad reflexionó, sorprendido.

—Cuando examiné los mármoles me pareció que estaban bien, pero debían de estar consentidos y eso no se ve a primera vista.

—La piedra no nos habría traído tantas preocupaciones —lo interrumpió el prior.

—No estoy tan seguro —replicó el maestro.

—El Maestro Peire tiene razón, no se puede prever todo —lo excusó fray Bernat.

—Podremos completar los zócalos de la puerta, pero quedarán por esculpir las escenas de la pasión —continuó el escultor—. Faltarán mármoles de la misma calidad, si no queremos romper la armonía del conjunto.

Sabía lo que estaba pidiendo.

—Material como ése sólo hay en las ruinas de la ciudad antigua de Empúries —murmuró el abad—. Me temo que no podrá ser. —Retrocedió, palideciendo—. No podemos pedir más al conde Hug y tampoco es posible hacer ningún viaje a Carrara, el vizconde de Rocabertí no asumiría los gastos de transporte...

»Además, hoy mismo he recibido una mala noticia —prosiguió dirigiéndose a fray Bernat—: No os lo había dicho para no inquietaros, pero el papa Alejandro ha debido de refugiarse en Roma, porque el emperador Federico Barbarroja asedia el norte de Italia.

—¡Dios nos ampare! —El viejo monje se llevó la mano a la frente.

—En estos momentos las tropas imperiales están poniendo en peligro el pontificado.

—No me habíais dicho que la situación fuera tan grave —dijo el prior.

—Pues lo es, no sé si llegará el emisario que esperamos.

El rostro del abad se había ido desdibujando; se había puesto blanco como la cera y las aletas de la nariz le temblaban ligeramente. Pasaban por un mal momento. Lo asaltaron unos cuantos temores que lo rondaban desde hacía días. Si el clérigo Ponç había robado la carta pontificia, alguien de dentro del monasterio debía de estar implicado en el asunto... Pero ¿quién podía estar interesado en aquel documento? Debería pedir una copia a Roma... ¿Y si el emisario del Papa no llegaba? En su cabeza combatían mil suposiciones. Sin la orden de excomunión, el conde Hug no aflojaría nunca. Tragó saliva. Debía hacer de tripas corazón y tener confianza.

—¿Podríais utilizar piedra? —preguntó al escultor.

—No es la mejor solución, pero no sería la primera vez que junto diferentes materiales —dijo con pena el Maestro Peire, porque el mármol le parecía el mineral más digno. Algunos decían que si había poco era porque Dios, nuestro creador, había salpicado la tierra con gotas de alegría que se habían convertido en mármol; por eso sólo una pequeña parte de toda la piedra del mundo era de aquel noble material.

—¿Os parece bien, pues?

El Maestro Peire sopesó la pregunta. Muchos relieves clásicos que daban fama a Roma, el sarcófago de Saint Papoul, que él mismo había tallado, la portalada del Voló y la mayoría de capiteles esculpidos eran de piedra. Asintió.

Le pareció que fray Ramon balbuceaba algo por lo bajo. «Ya os avisé, si me hubierais hecho caso ahora tendríais una cantera aquí arriba.»

—En Peralada hay tanta piedra como queráis —añadió el abad—, y es de buena calidad.

—Necesitaremos hombres para subirla hasta aquí. —El prior parecía obstinado en hacer cálculos—. Habrá que transportarla con mulos y barcas de madera, y eso cuesta unas cuantas onzas de oro.

Pareció que el abad reflexionaba.

—Podríamos condonar parte del diezmo de los campesinos que ayuden en el transporte, eximirlos de entregar las primicias* de la vendimia —habló en tono conciliador, mirando a fray Ramon.

—La sequía de este año ha perjudicado las viñas, tendremos menos mosto, y si perdemos el tributo de vino habrá que comprarlo —replicó el prior.

Al saber la desgracia del Papa, fray Bernat se había dejado caer sobre una de las sillas destinadas a pasar capítulo. Se lo veía afectado, con una expresión de desconcierto en el rostro. Finalmente dijo con voz ronca:

—Padre abad, estoy seguro de que esta gente aceptará hacer el transporte si les concedemos perdones especiales.

Así quedaron.

Al salir de la sala capitular, el Maestro Peire se sintió incapaz de ponerse a trabajar, como si todo el cansancio acumulado le lloviera encima. Dejó a los picapedreros en el patio, pero en vez de ir a descansar a la celda que tenía a su disposición, se refugió en la iglesia. Quería admirar la piedra tallada de las columnas sobrias, aquellos grandes capiteles cincelados a arista viva.

Allí dentro se sentía extasiado. Le subyugaba mirar el acoplamiento de las piedras, encajadas estrechamente la una en la otra. Aquella construcción era un misterio. De manera increíble, la misma fisura que las podría haber separado las mantenía unidas, sostenidas en un solo cuerpo, como hombre y mujer, formando un pilar único, una arquivolta, y, a la vez, cada arco era la abertura de una línea recta, el cierre de una curva, el reto de ensancharse hacia el infinito contenido en un trayecto perfecto.

Cuando miraba las obras de arte pensaba en la maravilla del cosmos, la geometría sorprendente de todos los cuerpos, la arquitectura sagrada, el equilibrio de sostenerse sobre el plano del mundo, de levantar edificios encima de las montañas, de escalar el cielo con torres y campanarios.

Su trabajo también era un misterio. Se preguntó de qué manera podría continuar profundizando las formas, cómo extraería con el trépano la riqueza de expresión de cada rostro, la abundancia de detalles y el vigor de los cuerpos. No todo era cuestión de técnica, a veces debía olvidarse el oficio en el momento de esculpir para que galopara el caballo de la inspiración. Dios lo había hecho apto para crear imágenes sagradas y él se afanaba porque estuviesen vivas. No pensaba perder el tiempo con disquisiciones inútiles. ¿Qué pretendía aquel demonio de prior? Tenía que acabar la portada con toda la perfección de que fuera capaz. ¿Qué mejor manera había de narrar la vida que las imágenes? Era preciso que perdurasen muchos años, que fueran resistentes a los enemigos, la lluvia, la humedad y los ataques de los hombres belicosos. El mármol señorial llamaba la atención de toda aquella parroquia de gente que no sabía leer, les enseñaba lo que debían recordar. Pero la piedra también tenía la pátina de la inmortalidad, el don de la permanencia, la voluntad de perpetuarse en los ojos de quien la miraba. Pensó que aquellos relieves no morirían. Él no volvería jamás a Tolosa, quería retirarse en Prato para, cuando fuera la hora, yacer al lado de su mujer.

Capítulo 13

El mercado de Peralada

Al día siguiente, por la mañana, un jinete escoltado por tres hombres armados atravesó la colina montañosa de Panissars en dirección a la llanura ampurdanesa. Los forasteros cabalgaban guiados por un estandarte bordado con una cruz de astas, de espaldas al Pirineo y al Canigó, desde donde, según decía la gente, las hadas desencadenaban la furia de la tramontana.

El jinete llevaba un birrete abombado y una capa forrada de satén carmesí que desafiaba el calor estival. En el primer cruce de caminos, lo retuvieron cuatro soldados para pedirle las credenciales. Estaban en una encrucijada importante; desde allí se podía llegar al oeste, hacia las montañas de Besalú, seguir al sur hasta el condado de Girona o bien romper en dirección al mar y las marismas. Y eso es lo que hicieron el jinete y los tres hombres armados poniendo rumbo hacia las tierras de Empúries.

Poco rato después, vieron a lo lejos la villa de Peralada, que se elevaba sobre una pequeña colina en torno a la iglesia de San Martín y del casal de los Rocabertí, los señores vizcondes. Desde que los reyes francos habían derrotado a los sarracenos, la vida cotidiana de aquel territorio se había reorganizado y había dado nacimiento al gran condado de Empúries. Los Rocabertí habían entrado más tarde a la casa condal emporitana, gracias a casamientos y alianzas. Pero finalmente, el gran condado se había partido en dos y, desde entonces, Peralada se había convertido en la villa principal de los Rocabertí y competía con la sede emporitana de Castelló de Empúries.

La pequeña comitiva había proseguido el camino bajo el cielo límpido que deja la tramontana, circundando una gran extensión de marismas donde anidaban las cigüeñas y las garcetas. Poco después, atravesaron un río poco caudaloso, apenas un arroyo que servía para alimentar unas cuantas acequias de aguas verdosas.

Casi a la misma hora, el Pájaro y Sebastià llegaban a Peralada. Era el día del mercado semanal. Iban sobre un carro con Aimeric y su mujer. Eran una pareja rara, aquellos dos, él de cara enjuta y ella, mofletuda, con la mancha rojiza de nacimiento en la mejilla.

El Pájaro viajaba hundido en el carro, de espaldas a Sebastià y a los demás viajeros. Mientras descendían perdió de vista la casa grande del monasterio, tenebrosa con las primeras luces, envuelta en gritos de gaviotas y piar de pájaros, tan gigantesca que daba un poco de miedo. Pero la mirada ausente del joven no contemplaba las montañas sino que divagaba en un recuerdo. Quién sabe qué estaría haciendo Càndia. Debía de estar en el castillo de los Rocabertí, rodeada de lujo. Le acometió un fuerte deseo; necesitaba saber dónde estaba, verla otra vez. Iría a buscarla, la perseguiría, la espiaría a escondidas. Cerró los ojos para volver a imaginarla. «¿Y si no quiere saber nada de mí?» Se iba inquietando. «Quizá finja que no me conoce y ni me dirija la mirada...» Comenzó a pensar en todas las cosas que podían haber pasado durante aquellos días; seguro que Càndia era el centro de admiración en el casal de los Rocabertí y los jóvenes caballeros se habrían fijado en ella y la cortejarían. Lo recorrió un escalofrío de angustia porque, para él, era muy importante saber qué había exactamente en el corazón de Càndia.

Mientras él cavilaba, Sebastià y Aimeric habían seguido conversando, ajenos a sus preocupaciones.

Bajando del monasterio se habían cruzado con unos esbirros del vizconde que remontaban carros reforzados, tirados por mulas y caballos. Habían cargado bloques de piedra para el maestro escultor, dijeron. El Pájaro lo oyó y no hizo caso. Él ya lo sabía porque había oído discutir a los escultores; unos decían que la piedra era menos frágil que el mármol, y los otros decían que no era suficientemente buena.

—Tendrán más trabajo del que piensan —dijo Sebastià.

En un punto del camino encontraron al ermitaño de Sant Onofre, que partía leña con un hacha y una cuña. Hacheaba con parsimonia, como si le faltaran las fuerzas.

—Este hombre está hecho una miseria —dijo Aimeric cuando ya estaban lejos—, sólo le queda la barba.

—No quiere alojar a ningún peregrino, me los envía a todos al hospital. —Sebastià frunció la nariz.

Miquela los interrumpió.

—Tiene fama de hosco y de tanto vivir solo se ha vuelto extraño, pero es mejor persona que otros.

—Tú cierra la boca, que no sabes nada —la hizo callar Aimeric.

Los dos hombres siguieron conversando afablemente. Hablaban de intercambiar mercancías, de cambiar herraduras y comprar sillas para los caballos, de los impuestos que hacía pagar el vizconde Jofre, que se había empeñado para hacer reconstruir el monasterio.

—Las riquezas de los Rocabertí no dan para tanto y desde que los vasallos del conde Hug no pueden ir al mercado de Peralada pierden mucho dinero... —Aimeric parecía estar al tanto de todo—. ¿Por qué creeis que el vizconde pone buena cara a los judíos?

—Le ayudan a pagar deudas —dijo Sebastià.

Aimeric frunció las cejas.

—¡Malditos nobles! Son como ratas de alcantarilla... ¡Tanto orgullo y necesitan el dinero de los usureros!

Estaba resentido y nadie se habría atrevido a contradecirlo. Sebastià sólo miraba el camino.

—Todo está seco como un vidrio y aún queda verano —dijo—. Al paso que vamos sólo sobrevivirán los cuervos.

—Virgen Santa, parece cosa de brujas —murmuró Miquela, que no daba la impresión de estar interesada en la conversación de los hombres. Había mirado al Pájaro con ojos desencajados, señalando la montaña—. Cuídate de ellas, que hacen perder el juicio a los hombres.

Miquela le había explicado que las brujas y las hadas vivían en las cuevas más profundas y hacían que los hombres bebieran el agua del olvido, para que nunca recordaran quiénes eran ni de dónde venían.

—¿Qué coño dices, mujer? —la riñó Aimeric.

—El agua podrida de las marismas propagará enfermedades —comentó Sebastià—; primero debería llover y después soplar la tramontana, así se limpiaría todo.

Pensó en el peregrino afiebrado que le esperaba en el hospital y para el que debía comprar un remedio que le había encargado fray Bernat: polvo de corteza de árbol de Jerusalén.

Habían entrado en Peralada por el portal del puente. Unos cuantos arqueros guardaban la muralla parapetados tras las almenas y dos guardias, lanza en mano y espada ceñida, protegían el acceso a la villa.

El almotacén, un delegado del vizconde que vigilaba el intercambio de mercancías, los miró con desconfianza y les obligó a dejar el carro fuera de la muralla.

—Sólo pueden entrar a caballo los nobles —dijo, malcarado—, son órdenes del vizconde.

—Bien podríais hacer la vista gorda —lo contradijo Sebastià.

El almotacén se enfadó un poco y comenzó a decir que debía velar por el buen funcionamiento del mercado, porque se pagaran las tasas y los productos estuvieran ordenados y no hubiera estafas en el intercambio de especias ni ninguna clase de desorden.

Finalmente les cobró el impuesto y pudieron entrar en la villa.

Aimeric y su mujer habían enfilado por una calleja y Sebastià y el Pájaro se perdieron por la calle de los panaderos. Muchos de los obradores eran regentados por mujeres que amasaban pan, lo tostaban al horno de leña y, cuando lo tenían cocido, lo iban vendiendo.

—¡A medio sueldo la libra! ¡Mirad qué pan tan bueno! —gritó una panadera, que tenía la cara roja como una guindilla.

El pan caliente olía muy bien y el Pájaro habría comido, pero su tutor dijo «ya volveremos», y prosiguió calle arriba, en dirección a la plaza mayor.

En el último tramo de la calle, cuando hubieron pasado el convento de los monjes agustinos, entrevieron las torres del castillo de los Rocabertí, limitando con la iglesia, envueltas por huertos y campos. Aquélla era una gran atalaya desde donde se veía toda la llanura, las montañas de la Albera y la costa.

El Pájaro miró los muros inexpugnables del edificio y el corazón se le encogió. Càndia debía de estar allí dentro. Quería verla, pero ¿cómo? No podía escaparse; debía seguir a Sebastià, que lo iba empujando calle arriba, en dirección a la plaza mayor. Allí reinaba una gran confusión. Un enjambre de personas mercadeaba entre bancos y puestos. El aire estaba impregnado de olores densos y de hedores que él no era capaz de distinguir, salvo el efluvio picante de especias y el tufo de las salazones de las pescaderías, que rebosaban de tinajas de sábalos, cabezas de delfines y de atún. Y aun la peste de las tripas que llegaba de los puestos de los carniceros, que exponían vísceras, hígados y cabezas de cordero sobre los mostradores, espantando a las moscas a manotazos.

La actividad caótica del mercado duraría hasta el atardecer, a la caída del sol. Entonces recogerían los puestos, cerrarían las puertas de los obradores y sólo quedarían ratas, perros y gatos hurgando entre la suciedad.

Los campesinos proclamaban las mercancías. Ofrecían harina de cebada, huevos de perdiz y de gallina, miel y queso, y hortalizas y frutas de verano.

Sebastià caminaba delante, con el pelo alborotado sobre la nuca, arrastrando la pierna mala sin demasiados miramientos. Iba deprisa y no se entretenía en ninguna parte.

El Pájaro lo había seguido con los ojos distraídos, hasta que llegaron al centro de la plaza. Entonces se fijó en un hecho que le había pasado por alto, porque el gentío le tapaba la vista. En la argolla pública donde ataban a los rateros había un chiquillo de cara granujienta que iba descalzo, vestía una cota estrecha y tenía ojitos de miseria. Debía de tener hambre y lo habían pescado robando.

—¿Le puedo dar las monedas? —dijo. Y se palpó los bolsillos de los pantalones.

—¿Aún no las has devuelto? —lo riñó Sebastià. Levantó una mano amenazadora y, poco después, la dejó caer—. Está prohibido acercarse a los encadenados, no podemos hacer nada, chaval —dijo al fin. Poco después, se puso a hablar con un revendedor de fruta—. Guardadme dos de éstos —señaló una cesta con melocotones de viña amarillos y maduros—, y se los dais a aquel chaval cuando lo liberen.

A continuación cambió una moneda de cinco sueldos sin hacer más comentarios y se encaminó hacia las arcadas de la plaza. Allí mismo estaba un viejo mercader que vendía toda clase de hierbas y especias picadas. Tenía pimienta en grano, nuez moscada, comino, anís, jengibre, azafrán, clavo y otras hierbas que el Pájaro no conocía y que desprendían un olor intenso.

—Tengo buenas especias —los saludó el mercader—, me las traen de la costa Malabar... Son puras, porque yo nunca las mezclo. —Mientras lo decía se rascó la nariz ganchuda con la uña—. El vizconde tiene prohibido que falsifiquemos so pena de ahorcamiento, pero aún hay pillos que se atreven a hacerlo.

Sebastià no parecía escucharlo.

—¿Tenéis árbol de Jerusalén?

El Pájaro se fijó en un esclavo de piel ennegrecida y brazos llenos de cicatrices muy feas que transportaba sacos. Iba y venía del carro, con los sacos cargados a la espalda, y los dejaba junto al puesto.

Era bien triste la vida de los esclavos cautivos. Perdían la libertad de movimiento y quedaban sometidos a su amo. Si enfermaban, el propietario podía rechazarlos, siempre que hubiera hecho constar en el contrato de venta alguno de los cuatro vicios que podía tener: demencia o locura, temblores o mearse en la cama y falta de menstruo, en el caso de que el esclavo fuera mujer.

—Los médicos judíos me compran eso que pedís —explicó el viejo mercader.

Buscó entre las tinajas que tenía expuestas en el banco, hasta que encontró una que contenía tallos secos.

—Parece regaliz —dijo el Pájaro.

—Es árbol de Jerusalén —le rectificó el mercader de especias. Las manos le temblaban un poco, pero iba deprisa porque aquello lo había hecho mil veces. Rompió un trozo de corteza con un estilete, lo trituró en un mortero, depositó aquel polvo en una hoja de cáñamo y la dobló como una servilleta.

Aún no habían pagado la mercancía, cuando se oyó un repique de campanillas y, por un extremo de la calle que desembocaba en la plaza, aparecieron dos caballeros armados, con la espada ceñida y un casco ajustado en el cráneo que les dejaba libre media cabellera, y dos damas en monturas de damasco carmesí. Antes de verles la cara, el Pájaro tuvo un presentimiento que pronto se confirmó. Cuando estaban cerca, reconoció al hijo del vizconde y topó con la presencia de Càndia.

La verdad es que estaba preciosa encima del caballo, con un bonete* a modo de corona, atado por debajo del mentón, y la cabellera negra sobre los hombros. Pero contra lo que él habría deseado, la muchacha no hizo ningún gesto, como si no lo hubiera visto.

Se sintió herido. Una dama como ella no podía descabalgar para ir a saludar a un joven sin fortuna, pero podía echarle un vistazo. «Ni me ha mirado —se dijo—. No puede ser que no se acuerde de mí...»

Cuando aún se debatía en dudas, pasó un hecho inesperado. La comitiva se había acercado a las arcadas de la plaza y, de improviso, el caballo del hijo del vizconde comenzó a relinchar. El joven noble tiró de las riendas e intentó dominar el caballo. Pero el corcel se enardeció aún más y, sea porque era rebelde o demasiado joven, empezó a galopar bruscamente, como si lo hubieran espoleado, llevándose por delante un puesto de telas y embistiendo a continuación al esclavo del mercader de especias, que se quedó atrapado bajo la pila de sacos.

El griterío de los mercaderes atronó la plaza mientras los hombres armados se retiraban. El heredero del vizconde ni se dignó descabalgar y, finalmente, retrocedió con la comitiva.

Sebastià y el Pájaro auxiliaron al esclavo.

—Ayúdame a levantarlo.

Sebastià clavó la rodilla buena en la panza de los sacos e hizo tanta fuerza como podía para apartar la carga que aplastaba al pobre esclavo, que gemía de dolor. Tardaron un poco en liberarlo y consiguieron al fin que se levantara. El Pájaro lo sostuvo. Aquel hombre hedía a sudor y temblaba de pánico.

—¡Joven insolente! Este heredero es arrogante y pretencioso como un pavo real —rezongó el viejo mercader.

Les explicó que el esclavo era buen trabajador y tenía pensado liberarlo cuando ya no tuviera que montar el puesto.

Mientras el mercader hablaba, el Pájaro miró al fondo de la plaza, intentando seguir el rastro de Càndia. La vio marcharse sobre el caballo, abriéndose paso entre la gente. Se había retrasado y parecía haber aflojado el trote. «Se va», pensó con tristeza. Pero entonces ella se giró y lo miró con unos ojos inquietos; hizo un gesto discreto con la mano, como si quisiera decirle algo que él no fue capaz de entender.

La mirada angustiada de Càndia se le clavó en el corazón y se quedó allí en medio, plantado.

—Pronto perderías la cabeza. —Sebastià ya le había adivinado el mal—. ¡Ea, venga!, vamos donde los tintoreros.

Éstos estaban cerca de los obradores de los tejedores. En aquel sitio se intensificaban los olores, el hedor de las alcantarillas se mezclaba con el de la carroña que provenía de las pieles curtidas. Los mostradores restringían el paso a las callejas más estrechas; casi no se podía transitar y, al caminar, los pies rompían la costra de tierra y levantaban nubes de polvo.

Su tutor se paraba a conversar aquí y allá con los fabricantes de paños, que vendían tejidos de lana cardada e hilo buriel, y los tejedores que ofrecían capas y medias. Todos tenían aprendices que les ayudaban en el telar. Algunos de aquellos artesanos exponían telas muy bonitas. Uno de ellos era amigo de Sebastià y, cuando los vio, los hizo pasar al obrador.

Mientras los dos hombres conversaban, el Pájaro se fijó en las telas de damasco negro y carmesí que llenaban el mostrador. Dos aprendices remataban felpas de lana y lino como las que llevaban los clérigos principales y los nobles, que se vendían a tanto el palmo.

Poco después volvieron a la calle, que bullía de actividad. Las tejedoras repasaban medias y pantalones y las hiladoras enhebraban la rueca sentadas en el escabel.* Hacían girar el huso con manos ligeras, hasta que conseguían un hilo bien limpio. Una de ellas vendía tejido de cáñamo y tenía una aprendiza muy joven que separaba hilos en el obrador.

—¡Tengo cáñamo bueno y barato! —gritó la hiladora—. ¡Comprádmelo, buen hombre!

—No necesito, señora —le respondió Sebastià.

Pero aquella mujer quería vender e iba sacando hilo y enseñando el tejido. Mientras discutían el precio con Sebastià, el Pájaro se fijó en la aprendiza, que había levantado los ojos.

—¿De dónde eres?

—Mis padres son de Palau, me han enviado aquí para que aprendiera el oficio; trabajo todo el día y, a cambio, la señora me mantiene.

Aquella niña tenía una mirada tímida y triste.

—¿Te trata bien? —le preguntó bajando la voz.

—No me puedo marchar de aquí, si lo hiciera me capturarían y me devolverían.

—¡No pierdas el tiempo, niña, que aún debemos untar los peines! —gritó la hiladora.

El Pájaro no pudo decir adiós a la aprendiza, porque la señora los controlaba. Al salir, vio que se había retrasado y Sebastià ya estaba al final de la calle. Se apresuró.

La calle desembocaba en una plazoleta donde había dos obradores muy ricos, uno de sombreros y el otro de velos, donde compraban los clérigos y las damas nobles.

Mientras Sebastià hablaba con un pelaire que lavaba y perchaba tejidos, el Pájaro echó un vistazo en torno. Cada vez que visitaba aquel sitio se quedaba sorprendido y desconcertado por los colores de las telas y los olores perfumados que desprendían los velos. Le parecían tan sutiles como las damas, quizá porque estaba acostumbrado a las cotas grises, a los hábitos oscuros de los monjes, al tufo ardiente de la cal y al aire seco del monasterio, duro como la piedra y con regusto salobre. En contraste, el aroma delicioso de aquellas telas lo arrebataba un poco.

En aquel instante, descubrió que la puerta del obrador estaba abierta y Càndia permanecía dentro, charlando con su dama de compañía. Estaban eligiendo velos delante de una pequeña montaña de telas.

El corazón le dio un vuelco y, cuando ella se volvió y lo miró de lleno, con unos ojos que aún llevaban el reflejo de la angustia, sintió que se derretía como la nieve en verano. La muchacha murmuró algo al oído de su dama y fue a esconderse bajo una cascada de velos.

Le pareció que la dama de compañía lo miraba por el rabillo del ojo y se aturulló un poco. Pero, en vez de decir nada, la dama se puso a hablar con el fabricante de paños, con voz estridente, de espaldas a la puerta.

Càndia asomó la cabeza de entre los velos y lo llamó con la mirada. Él no se lo hizo repetir, entró en el obrador y se confundió entre las telas.

Càndia murmuró:

—Lo que has hecho hoy en la plaza me ha gustado.

Él se sonrojó. No sabía qué decir. Estaban tan juntos que se tocaban; sentía el calor de su cuerpo, muy cerca, la sentía respirar.

—No te preocupes, la vizcondesa me hace vigilar, pero mi dama de compañía me deja hacer un poco lo que quiero... Me siento enjaulada, ¿sabes?

—¿Por eso estás triste? —se atrevió a preguntar.

—Un poco.

La mano de ella le tocó la cara y se deslizó delicadamente sobre su pecho, hasta tocar la bolsita de cuero que ocultaba el pasador.

—No me lo quito ni para dormir —dijo el Pájaro. El corazón le latía, enloquecido.

Càndia sonrió y, con un aliento de rosas que le puso piel de gallina, murmuró:

—Yo también pienso en ti.

Él amagó besarle la mano, como hacían los caballeros con las damas, pero Càndia lo escrutó con aquellas pupilas de agua oscura, se inclinó y le dio un beso en los labios. Sólo uno. Luego se apartó. Y él sintió que el corazón le latía tan fuerte como si se fuera a romper.

Se sentía inseguro. Estaba ruborizado y sudaba.

—Me gusta cómo eres —le susurró ella al oído.

Dijo que sí sin mirarla y tardó un poco en poder hablar.

—Cuando vuelvas al monasterio te enseñaré el campanario, serás la primera muchacha que sube a él...

Era su manera de decirle que la quería. Entonces Càndia se liberó de su mano.

—Tengo que irme —dijo en voz baja. Y huyó bajo los velos.

Se marchó del obrador henchido de alegría. Sebastià lo esperaba en la plazoleta.

—¿Dónde te habías metido, chaval? —Él no le contestó,

porque ya respondía con la mirada—. Te he comprado esto —le dijo su tutor, y le dio unos pantalones nuevos.

Saliendo de la plazoleta fueron en dirección a los tintoreros. Cerca de allí, fuera de la muralla, había una curtiduría de piel donde teñían las telas, y las tinas de los hervidores, que estaban al lado del río.

Le gustaba mirar las aguas de colores que llenaban los hervidores y soportaba mal el tufo de las pieles, que ahora se mezclaba con el perfume de las lilas y el hedor de las letrinas que provenía de los burdeles. En aquel lugar sórdido, los peones del vizconde buscaban meretrices; tomaban un vino tan fuerte que habría hecho caer a un caballo y bebían y bebían hasta perder el sentido.

Un rato más tarde salieron por el portal del puente. El lecho del río estaba cubierto por una gran extensión de telas que se secaban sobre la hierba, y allí esperaban Aimeric y su mujer.

Al cabo de un momento abandonaron la villa. El Pájaro pensaba en Càndia y tuvo que reprimir el deseo de retroceder. Muy pronto dejaron atrás el puente del río y no vieron al jinete escoltado por hombres armados que acababa de llegar a Peralada.

Al llegar a la puerta sur de la muralla, la guardia armada dejó pasar a los recién llegados. Cuando el almotacén vio las credenciales del jinete le hizo una reverencia y lo hizo guiar por un lancero. Aquella pequeña comitiva cabalgó hasta la plaza mayor, por donde se accedía al casal fortificado del vizconde Jofre de Rocabertí.

Cuando llegaban a la plaza oyeron un gran alboroto, seguido por unos gritos que parecían aullidos de guerra. Y casi al instante una cuadrilla de caballeros armados con antorchas encendidas irrumpió en pleno mercado.

Todo fue muy deprisa. Con un galopar frenético los atacantes comenzaron a lanzar flechas de fuego y a arremeter contra todo lo que encontraban. Destrozaron los mostradores y tiraron al suelo las mercancías.

La gente huía despavorida y los mercaderes intentaban salvar las vituallas, mientras los soldados se enzarzaban con crueldad en el ataque.

Cuando ya habían hecho bastante daño, aparecieron las huestes de Peralada, llamadas al toque de alarma. Los hombres del vizconde Jofre comenzaron a luchar a golpes de maza y de espada, intentando cercar a los invasores, que se defendían encarnizadamente. Poco a poco, consiguieron estrechar el cerco sobre los atacantes, que, al verse acorralados, acabaron huyendo.

Durante todo el ataque, el jinete y su escolta se habían quedado replegados bajo una arcada, acompañados por el lancero del almotacén. Desde allí habían visto a los caballeros enzarzándose los unos contra los otros, entrechocando espadas y cayendo malheridos del caballo. Habían esperado que la situación se calmara y, cuando los hombres armados abandonaban la plaza y los mercaderes recogían los restos del desastre, retomaron la dirección del castillo.

Supieron por el lancero del almotacén que los enemigos que habían atacado el mercado eran hombres de armas emporitanos, gente del conde Hug de Empúries.

Al cabo de un rato, al entrar en el patio de la fortaleza, el lancero que los acompañaba descabalgó primero y se adelantó para avisar al ujier de la guardia personal del vizconde.

—El mensajero papal solicita ser recibido por nuestro señor.

Aquella noche el Pájaro no durmió. Sólo tenía en la cabeza los labios de Càndia, los pequeños pechos que punzaban la tela ceñida del brial, aquellos ojos de manantial que habría deseado entender y la expresión socarrona de la sonrisa. La imaginó quitándose poco a poco los vestidos, dejándole ver el cuerpo que él percibía perfecto, lleno de secretos que sólo podía intuir, ya que no había visto jamás a una mujer completamente desnuda, ni siquiera a Saurina. Se entretuvo dibujando con el pensamiento aquel cuerpo imaginado tal como había venido al mundo, recreándose con él en juegos prohibidos que no era capaz de describir del todo. Había visto cómo se apareaban los perros y los caballos, por instinto, pero estar con la amada debía de ser algo imposible de explicar.

Al día siguiente, trabajó en el campanario. Faltaba poco para coronar la obra y los operarios tenían prisa y no hacían más que pedir mortero de cal.

Él tenía sueño y, para desentumecerse, plantaba cara al

fresco de la tramontana. Más de una vez se quedó atónito con los ojos clavados en el cielo y la descubrió en medio de las nubes, insinuándole sus encantos: la cabeza tensa, la cara de rosa y los labios carnosos. Y si miraba el mar, veía sus ojos dibujados en las olas.

No se la podía sacar de la cabeza y no había momento del día en que sus pensamientos no estuvieran centrados en Càndia.

—¡Eh, chico! ¿Duermes? —Uno de los obreros lo hizo salir del ensueño—. Trae el capazo, ¡que uno se ha muerto esperando!

Entonces fue consciente de que tenía la cabeza muy lejos.

Por la tarde, volvió al patio a observar al Maestro Peire. Por dentro se moría de vergüenza; ¿qué diría el escultor si llegara a saberlo? ¿Cómo podía pedirle que le enseñara el oficio? Deseaba coger el taladro y la martellina; haría lo que fuera, cargar piedras, si era preciso, para que el maestro lo admitiera como aprendiz de escultor.

A la hora de cenar volcó la escudilla y Sebastià le clavó la mirada.

—¿En qué estás pensando? ¿No sabes cómo hacer para que la hija del maestro escultor se fije en ti? —dijo rascándose la barba con el dedo pequeño. Y prosiguió—: El enamoramiento hace que los hombres pierdan el jucio... Además, ella no es para ti.

Blai se quedó mudo; la vergüenza de saberse descubierto le subió los colores de la cara.

—El maestro no entregará a su hija a un sirviente del monasterio, siento decírtelo... —su tutor hablaba convencido—. Salvo que el abad te libere y aprendas un oficio que te permita vivir con dignidad. Quizás entonces te escucharía.

—¿Qué tengo que hacer para que me libere?

—Trabajar mucho para pagar tu redención.

Sebastià entrecerró los ojos mientras calculaba la improbabilidad de que eso sucediera. No le quería decir que ser liberto era casi imposible; debería devolver una tercera parte de los bienes que había recibido, la manutención anual que el abad le tenía asignada.

—¿Por qué todo tiene que ser tan difícil? —se quejó el Pájaro.

—El mundo es como es, cualquier padre querría casar a su hija con un señor.

—Entonces quiero trabajar para no ser un sirviente.

—Aún eres joven, tienes tiempo, y ella está por prometer... Si no, ya encontrarás otra que sea guapa y buena chica.

—No como ella. —Se quedó pensando en lo que le había dicho Sebastià—. ¿Ir con una chica que no es tu prometida es pecado?

Los ojos del tutor refulgieron.

—No, si la quieres.

El Pájaro recordó lo que decían los clérigos, que las mujeres eran perversas y llevaban al hombre por el camino del mal y que, aparte de la Virgen María, que no tenía mácula, todas las demás eran iguales. Por eso debían ser sumisas y obedientes al marido. Pero él no podía creer que Càndia fuera igual que todas. Càndia era diferente.

—¿Y tú y Guisla? —insistió.

—Guisla es viuda y yo un hombre libre, y no hacemos mal a nadie —respondió Sebastià.

—¿Y el abad no dice nada?

—Antes debería amonestar a los clérigos que viven con mujeres... De hecho, no sabe lo nuestro, y sólo podría ordenar mi expulsión si me entendiera con una mujer casada o deshonesta, pero no es así.

—¿Y nunca os casaréis?

—No podría traerla aquí y debería dejar el hospital.

—Pero hacer eso sin casarse es pecado...

El tutor rompió a reír.

—Yo ya he hecho la penitencia, quizás algún día te lo explique... Antes me daba miedo la justicia de Dios, pensaba que había que mortificarse para obtener clemencia y que la severidad era justicia.

—¿Y no es así?

—No puede haber justicia sin amor. —Negó con un gesto.

—No entiendo nada de lo que dices.

—Yo tampoco, pero es así —replicó Sebastià.

La experiencia de vivir le había hecho comprender aquello que no se podía explicar con palabras; todo el mundo buscaba a Dios en la penitencia, pero él lo había encontrado en el amor.

El Pájaro no dijo nada. «Algún día Càndia será mi esposa», pensó.

Capítulo 14

El palacio de Empúries

Dos días más tarde, la tramontana aún soplaba y el cielo era rojo como la sangre. La villa de Castelló de Empúries, encajada sobre un monte y cercana al río Muga, parecía querer abrazar el mar y la llanura ampurdanesa, con la sede condal que lo controlaba todo. El palacio fortificado de los condes era una buena atalaya para hacer señales de humo y de fuego, pero aquel día el viento no habría permitido controlar las espirales de humo ni la trayectoria de las flechas.

Desde aquella soberbia fortaleza, el conde Hug dominaba los castillos de Quermançó y de Sant Salvador de Verdera, y controlaba sus derechos sobre las tierras, los ríos, los estanques, el mar y las principales vías de comunicación, los puentes que atravesaban los ríos, las salinas y los puertos, que habían dado fama de tradición marinera al condado de Empúries. El conde también disponía del derecho a acuñar moneda propia y tenía veguerías encomendadas a hombres de confianza en diversos palacios, que cobraban los impuestos fiscales.

A aquella hora el consejero del conde, Dalmau de Quermançó, estaba a punto de abandonar la estancia que tenía reservada en las dependencias del palacio. Sobre el pecho velludo le relucía un colgante de colmillo de lobo.

—Aún tienes que aprender —dijo a un chaval de piel blanca que yacía estirado sobre las sábanas, con los ojos perdidos en la almohada—. ¿No me has oído?

El chaval no hizo el más mínimo movimiento. Dalmau ni lo miró. Estaba sentado en un taburete y acababa de ponerse las medias. Le iban tan ceñidas que dibujaban perfectamente la exagerada torsión de las piernas. Se había vestido con una camisa de lino y unos pantalones apretados en la rodilla que le remarcaban la arcada de las extremidades.

—La lección de hoy ha terminado —refunfuñó—. Ya puedes vestirte.

Casi al instante de haberlo dicho, se puso de pie y, a continuación, se ajustó el puñal al cinturón. Era tan curvado de piernas que, visto de lejos, parecía una arquivolta.

Poco después se ciñó la camisa; se calzó unos borceguíes* de piel fina y llamó a un sirviente.

El joven continuaba inmóvil, medio escondido entre las telas de algodón, con expresión contraída.

—Llévate al esclavo y arregla la estancia —ordenó al criado que lo esperaba fuera, en el pasillo. La luz diurna acentuaba los rasgos del rostro del consejero; una barbita puntiaguda de macho cabrío, una nariz aquilina y una cicatriz fea y ennegrecida sobre la ceja—. Otra vez tráeme a un chaval que tenga la dentadura completa y sea dócil —prosiguió—, lo vas a buscar donde sea... —De alguna manera debía satisfacer su deseo—. Y antes, dale bien de comer.

Dejó la estancia y, con la camisa inflada por la corriente de aire fresco que atravesaba el pasillo, subió los peldaños de una escalera vetusta que conducía a la sala de armas del palacio. Aún soplaba aquel maldito viento. En el otoño y en la primavera, cuando las lluvias inundaban los cercos y se pudrían los sembrados, todo el mundo pedía un poco de tramontana. Pero en verano sólo quemaba los ojos y secaba los huertos. Y los animales también lo notaban.

En aquel punto de palacio, los bramidos y chillidos de las bestias del jardín retumbaban confusamente en el techo.

El consejero atravesó el pasillo sin detenerse. Caminaba con altivez y un poco de talón, como si fuera a montar a caballo, mirando el jardín a través de los ventanales. Entre las palmeras se veía el foso de los leones y dos ejemplares feroces que eran regalo de un mandatario de Bujía y que gustaban mucho al conde Hug, porque eran bestias nobles y fuertes. Más allá, en el centro del jardín, los halcones enjaulados esperaban al halconero que los adiestraba a diario.

Con cuatro zancadas llegó a la entrada de la sala, una puerta protegida por dos guardias que, con sólo verlo, retiraron las lanzas para dejarle paso.

El conde Hug lo esperaba dentro, huraño, con las espaldas anchas, la cabeza alta y una mata de pelo grueso que le tapaba el cuello. Iba y venía de una silla acolchada a un viejo escudo grabado con un blasón con tres franjas de oro y de gules, que recordaba a los visitantes la nobleza de su linaje. Pertenecían a la estirpe de Jofre *el Velloso* y, tiempo atrás, había recibido el poder de manos del mismo emperador Carlomagno.

Hacía poco, el conde había dado los buenos días a su esposa, Jussiana, y acababa de despedir a un magistrado que venía de los tribunales. Habían despachado unos cuantos casos judiciales, ya que él mismo dictaba sentencia en sus tierras, y estaba orgulloso de ello, porque sus súbditos, incluso los judíos, tenían más franquicias y libertades que ningún otro vasallo.

Pero la conversación con el magistrado le había dejado un aire taciturno.

El consejero entró, fulminante, en la sala de armas.

—¿Qué sabéis del memo del abad? —fueron los primeros buenos días que le dio.

—Cuidad lo que decís, sobre todo delante de la condesa, ya sabéis que es devota del monasterio y no lo toleraría...

Al conde Hug se le encogieron las facciones y frunció las cejas. La condesa Jussiana era una dama piadosa y justa; había recibido una educación severa en la corte de los Entença, veneraba las reliquias del monasterio de Sant Pere de Rodes y no veía con buenos ojos que su marido desafiara a los benedictinos.

—Ya veo que os habéis levantado de mal humor. —En el instante que lo decía, el consejero se sentó en el brazo de una silla, con las piernas abiertas.

—Hemos perdido los derechos sobre el estanque —dijo el conde con acritud—, el tribunal ha dado la razón al abad y sólo le obliga a pagarnos unas onzas de oro... A cambio, nosotros estamos obligados a darle la barca. —Chasqueó la lengua. Se había detenido en un rincón de la sala, delante de los pivotes de madera donde se exponían el arnés de guerra, unas cuantas corazas, cascos, escudos y cotas de malla—. Nuestras arcas están demasiado empobrecidas —prosiguió—, nuestros padres hicieron demasiadas concesiones a la iglesia para ganarse el cielo.

Los viejos condes temían que algún obispo les pudiera negar que actuaban por la gracia de Dios, por eso habían dado a los monjes buena parte de los derechos de pesca y muchas propiedades. No obstante, le habían dejado una buena herencia; la villa estaba bien protegida y era menos vulnerable que la anterior capital, Sant Martí de Empúries, donde aún tenían un buen puerto que sus antepasados se habían visto obligados a abandonar, porque los malditos piratas musulmanes y los rateros húngaros que corrían por la llanura la saqueaban cada dos por tres. Desde que el conde tenía uso de razón había visto cómo Castelló, la nueva capital, se iba agrandando hasta convertirse en una población influyente, con clérigos y nobles poderosos y una aljama judía bastante rica. Pero ni él ni su padre, que se jactaba de mantener la soberanía frente al conde de Barcelona, habían podido contener el hambre de sus vecinos.

—¿Cuándo habéis sabido la sentencia? —preguntó el consejero.

—Acabo de despedir a uno de los juristas que lleva el caso.

—Deberíais utilizar vuestras influencias en los tribunales —dijo el consejero, esquivando una mirada furiosa del conde.

—Esto no era lo único que os quería decir —Hug de Empúries prosiguió con un tono más grave—. El jurista me ha hecho saber que los perjuicios cometidos por nuestros hombres contra el mercado de Peralada son infinitamente más altos... —A medida que hablaba se iba enfureciendo—. Prender fuego al pueblo de Santa Creu no fue una buena idea; teníais órdenes de no actuar sin mi permiso, ¿y qué hacéis? ¡Provocáis un altercado de consecuencias imprevisibles en Peralada! ¿No os dije que actuarais con astucia? ¿Qué clase de prudencia es ésa?

—En la guerra gana quien se anticipa, señor.

—¡Gana quien usa el cerebro antes que el hígado! —El conde se había ido enfadando y gritaba—. Escogisteis el peor día, Dalmau, el emisario del Papa lo vio... ¿Sabéis qué quiere decir eso? —Tenía los ojos encendidos.

Pero Dalmau de Quermançó, que no parecía intimidado

por los arrebatos del conde, le mantuvo la mirada sin moverse del lugar.

—Ese cabrón del vizconde necesita un escarmiento, señor, ¿permitiréis que esa madriguera hedionda de Peralada os usurpe las riquezas?

De improviso, el conde Hug se encaró con su consejero y lo amenazó con el dedo como si dictara sentencia.

—¡Si el emisario habla mal de nosotros al Pontífice tendréis la culpa; y si fracasáis en la empresa perderéis el cargo! —El conde embistió con una mirada dura e insondable que desafiaba la de Dalmau.

Como si lo hubieran pinchado, Dalmau de Quermançó se levantó de la silla.

—¡Señor, dejadme actuar y os demostraré lo que puedo conseguir! —Levantó la frente como un toro airado antes de clavar los cuernos—. ¡El de Roma no hará nada en nuestra contra!

—Puede declararnos la guerra.

—Ea, venga, no me hagáis reír, ¿tenéis miedo de iros al infierno?

El conde no le respondió. Se había acercado al ventanal que daba al patio de las bestias y murmuró:

—¿Qué querrá el enviado del Pontífice?

Sabía qué se jugaba si el Papa pedía su excomunión. Entre otras cosas, no podría entrar en ninguna iglesia ni enterrar a sus muertos en ningún cementerio cristiano, y perdería autoridad delante de sus súbditos.

—¡Ya veo al lameculos del vizconde yendo tras el Papa! —exclamó irónicamente el consejero.

—Me temo que el abad Berenguer está detrás de todo esto —reflexionó el conde. Había aflojado la mirada y volvió a moverse intranquilo, agitando en el aire aquellas manos de príncipe, blancas como el almidón.

El consejero no se movió un pelo de donde estaba, persiguiendo con los ojos el andar del conde, como si le hubiera medido el paso.

—Tenemos un buen plan para fortalecer el condado —dijo con dureza—, y estos monjes de los cojones no harán nada en nuestra contra, porque el amo del castillo de Sant Salvador tiene órdenes de no defenderlos. Sólo debemos ejecutar el plan, y eso es lo que estoy haciendo... ¿Y vos me decís que actúe con prudencia? —Una sonrisa torcida se dibujó en el rostro del consejero—. ¿Cómo queréis detener a vuestro primito de Peralada y obtener los tesoros del monasterio? —prosiguió—. Vuestros derechos están amenazados por culpa de un vizconde inútil y un montón de monjes pringosos que nunca entrarán en razón si no es por la fuerza... ¿Pensáis recuperar el poder enviando delegaciones de buena voluntad?

—¡Basta, Dalmau! —gritó el conde. El discurso enfervorizado del consejero le había irritado—. Os prohíbo que actuéis por vuestra cuenta; debemos tener el favor del Papa si queremos ser sede episcopal... Nuestro condado es noble y antiguo, tenemos caballeros leales y bien armados; actuar con exceso y sin pensar en las consecuencias nos puede estropear los planes.

—¿Y creéis que el obispillo de Girona no hará nada por desbaratarlos? Tenemos una manera de impedir que el abad actúe en vuestra contra —prosiguió Dalmau—: pedid a vuestro hermano que interceda ante el Pontífice.

El conde Hug hizo un gesto disuasorio.

—Ya lo he hecho, no puedo traicionar la voluntad de nuestro padre, que era ver de nuevo un condado unificado y elevar una catedral sobre la iglesia de Santa María —reflexionó—, eso nos fortalecería... Sé que mi hermano puede hacer prevalecer la amistad que tiene con algunos cardenales.

El consejero asintió. Por un instante pareció que se retiraría, pero no lo hizo; en lugar de eso, apretó la hebilla de plata que le sujetaba el puñal.

—Conde, dejadme ir al galope, si es preciso, tengo personas de confianza en el monasterio que me ayudarán a desplegar mi plan... También os conviene ganaros la amistad del conde de Tolosa, es un hombre fuerte y puede beneficiarnos.

El conde de Tolosa era rival acérrimo del conde Ramon Berenguer IV de Barcelona. La enemistad entre las dos casas condales provenía de lejos, desde que un antepasado del conde barcelonés, Ramon Berenguer, había raptado a la esposa del conde Tolosano, Almodis de la Marca, y se había casado con ella.

—¡Eso sería traición! —exclamó el conde Hug cortando el aire con la mano—. ¿Olvidáis que hemos tenido que pactar con el conde de Barcelona? ¡Se ha hecho muy fuerte y no permitirá que nos aliemos con un enemigo suyo!

Él nunca se arrodillaría ante ningún señor, pero se había visto obligado a aceptar al conde de Barcelona como príncipe para conservar la independencia del condado. Él y Ramon Berenguer habían hecho un juramento mutuo, en igualdad de condiciones.

—¡El conde de Barcelona es un bastardo! —exclamó Dalmau—. No tuvo ninguna consideración con nosotros... ¡Se merece un escarmiento!

En la voz desgañitada del consejero no había ni una pizca de piedad. No podía olvidar que el conde de Barcelona había atacado el castillo de Quermançó ni que su padre, que custodiaba aquella fortaleza, la había defendido hasta la muerte.

—¿Habéis perdido el juicio? Ramon Berenguer es un hombre astuto y ha sabido jugar bien... Nadie le discute el poder; además, su casamiento con Petronila lo ha convertido en rey de Aragón y tiene unas huestes que pueden aniquilar las nuestras.

El conde de Barcelona había ido ganando territorio y señorío. Había echado a los sarracenos de Tortosa, Lleida, Fraga, Mequinenza, de la sierra de Prades y de Ciurana. Finalmente, al casarse con la hija del rey aragonés se había convertido en conde rey.

Hacía doce años que se habían celebrado aquellos esponsales, cuando Petronila tenía catorce. Ramiro, su padre, la había prometido al conde al año de vida y, con veintiséis años, Petronila era una joven que había visto morir a dos hijos y había parido cinco más, el primogénito Alfonso, dos hijas, Dulce y Leonor, y los pequeños Ramon Berenguer y Sancho.

—No puedo hacer nada contra Ramon Berenguer —prosiguió Hug de Empúries—, ni le puedo pedir ningún favor.

—Pero al conde de Tolosa, sí.

—¿Qué insinuáis?

—Dejadme actuar, os juro que no os pondré en ningún compromiso.

—Si cometéis algún error, os haré arrancar la cabeza.

Se hizo un silencio tenso, que rompió el conde Hug:

—¿Y dónde está la carta pontificia que me prometisteis?

Con el robo de aquel documento dejaban al monasterio desprotegido.

El consejero Dalmau tardó unos instantes en reaccionar mientras se volvía a ajustar la hebilla del cinturón.

—Está en lugar seguro. —Los ojos pequeños y maliciosos desmentían sus palabras—. Lo que ahora importa es conseguir las reliquias.

—¡No quiero ningún derramamiento de sangre! —El conde le dedicó una mirada fulminante—. Y aún menos de sangre inocente... Por cierto, ¿sabéis algo del clérigo que encontraron muerto en nuestro territorio?

Dalmau de Quermançó negó con un gesto.

Instantes después llamaron a la puerta. Uno de los hombres que montaban guardia delante de la sala de armas pidió permiso para entrar.

—Señor, ha llegado monseñor Joan.

—Hazle pasar —respondió el conde, y dirigiéndose al consejero—: Ya podéis retiraros.

Al atravesar el umbral, Dalmau de Quermançó se cruzó con Joan de Empúries, el prior de la orden del Temple. Apenas se detuvo a saludarlo, hizo una ligera genuflexión y salió de la sala.

Joan de Empúries, el hermano del conde Hug, estaba al frente de la encomienda del Temple de Castelló. La orden había sido fundada hacía poco por unos cuantos caballeros que seguían los ideales de san Bernardo de Claraval y se habían dado a conocer por el valor con que defendían a los peregrinos de viaje a los santos lugares.

El hermano del conde había entrado pausadamente, con la cabeza alta, pelado al rape y con barba hirsuta. Vestía la capa blanca de los templarios, con una cruz patriarcal de color rojo cosida a la altura del corazón.

—¡Hermano mío! —exclamó el conde. Le abrazó—. ¿Cómo ha ido el viaje desde Amposta?

Entonces Dalmau de Quermançó ya estaba lejos de la sala de armas. Había pasado la sala de los escudos y el salón de los antepasados, donde los condes guardaban objetos familiares y tapices de valor. Mientras atravesaba el pasillo que conducía a la planta baja del palacio le salió al paso el ballestero que le había acompañado en la escaramuza del estanque.

—Ven. —El consejero lo empujó hacia un rincón—. Nadie debe saber que la carta pontificia se nos ha escapado de las manos ni que matamos a aquel clérigo; sea como fuere, ese maldito documento no está en poder del monasterio y eso asegura nuestro plan. Tendrás que ir a Tolosa a ver al conde —prosiguió—; debes ponerte en camino ahora mismo.

Dicho esto, hizo una señal al soldado para que le siguiera. Y volvió a caminar, plantando cara a la tramontana que se filtraba por doquier; estirado, a caballo del aire.

A primera hora de la mañana, el conde Hug se dio la vuelta en la cama. Su esposa Jussiana estaba despierta y yacía a su lado, la cabellera rubia esparcida sobre la almohada, medio hundida en el colchón de plumas de oca. Tenía veintinueve años y ya había parido cinco hijos, uno de los cuales había muerto.

Como tantos matrimonios condales, el suyo había sido un casamiento por conveniencia política. Jussiana tenía catorce años entonces, era del linaje de los Entença y había heredado la baronía de Alcolea de Cinca, una aldea entre montañas que parecían cortadas con cuchillo a la derecha del río. Recordaba perfectamente cómo había salido a las puertas del castillo para tomar posesión no sólo de aquellas tierras sino del alma del lugar. Quizá por eso, Empúries le pareció un mundo que no le pertenecía, pero debía obedecer a su marido y rindió sus encantos al conde Hug.

Los ojos de Jussiana eran del color del ámbar.

—Quedaos un rato. —Cogió a su esposo por el brazo con una mano melosa.

El conde la observó con orgullo. ¿Cuántas veces había disfrutado de ella? Había perdido cintura, pero aún era una mujer deseable. Sabía moderar el genio delante de los sirvientes y los invitados y, cuando estaban en la cama, se volvía dulce y frágil. Sin toca era más sensual, aunque, por pudor, delante de él no se quitaba nunca el camisón. Las damas la ayudaban a desvestirse: fuera la tela que le cubría el escote, fuera el corpiño de lino abrochado a la espalda; todo fuera, menos el camisón. Así le había esperado en la cama la primera vez que consumaron el matrimonio. Aquél era su campo de batalla y allí Jussiana se dejaba poseer.

—¿No decís nada? —continuó ella ante el silencio del conde.

La condesa sabía insistir. Hacía años que había tenido que hacer frente a la desgracia de perder un hijo y a las escaramuzas del conde, que frecuentaba mujeres y se entendía con las criadas. Pero ella había hecho todo lo posible por reconquistarlo; se habían reconciliado y, al cabo de un año, había dado a luz al primogénito, otro Ponç Hug.

Sólo entonces el conde fue consciente de que convivía con una mujer digna de ser amada, que representaba mucho más que la consolidación de un buen patrimonio. Con el paso del tiempo había ido descubriendo la inteligencia de Jussiana, su fortaleza, el buen saber con que administraba los asuntos familiares y, sobre todo, el amor que le tenía.

—Quedaos un rato —dijo Jussiana.

—No puedo, querida. —El conde le acarició la mejilla con gesto apresurado—. Esta mañana debo impartir justicia.

Acababa de recordar que le esperaba un día duro y se incorporó en la cama. Tenía demasiados asuntos pendientes para responder al requerimiento de su esposa. Le vinieron a la mente todos los problemas del casal. El pleito contra el abad, las causas judiciales que podía perder y el estado precario de las finanzas del palacio. Mantener la corte y la hueste de caballeros que la defendían era como tener una sanguijuela chupándole la sangre.

—¿Qué os pasa, esposo mío? ¿Estáis inquieto y no queréis decirme por qué?

—No quería preocuparos, pero la verdad es que estamos perdiendo poder... —El conde se abrochó la camisa, sentado al borde de la cama—. Tenemos en contra al abad Berenguer y al de Rocabertí, y no hemos conseguido ninguna alianza provechosa.

La expresión de la condesa Jussiana se alteró. Miró a su esposo con fijeza; se sentó sobre la almohada, agarrándose el cuello del camisón con la mano.

—Ya es hora de que penséis en casar a nuestra hija Brunissenda —dijo— y ya sé qué esposo le conviene.

—Debe ser un barón bastante fuerte para no doblegarse ante el conde de Barcelona ni ceder a las pretensiones del de Tolosa —sentenció el conde.

—El otro día dijisteis que el vizconde de Béziers era el único barón que podía hacer frente al conde de Tolosa —dijo Jussiana.

—Así es —reflexionó el conde.

El vizconde de Béziers gobernaba un territorio medianero, situado entre los dominios del conde de Barcelona y el de Tolosa. Era un buen partido para Brunissenda.

—Enviadle un emisario con un regalo —sugirió la condesa.

El conde frunció la frente, reflexionando sobre la propuesta.

—Tendréis que hablar con vuestra hija.

La condesa asintió mientras el conde se levantaba de la cama y, por un momento, confiado, miró a su esposa a los ojos. Como siempre, Jussiana tenía razón.

Capítulo 15

El aprendiz de escultor

El Pájaro estaba intranquilo. El recuerdo de Càndia le despertaba una emoción ardiente y alegre, pero si en algún momento dudaba de su amor, la sensación se fundía en un desasosiego frío y duro. Sus pensamientos cambiaban deprisa como el viento y lo torturaban. Tan pronto se sentía amado como no. Algunas noches no podía dormir pensando que Càndia lo trataría como a un sirviente al que hay que mirar con orgullo; se ponía celoso pensando que los encantos de ella no debían de pasar desapercibidos entre los nobles de la corte condal. Estaba seguro de que la rondaban caballeros mentirosos y ambiciosos; imaginaba el lujo en que vivían, tal como había visto en las comitivas de señores que se paseaban por el monasterio durante las celebraciones. Y todos aquellos pensamientos se convertían en un malestar horroroso que no lo dejaba vivir. En otros momentos recordaba su belleza, sus ojos de agua profunda y la sonrisa dulce con que lo había besado. Todo él era una obsesión que se llamaba Càndia; en todo momento pensaba qué podía hacer para verla de nuevo y tenía la cabeza muy lejos de las cosas cotidianas.

Aquella mañana su tutor lo sorprendió distraído a la entrada del hospital.

—¿Qué te pasa, chaval? ¿Has mandado la cordura a paseo? ¿Aún te dura el enamoramiento? —El Pájaro desvió los ojos, avergonzado—. Estás ciego por esa chica.

Le persiguió con la mirada.

—Es que la amo —murmuró.

—La amas, la amas... —Sebastià retrocedió y empujó la puerta del hospital con mano firme—. ¿Qué sabes tú de amar? Di que la deseas... Si su padre sabe que la persigues, te romperá los dientes.

—Ella también se ha fijado en mí y quizá nos casemos —el joven intentó buscar una respuesta convincente, pero estaba demasiado nervioso.

—¡Ésta si que es buena! —bufó su tutor dejándose vencer por el movimiento de la puerta entreabierta—. Falta que el escultor no te mande al cuerno cuando le pidas la mano de su hija.

—Pero si nos amamos...

Sebastià se apoyó en la puerta, con aire resignado.

—Los matrimonios no se hacen por amor, cabeza de chorlito. Por eso yo no he querido casarme, ¿lo entiendes ahora?

De aquella materia sabía mucho. Antes de conocer a Guisla había desflorado a unas cuantas mujeres a placer y obtenido el favor de otras por las que, después de poseerlas, ya no sentía ningún deseo. Pero la experiencia en Tierra Santa lo había convertido en otra persona. Ya no era como aquellos hombres que trataban a las mujeres como si no tuvieran alma. Él amaba a Guisla.

—Venga, vete —dijo finalmente, y entró en el hospital.

El Pájaro se marchó cabizbajo. Nadie le entendía, aparte de Sebastià, y nadie parecía darse cuenta de la obstinación que lo tenía atrapado. Nunca se había sentido igual, la vida entre las cuatro paredes del monasterio ahora le parecía cruel y rutinaria.

Retomó el trabajo en el campanario. Debía asegurar los tablones para que los obreros pudieran levantar las últimas hileras de piedra que coronarían la torre.

El oficial de obras trepó a los andamios.

—¿Has calzado bien los tablones? —Con una mano lenta repasó el encaje de las maderas. Después levantó la vista—: ¡Venga, que ya acabamos!

Detrás del oficial subieron unos cuantos obreros, exaltados por la llegada a la cima. Iban diciendo:

—¿Nos mandará más trabajo fray Guillem? Ya se puede

dar por bien pagado este monje. ¡Cuida dónde pones los pies! Aquí arriba acabaremos achicharrados...

Desde aquella altura, siguiendo el pie de la cornisa, levantarían una segunda hilera de dientes de sierra que cerraría la torre del campanario.

El Pájaro vio cómo la parte alta de los andamios se llenaba de obreros. Esto se acababa. ¿Qué haría de ahora en adelante? Pronto no lo necesitarían en la obra.

Echó un vistazo melancólico a la panorámica que lo rodeaba. El viento había rolado a poniente y hacía aún más bochorno.

Recostado en el muro, contempló los peligrosos precipicios que aguantaban la construcción, las crestas de arena y un brazo de mar grandioso, azul y rizado, que desafiaba las barquitas del puerto de Rodes, pequeñas como hormigas atrapadas en el agua.

Aquel día trabajó mucho repartiendo mortero de cal y ayudando en lo que hiciera falta.

A media tarde, fray Guillem le ordenó que bajara.

—Los picapedreros tienen más trabajo del que pueden hacer, tendrás que ayudarlos.

Le relucían los ojos a aquel monje de cabeza pelada. Era al menos un palmo más bajo que él y aparecía por la obra cuando menos se lo esperaban.

—Primero ve a ver a los escultores —le mandó fray Guillem.

Él no dijo ni sí ni no, sólo agachó la cabeza. Nunca había imaginado tener una oportunidad como aquélla, aunque la había soñado más de una vez.

—Un aprendiz ha sufrido un accidente, y nos falta alguien que lo releve —dijo Arnau de Elna, el oficial del Maestro Peire—. Probaremos contigo.

No sabía qué debería hacer, pero se sentía contento.

Lo destinaron al lado norte del patio donde se apilaban los sillares de piedra. Dos aprendices y un obrero desbastaban la piedra con la maza y con la ayuda de una cuña de madera. Los imitó. Colocaba una y otra vez la cuña en el lugar señalado y picaba con un golpe seco, para hacer un corte limpio.

Aprendió que había que sacar la parte sobrante con exactitud, para que la pieza encajara bien. Muy pronto, el sudor le empapó la camisa y los pantalones, y había momentos en que la piedra y él eran un solo cuerpo rompiéndose a golpes de maza.

Al final lo consiguió. Le quedaban unas incisiones muy exactas y el obrero las dio por buenas.

—Haces las muescas finas, chaval, parece que lo hubieras hecho toda la vida —dijo.

Al día siguiente, Arnau de Elna fue a buscarlo; alto, vestido con una cota negra.

—Me ayudarás a preparar las piezas en el taller; así aprenderás el oficio. —Lo miró cejijunto, con austeridad.

No se habría atrevido a replicarle. Aquel hombre de aspecto enérgico, que imponía respeto, parecía haber leído su obstinado deseo.

De esta manera pasó a formar parte de la cuadrilla de escultores y pudo franquear las puertas del monasterio, donde le estaba prohibido entrar sin el permiso del abad.

Siguió al oficial a través de la galería del claustro. Era la hora del ocio; los frailes conversaban y no los vieron entrar.

El Pájaro se fijó en tres novicios que jugaban al alquerque* en el corredor opuesto; los reconoció porque los había visto ingresar en el monasterio y cantar salmos en el coro, pero nunca había hablado con ellos, ya que el abad se lo tenía prohibido. A aquella hora los novicios jugaban con un puñado de piñones sobre un tablero de cinco casillas por cinco marcado sobre la piedra. Él también había hecho partidas con los chavales de Santa Creu, capturando fichas al adversario y saltándose las casillas vacías.

Siguió a Arnau en dirección al taller donde trabajaría de ahora en adelante.

Habían atravesado el claustro hasta llegar a dos puertas que daban al lado del mar; Arnau abrió una y apareció una sala bien iluminada.

En el taller había dos aprendices jóvenes que trabajaban en una mesa alta. Estaban calculando los volúmenes de un moldeado de yeso y, con una especie de compás, iban marcando las medidas sobre el sillar de piedra que había que esculpir.

—Trabajarás con Samsó y Genís —dijo Arnau, con voz pausada—, preparan las molduras de yeso que deben ir sobre el arco; fíjate bien en lo que hacen y no hagas más ruido del necesario... Estamos al lado del escritorio de los monjes.

El Pájaro observó lo que hacían los aprendices. Aquellos moldeados de yeso, hechos a partir de unos dibujos del Maestro Peire, servían de modelo. Se fijó en el trazo seguro de los chavales, que utilizaban un compás acabado en un brazo puntiagudo que se podía acortar o alargar a voluntad. Con aquella herramienta tomaban medidas del modelo, punto por punto, y las iban marcando sobre la superficie de la piedra, perforando con el punzón las cotas de profundidad.

A la caída de la tarde, cuando la luz menguaba, el Maestro Peire entró en el taller. Tenía cara de contrariedad y dijo al oficial que las marcas de la moldura no eran lo bastante exactas.

Antes de marcharse pasó al lado del Pájaro y, por primera vez desde que había llegado al monasterio, se dignó mirarlo a los ojos. Lo escrutó de arriba abajo con minuciosa curiosidad y no dijo absolutamente nada.

Capítulo 16

El emisario papal

En pocos días, la torre del campanario quedó cubierta por una hilera de dientes y una cornisa de pizarra. Lo habían celebrado haciendo repicar dos campanas de bronce que los obreros, el día anterior, habían unido con cuerdas a un contrapeso de piedra, ayudados por cuatro caballos que tiraban desde el suelo.

El abad oyó el toque de mediodía con un punto de impaciencia. Esperaba visita. De buena mañana se había presentado en el monasterio un mensajero del conde Jofre.

—El emisario del Pontífice me envía para deciros que tiene la intención de visitaros hoy.

El mensajero, un escudero fornido, estaba sin aliento después de haber trotado deprisa subiendo la montaña.

El abad dio gracias al cielo apelando a la voluntad del Señor, que no siempre coincidía con lo que desea el hombre.

A la hora estipulada, salió acompañado por unos cuantos monjes para dar la bienvenida al delegado papal.

La visita de una comitiva pontificia era un hecho poco habitual y despertó la admiración de todo el mundo. Los obreros y los escultores sólo tenían ojos para observar lo que pasaba. Sebastià, Aimeric y algunos peregrinos habían salido para ver desmontar al inesperado viajero, que iba escoltado por una pequeña comitiva de caballeros encabezada por el estandarte de las fuerzas pontificias, un paño negro y una cruz astada.

Fray Bernat sintió que los ojos le lagrimeaban y exclamó:

—Ya está aquí, gracias a Dios.

El emisario papal llevaba birrete y una capa forrada de satén rojo; se veía un hombre de constitución achaparrada y tenía la cara arrugada por el sol y el aire del camino.

Descabalgó con las espuelas puestas y enseguida fue recibido con reconocimiento.

—Su Ilustrísima —el abad lo saludó haciendo una genuflexión.

—Soy el obispo de Cremona, el delegado del papa Alejandro.

El prelado hablaba con una cierta arrogancia y la mirada alta de los que se sienten investidos de autoridad.

—Vuestra visita nos honra. —El abad le vio relucir en la mano un gran anillo de plata. Y prosiguió—: Bienvenido a nuestra casa.

A continuación, encargó a fray Bernat y fray Gausbert que cumplimentaran a los caballeros de la comitiva.

—Vos, prior, quedaos con nosotros.

El abad echó un vistazo al patio. Panda de chismosos, todos habían salido a ver qué pasaba.

Después acompañó al obispo a la sala capitular y le cedió el sitial, mientras él, el prior y el sacristán tomaban asiento en las sillas de los monjes.

Fray Gausbert pidió permiso para entrar y les ofreció una fuente con buñuelos de queso, requesón y una jarra de vino dulce, que depositó sobre una mesita policromada.

—Son buñuelos de queso y requesón de leche de cabra —dijo el monje que servía—. Se hacen con huevos, harina y especias; nuestra cocina es sencilla, su Ilustrísima.

El obispo probó un buñuelo y asintió.

Cuando fray Gausbert estuvo fuera, el abad Berenguer preguntó:

—¿Cómo su encuentra su Santidad?

En el rostro del obispo se dibujó una expresión de disgusto.

—Es probable que el papa Alejandro tenga que exiliarse en Francia —dijo. Y explicó la situación convulsa que se vivía en Roma. Era del dominio público que Alejandro III tenía en contra al emperador Federico y un grupo de cardenales que lo habían traicionado nombrando a Víctor IV como nuevo Papa.

—El exilio complicaría las cosas y nos dejaría desprotegidos —reflexionó el abad.

—De la confusión puede nacer el orden; cuando un príncipe es destronado, hace la guerra para volver al orden —les interrumpió fray Damià, que, por primera vez desde que se habían saludado, intervenía en la conversación.

—Decís bien —asintió el prior.

—Siempre que el príncipe tenga razón —les replicó el obispo de Cremona—, y el desorden que cause no sea muy grande.

El alto prelado prosiguió con la narración de los hechos. Se hacía entender bien, expresándose en un habla llana semejante a la de ellos y, cuando era preciso, recurría al latín.

—No sabemos cómo se encuentra su Excelencia en la actualidad —reconoció.

El Vaticano estaba en una situación delicada y los países de la cristiandad también. Por el camino hacia Rodes había visto mucha desolación y muerte, dijo, y lo habían atacado unos bandoleros al pasar por la Camarga.

—La guerra, la pobreza y las enfermedades castigan a los pueblos —continuó—; también en vuestra casa hemos presenciado cómo los hombres armados asaltaban el mercado de Peralada y hemos encontrado gente pobre que nos salía al paso implorando justicia.

—Sabemos el esfuerzo que ha supuesto para vos este viaje, su Ilustrísima, y agradecemos vuestra visita —dijo el abad—. Estamos seguros de que el documento que traéis nos ayudará a mejorar la situación.

El emisario asintió; parecía más distendido y se tocó el anillo.

—El breve que solicitaron a nuestro Pontífice es muy claro, padre abad: ordena al conde de Empúries que restituya los derechos de vuestro monasterio si no quiere ser excomulgado.

Llegados aquí, el prior y fray Damià entrecruzaron una mirada recelosa.

—Nos alegra oírlo —respondió el abad—. El conde tiene una mano derecha feroz en su consejero, pero esperamos que su esposa influya en él.

—Le haremos llegar el aviso.

El obispo se había reclinado en el sitial; cogió otro buñuelo haciendo pinza con los dedos y se lo comió en dos bocados.

—Si me permitís, os acompañaré... —se ofreció el prior—. Estoy seguro de que el conde de Empúries nos escuchará.

El abad lo reprobó con gesto disuasivo.

—No creo que sea una buena idea, fray Ramon —dijo. No le parecía bien que fray Ramon aprovechara los lazos familiares que lo relacionaban con la casa de Empúries.

—En este caso puede ser útil —dijo fray Damià.

Esta vez el abad enmudeció. No quería hablar de asuntos personales delante del prelado.

—Me gustaría ver la portada que estáis construyendo —dijo el obispo de Cremona, que parecía estar al corriente de todo—. Si no he entendido mal, tenéis a un escultor que ha vivido en Italia.

El prior cambió de cara. Frunció las cejas, contrariado.

Fray Ramon era obstinado, le costaba mantener el voto de obediencia, pensó el abad. Pero procuraba el bien de las rentas del monasterio y era un hombre austero.

El deseo del obispo los hizo visitar la iglesia. El Maestro Peire trabajaba en la galilea. Estaba afinando la pupila de un ojo con la punta del taladro. Extrañamente, aquel día parecía predispuesto a hablar y encontró un buen interlocutor en el obispo, que conocía la Lombardía al detalle y había visitado la catedral de Antimo y la de Prato.

El maestro parecía estar como pez en el agua hablando de relieves y de capiteles con aquel ilustre invitado, y volvió a mostrar por enésima vez la obra que no le dejaba dormir.

Ya habían levantado la portada hasta al menos su mitad, y ahora había que acabar el frontispicio, una gran pieza de mármol con una cruz esculpida que cubriría la puerta.

—Estamos a punto de colocar el tímpano —dijo el escultor—; lo acabaremos con las molduras labradas que forman la arquivolta.

—Estáis haciendo un trabajo extraordinario. —El obispo admiró la magnificencia de la obra, que superaba el alcance de visión de quien la contemplaba a pie derecho.

El escultor no mencionó que debería completar la mampostería en piedra, porque se habían quedado cortos de material.

Fue detallando los relieves historiados y el significado de los dibujos de las fajas y las molduras, con una voz modulada que iba creciendo, como si perdiera gravedad y se alzara a la altura de aquella gran portalada.

De pronto dijo:

—Si me disculpáis, vuelvo a mi labor.

Los religiosos dejaron al maestro trabajando y entraron en la iglesia.

—Este templo tiene un estilo muy curioso —observó el emisario—. Veo que hay capiteles arabescos y corintios. Y estas columnas tan bien proporcionadas... Tenéis una iglesia muy hermosa.

—La construyeron buenos maestros de la corte carolingia que conocían el arte de vuestro país y de Bizancio —dijo el abad—. Como veis, las columnas son muy sólidas, y también los cimientos que reposan sobre el precipicio.

El abad comprobó con satisfacción que el obispo estaba sorprendido. En Roma debían de considerarlos un poco bárbaros, porque desconocían hasta qué punto aquella comarca y los abades que le habían precedido se habían interesado por libros de médicos sabios, astrónomos, aritméticos y geógrafos de todo el Mediterráneo.

—Ya lo veo —constató el obispo—. Por cierto, vuestra abadía tiene fama entre los peregrinos; ¿nos mostraréis las santas reliquias?

El abad asintió e intercambió una mirada con el prior y el sacristán. Había que silenciar que tenían restos del apóstol Pedro, no fuera a ser que el Pontífice los reclamara. Si en Roma lo sabían, los tomarían por mentirosos o por soberbios, y encontrarían argumentos para confiscarles las reliquias. Por eso, precisamente, guardaba con tanto celo aquel secreto y no lo revelaría nunca.

No fue hasta más tarde que se atrevió a pedir al obispo una copia de la carta pontificia que estaba en poder del Vaticano.

—Necesitamos tenerla antes del Jubileo, Su Ilustrísima, así preservaremos el original y podremos mostrarla en público. —Era una mentira piadosa que no requería confesión por no tener que explicar un robo que los habría comprometido.

—Intentaremos que os llegue antes de la primavera —se comprometió el prelado.

Antes de marcharse, el obispo visitó el reconditorio de las reliquias; allí se arrodilló ante el santo tesoro y, como si se hubiera deshecho del orgullo, rezó con gran recogimiento.

Más tarde abandonó el monasterio acompañado del prior. En el portal de entrada, se cruzaron con un monje benedictino que solicitaba hablar con el abad.

—El conde de Barcelona y rey de Aragón, Ramon Berenguer, ha muerto —dijo el monje desconocido.

El abad escuchó con consternación aquellas palabras.

—¿Cómo ha sucedido?

—De viaje hacia Italia, cuando iba a entrevistarse con el emperador Federico.

El mundo era un valle de lágrimas; apenas acababa de recibir una buena noticia, ya llegaba una trágica. El infante Alfonso sucedería a su padre, pero era demasiado joven para gobernar y su madre, Petronila, debería hacerse cargo del reinado.

A mediodía, las campanadas a muerto resonaron en el campanario del monasterio con unos badajazos lentos y tenebrosos. El abad caviló sobre lo que podía haber pasado. Quizás el conde de Barcelona había conseguido un acuerdo con el Emperador y quién sabe si habría podido ayudar así al Pontífice. Pero, por desgracia, eso ya era imposible. Sopesó qué debía hacer con el secreto que años atrás le había transmitido Norbert.

«Si lo destruyo, no tendré ningún arma para hacer valer nuestro poder ante el Vaticano, llegado el caso. Pero debo descifrar su contenido», se dijo.

Aquella tarde, olvidando la cautela con la que siempre había obrado, volvió al escritorio. A aquella hora, la luz rosada que traspasaba las placas de alabastro extendía un velo de bochorno por la estancia.

Fue al arca de los libros profanos; apartó los libros y abrió otra vez el postillo del fondo del mueble. Con la mano temblorosa, extrajo un pergamino de la cavidad.

Lo desenrolló poco a poco y fue siguiendo el contenido con la mirada. El sello del Vaticano cerraba el texto con el dibujo de una mitra, dos llaves y la abreviatura de Petrus, PET. Aquella inscripción certificaba que la carta era auténtica.

Se detuvo al pie del escrito y, por enésima vez, examinó aquel símbolo estampado sobre la firma. Era un octágono en tinta negra, inscrito en tres círculos, que contenía un signo difícil de distinguir y que se mezclaba con las letras de la rúbrica. Lo siguió con la punta del índice, angustiado, como si esperase que el tacto le revelara el significado. Pero no recibió ninguna señal de inspiración, más bien al contrario. Oyó el chirrido de una puerta y se asustó. ¿Y si no estaba solo? La puerta estaba abierta un dedo; habría jurado que alguien lo estaba espiando. Corrió hacia el umbral y miró fuera, pero no vio nada. El pasillo del claustro estaba desierto y reinaba un silencio denso que sólo rompió el eco de una campanilla que llamaba a los monjes a recitar los salmos.

Capítulo 17

Peregrinos

Una mujer descabalgó en el patio del monasterio. Vestía el hábito grisáceo de las monjas benedictinas, de manera que su cuerpo sólo se dejaba insinuar como una perla dentro de la ostra. Había posado el pie en el suelo con ligereza, encarando el viento salobre que venía del mar, y traía el olor de los limoneros que florecían en el huerto.

El tiempo quería cambiar; unos grandes nubarrones oscurecían el cielo y las gaviotas sobrevolaban el campanario chillando, intercambiándose en círculos estrechos en una danza enigmática. Pero la monja no parecía ver nada de ello. Caminó hasta la portería, golpeó la puerta y esperó a que abriesen.

Pocas mujeres entraban en el recinto monacal; por eso, cuando recibió a aquella monja de aire diligente en el despacho del locutorio, el abad se perturbó más de lo que habría deseado.

—Dios os guarde, venerable.

El abad Berenguer la escrutó con una mirada que quería ser serena.

—Bienvenida, Esclarmunda —dijo con voz modulada. Pero lo traicionó un ligero temblor en las manos. No podía disimular el nerviosismo que le producía la visita de la priora del monasterio de Vilanova de la Muga.

—Padre abad —la priora flexionó la rodilla para saludarlo—, ya veis que he cumplido mi promesa.

De nuevo, la presencia de aquella monja lo cautivó. Ella lo

había mirado cara a cara por debajo de la toca, con unos ojos negros y brillantes.

—Os agradecemos la visita. —El abad recordó la última vez que se habían saludado en una misa de celebración—. Nos conviene mantener las relaciones de hermandad entre nuestras casas...

El abad fue sincero, pero se ahorró decir que también se disputaban los feligreses. Esclarmunda presidía un monasterio de una quincena de monjas que dependía de Peralada y, desde que ella era la priora, aquel lugar había adquirido renombre.

—Hemos venido a recibir la bendición que dais a los peregrinos porque queremos emprender el camino de Santiago. —Los labios perfilados de la priora hablaron con un eco ampuloso que se hacía agradable al oído.

—Nos complace mucho vuestra decisión, pero os exponéis a hacer un viaje lleno de peligros.

El abad frunció la frente y la priora le sostuvo la mirada.

—No tenemos miedo de nada porque nos guía el Espíritu —le replicó—. Además, viajaremos escoltadas por los caballeros del vizconde Jofre.

El abad enmudeció. Sabía que el valor no era patrimonio exclusivo de los varones. Había mujeres como Esclarmunda o como sor Hildegarda, la abadesa de Bingen, que daban ejemplo de fortaleza. Hildegarda era respetada por los hombres doctos de toda la cristiandad; conocía perfectamente la escolástica, había escrito tratados de ciencia y medicina y se le atribuían éxtasis y visiones que no desmerecían en nada la grandeza de su persona. Nadie ponía en duda que había recibido el conocimiento por revelación divina; incluso el Pontífice la había autorizado a publicar lo que veía por inspiración.

—Una vez más tengo que daros la razón. —No encontró argumentos para contradecir a Esclarmunda y esbozó una sonrisa—. Vos sabréis lo qué debéis hacer.

Casi al instante reprimió un pensamiento. Mientras observaba el gesto airoso de la priora, sintió el deseo de sumarse a la peregrinación. Habría caminado tras los pasos gráciles de aquella monja de presencia agradable.

—¿Os puedo hacer un encargo? —preguntó.

—Decidme.

—Quisiéramos estrechar los lazos de amistad con Santiago de Compostela —un leve brillo refulgió en los ojos del abad—; quisiera que entregarais una carta a los canónigos de la catedral.

—Dadlo por hecho.

Las palabras seguras de Esclarmunda resonaron como una bendición. Poco después, la priora abandonó el despacho en dirección a la iglesia, con el propósito de venerar las reliquias.

Era la vigilia de la Asunción de la Virgen, un día señalado en el calendario litúrgico. El monasterio estaba de celebración y habían llegado más peregrinos que deseaban recibir perdones especiales. Se sentían culpables porque habían nacido con el pecado original de la desobediencia y quebrantaban la ley de la iglesia cada vez que yacían con una mujer o tenían un deseo sexual, cuando comían carne en días de ayuno o no iban a misa. Pecaban de pensamiento, palabra, obra y omisión, y por esta razón hacían cola en los confesionarios. Querían recibir la absolución y visitaban las reliquias buscando la gracia divina. Sólo así se librarían del infierno.

El hospital se había convertido en un hormiguero. No cabía una aguja, pero Sebastià ya estaba acostumbrado. «Son gajes del oficio», decía. Había momentos para todo, de la misma manera que no se puede dejar ningún agujero en un tejido ni cavar un hoyo sin sacar tierra, porque las cosas del mundo se vacían y se llenan continuamente.

Había llamado al Pájaro.

—Hoy y mañana tendrás que espabilar —le advirtió—. Miquela me ayudará en la cocina y tú no tendrás otro remedio que servir la cena.

Por la tarde, llegaron un caballero aragonés, que iba a cumplir las últimas voluntades de plegaria de un tío difunto, y dos mercaderes de la ciudad de Albí, uno de los cuales tenía una pierna amputada.

Sebastià tuvo que alojarlos fuera, en el patio.

—Tendréis que dormir al raso.

Les dio gavillas de paja para que se hicieran un lecho en el suelo y fue a la enfermería a visitar a los enfermos. Encontró a fray Bernat, que hablaba con el peregrino de aspecto miserable que había caído afiebrado a principios de agosto y que aún seguía allí, en consideración a su mal.

—Pronto os darán el alta —dijo Sebastià.

—Está demasiado bien —fray Bernat sonrió, moviendo su cuerpo encorvado—, pero ahora tenemos a otro enfermo.

Era un campesino de aspecto hambriento con síntomas de enfermedad intestinal. El viejo fraile le tomó el pulso mientras el hombre lo miraba con desánimo.

—Tendréis que seguir bebiendo hipocrás —diagnosticó. Esa mezcla de diecisiete hierbas era una panacea milagrosa que curaba todos los males, pero aún no había producido ningún efecto visible en el campesino.

—¿Y si fuera contagioso? —Sebastià no las tenía todas consigo—. Más valdría que llamáramos al barbero cirujano del Coll del Perer.

No es que dudara de la sabiduría del viejo monje, pero el cirujano estaba acostumbrado a cortar piernas gangrenadas y a cerrar ojos de leprosos.

A la hora de cenar, los peregrinos coincidieron en el refectorio del hospital, una estancia rectangular muy austera iluminada por una gran lámpara de aceite que colgaba del techo. Comían en torno a una larga mesa, y Sebastià y el Pájaro distribuían la cena.

Sebastià servía el vino en una jarra de barro; lo escanciaba con precaución, calculando la justa medida.

—Nos mesuráis la bebida, hospedero —murmuró un peregrino de pelo clareado—. De tanto estar con monjes os habéis vuelto tacaño.

—A quien no le agrade que no vuelva —respondió—. Toca una medida para cada uno.

Inmediatamente se levantó un rumor confuso entre los comensales.

—Esto no es un hostal ni un burdel —gritó Sebastià, enfadado, con cara adusta—. ¡Quien quiera indulgencia que se la gane!

El Pájaro volvió a la cocina a buscar comida. Miquela estaba sentada en un escabel cerca del fuego. Vigilaba la sopa de garbanzos con cebollas y tocino que hervía en una caldera negra y abollada; de vez en cuando la iba revolviendo y se frotaba las manos en el delantal de arpillera.

—¿Ya ha puesto paz Sebastià? ¡El infierno está lleno de desagradecidos! —Se secó el sudor de la frente con una punta de delantal. A contraluz, las llamas le dibujaban arrugas oscuras en el rostro. Parecía más vieja que a la luz del día—. Chaval, dile que esto ya está.

El Pájaro sirvió la sopa en escudillas de madera, mientras Sebastià acababa de pasar el vino y lo miraba todo a distancia.

El peregrino aragonés estaba sentado junto a los mercaderes de Albí.

—Así que venís de Occitania —los interpeló—. ¿Por ventura sois herejes albigenses?

—Sí, ¿por qué? —le respondió uno de ellos.

—¿Y qué hacéis aquí, si no creéis en las reliquias?

—Tenemos tanto derecho como vos... Tenemos el mismo señor, el conde Ramon Berenguer, que también es vuestro rey.

El aragonés hizo un gesto de rechazo.

—¡Los albigenses estáis contra la Iglesia de Roma!

—Nuestra creencia no rechaza a nadie, sólo queremos una iglesia más evangélica —le replicó el mercader de la pierna amputada.

—¡Os proclamáis buenos cristianos, como si los demás no fuéramos hijos de Dios! —El aragonés los señaló con un dedo acusador. Los miraba con la frente arrugada y los ojos llenos de ira.

—¿Somos herejes sólo por decir que la Iglesia romana es motivo de escándalo entre el pueblo? No negaréis que vuestra iglesia tiene clérigos con conducta reprobable, que obligan a los fieles a pagar diezmos —le replicó el albigense, que no había perdido la serenidad.

El aragonés lo miró, rabioso.

—Pero os falta la fe verdadera —respondió el otro con tranquilidad.

De improviso, el aragonés se levantó de la mesa.

—¡Hijos del diablo! —los amenazó, enfurecido.

Sebastià había seguido buena parte de la conversación con poco entusiasmo. Las discusiones le ponían de mal humor. Insensatos. Se habían enzarzado en una pelea absurda y no pensaba permitir que el fragor de la discusión envenenase el comedor.

—¡Basta! —Súbitamente, dio un puñetazo sobre la mesa—. ¡No toleraré ningún alboroto! —Dejó claro que se reservaba el derecho de expulsarlos si no respetaban las normas de convivencia—. Por lo que respecta a vosotros, caballeros —dijo a los mercaderes de Albí—, guardaos las discusiones doctrinales.

Oyó que el caballero aragonés refunfuñaba en voz baja.

Después de la cena, el Pájaro le preguntó por qué discutían.

—Los albigenses son cristianos, pero tienen sus dogmas; creen que son la verdadera iglesia e imitan a Jesucristo, por eso se hacen llamar hombres buenos... Sólo reconocen el sacramento del bautismo, y lo celebran con fuego cuando ya son hombres.

—¿Y eso es malo?

Sebastià se encogió de hombros.

—Buscan la verdad a su manera —dijo.

Sentía respeto por los albigenses. De viaje a Jerusalén, había conocido a unos cuantos y eran buena gente; obedecían la disciplina de la milicia y tenían sentido de la justicia. Muchos de ellos eran gente emprendedora que comerciaban con tejidos. Siempre habían sido bien acogidos en los condados de Peralada y de Empúries, y el conde de Barcelona los protegía porque eran sus vasallos.

Después de cenar, cuando los ánimos se habían calmado y ya no esperaban más que el silencio nocturno, llamaron a la puerta del hospital. Sebastià fue a abrir.

—¿Tenéis refugio para un pobre peregrino? —Era un hombre desastrado, con una barba de pelo de perro.

—No tengo sitio.

—Dejadme dormir en la paja —el recién llegado tenía ojos de conejo espantado—, hacedme ese favor.

Sebastià no se negó.

—Os daré una manta.

—Dios os lo pague —dijo el desconocido.

—Sólo podéis quedaros esta noche —le advirtió, y regresó al hospital.

El silencio reinaba en el monasterio. Blai también dormía;

Sebastià lo vio entre los nudos de cortina, tendido sobre el jergón, con el vello espeso en las axilas. Ya era un hombre, sólo le faltaba una mujer.

Aquella noche Sebastià durmió de un tirón, hasta que el canto de los gallos rompió la quietud del alba y lo despertaron unos gritos:

—¡Ladrón! ¡Al ladrón! ¡Me ha robado la bolsa!

Se levantó deprisa y corrió, renqueando, hasta la entrada. El albigense cojo gritaba como un loco, blandiendo la muleta en el aire, mientras el vagabundo que había pasado la noche al raso huía a toda velocidad.

Sebastià no se lo pensó dos veces y le persiguió. Aquel ratero trotaba como un caballo, levantando nubes de polvo. Lo siguió de lejos y ya lo daba por perdido, pero al llegar al portal que cerraba el recinto de la muralla el fugitivo tropezó con una piedra y cayó. Entonces pudo atraparlo. Lo agarró por el cuello del sayal y lo estampó contra el suelo.

—¡Dame la bolsa o te rompo la cara, desgraciado! —amenazó con aplastarle la nariz con el puño.

—¡Tened piedad, señor! Tengo siete hijos que mantener —gimoteó aquel miserable. Hedía a miseria y temblaba como quien no ha comido caliente en varios días—. Dejadme marchar, os lo ruego... —Había dejado caer la bolsa y su mirada suplicante no desmentía sus palabras.

Sebastià sintió una conmoción vertiginosa. La mirada de aquel hombre le pareció terrible. Un viejo recuerdo lo perturbó: un soldado se desangraba lastimosamente, con las pupilas en el vacío, exhalando el último suspiro. Aquel enemigo muerto no se había sometido en ningún momento, no había habido rendición ni súplica, sólo lo miraba desafiante, con una inocencia horripilante que hablaba de la conquista del paraíso que alcanzaban las almas puras.

Al instante, le invadieron la compasión y el asco, que penetraban en él como dos venenos. Tarde o temprano, el pasado venía a romper la paz del presente y, de nuevo, se sintió culpable de una pena que ya había expiado.

Los ojos de aquel ladrón le hablaban de todo aquello. El miserable seguía gimiendo, le había cedido el botín y pedía piedad.

Aflojó los brazos y lo dejó huir.

Sebastià se quedó paralizado, como si hubiera perdido toda la fuerza y nunca hubiera vivido la crueldad de estrangular a un enemigo en plena batalla.

Muy pronto llegó, gritando, el otro mercader albigense.

—Ha lanzado esto y ha huido —mintió Sebastià mientras se incorporaba y daba la bolsa al mercader. Hasta entonces no se había fijado en que era de lino bordado, como las que contenían joyas valiosas—. Es peligroso llevar cosas buenas yendo por estos montes de Dios —dijo rascándose el mentón—, supongo que está todo...

Horas más tarde, los caballeros albigenses fueron a despedirse de él. Se mostraron agradecidos.

—Queremos pagar la voluntad; aceptad esta bolsa como donación, la encontramos al borde del camino —confesaron—. Quedáosla.

Más tarde, en la soledad de su cuarto, Sebastià examinó la bolsa. Contenía un portarrollos de latón con un llavín colgado y una cruz que parecía de buena plata. En el portarrollos había un pergamino sellado con lacre rojo. Arrancó el lacre con un estilete fino que habría hecho desangrar una bota de vino de una sola punzada e intentó leer. Pero enseguida comprendió que requería demasiado esfuerzo para alguien como él, más bien ignorante de la gramática latina. Había sido educado para la guerra, adiestrado para soportar el peso del arnés y manejar la lanza y la espada con pericia, y apenas instruido en ningún otro arte.

Fue a ver a fray Bernat a la portería.

—¿Con qué me venís ahora, Sebastià? —la voz del anciano retumbó en las bóvedas del techo provocando una reverberación apagada—. Tengo otro trabajo que descifrar textos...

Pero en cuanto acabó de decirlo miró el rollo y, como si la curiosidad lo hubiera ganado, lo desplegó y lo leyó. Repentinamente, se quedó mudo y se le iluminó la cara.

—¡Alabado sea Dios, es nuestra carta pontificia! —exclamó sorprendido—. Lo que no me explico es de dónde han sacado la llave que abre el portarrollos, si la guardaba el abad...

De manera inesperada, Sebastià se enteró del robo.

—No se lo digáis a nadie —le pidió fray Bernat—, ahora mismo se lo comunico al abad.

Vio marcharse al anciano en dirección al claustro, caminando con esfuerzo, pero con el espíritu pletórico. Admiraba a aquel hombre reposado y humilde que iba envejeciendo igual que un árbol, sin hacer ruido y dando los mejores frutos antes de dejar este mundo. No tenía una encomienda fácil, debía atender a los visitantes y a los enfermos, y aún hacía la ronda diaria por el monasterio.

Cuando se disponía a volver al hospital, cayó un chaparrón. Después de meses de sol cruel, las nubes de agua descargaban sobre la tierra seca.

Capítulo 18

El rechazo

El Pájaro soñaba con Càndia y se esforzaba por aprender el oficio.

Estaba acostumbrado a trabajar sobre el andamio, de cara al viento, y le costó encerrarse dentro de cuatro paredes para hacer una tarea de precisión que requería todos los sentidos. Pero habría aceptado lo que fuera para conseguir lo que deseaba.

Se comportaba como un hombre hecho y derecho; ya no tenía ganas de ir arriba y abajo como un buey sin cencerro, y tenía un único pensamiento.

Cada mañana rezaba para que todo saliera bien y pudiera aprender el oficio de escultor. Intentaba no pensar tanto en Càndia, cosa que era imposible, porque no se la podía sacar de la cabeza. La imaginaba a su lado, desnuda, acariciándole el cabello. Y a medianoche se despertaba sudado, con el pene erecto y el temor de que Sebastià lo oyera gemir. Entonces le sobrevenía un sentimiento de culpa y la imperiosa necesidad de irse a confesar. Pero ¿qué debía decir? «¿Deseo a la hija del maestro y la imagino desnuda durante la noche?» El clérigo le diría que pensar en mujeres era pecado, le haría rezar nueve padrenuestros y hacer penitencia cuando le vinieran malos pensamientos. Así pues, desistió de explicárselo a nadie, no fuera que le prohibieran pensar en Càndia.

Sólo quería ser un oficial con un sueldo aceptable: deseaba

hacerse un nombre entre los picapedreros; así el maestro lo consideraría digno de su hija.

En el taller el tiempo pasaba volando; trabajaba concentrado y obedecía las órdenes de Arnau. Estaba atento a las explicaciones que recibía e imitaba lo que había visto hacer a los escultores. En pocos días, aprendió a marcar puntos y calcular los ángulos; sabía acortar el punzón a conveniencia y perforar con exactitud los orificios que facilitarían el trabajo de los escultores. Montaba primero el sargento que aguantaba la herramienta y después aseguraba el brazo articulado del compás, que se movía igual que un dedo. Procuraba no equivocarse y tomaba medidas del modelo de yeso con mucho cuidado, dos o tres veces, mirando y repasando las cotas de profundidad antes de marcar una sola puntada sobre la pieza original.

Desde el primer día Arnau de Elna lo había vigilado con recelo. Le había dicho que tenían entre manos piezas muy valiosas, que había que tratar como si fueran la piel de un recién nacido, ya que «una pequeña imperfección, sólo un esqueje de uña, chaval, puede estropear el conjunto». A la más mínima falla le obligaría a remarcar los puntos, pero cualquier error podía echar a perder la superficie y tendría su castigo.

Arnau era severo y extremadamente exigente. No le quitaba la vista de encima; siempre lo tenía detrás de la nuca, observándole. Y él hacía de tripas corazón para no perder la concentración, mientras las gotas de sudor le bajaban por la frente.

Una tarde Arnau se quedó a su lado, con la pose firme de siempre, la cabeza alta y aquellos ojos de águila. Le estuvo contemplando mientras trabajaba. El Pájaro hizo esfuerzos para que no se notara que estaba nervioso; no quería equivocarse, y el pulso le temblaba un poco. Cuando acabó, Arnau le agarró la mano, imperioso:

—No la inclines. —El brazo musculoso del oficial le obligó a cambiar el sentido del movimiento—. Aguanta la punta del compás perpendicular a la pieza y hazla rodar... Las manos aún te pesan, y deben ser una pluma. —Le acompañó la mano por la superficie lisa—. Tienes traza y podrás esculpir bien, por eso te exijo más —dijo—, debes conseguir que las herramientas sean parte de ti.

Desde aquel día, se esforzó aún más. A la hora de acabar se

quedaba a tomar medidas de modelos viejos. Repetía los movimientos del compás una y otra vez y, al terminar, cogía la martellina y el punzón y los hacía cansar, tal como le había enseñado Arnau. Alargaba la paciencia hasta el límite, tanto que ni parecía él mismo.

Al cabo de unas semanas, Arnau lo llamó aparte.

—A partir de ahora, repasarás las cotas que hayan señalado Genís y Samsó.

Le extrañó que el oficial le encargara una tarea tan delicada; debería supervisar el trabajo de unos aprendices que le superaban en edad y experiencia.

A partir de aquel día, sus compañeros comenzaron a mirarlo con malos ojos.

Una tarde, se vio obligado a devolver una pieza mal punteada.

—Deberás marcarla de nuevo, Genís, era tuya...

—A mí no me digas qué tengo que hacer —le soltó a la cara el aprendiz—, ¡a nosotros sólo nos da órdenes el oficial!

No quiso enfrentarse, sólo dijo:

—Hago lo que me han mandado.

—Tú no eres nadie.

Arnau debió de oír la discusión porque entró con un trozo de moldura en la mano y con cara de pocos amigos.

—¡Si volvéis a discutir os enviaré a la pedrera a desbastar rocas! —les riñó. Y amenazó a Genís con la moldura—. Y tú eres incapaz de hacer nada bien si no tienes a alguien que te vigile... ¡Esta pieza también es tuya y no tiene ningún punto en su sitio! —Arnau echaba fuego por la boca.

Al Pájaro le pareció que debía salir en defensa del aprendiz:

—Señor, parte de la culpa es mía, debía repasar las molduras y no lo hice.

Arnau le dedicó una mirada furibunda.

—¡Esta pieza salió del taller mucho antes de que tú fueras responsable! No quiero que los excuses y no admitiré ningún otro error —gruñó rascándose la barba.

Aquel incidente permitió que el Pájaro calibrara las consecuencias de cualquier pequeña distracción y se ganara el respeto de Genís y Samsó.

La confianza que el oficial parecía haber depositado en él le motivaba, y la esperanza de que el Maestro Peire lo tuviera en consideración le hacía trabajar con ganas. De vez en cuando, el escultor aparecía por el taller. Lo miraba todo con detenimiento, pero nunca decía nada; hablaba con Arnau en voz baja. Y él aguzaba la oreja, expectante, simulando que repasaba puntos, por si recibía alguna contraorden y debía rehacer las marcas. Procuraba trabajar con destreza para que el maestro se fijara en él, pero todo era en vano, ya que el escultor ni lo miraba. Siempre iba concentrado en algo y caminaba como si arrastrara algún peso inconfesable.

Un día Arnau trajo al taller el moldeado de una pieza de mármol muy valiosa y complicada que requeriría horas y horas de trabajo. Era el relieve de la escena en que Jesucristo resucitaba a Lázaro.

—Ponle mucha atención —dijo—, porque tiene que esculpirla el maestro.

Se le hizo un nudo en el estómago, un poco espantado por la responsabilidad que le acababa de caer encima. Debería marcar las profundidades de cada detalle que formaba parte de la escena: los pliegues de la mortaja del difunto, las cabelleras con mechones oblicuos y las barbas trenzadas de Jesús, los pliegues de las túnicas y las vetas rizadas que marcaban las protuberancias del relieve.

Cuando vio todo lo que debía hacer, sintió una opresión en el pecho. Se arriesgaba a equivocarse y señalar profundidad donde había relieve o a la inversa. Si estropeaba la superficie, Arnau se enfurecería y lo expulsaría del taller. Se jugaba mucho con aquella composición. Pero si tenía éxito, se podría acercar al maestro escultor y eso implicaría ganar terreno para llegar a Càndia.

Aquella tarde fue el último en abandonar el taller. Cuando salió del claustro, oscurecía. Entre la quietud, le pareció oír el sonsonete repetitivo de los salmos que cantaban los monjes en el coro de la iglesia; llegaba en una oleada y se perdía por la abertura del claustro. Vio uno de los portales del fondo de la galería abierto de par en par. «Quién sabe qué hay detrás de esta puerta», pensó. ¿Qué hacían los monjes tantas horas encerrados en el monasterio? Según decía fray Bernat, oraban y trabajaban; tenían salas para reunirse y estudiar, y dormían en una celda común. ¿Cómo debían de ser esas estancias? Las imaginaba señoriales y solemnes, con escaleras de caracol, rincones oscuros y pasadizos laberínticos. Tantos años viviendo en el recinto del monasterio y no sabía ni cómo vivían los monjes.

Aquella puerta abierta parecía llamarlo. La empujó con suavidad, se escurrió dentro y subió unas escaleras que conducían al piso superior. El corazón le latía con fuerza y se le aceleró la respiración. Tenía miedo de tropezar con algún monje. Aún no estaba arriba cuando oyó unos bufidos reprimidos, como los que él sofocaba bajo la sábana pensando en Càndia. Poco después, distinguió otra respiración ascendente y viscosa que lo hizo ruborizarse.

Se acercó a la rendija de la puerta y, en la penumbra, justo en el rincón del cuarto que quedaba al alcance de sus ojos, vio un amasijo de tela oscura esparcido por el suelo. En el medio brillaba algo. Le pareció el reflejo de una piedra roja sobre un objeto de metal. Afinó la mirada para distinguirlo bien. Era una cruz pectoral, no tenía ninguna duda, con una joya engarzada.

Se habría atrevido a sacar la cabeza por la puerta e intentar ver los cuerpos que debían de estar abrazados, pero oyó una voz pastosa y densa que hablaba muy bajo. Y casi al instante, el ruido de alguien que se revolvía en la cama.

Durante unos instantes se quedó pegado a la pared y esperó. No oía nada, sólo los latidos acelerados de su corazón. Fue entonces cuando descubrió el reflejo de unos ojos que lo espiaban por la rendija de la puerta y se espantó. Lo invadió un sudor frío y, lentamente, comenzó a bajar los escalones hacia atrás, con el corazón encogido. La única protección que le quedaba era mirar a la puerta, porque su observador también procuraría no dejarse ver.

Cuando llegó al pie de la escalera, giró en redondo y empezó a correr en dirección al claustro.

No dijo ni una palabra a nadie de lo que había visto. Prefería callar, ya que todo le causaba repugnancia y vergüenza.

Al día siguiente se levantó animado, porque era el día de la Virgen de agosto y harían una gran fiesta. Se le hacía agua la boca de sólo pensar en el caldo de gallina y los buñuelos que cocinaría Miquela. Le gustaba aquella festividad cuando apretaba el calor; era la única fiesta en que la prédica de misa no se le hacía tan larga. Estuvo atento porque deseaba volver a oír que la Virgen María no murió con sufrimiento sino que se durmió y los ángeles la subieron al cielo. No se lo acababa de creer, pero eso le tranquilizaba.

Se vistió con un sayal limpio y los pantalones nuevos, para que si Càndia volvía no lo viera como un miserable. «Quién sabe si vendrá», se dijo intranquilo.

Durante la mañana llegó gente que quería confesarse y oír misa. El hospital se convirtió en un avispero y el Pájaro se largó antes de que Sebastià le encargara algún trabajo. Tenía ganas de subir al campanario y trepó por los escalones de piedra hasta el último piso. Las palomas ya comenzaban a instalarse en los agujeros de la torre; no obstante, aquél era un buen sitio. Había pasado muchas horas bajo aquella cornisa.

Respiró el viento de mar y, con la mirada, persiguió a una gaviota que sobrevolaba la torre. Sintió envidia de su vuelo. Si fuera libre, habría ido con Càndia. Algún día la haría subir al campanario, le mostraría la tierra, las montañas y el mar donde acababa el mundo, le hablaría de la historia de los tres monjes que habían llegado de Italia. La besaría.

Todos aquellos pensamientos le alegraron el corazón, hasta que recordó que debía bajar antes de que repicaran las campanas y aquella torre se convirtiera en un tubo de resonancias infernales.

En el patio, algunos mercaderes vendían cruces de madera de azufaifo, agua bendita y medallones, mientras los clérigos de la Santa Creu, encajonados en confesionarios alineados, otorgaban perdones a los peregrinos.

Se entretuvo mirando los puestos de cirios y caminó hasta el pedestal de encina que habían hecho construir los monjes para anunciar las indulgencias que se podían obtener aquel día. El abad había subido a primera hora de la mañana, con un aspersorio en la mano, para bendecir los cuatro puntos cardinales con sal y agua de hisopo.

Ahora el vicario de Santa Creu exhortaba a los visitantes:

—¡Hermanos, confesad los pecados que os condenarán al infierno! —gritaba con voz ampulosa. Desde el pie del pedestal sólo veía una sotana negra—. ¡Arrepentíos y acercaos con devoción a las reliquias de los santos mártires y os serán perdonados tres años de penitencia! ¡La clemencia de Dios Padre es grande!

En medio del patio, se encontró con fray Bernat.

—¿Ya te has confesado, chaval?

Se trastornó al recordar lo que había visto. Pensó en las monedas que había robado y en los pensamientos que le invadían de noche.

—¿Podéis confesarme vos?

El viejo monje lo cogió por el hombro.

Las manos le temblaban un poco; tenía la cara arrugada como una pasa, con venitas reventadas, como todos los ancianos. Lo miró con ojos benevolentes.

—Los monjes no confesamos, hijo.

Habría preguntado si era pecado pensar en Càndia, pero no tenía propósito de enmienda.

—Ea, ve. —Fray Bernat le dio un golpecito en la espalda. Aún lo trataba como a un niño y a él le agradaba que le trataran como a un hombre. Los hombres hablaban de guerra, daban permiso para hablar y órdenes que había que obedecer, y hacían callar a las mujeres. Él era un hombre y pediría la mano de Càndia, aunque no pensaba tratarla como Aimeric trataba a Miquela.

Pero todas las ilusiones y esperanzas que rondaban por su cabeza se fueron disipando a lo largo del día.

A media tarde Càndia aún no había hecho acto de presencia. Le asaltó una idea funesta. ¿Cómo no lo había pensado antes? Una doncella fina y bonita como ella prefería el lujo de la corte, la vida plácida de la casa condal. Seguro que comía pan candial y especias caras. Debía de dormir en una cama de baldaquín con cortinas bordadas y pisar estores de satén y de algodón blanco. Estaba acostumbrada a vivir rodeada de sirvientes y de esclavos que complacían todos sus caprichos, y de caballeros nobles que la pretendían.

Estos pensamientos le alteraron. Caminó cabizbajo intentando alejar la inquietud y, una vez más, recordó las palabras de Càndia.

Cuando ya daba por hecho que no la vería, llegó una comitiva. Esta vez la vizcondesa Ermessenda venía sin su esposo, escoltada por dos lanceros. La seguían Càndia y las damas de compañía que las servían. Todas brillaban como estrellas descolgadas de la claridad del cielo, vestidas con brocados y ropas delicadas.

Càndia parecía una virgen de altar, la cintura ceñida bajo un brial de color paja. Lo miró disimuladamente, con un vistazo rápido. Pero él, en vez de sentirse aliviado se inquietó, porque los ojos de ella no chispeaban de alegría, sino que eran tristes.

No pudo acercarse demasiado, porque la vizcondesa Ermessenda no la abandonó ni un momento y enseguida entraron en el templo.

Intentó abrirse paso entre los peregrinos que llenaban la nave de la iglesia, de pie, nada menos que hasta las rejas del coro de los monjes, justo en la nave central. De puntillas, persiguió con los ojos las cabezas de las damas. Habían pasado por detrás del coro y ahora llegaban a las tribunas del crucero de la iglesia donde se sentaban los nobles.

Por fin pudo acceder a la nave lateral y, a la altura de la capilla de San Martín, se encaramó en un escalón que le ofrecía una panorámica sesgada de la nave central y las tribunas de las damas, que acababan de arrodillarse en los reclinatorios. Apenas podía ver a Càndia; sólo llegaba a distinguir la toca amarilla que le cubría la cabeza. Pero aquella sola visión lo tranquilizaba. Quién sabe qué estaba pensando ella.

Sudaba como si tuviera fiebre. Esperaría a que se diera la vuelta en algún momento y se dignara mirarlo, aunque fuera de lejos. Pero Càndia no se movió ni siquiera cuando los monjes cantaban con cadencias armónicas unos cantos gregorianos que atravesaban el coro.

Estaba muy nervioso y, mientras se distraía oyéndolos cantar, descubrió otra cosa que le perturbó. Desde donde estaba veía a los monjes detrás de las rejas del coro, sentados en las sillas. Repasó con la mirada el rostro adusto del abad y la cara abotargada de fray Damià, hasta que llegó a fray Ramon. De pronto empalideció y se le revolvió el estómago. ¿Lo que relucía sobre el hábito no era...? Afinó la mirada. No tenía ninguna duda, lo veía más que bien: era una piedra roja engarzada en una cruz de plata lo que le colgaba del pecho, ¡y era idéntica a la que había visto aquella tarde!

¿Era fray Ramon quien le había perseguido bajando la escalera? Si sospechaba de él le habría estado vigilando. Se quedó helado por lo que acababa de descubrir y no se lo pudo sacar de la cabeza hasta que la misa acabó y las damas se marcharon por la puerta de la sacristía.

Debían de ir a las celdas abaciales, donde el abad Berenguer solía recibir a los huéspedes.

Fuera de la iglesia pasó entre una pequeña multitud de peregrinos enfermos y lisiados que deseaban adorar las reliquias. Él no había visto nunca un milagro, pero la gente decía que, si creías de verdad, sólo con verlas quedabas curado.

Salió del monasterio y bordeó el muro de protección en dirección a las estancias del abad. Quién sabe si así podría ver a su amada.

Mientras se encaminaba, tuvo un susto. Por la pendiente del camino, en un lugar apartado de la vista de todo el mundo que quedaba entre la vegetación, descubrió la presencia de una pareja. El hombre estaba de espaldas y yacía sobre una mujer abierta de piernas, remangada y descalza. Estaban fornicando. Por un momento, ella inclinó la cabeza y le vio la cara. ¡Era Saurina! Aquel desconocido la estaba poseyendo y ella chillaba como una cerda.

Sintió que le hervía la sangre en la ingle y disimuló mirando hacia otro lado. Pero ella ya lo había visto y le dedicó un lenguatazo obsceno.

Se fue alejando de allí, pero no podía sacarse de la cabeza el cuerpo mullido y suave de Saurina y sus gemidos de placer.

Rondó bajo las celdas abaciales intentando adivinar en qué ventana debía de estar Càndia. Al final no vio nada; estaba malhumorado y se desahogó dándose placer en un rincón del muro.

Cuando ya se disponía a regresar al hospital, una voz femenina lo sacó de su desazón.

—¡Eh, joven!

La dama de compañía de Càndia bajaba por el camino, siguiendo el muro. Era una mujer entrada en años, de rostro sereno, que debía de haber sido muy bonita.

—Vengo de parte de Càndia —se apresuró a decirle—. Te ha visto rondar por aquí y quiere que sepas que no se puede acercar a ti porque la vizcondesa se lo ha prohibido. —Torció la boca en un gesto de disgusto—. La quieren prometer con el heredero del vizconde, si el padre de Càndia lo acepta... Me ha dicho que te diga que no puede hacer nada.

Cuando la dama se marchó, el Pájaro sintió un gran desconsuelo. Golpeó el muro con los puños, rabioso, hasta hacerse sangre, y pegó patadas en la pared, como si tuviera a aquel maldito hijo del vizconde delante. Se desgañitó gritando y, cuando ya estaba afónico, lloró en silencio en un rincón. ¿Quién era él para levantar la espada contra un noble?

Ya anochecía y el bosque se había llenado de gritos de rapaces. Las palomas torcaces, las codornices y los ruiseñores dejaban paso a las lechuzas y los búhos.

Miró hacia el monasterio; era la única casa que tenía, pero no era un verdadero hogar, sino un lugar extraño, lleno de sombras y de gritos apagados, de secretos desagradables y de pesadillas.

Volvió al hospital caminando como un alma en pena. A la altura de la bodega, tropezó con fray Ermengol. El aliento le olía tanto a vino que habría podido tumbar a un caballo. El monje se quedó mirándolo con unos ojos pequeños y achispados, y enseguida se largó.

Quizás había que beber para ahogar el dolor. Una vez, durante la vendimia, cogió una buena borrachera.

Volvió al hospital cuando ya no le quedaban lágrimas.

—¿Los monjes se pueden emborrachar? —preguntó a Sebastià.

—Lo tienen prohibido, pero son hombres y tienen sus debilidades. —Su tutor le escrutó los ojos—. Bebiendo no se arregla nada, sólo adormeces el alma. —Le pareció que la voz de Sebastià se entenebrecía—. ¿Entiendes qué te quiero decir? Tarde o temprano tienes que dejar la bebida y ajustar cuentas con lo que has hecho... Y si es para olvidar, tampoco sirve...

El Pájaro asintió poco convencido.

—A ti te pasa algo —inquirió Sebastià. Pero el chico no tenía ganas de hablar y lo negó con un gesto.

Aquella noche llovió. No podía dormir porque tenía un peso en el corazón que no sabía explicar. Era como tener una carcoma que te va comiendo por dentro.

Volvió a llorar en silencio, para que Sebastià no lo oyera. Càndia tenía un pretendiente noble, rico y libre. ¿Quién era él, en comparación con un señor vizconde? ¿Acaso no era un súbdito pobre y desgraciado? Muy pronto ella dejaría de pensar en su amor; su interés por él habría sido tan breve como el que se deposita en una flor que se tira al cabo del día. Y aquel sentimiento de dolor le despertó de nuevo el temor del abandono.

Capítulo 19

Ademar, la curandera

Ademar vivía en un descampado próximo al puerto. Para llegar a su cabaña había que atravesar el barrio marinero y perderse por callejones laberínticos con brazos sin salida, en el límite de los arrabales más miserables.

De camino hacia Roses, Sebastià y el Pájaro, que iba encima del carro recostado sobre una manta, habían rodeado una gran extensión de salinas. Un hormiguero de hombres trabajaba en el secado y la recogida de aquellos cristales blancos como la nieve que servían para conservar el pescado y la carne y comerciar de puerto en puerto. La captura de pescado y de caza, los pastos y los cereales no eran nada comparados con la riqueza que proporcionaban las salinas. El conde Hug cobraba la gabela de la sal, una contribución muy sustanciosa, y sus vasallos estaban obligados a comprar aquel alimento en las salinas del condado, y en ninguna otra parte.

Dos o tres veces al año, el Pájaro acompañaba a Sebastià a Roses. A veces iban a las salinas para hacer el sedacero. Sebastià estaba al corriente de todo: «El conde Hug tiene la gabela de la sal... ¿Ves? Aquellas cestas sirven para transportar las cargas de sal, todo el mundo debe comprarla aquí». Pero en esta ocasión habían pasado de largo las salinas. Sebastià no había dicho casi nada durante todo el viaje para no cansar al Pájaro, que estaba enfermo. Hacía tres días que tenía escalofríos y lo vomitaba todo.

Estaban cerca de la costa y, desde allí, sólo veían la corteza brillante de las salinas y un brazo de mar salpicado de velas. El mar generaba aún más riqueza que los estanques. El comercio de pescado entraba al puerto y desde allí se distribuía por tierra, a través de los puentes que atravesaban el río Muga. Los guardias del conde controlaban los accesos por mar y hacían la ronda a caballo durante toda la noche entre el Morell y el Grau, donde se descargaban las mercancías por si había ataques de sarracenos. Afortunadamente, desde que el conde de Barcelona, Ramon Berenguer, y otros buenos barones habían tomado Tolosa y Lleida a los infieles, y dominaban la costa, muchos de aquellos piratas no se atrevían a desembarcar.

A mediodía llegaron a las murallas de Roses. Entrando en la villa, dos guardias locales que iban armados con ballestas y espadas les cobraron el derecho de paso. Poco después atravesaban el núcleo de casas agrupadas en torno a la iglesia de Santa María y salían fuera de la muralla, en dirección al barrio de pescadores que desembocaba en el puerto.

A ras de agua todo era movimiento. Los laúdes cargados de mercancías salían del muelle, cortando el mar azul y encrespado hasta perderse en la línea del horizonte incógnito.

Una cuadrilla de pescadores descargaban cestas llenas de atún. Habían salido a primera hora del día, después de beber el agua bendita que los libraría de morir ahogados. Se jugaban la vida en el mar, por eso tenían costumbres tan extrañas como aquélla y se aliaban con el viento. Cada viento soplaba con una tonada diferente y ellos las sabían silbar todas, más fuerte o más flojo, según conviniera.

Los ganapanes iban y venían por el muelle, transportando grandes bultos a la espalda. Cada día llegaban barcas que descargaban especias y embarcaban vino, salazones, juncos y sal. Muchas de estas naves hacían el trayecto hacia Marsella y Génova. Otras iban a Llançà o a la Escala de Aníbal, el puerto de los condes de Empúries, que no era grande pero sí muy seguro. O bien tomaban rumbo hacia los puertos de Barcelona y Tarragona.

Los pescadores llegaban a media mañana con la captura del día; traían langostas de mar, tiburones, atunes y delfines.

Aquella costa siempre había recibido a mercaderes intrépidos procedentes de Bizancio y de otros puntos del Asia Menor, pero la primera cruzada a Jerusalén, en 1095, había impulsado el comercio entre los mercaderes cristianos. A partir de entonces muchos comerciantes de Pisa y de Génova habían establecido delegaciones en puertos como aquél. Transportaban productos caros y, si perdían un solo cargamento, podían quebrar de hoy para mañana. Por eso constituían compañías y sociedades, y enviaban a parte de la familia a controlar los núcleos de comercio. Los mercaderes de la comarca habían aprendido a relacionarse y establecer lazos comerciales que les permitían conseguir los productos más preciados. Esto había propiciado una cierta riqueza en aquellas villas marineras que competían en actividad y, a medida que se consolidaba el poder de los barones y del alto clero, crecía el lujo en las casas condales y la demanda de productos exóticos.

Aquél era un buen puerto. Cada semana entraban dos o tres barcazas de vela latina, semejantes a los trirremes romanos, que transportaban perfumes, aceite, vino, tejidos de algodón, especias, cera, papel y estoras destinados a la clientela más noble.

Al llegar a ras de mar, el Pájaro había abandonado la cuna de la carreta, que traqueteaba continuamente, para ir a sentarse delante, al lado de Sebastià. Estaba pálido, pero ya no tenía ganas de vomitar ni temblores. Sebastià lo había visto de reojo, medio sonriendo, y tiró de las riendas para que el mulo desacelerara la marcha.

Después llegaron a un edificio encalado. En el exterior una cuadrilla de calafateadores construía una embarcación de vela. Sudaban como animales, con la camisa pegada a la piel, e iban encajando armazones de madera delgada que darían anchura y altura a la barca. Ya se adivinaba la forma del laúd. Acababan de armar las costillas y el esqueleto recordaba a una espina de pescado gigante.

Sebastià saludó al maestro de hacha, un hombre de brazos vigorosos y ojos felinos que sólo daba órdenes. Trabajaba sin la ayuda de planos, calculando las dimensiones con cuatro reglas prácticas que guardaba como un secreto y que le permitían determinar la forma de cada cuaderna y hacer encajar la proa con la popa.

—¡Maestro, vos siempre dirigiendo!

—¿Adónde vais, Sebastià?

—A las casas de las arenas; llevo al chico enfermo.

—El aire de mar lo cura todo.

Después de intercambiar cuatro palabras, el maestro de hacha volvió al trabajo.

—Este hombre ha hecho centenares de barcas, lo tiene todo en la cabeza —dijo Sebastià—. Sabe tanto hacer laúdes como galeras o barcazas de mercancías.

Frunció las cejas y miró a los hombres que trabajaban en el muelle. Dieciocho años atrás él había salido del puerto de Roses, embarcado en un laúd construido en aquellos astilleros que lo había llevado hasta Marsella, de viaje a Tierra Santa. Lo recordaba sin pizca de nostalgia. Después de tantos años sólo le quedaba una cicatriz de aquella dolorosa experiencia; había sobrevivido a la enfermedad que corrompía su corazón, como un pus podrido. Pero procuraba no hablar de todo eso.

Se adentraron en un barrio plagado de tabernas de mala muerte donde se encontraban los ganapanes que descargaban en el muelle, los marineros de paso y la gente pobre que provenía de los bajos fondos de la villa. Muchos de aquellos locales eran lugares de juego y de negocios sucios, y había prostitutas que se ofrecían a los clientes por pocas monedas. Las autoridades consideraban aquellas prácticas como un mal necesario y toleraban la existencia de usos locales, que estaban sometidos al control municipal y a la jurisdicción del conde Hug. Ni el más pequeño animal era libre del todo y no había un palmo de tierra que no estuviera bajo el yugo del señor de Empúries.

En un momento dejaron atrás aquel barrio pringoso, que hedía a podredumbre, a meados y a pescado frito. Muy pronto se encontraron en un arenal difícil de transitar; cada dos por tres las ruedas del carro se hundían en las dunas y el mulo se encallaba.

Aún soplaba viento húmedo, pero la lluvia se había disipado y la tierra volvía a estar seca.

El Pájaro miraba el mar. Le inquietaban las aguas profundas que se perdían en el horizonte. La gente las temía porque las habitaban monstruos desconocidos y peces gigantes que descuartizaban a los hombres de un mordisco. Pero los seres más peligrosos eran las sirenas, unas hembras deformes y pervertidas que encantaban a los marineros con un canto dulce e irresistible que prometía un anhelo engañoso, porque su cuerpo anormal no podía satisfacer los deseos de los hombres. Decían que una de aquellas mujeres-pez vivía en las aguas de la bahía y en el sereno de la noche emergía del mar, desnuda y lasciva, entonando una melodía hipnótica. «Si la escuchas te lleva a su palacio, al fondo del mar, y allí te quedas encantado por siempre jamás —le había explicado Miquela—. Hacen como las brujas, pero no toman forma de gato negro sino de pez.»

Preguntó a su tutor si las había oído alguna vez.

—Sólo he visto delfines... Parece que ya estás mejor, ¿no? —respondió Sebastià tirando de las riendas. Lo miró de hito en hito, con una mueca—. Los hombres son más traidores que las sirenas, chaval.

—¿Por qué?

Sebastià frunció la nariz. El hombre era un ser hecho de bien y de mal; y el mar, como la vida, estaba plagado de peligros.

—Cada uno de nosotros tiene un demonio y un ángel que lo vela, y no siempre escuchamos al ángel. Ya hemos llegado —dijo finalmente.

A poca distancia de ellos se alzaba una choza sencilla, construida con maderas de barcos hundidos que las aguas habían arrastrado hasta la playa. En torno jugaban tres mocosos, rebozados de arena. El más pequeño tenía edad de destetar y ninguno superaba los cinco años. Los vigilaba una niña de ojos redondos que debía de ser la hermana mayor. Iba descalza y andrajosa, y no parecía tener ningún interés en sonarles la nariz ni en quitarles las legañas.

—¡Entrad! —Una voz femenina fuerte y enronquecida salió de dentro de la cabaña.

Era la primera vez que el Pájaro iba a casa de Ademar, la curandera. En la villa hablaban bien de ella, decían que sanaba enfermedades extrañas y que había ayudado a morir a algún desahuciado.

Descabalgaron y se acercaron a la barraca. El interior olía a humo y hierbas aromáticas, y había un hogar de fuego, un banco bajo que servía de mesa y dos jergones para dormir.

Ademar los recibió entre un desparrame de ollas y ampollitas de hierbas maceradas. Era enjuta, desaliñada y tenía la piel requemada por el sol.

—¿Qué queréis?

Torció los labios mientras se retiraba el pelo clareado, sentada en un cesto puesto al revés. No debía de tener más de veinte años, pero parecía una vieja.

—Este chaval está enfermo —dijo Sebastià—, vomita todo lo que come y no se cura; ya no sabemos qué hacer.

—Siéntate aquí. —Ademar señaló una estera. Al hablar, le quedó al descubierto la boca desdentada. Embarazo tras embarazo, había ido perdiendo todos los colmillos y los molares, y sólo conservaba cuatro dientes amarillos—. Mírame a los ojos cuando te lo pida...

El Pájaro obedeció.

—¿Eso es un amuleto? —preguntó Ademar.

—Una prenda.

—¡Ah!

Sebastià no decía nada; se quedó de pie, mirándolo todo con calma. Ademar sacó un pote con hierbas de abajo del cesto, cogió un puñadito y se lo llevó a la boca. Cualquier herbolario habría sabido que aquel picado de olor penetrante era belladona, pero Sebastià no lo reconoció.

Mientras Ademar masticaba en silencio, el Pájaro se fue encontrando peor; volvió a tener náuseas y retortijones.

La hechicera lo miraba con fijeza, con unos ojos ávidos e hipnotizadores de águila vieja. Y él sintió que no podía moverse, que el brillo que desprendían los ojos de Ademar lo penetraba y se paseaba por dentro de su cabeza.

«Tu pasado es oscuro, pero vendrá otro tiempo... Veo a una muchacha muy bonita en una corte lejana, con vestidos ricos de oro y plata —dijeron aquellos ojos—, y tú caminas para llegar donde está ella.»

La hechicera no hizo más predicciones; se limitó a recitar una fórmula mágica a modo de oración, hizo la señal de la cruz sobre la frente del chaval y cerró los párpados lentamente.

El Pájaro notó que, de su interior, salía un escalofrío gélido que le recorría las aletas de la nariz y era expulsado al exterior.

Durante un rato, Ademar estuvo en silencio y al final sentenció:

—Este chaval tiene mal de amores; le daré un filtro que le curará la languidez.

Aquél era un mal del alma que padecían los que estaban celosos, dijo, y los que no eran correspondidos en el amor.

El Pájaro no fue capaz de decir nada. Estaba aturdido. A su alrededor, Sebastià rompió el silencio.

—¿Mal de amores? —repitió con extrañeza—. Cuidado con lo que le recetas, hechicera.

Ademar le dedicó una mirada fulminante.

—¡Me juego la piel! Si este chaval empeora me podéis denunciar y tengo todas las de perder... Bastaría con que alguien me calumniara para que la gente me maldijera. —Al hablar escupía saliva por entre los dientes—. Son así, aunque los hayas curado, al cabo de tres días pueden pedir tu muerte, como le pasó a Jesús, que lo recibieron con palmas y poco después ya lo querían crucificar. Dirían que despellejo palomas y sapos e invoco al Maligno, o que tengo costumbres extrañas, y comenzarían a difundir calumnias en mi contra hasta que la justicia me viniera a buscar... ¿Y cómo demostraría que soy inocente?

Sebastià no respondió. No había visto nada sospechoso en aquella mujer. Aunque su aspecto era bastante miserable, no hablaba como una insensata.

—Los jueces del conde no están autorizados a juzgar casos de brujería... Me dejarían en manos del abad y sería mujer muerta...

La gente, y aún más los clérigos, creían que la mujer estaba más predestinada al mal que el hombre, porque fue tentada por la serpiente. Ademar había parido muchos hijos y tenía que alimentarlos. La acusación de bruja supondría una pena muy grave. Debería demostrar su inocencia en un juicio de Dios. La obligarían a poner la mano en un caldero de agua hirviendo y después la vendarían. El juez estamparía un sello encima de la venda para que no se la pudiera quitar y, al tercer día, la examinaría. Si Dios no hacía el milagro de mantenerle sana la mano, la declararían culpable acogiéndose al argumento de que el Señor da fuerza a los inocentes para resistir los tormentos y sólo permite la victoria de quien tiene razón.

—Por más fe que tenga, no soy ninguna santa... Sólo soy una curandera. Uso infusiones y emplastos, y digo oraciones —prosiguió Ademar—. Éste es don que Dios me ha dado porque nací en Jueves Santo, pero también es una obligación.

—¿Y el filtro que dices?

—Si se lo toma tal como os explicaré no le puede hacer ningún mal y le quitará el sufrimiento.

Sebastià frunció las cejas.

El Pájaro parecía estar en la higuera; tenía una impresión de cordero inocente en la cara y continuaba absorto, como si no oyera ni viera. Ademar aflojó el tono de voz e indicó a Sebastià que se acercara.

—Tengo entendido que este chaval no es hijo vuestro... ¿Por ventura es huérfano? —murmuró. Y viendo que Sebastià asentía—: Este chico se siente abandonado cada vez que alguien lo menosprecia... ¿Sabéis si la chica que ama lo ha rechazado?

—Que yo sepa, no

—Es eso lo que le ha hecho enfermar.

—¿Y qué puedo hacer yo?

—Hablad con él, aclarad la situación.

Sebastià se sintió como un forastero. Hacía más de diez años que tenía al chaval a su cargo y no era capaz de saber qué pasaba por aquella cabeza hueca. Mientras fue soldado hasta los treinta y tres años era un hombre sencillo para el que la vida se reducía a cosas tangibles: beber mucho, dormir poco, luchar y fornicar. Pero la guerra, la crueldad y el dolor de estar tan cerca de la muerte lo habían cambiado sustancialmente. Había aprendido que las experiencias dolorosas eran fantasmas que había que liberar.

Ademar le dio un frasco de vidrio opaco que contenía un líquido espeso y oscuro.

—Debe tomar menos de un dedo en ayunas —dijo.

Sebastià miró por el cuello del frasco. No tenía ninguna razón para dudar de Ademar; aquella mujer se había ganado un buen nombre entre los que no podían pagar los servicios de un médico. También era cierto que, si cometía un error, arriesgaba la vida.

—Pero no me lo cobres a precio de oro. —Quién sabe qué le pediría.

—A precio de oro, a precio de oro —refunfuñó Ademar—. ¿Queréis que alimente a mis hijos con aire?

Silenció que su marido trabajaba de ganapán en el puerto y no ganaba nada; buena parte del día estaba fuera y por la noche visitaba la taberna. Y ella vivía de curar enfermos y vender nudos ritualizados a los marineros para que se protegieran del peligro de los temporales de viento. Tenía muchas bocas que alimentar; por eso tampoco se negaba a servir remedios que podían curar o matar, según cómo fueran administrados, si se los pagaban bien. La tarde anterior había recibido la visita de un caballero que servía a un señor muy importante. Quería hierba de la Madre de Dios, que adormece el dolor pero es muy venenosa. No preguntó para qué la quería; se limitó a abrir la mano y aceptar una moneda de plata que le permitiría comprar provisiones.

Sebastià y el Pájaro dejaron atrás la choza de Ademar, el alboroto del puerto y las salinas, y atravesaron caminos abiertos entre campos segados, viñas y olivos.

De vuelta al monasterio, siguieron la pendiente de la montaña. Aún estaba lejos, pero ya lo podían intuir, gris y blanquecino, con los muros festoneados de almenas y el campanario altivo. Muy pronto verían el edificio, que se alzaba a más de cincuenta pies, erguido como un arquero sobre los riscos de la montaña. Parecía imposible que fuera obra del hombre.

A medio camino dejaron paso a dos carretas de estibadores que iban cargadas con grandes bloques de piedra en dirección al monasterio. Los mulos bufaban porque venían tirando de la carga desde la pedrera de Peralada y se quedaban sin aliento.

El Pájaro se encontraba mejor; no había vomitado en todo el camino y ya no tenía punzadas en el corazón.

—¿Estás bien? —Su tutor frenó el caballo y se quedó mirándolo—. ¿Me puedes explicar qué te pasa? ¿Es por ella que estás así?

La mirada del chaval se ensombreció.

—La han prometido con el hijo del vizconde...

—Lo siento —dijo para consolarlo—. Sólo quiero que estés bien.

El Pájaro siguió cabizbajo, sin mirarlo.

—Amo a Càndia —murmuró—. Tú dijiste que lo que cuenta es amarse y no casarse.

—Sí, pero...

—Quizá no sea digno de ella.

—No es eso —desmintió Sebastià—. ¿Le has hablado?

El chaval negó con un gesto.

—Quizá deberías olvidarla.

El Pájaro levantó la cabeza. Miró a su tutor, airado, con un aire salvaje.

—¡No quiero! —reaccionó—. ¡Quiero saber si aún me ama!

Sebastià sofocó un suspiro.

—De acuerdo, pregúntaselo; pero si te rechaza deberás aceptarlo.

—¿Y si me ama?

—Entonces lucha por ella... No quiero engañarte, es probable que se case con el hijo del vizconde, pero aún queda una posibilidad entre mil de que eso no pase. —Hizo una pausa—. Me parece que el escultor es un hombre justo y no aceptará un pretendiente orgulloso que pueda hacer infeliz a su hija, por más rico y noble que sea. Y si ella es inteligente, como tú dices, y te ama...

El Pájaro se aferró a la única posibilidad entre mil que le quedaba; ligó su voluntad a un deseo difícil, pero no imposible de atrapar; un deseo que quemaba como un clavo ardiente. Estaba seguro de que Càndia lo amaba. Recordó la mirada suplicante que le había dedicado y las palabras de la dama de compañía. Intentaría hablar con ella y continuaría trabajando en el taller, haciendo como si no supiera que era siervo del abad.

Al día siguiente parecía recuperado y retomó su tarea. Volvía a ser el chaval de siempre.

Segunda parte

EL TESORO DE RELIQUIAS

Capítulo 20

El fugitivo

Era octubre y los castaños estaban llenos de frutos. Como lloviznaba, los escultores trabajaban en el interior de la iglesia intentando ganar tiempo, porque veían cómo pasaban los días y la portada aún no superaba la altura del tímpano por encima del mainel que partía la puerta y las figuras de los apóstoles Pedro y Pablo, que guardaban sus lados.

Fuera, en el patio, había una actividad inusual. Aimeric hizo entrar dos carros en el recinto.

—¿Dónde tenemos que descargar, mozo? —preguntó un campesino de cara enjuta.

Echó un vistazo a la carga de sacos. Le esperaba un día fatigoso; a medida que pasaran las horas, llegaría más gente que iría a saldar deudas con los monjes, que tenían derechos sobre la caza y la pesca de coral, los lugares de paso de ganado, el uso de los bancales y la leña que daba la montaña.

—Primero debemos repasar la carga —dijo. Y comenzó a recontar sacos.

Debería rendir cuentas con el prior y el sacristán, que cobraban tributos a la puerta de la bodega, refugiados bajo un alero. Desde primera hora se había formado una larga cola de contribuyentes, que se mojaban bajo la lluvia.

Los campesinos de la montaña traían cestas con hortalizas, legumbres y jaulas con aves. Ninguno de ellos podía salvarse del pago del diezmo; casas, rediles, molinos y obradores debían servir y sostener la casa de Dios, porque los monjes rezaban por las almas de todo el mundo y aquélla era la contribución que había que hacer en vida si querían ganarse la salvación en la hora de la muerte.

Aimeric apartó los sacos con unas manazas ennegrecidas.

—Faltan dos sacos de cebada. —Frunció la nariz.

—Ha sido un mal año, os juro que no tengo nada más. —El campesino se llevó la mano al pecho—. Hemos perdido muchas gavillas y tendremos que dejar reposar las tierras si no queremos que se vuelvan estériles...

—¿Y qué queréis que os diga yo? —Aimeric bufó. A veces se sentía como un ave carroñera, porque estaba obligado a delatar a los que no cumplían con lo estipulado. Al fin y al cabo, aquel hombre era un súbdito como él.

El prior iba llamando uno por uno a los contribuyentes que hacían cola y les leía las obligaciones que constaban en el registro de enfiteusis; él mismo había encargado al procurador aquel documento donde se reconocían los derechos que tenía el monasterio sobre aquellas tierras, a fin de que no prescribieran.

La gente pagaba y fray Damià anotaba los pagos y hacía que Aimeric comprobara las mercancías.

—Mirad que haya dos recipientes de mosto —ordenó—, si no, recibirán un escarmiento.

De nuevo, el mozo cumplió con su deber, cabizbajo y con un peso en el pecho. Por culpa de los tributos, su padre también había perdido su propiedad, un buen alodio de viñas y olivos.

—¡Malditos sean los monjes! No se hacen cargo de nada —oyó a dos labradores que refunfuñaban en voz baja.

Tuvo retortijones. El impuesto era tan alto que, siendo un mal año, aún abundaban las provisiones.

En pocas horas, la despensa se llenó de sacos de trigo candeal, cebada, centeno y cestas de calabazas y castañas.

Al final de la mañana llegaron dos sirvientes para ayudarlo a poner orden y guardar las jaulas de aves y los trozos de carne destinados a salar y conservar.

Después llegó una cuadrilla de criadores y cazadores que traían piezas de ganado y de caza; piernas de cordero, tripas de jabalí, codornices, perdices y torcazas.

Se había formado una cola que llegaba al portal de entrada, y hombres y mujeres de piel comida por el sol, pobremente vestidos, esperaban su turno.

—Pere Udalguer, aparcero de la aldea de Roca Ventosa... tres besanas de cebada y dos hazas de viña —anunció el prior. Frunció las cejas desordenadas y miró al deudor por encima de las bolsas de los ojos—. También debe pagar cuatro medieras de cebada y un cordero por el derecho de cultivo y pastoreo.

El labrador agachó la cabeza. Le colgaba la manga derecha de la camisa y por poca atención que se prestara, se veía que le faltaba una mano.

—He perdido la mitad de la cosecha y sólo puedo dar una parte de lo que me pedís —el hombre hilvanó las frases con voz enronquecida.

El prior levantó el brazo señalando a los que esperaban en la cola.

—Toda esta gente pagará lo que le corresponde, no podemos permitir diferencias, ¿no es así fray Damià?

El monje sacristán asintió.

—Deberé empeñar la casa; os pido clemencia —suplicó el campesino.

Aimeric sintió que la hiel le subía a la boca y resopló asqueado. Uno de los siervos había dejado caer una carga de cántaros al suelo y se habían desportillado dos pitorros. Mandó a los siervos que arrinconaran las tinas de aceite y unos sacos de almendras que impedían el paso. Los vigiló mientras colocaban la mercancía delante de la bodega.

Caminó entre las tinajas que contenían las salazones de pescado y fue al fondo de la bodega. Una vez allí, repasó las tinas de mosto. De pronto, tuvo un sobresalto. Había manchas de vino debajo de una bota. Las tocó con la punta del dedo; aún estaban frescas. Después sacudió la bota y se dio cuenta de que estaba prácticamente vacía.

Comunicó lo que había descubierto a fray Damià, para que no lo acusara de negligencia.

—Ahora tengo trabajo, ya descubriremos quién ha sido.

La respuesta de fray Damià no fue nada severa, pero le pareció ver una chispa de rabia en la mirada del monje, que atribuyó a la avaricia.

ϒ

A media mañana, Sebastià asomó la cabeza por la puerta del hospital. Vio al sacristán y al prior cobrando las contribuciones y reconoció entre la gente a unos cuantos labradores y a un pastor de la montaña de las Fonts que ponía cara de cordero degollado.

La visión de la fila de contribuyentes le despertó una pizca de angustia; había visto a demasiados campesinos pobres quejándose de los malos usos de los señores y suplicando clemencia, y a más de un mercader arruinado. Pero se consoló pensando que él también cobraría. Le pagarían con harina y aceite, un sayal, una sábana nueva y una moneda de plata.

Volvió a poner orden en el hospital hasta después de comer; entonces dio por acabado el trabajo y se fue a descansar a su celda.

Estaba adormilado cuando la puerta de la celda se abrió con un golpe seco y entró un joven robusto, de espaldas anchas. Se despertó de repente y se incorporó, petrificado, sorprendido por la inesperada irrupción.

—¡Adalbert! ¿Qué haces aquí? —exclamó.

—¡Debéis ayudarme, Sebastià! —En el rostro del chaval había una expresión atribulada. Debía de haber corrido porque los mechones de pelo le saltaban sobre los hombros—. Los soldados del vizconde de Peralada han venido al molino —prosiguió—, querían que les diéramos harina y cuando he dicho que no podíamos pagar nos han amenazado...

Sebastià no podía dar crédito a lo que estaba oyendo. Pensó en Guisla.

—¿Y tu madre?

El joven enrojeció de rabia.

—Uno de esos malparidos la cogió por el cuello y estuvo a punto de forzarla —respondió, airado.

Sebastià se alarmó y una escena violenta adquirió vida en su cabeza. Imaginó al soldado abatiéndose sobre Guisla como un perro hambriento, los ojos inyectados de lascivia, y ella gritando y arañándolo inútilmente.

—¡Hijos de puta vieja! —exclamó sofocando su insulto. Por unos instantes cerró los ojos y tragó saliva.

—He sacado la daga y se la he clavado en el pecho —gesticuló el joven con un movimiento colérico.

—¿Lo has matado? —Los ojos aterrados de Sebastià se fijaron en el rostro del chaval—. ¿Y tu madre está bien?

Adalbert asintió.

—Te acusarán de asesinato. —La idea lo trastornó—. Deben de estar buscándote para colgarte de la horca.

En el mejor de los casos, si se demostraba que había ocurrido en legítima defensa, el juez lo consideraría un acto criminal y Adalbert sería encarcelado.

—Has venido en un mal día —añadió Sebastià.

—¡Tenía que decíroslo! He saltado el muro por el lado de montaña para que no me vieran los hombres armados del vizconde —prosiguió el chaval. Había esquivado a una mesnada de arqueros que hacían guardia fuera del monasterio para espantar a los ladrones—. Mi madre no sabe que he venido; ella no quería decíroslo, pero no podemos pagar el diezmo.

—No te muevas de aquí. —Sebastià lo cogió por el brazo y lo arrinconó contra el muro—. Te ayudaré a escapar cuando sea de noche —dijo. Y se marchó deprisa.

Consiguió que fray Bernat lo escuchara y el abad lo recibió enseguida.

El venerable estaba en la sala capitular. La lluvia le inspiraba recogimiento y en ningún momento había pensado en salir. Saludó a aquel caballero de barba desaliñada que raras veces pedía audiencia.

—Quisiera hablar con vos de un asunto que me preocupa, padre abad... —Sebastià flexionó la rodilla y habló con una firmeza que pugnaba por salir bajo cada palabra.

Relató cómo la sequía había hecho estragos en los sembrados de montaña; las semillas no habían prosperado, eran marchitas y pequeñas, y el molino de Balascó tenía la mitad de la producción de otros años.

—Os pido clemencia para este caso; yo mismo pagaré parte de la deuda, si me lo permitís —dijo sin que los ojos le desmintieran nunca el gesto, y agachó la cabeza.

—Sabed que os escucho porque me habéis demostrado que sois un hombre de palabra, Sebastià, y veo que tenéis mucho interés en este asunto... —El abad lo miró de reojo, con suspicacia, como si intentara adivinar qué secreto ocultaba la petición—. Dadlo por hecho —resolvió al fin—. Ya hablaré con fray Ramon.

—Gracias, padre abad.

Sebastià estaba a punto de retirarse, pero el abad lo despidió con una última observación.

—¿Sois pariente del molinero muerto o de su viuda?

—Sólo somos amigos, venerable —respondió.

El abad lo miró, cejijunto y perplejo. Pareció que iba a responderle, pero se limitó a decir:

—Podéis retiraros.

Esperaron al anochecer, cuando los hombres armados del vizconde ya habían abandonado la guardia y todo estaba en calma.

Sebastià dio una bolsa de dinero a Adalbert y le advirtió:

—Pasa por casa de Aimeric y pídele un asno de mi parte, y que no se lo diga a nadie, ni a su mujer.

—Me refugiaré en el bosque y cuando pueda iré a Girona —dijo Adalbert.

Sebastià sintió un nudo en el estómago y lo abrazó.

—Sal por la portezuela que da a la fuente, es más segura.

El joven caminó por el risco rocoso de la montaña. A aquella hora se veían los muros del monasterio a la luz movediza de las llamas que ardían en los tederos.* Durante toda la noche, el guardián de la torre de vigilancia iría añadiendo leña para mantener el fuego.

Bajo el resplandor nublado de la luna, el fugitivo se enfrentó a la montaña. El camino estaba sembrado de una bruma fina que había dejado la llovizna y el silencio helaba la sangre.

Emprendió el camino en dirección al pueblo de Santa Creu para pedir ayuda a Aimeric. Había que llegar al río antes de que se hiciera de día, y evitar a los soldados. El bosque inhóspito sería un buen escondite.

Capítulo 21

El amor de Sebastià

Guisla lo esperaba en la puerta del molino. Menuda, el cabello y los ojos color de aceituna negra, las cejas gruesas y el sayal polvoriento. Ella, que era una mujer fuerte, lo había recibido con una tristeza oscura en los ojos y una expresión turbada en el rostro.

—Me has hecho sufrir. —Sebastià la abrazó. Volvía a tener cerca de su piel el cartílago blando de las orejas de ella, sentía latir su corazón. Sin querer, se imaginó el asalto de los soldados de Peralada—. ¿Te hizo daño ese criminal?

Sólo entonces la mujer dejó salir la tensión que le oprimía el pecho y, como si luchara por no perder la firmeza de ánimo, sofocó un gemido:

—Fue terrible, pero ya ha pasado.

Sebastià sintió la humedad de los ojos de Guisla en la concavidad de los hombros, la fragancia de nueces que desprendía. Y la besó en el cuello.

—Si te llega a pasar algo, no sé qué habría hecho —murmuró sujetándola entre sus brazos—. Adalbert me lo ha explicado todo.

Le hizo una caricia silenciosa. Convivían desde hacía años y no necesitaban hablar demasiado. Se habían conocido antes de que ella enviudara, cuando Sebastià vivía en una cueva a la orilla del mar. Entonces era un soldado arrepentido, un ermitaño solitario y esquivo que iba desaliñado y tenía el corazón abrupto. Hasta que la conoció. Ella era una mujer joven que había trabajado mucho, tenía un hijo, y aún no había podido amar a ningún hombre. Se vieron en la montaña por primera vez y la montaña los aproximó a la fuente secreta del corazón. Los dos habían vagado por el laberinto de los años, buscando aliento y consuelo, hasta que se concedieron amor.

—Te he echado en falta —susurró ella. El aliento le olía a harina buena, como la piel, y él le mordió la mejilla.

—Yo también. —La miró con deseo. La encontraba bonita. Aunque no era demasiado joven ni bella, conservaba el encanto de las mujeres que han aprendido las lecciones de la vida y, en la madurez, ya no se dejan manosear ni engañar.

Antes de que él pudiera abandonarse al pensamiento de poseerla, Guisla lo apartó.

—No sé nada de mi hijo. —Tenía un aire de inquietud en el rostro.

—He hablado con tu hijo y está bien, de verdad, no te preocupes —la tranquilizó—. Tiene dinero y Aimeric le ha dado un asno.

—Pero ¿qué hará?

—De momento se refugiará en el bosque, hasta que la cosa mejore —habló con calma, para que ella no se alterara—. Pediré al abad que lo defienda para que tenga un juicio justo.

—Pero...

—Estate tranquila. —La miró confiadamente—. ¿Por qué no me decías que no podíais pagar los tributos?

Guisla enmudeció y levantó la frente con orgullo.

—Nunca te he pedido nada —le recordó—, siempre he salido adelante sola y esta vez sólo necesito un poco de tiempo; a fin de mes tienen que pagarme las deudas de las moliendas.

—Tozuda mía —sonrió Sebastià, y se ahorró decir que había hablado de ello con el abad, no fuera que rechazara la condonación de la deuda sólo porque había intercedido por ella. Cuando fuera la hora, se lo diría.

Al final, la empujó hasta las dependencias de al lado del molino.

Desde el cuarto de Guisla se oía el rumor de la muela que giraba y el sonido del grano cuando caía en la tolva.

—Ya estoy mejor —murmuró ella—, no gritemos... El

mozo está en la sala del molino. —Tenía un mozo viejo que vigilaba la molienda.

Sebastià volvió a probar aquel cuerpo tibio. Tocó los pechos abundantes de su amada con las manos agarrotadas, temeroso de hacerle revivir algún recuerdo desagradable.

—¿Seguro que estás bien? —insistió.

Pero ella le acarició la cara.

Sebastià se esforzó por ser más delicado que de costumbre. Con Guisla había aprendido la paciencia que requiere saber satisfacer a una mujer. Había holgado con muchas hembras, pero Guisla le había enseñado que yacer con una mujer no era tan sólo poseerla.

Un rato más tarde le invitó a penetrarla. Guisla era una mujer impetuosa, de aquellas que hacen el amor con todo lo necesario. Cuando Sebastià entraba dentro de ella se convertía en un río que baja por la montaña. Cuánta merced. Cuánto amor. ¿Lo que sentía no era fe? ¿No era fe vaciarse en la amada, llevarla en el corazón, mirar la vida de cara, sin rencor?

Bien entrada la tarde, se revolvió en la cama. Nunca había deseado a una mujer con tanta fuerza. De manera imprevisible, Guisla lo había llevado a través de los placeres de la carne y le había descubierto el amor verdadero. Con ella se fundía en cuerpo y alma.

Estaban bien así; ella le había dicho: «No necesito un marido».

Él tampoco quería compromisos. La contempló de nuevo; adormecida, los labios apretados, el velo tembloroso de los párpados, los pechos inflados bajo la sábana y las facciones grandes y angulosas del rostro.

De pronto, se incorporó en el lecho.

—¿Adónde vas?

—Tengo que volver al hospital —dijo él.

—Los cobardes suelen huir. —La cabeza de Guisla se levantó de la almohada. Tenía los codos clavados en la sábana y frunció la frente—. Prométeme que no tardarás tantos días en venir.

—No puedo asegurártelo.

Lo estudió con ojos apenados y dijo:

—No tardes una eternidad. —Sebastià sonrió y la estrechó con ternura contra el pecho—. Guerrero ermitaño —le susurró al oído.

Sintió el cosquilleo de ella en su interior. ¡Y pensar que antes de conocerla apenas sabía nada del amor!

Capítulo 22

Planes ocultos

El jardín del palacio de Empúries estaba en calma. Había dejado de llover y el griterío de los animales se aquietó a la caída de la tarde. Los pájaros ya no piaban y los ciervos yacían tranquilamente, con los párpados entornados. Sólo rondaban por el foso los dos leones de Bujía, que estaban despiertos como si fuera primera hora de la mañana.

El consejero Dalmau y su escudero bajaron al jardín. Dalmau tenía por costumbre visitar a los animales feroces, que habían sido arrancados del corazón del bosque; él mismo había animado al conde Hug a coleccionarlos y los alimentaba personalmente.

—¿Qué sabes del mensajero del conde de Tolosa? —preguntó al escudero mientras caminaban por el jardín.

—Ya ha pasado la frontera, señor; los hombres armados que dijisteis lo escoltaron hasta el castillo de Quermançó.

—Ya era hora, cojones; hay que hacerlo todo sin que lo sepa nadie, ni el conde Hug, ¿lo entiendes? —aflojó la voz. Se volvió hacia la luz de las antorchas que ardían en el patio del palacio y le quedó al descubierto la cicatriz mal cauterizada que le deformaba el rostro.

—Sí, señor.

—El abad no debe sospechar nada, si descubre nuestras intenciones podemos perderlo todo... El contacto que tenemos en el monasterio me ha hecho saber que está todo a punto; ya es hora de que ejecutemos la segunda parte del plan, y esta vez no podemos fracasar... ¿Has hecho bien el trabajo? —Abordó al escudero con una mirada inquisitiva—. ¿Qué me dices?

—Os lo juro por mi padre. —El soldado había retrocedido un paso, como si temiera un zarpazo.

—¡No jures tanto, bastardo! El robo debe hacerse con seguridad y rapidez, y si alguien duda o se echa atrás, aunque sea de los nuestros, matadlo. —Al pronunciar la última palabra, la voz burlona del consejero se volvió cruel—. Quedará en entredicho el prestigio del monasterio... Desplumaremos a esos monjes bribones.

Mientras hablaba se había acercado peligrosamente al foso de los leones.

—Dame la daga y la carne —ordenó.

Pronto vendría el tiempo de cazar jabalíes. El resto del año soltaban los lebreros y liberaban liebres; aquella especie de simulacro de caza divertía al conde. Pero el espectáculo preferido de Hug de Empúries eran los pájaros del jardín; ruiseñores y jilgueros gorjeadores, palomas torcaces y codornices, milanos y halcones adiestrados para la caza.

El consejero cogió el trozo de carne sanguinolenta y lo clavó en la daga; se acercó al foso, que tenía más de diez zancadas de profundidad.

—Tiene hambre —habló con voz ronca, blandiendo la daga sobre la cabeza de uno de los leones.

Quería ver cómo aquella bestia se abatía sobre la carne y la destripaba. Sólo así le palpitaba el corazón febrilmente. Le excitaba el combate, los hombres que luchaban hasta la muerte, desangrados, con el alma más muerta que viva. Había apuñalado a caballeros rendidos a sus pies que solicitaban clemencia y no había sentido ningún arrepentimiento. ¿Qué era el arrepentimiento? ¿Por qué no sentía nada? Muchos caballeros amaban a una dama, se desvivían por complacerla, llevaban escrita en la cara aquella especie de felicidad nauseabunda. ¿Por qué él no podía experimentarla? No tenía sentimientos como la demás gente; nunca había llorado, ni tan sólo cuando los soldados del conde de Barcelona mataron a su padre en el asalto al castillo de Quermançó. Entonces sólo sintió odio y deseo de venganza.

Mientras provocaba al león, el escudero que le seguía los pasos apuntó al animal con el arma, sin esperar ninguna orden.

El león, un macho de melena abundante y colmillos temibles, rugió ferozmente y se lanzó de un salto sobre la carne, rozando la mano del consejero.

Pero Dalmau de Quermançó se volvió a acercar a él con una expresión de placer en el rostro.

—Baja la ballesta, inútil —gritó al escudero—. ¡Queréis ser caballeros y a la mínima os meáis en los calzones!

Muchos hombretones que habrían podido matar a un buey con los brazos se volvían criaturas de pecho delante del peligro.

—Ahora vete antes de que venga el conde —ordenó, medio oculto por las sombras de las palmeras que se movían a la luz de la luna.

Al poco apareció el conde Hug, con una túnica larga que lo protegía de la lluvia. Parecía abrumado por algún asunto y tenía cara de mal humor, de haber cavilado demasiado.

—El vizconde de Rocabertí nos acusa de instigar al señor de Requesens en su contra y se ha quejado al conde de Barcelona —dijo, ronco.

Requesens era una posesión conflictiva, ya que dependía del conde de Barcelona pero estaba situada en territorio de Empúries.

—¿Y qué? —El consejero frunció el ceño—. No os atacará... Además, estamos a punto de conseguir lo que queremos.

—Ya veremos —la voz del conde tenía un tono de reprobación amarga—. De momento, aún no he visto nada de lo que me habéis prometido.

Dalmau de Quermançó echo atrás su cabellera despeinada.

—Hemos conseguido que la gente tenga miedo de ir a Peralada y venga a nuestro mercado, y que el abad haya perdido buena parte de los derechos de pesca; ¿os parece poco? —Hizo una pausa larga. Sólo se sentía la cadencia de la lluvia fina que iba calando los vestidos—. Le pisaremos el callo al abad... Debemos impedir que pueda celebrar el Jubileo.

—¡Estáis loco, Dalmau!

—Dejadme hacer; me juego mucho en ello, ya lo sabéis.

El conde le había prometido riquezas. Si todo salía bien, poseería una parte importante de los tributos que recuperarían; le correspondía un tercio de los beneficios de la pesca de los estanques y otros derechos sobre tierras de cultivo.

Capítulo 23

Un viaje inesperado

La lluvia era un regalo para los campos. Sin embargo, la tierra continuaba seca como un vidrio. En los bancales de montaña no se notaba su efecto y en la llanura, los ríos traían un caudal pequeño.

Aquel otoño Blai había dejado de ser un simple aprendiz para convertirse en un ayudante hecho y derecho. Dejó de marcar puntos con Genís y Samsó. Necesitaban manos ágiles, dijo Arnau, y lo envió con los obreros que trabajaban en piezas repetitivas que no requerían una gran pericia. Esto es lo que le dijo Arnau, pero, en realidad, el Maestro Peire lo quería todo perfecto.

Lo pusieron a prueba para ver cómo se las arreglaba. Durante días trabajó en un porche del patio, junto a los escultores. Debía vaciar la piedra con el martillo y el taladro. De cada pieza debía salir un sillar perfecto. Había que quitar lo que sobraba, labrar la piedra, trazar las aristas, limar las irregularidades y finalmente, con el cincel y la gradina, rebajar las caras hasta que fueran iguales, para que el sillar tuviera una forma exacta.

Aquel aprendizaje duró muchos días, hasta que Arnau fue a verlo.

—Deja eso y ven a hacer molduras —le ordenó con voz ruda.

Se sintió un poco intimidado, pero, a partir de entonces, preparó molduras para la arquivolta. Trabajaba con un grupo de obreros que daban curvatura a unas piezas estrechas y largas que harían de marco alrededor de la gran puerta. Sobre aquellas molduras, los obreros más expertos esculpían cascabeles simétricos y regulares que parecían de verdad.

El Pájaro aprovechaba cualquier ocasión para acercarse al maestro escultor. Se ofrecía para ir a buscar taladros al herrero de Santa Creu y llevar las herramientas de corte a afilar. Procuraba cumplir bien los encargos, pero el maestro parecía no darse cuenta.

Càndia también estaba lejos, como un castillo inexpugnable. No sabía nada de ella. Le había hecho llegar un mensaje a través de un guardia que tenía acceso a la casa fortificada de Peralada, un viejo conocido de Sebastià, pero tampoco había obtenido respuesta. Sufría por ella, quería saber qué sentía. Quizá ya la habían prometido y pronto se celebrarían las bodas.

Una tarde, cuando volvía al hospital, encontró a Miquela confitando castañas. Las iba metiendo en una tinaja de barro y las cubría con miel de montaña.

La mujer lo miró por encima de la nariz, sin dejar el trabajo. Las llamas del fuego se reflejaban en su rostro y le disimulaban la mancha roja que le afeaba la mejilla.

—Tengo algo para ti —sonrió maliciosamente—. Mira la mesa...

Sobre la tabla había una jaula de juncos con un pájaro ceniciento, de plumaje brillante, que tenía una mancha roja en el pico.

—Es un jilguero, gorjea bastante... —Miquela sonrió y su cara rústica se iluminó—. ¿Sabes por qué tiene esta mancha roja?

El Pájaro lo negó con un gesto.

—Intentó liberar a Jesucristo de la corona de espinas y una gota de sangre divina le salpicó la cabeza. —La mujer continuó envasando castañas—. Te lo envía Càndia.

—¡Càndia! —exclamó perplejo—. ¿Cómo te la ha dado?

—Conozco a una costurera de la corte de la vizcondesa; ella y yo cosemos vestidos para las damas de la corte y me ha pedido que te la diera de parte de la hija del maestro. Tú sabrás qué representa —prosiguió. Y se encogió de hombros—. Tal vez quiera que hagas algo por ese pájaro...

—¿Cómo qué?

—Eso debes saberlo tú.

Aquella noche no pudo dormir y, al día siguiente, subió al campanario al amanecer. Cuando estuvo arriba de todo, el aire le trajo el canto de los gallos que despertaban las casas de labranza de la montaña y el sol ya se levantaba un palmo del lecho del mar. Se escondió en el último rellano de la escalera y dejó la jaula en el ojo de una ventana.

—Venga, vamos, vete —dijo abriendo la portezuela.

El pájaro movió la cabeza, dio unos saltitos rápidos y salió volando.

—Que tengas suerte —murmuró.

El jilguero aleteó en dirección a la montaña. Ya era libre, más libre que él.

Devolvió la jaula a Miquela para que se la devolviera a la costurera.

A partir de entonces, comenzó a retomar su camino entre los escultores, y el oficial debió fijarse en él, porque al cabo de pocos días dijo que el Maestro Peire quería verlo.

Se presentó delante del escultor con el corazón en un puño y un pellizco de inquietud en las muñecas. La presencia de aquel hombre de hombros contraídos y delantal polvoriento le inspiraba mucho respeto.

—¿Eres tú quien ha esculpido estas piezas?

El maestro tenía en las manos unas molduras que él conocía bien; le habían costado Dios y ayuda: cada curva, cada corte eran fruto de horas de trabajo, el resultado de labrar la piedra intensamente con el cincel y la gradina.

Blai asintió. Temblaba. Tenía miedo de que el maestro lo reprendiera por algún motivo.

—Acércate... Te llamas Blai, ¿no? —A la luz de la galería, el joven vio la calva sudada del escultor y agachó la cabeza—. Se nota que no eres del oficio.

Se esperaba lo peor y rezó en silencio, con los pómulos rojos y un ay en el corazón.

—Sin embargo, tienes un don —prosiguió el escultor—, parece que lo has hecho toda la vida.

Respiró, tranquilizado, y se atrevió a levantar la mirada, pero no fue capaz de balbucear ni una palabra; estaba demasiado nervioso.

Al final, el Maestro Peire le dijo que trabajaría en unas piezas nuevas y le ordenó al oficial que añadiera una moneda a su semanada.

La consideración que había recibido por parte del maestro lo llenó de satisfacción, pero fue por poco tiempo.

Unas horas más tarde, un caballero que montaba un corcel de pelo colorado descabalgó en el patio. Traía credenciales y pidió ver al abad; debía transmitirle un mensaje urgente, dijo. Fray Bernat no lo puso en duda y lo acompañó a la sala de capítulos. Debía de ser un asunto que no podía esperar, porque el desconocido parecía tener prisa.

Un rato más tarde, el abad hizo llamar al Maestro Peire.

—¿Sabéis por qué os he hecho venir? —Tenía la cara demudada por la preocupación.

El escultor movió la cabeza negativamente.

—Acabo de recibir un mensaje del delegado del conde de Tolosa.

La expresión del Maestro Peire se tensó.

—¿El conde Ramon?

—Quiere que vayáis a Tolosa —dijo el abad. Y le entregó la carta de reclamación que acababa de recibir del caballero—. Exige que volváis.

El maestro miró la carta con desaliento. Sabía qué significaba aquello. Era vasallo del conde y estaba obligado a obedecerlo. La lectura del escrito le preocupó aún más. No sabía exactamente qué había pasado, pero debería regresar a la ciudad si no quería perder las propiedades familiares que le correspondían en herencia.

—Tendréis que disculparme, venerable, tendré que hacer el viaje...

—No podemos retrasar más la portada. —El abad frunció la frente.

—Mis hombres pueden seguir trabajando y, cuando vuelva, completaremos la obra.

No tenía otra opción.

Aquella tarde atravesó con pena el portal. Sabía que la orden del conde de Tolosa contra él era implacable; si no volvía a la ciudad le requisarían todas las propiedades y nunca más sería admitido en el condado que lo había visto nacer.

Al día siguiente, salió acompañado por partida doble; el vizconde de Rocabertí lo hizo escoltar por dos escuderos que le protegerían hasta la ciudad occitana y se comprometió a velar por Càndia, que se quedaría en la corte de Peralada.

El escultor se marchó a Tolosa de mala gana y con la duda de si regresaría.

Quién sabe cómo resultaría la estancia en las tierras del conde Ramon, se dijo. Y la incertidumbre le hizo dudar de todo.

Capítulo 24

La agresión

Aimeric abrió el portal de entrada. Empujó con dificultad el revestimiento de hierro, bufando por el esfuerzo, y dejó entrar una carreta tirada por mulas que transportaba haces de encina. El invierno sería largo y había que tener provisiones de leña.

—Descargadla en los establos, que no se moje —dijo al mulero que conducía la carreta, y se secó las manos húmedas.

Hacía más de una semana de la partida del maestro escultor y, en aquel período de tiempo, la naturaleza del mundo había cambiado de cara. Después de meses de sequía, unos nubarrones negros que ya nadie recordaba se habían instalado en el cielo y, un día sí y otro también, descargaban chaparrones que no permitían ver el horizonte.

Durante una semana seguida no había parado de llover. Al principio, la tierra se bebía el agua, pero pronto quedó empapada y dijo basta, y entonces ya la escupía. Los campos se inundaron, las marismas anegaron los prados, se desbordaron los torrentes y las rieras, y por los ríos volvía a bajar un buen caudal. Por todas partes se formaban charcas que estropeaban los caminos.

La transformación del tiempo también afectaba al monasterio. El agua, que no conoce ninguna ley que la retenga, se filtraba entre las piedras provocando grandes manchas de humedad en las paredes y ponía a prueba la nueva edificación haciendo aparecer grietas aquí y allá.

—Tomáoslo con calma —dijo Aimeric. Era domingo y los escultores no trabajaban.

Mientras el mulero descargaba, Aimeric retrocedió hasta el portal. Miró afuera y aguzó la oreja a los sonidos de la montaña. Había captado un eco apagado y se quedó inmóvil, sintiendo el olor húmedo de la vegetación y respirando hondo, como si presintiera que orden y desorden van siempre del bracete, que los cambios nunca vienen solos y todo puede trastocarse en un santiamén.

Oyó un estruendo de galopes que se iba haciendo cada vez más claro.

—¡Vienen hombres armados! —exclamó.

Aún no había cerrado el portal cuando aparecieron una veintena de caballeros armados con cascos y espadas que galopaban como alma que lleva el diablo, y reconoció en los escudos la insignia de los Rocabertí.

—¡Dejadnos paso, en nombre del vizconde Jofre! —gritó el caballero que precedía el grupo.

Aimeric se hizo a un lado, para evitar las salpicaduras de barro que levantaban los caballos al galopar, y los dejó entrar.

El jefe del grupo, un hombre robusto de larga melena, entró en el patio con el escudo de los Rocabertí en alto.

—No disparéis —exhortó al guardia de la torre de vigilancia que lo apuntaba con la ballesta—, soy el señor de Vilabertran.

A continuación saltó al suelo, descargó el escudo en forma de almendra sobre el caballo y se cruzó la espada en el hombro derecho, como los buenos cristianos.

—Avisad al abad enseguida —dijo a Aimeric, con la voz entrecortada. El esfuerzo de la persecución lo había dejado sin aliento—. ¡Las huestes de Empúries nos pisan los talones, no tardarán en llegar!

Al cabo de nada, el caballero entró en el monasterio a parlamentar con el abad.

—Protegíamos a un grupo de mercaderes que llevaban telas a los judíos de la aljama de Castelló, padre abad —dijo haciendo la genuflexión—. Teníamos permiso para entrar en la ciudad, ya habíamos pagado el tributo y llegábamos en son de paz, pero los soldados emporitanos nos han saqueado.

»Nos hemos visto obligados a luchar —prosiguió con los ojos brillantes y los pómulos rojos de excitación—, y hemos matado a un caballero del conde Hug, por eso nos persiguen. —Hizo una pausa y afirmó la voz—. El consejero Dalmau nos viene detrás y no descansará hasta que se haya vengado.

Él y sus hombres tuvieron que emprender el camino del monasterio, dijo, porque no podían retroceder.

—Si es así, quedaos —accedió el abad con la preocupación reflejada en la voz.

Aimeric cerró la puerta y la reforzó con pernos y tablones, a manera de contrafuertes.

Los hombres armados que se habían refugiado en el monasterio fueron descabalgando para tomar posiciones. Se situaron sobre el muro perimetral, empuñando la espada o el hacha y con el casco ajustado al cráneo. Los arqueros se apostaron en las troneras para poder disparar flechas.

Cuando ya controlaban los puestos de defensa, el caballero que se había identificado como el señor de Vilabertran salió acompañado por el abad.

—Hemos dado asilo a los hombres de Peralada; ayudadlos —dijo el abad a los que se habían reunido en el patio. Y no les dio más explicaciones.

Aún no había pronunciado las últimas palabras cuando compareció ante él el señor de la fortaleza de la Muntanya de les Fonts, uno de los nobles que se alojaban en el monasterio. El caballero vestía el hábito monacal pero iba armado con una espada.

—Vengo en nombre de todos los que residimos en el monasterio, venerable —saludó al abad—. Sabed que podéis contar con nosotros y que estamos dispuestos a luchar.

—Agradecemos vuestro gesto, caballero —respondió el abad.

Poco después, las campanas comenzaron a batallar propagando el toque de alarma; los monjes y los novicios se refugiaron en el coro y los peregrinos en el hospital. Sebastià ordenó al Pájaro que no se moviera de la celda.

Muy pronto se oyó el alboroto de una galopada furiosa y relinchos de caballo. Las fuerzas rivales ya habían llegado a la explanada exterior del monasterio.

Los arqueros fueron los primeros en disparar contra los que pretendían escalar los muros y los atacantes respondieron con una lluvia de flechas que invadió el patio. Pasaban silbando por el aire y se clavaban en el suelo, dispersas. Los hombres armados del vizconde de Peralada se mantenían en los muros, protegidos detrás de las almenas, intentando impedir el acceso de los emporitanos.

La hueste enemiga era superior en número de hombres y había iniciado el ataque con un enjambre de flechas imposible de resistir.

El primer herido fue un joven escudero que, al lanzar un hacha, recibió una flecha en el pecho. Se replegó, abatido por el dolor, y se desplomó en el suelo.

Sebastià lo vio caer y fue a socorrerlo. Se lo cargó a la espalda, mientras esquivaba las flechas resguardado en la pared, y lo llevó hasta la portería.

—Dejadlo aquí. —Fray Bernat extendió un jergón en el suelo.

Le hicieron beber unos cuantos sorbos de vino fuerte para adormecerle el dolor; pero el joven escudero sudaba febrilmente y aulló cuando el viejo monje intentó arrancarle la flecha con unas tenazas de hierro.

—Si el hueso está roto —fray Bernat examinó la profundidad de la incisión—, el tuétano se mezclará con la sangre; en ese caso tendrá fiebre y morirá; si no, se formará un quiste y vivirá... Está en manos de Dios.

Sólo cuando la punta de acero salió desgarrando la carne, después de que el escudero perdiera el conocimiento y pudieran quitarle la camisa, vieron la proporción de la herida. El metal se había clavado hondo, y lo peor de todo era que tenía puntas o abrojos, como los que se disparaban a los cascos de los caballos durante la batalla. Era una flecha mortal.

Mientras ellos curaban al herido, el abad estaba en su celda. No las tenía todas consigo. Había recibido la petición de asilo del señor de Vilabertran como un jarro de agua fría. Estaba obligado a darle cobijo en consideración al vizconde Jofre; además, no habría sido cristiano dejarlo fuera. Pero dándole acogida enfurecería al conde Hug.

Calculó las consecuencias de la decisión que había tomado.

Estaban en una situación delicada; era probable que el conde de Empúries se encarnizara contra ellos y diera contraórdenes a los hombres del castillo de Sant Salvador, que debían protegerlos, para que los dejaran desamparados. No sería la primera vez, se dijo. No obstante, envió a uno de sus hombres a pedir auxilio al castillo.

—Salid por el huerto y escapad por el camino de la montaña —le había ordenado.

Ahora estaba solo, meditando qué había que hacer.

Si pintaban bastos, peligrarían las riquezas del monasterio. Había que ocultar las monedas de oro y de plata, y poner a resguardo el tesoro de reliquias hasta que tuvieran asegurada la paz. No quería cometer errores y no se lo diría a nadie. Encargaría el asunto a un hombre de confianza.

Al anochecer vio confirmadas sus sospechas: los soldados de Sant Salvador no habían venido a auxiliarlos. Supo que los caballeros del señor de Vilabertran habían impedido que los atacantes escalaran los muros, pero estaban agotados.

A la caída de la tarde, los hombres del consejero Dalmau abandonaron el ataque. Habían atacado con furia durante todo el día, pero oscurecía y no habían podido acceder al monasterio. El edificio estaba construido sobre el roquedal y era casi inexpugnable; les habría resultado imposible salvar los precipicios de la montaña y entrar por el lado del mar.

Viendo la situación, el consejero Dalmau había enviado un emisario para pedir refuerzos al conde Hug.

Cuando ya atardecía llegó una mesnada de lanceros y ballesteros. Habían subido con mulos, arrastrando una gran torre de asalto con escalas de madera que había de servir para asaltar las defensas del muro.

—De madrugada, cuando no se lo esperen, atacaremos de nuevo —dijo Dalmau a sus hombres, y ordenó que levantaran un campamento fuera del monasterio, en una pequeña explanada.

Montaron tres grandes tiendas y, bien entrada la noche, algunos hombres armados ya habían agotado las provisiones de vino y discutían medio achispados.

Dalmau entró furioso a reprenderlos.

—¡No quiero borrachos! —gritó pegando una patada en los riñones a un guardia que iba bebido.

Los hombres armados le hicieron caso, espoleados por la cara feroz del consejero, que no permitía tregua.

Volvía a lloviznar y los que montaban guardia debían atizar la hoguera continuamente para que no se apagara.

Un poco más tarde, el consejero y dos hombres armados rondaban por los muros del monasterio, siguiendo el muro en dirección al mar. Los había llevado lejos de las tiendas, bajo la llovizna, donde nadie pudiera oírlos.

—¿Entendido?

Despidió al ballestero y el lancero que lo acompañaban. Y sus hombres se marcharon, como aves nocturnas, hasta perderse en la oscuridad de la noche.

Capítulo 25

La huida

El Pájaro quería ver qué pasaba y había seguido a Sebastià.

—No quiero que vayas detrás de mí —le dijo su tutor con un brillo frío en los ojos.

Pero él no pensaba quedarse en el hospital y se refugió en las caballerizas. Allí no lo vería nadie y, en cambio, él lo podría ver todo. Los caballos estaban tranquilos y, de vez en cuando, sacudían la cola y resollaban.

Los establos tenían un tufillo a estiércol fermentado y alfalfa seca, pero Blai ya estaba acostumbrado. Se había encaramado al pajar y veía un buen trozo del patio a través de la abertura del portal. Oyó las carreras y los gritos de los hombres armados mezclados con los silbidos de las flechas. Miraba recostado, rascándose continuamente porque el vaho punzante que desprendía la paja le picaba por todo el cuerpo.

Los caballos de tiro y los mulos que servían para trabajar el huerto descansaban al otro lado del establo y debajo de él había dos corceles y tres caballos palafreneros que el abad montaba para ir de paseo por los dominios del monasterio o cuando viajaba a posesiones lejanas. Eran machos esbeltos, de crin brillante, y Aimeric sabía tratarlos; cada día los cepillaba y les limpiaba los cascos y las ranillas.

Escondido en el pajar, el Pájaro tuvo tiempo de pensar un poco. Lamentaba que el maestro escultor se hubiera marchado. El Maestro Peire había hecho juramento de fidelidad a su señor, el conde de Tolosa, y el taller de escultores ya no funcionaba como antes.

Mientras observaba el patio recordó la tarde anterior. Sebastià le había dado otra lección de espada; le quería enseñar a defenderse, atacar y contraatacar, y lo había llamado para medir las fuerzas.

—¿Cómo tienes la izquierda? —le había preguntado.

No tuvo tiempo de decir nada cuando la espada de su tutor le pasó rozando el brazo.

—¡La guardia alta! —Lo había espoleado empuñando el arma hacia arriba, con las dos manos—. ¡Como te he enseñado!

Cuando cogía la espada, Sebastià se transformaba y luchaba como si tuviera el enemigo delante.

El Pájaro había intentado aguantar el embate pero un golpe seco lo había hecho retroceder contra el muro y se encontró la espada de Sebastià apuntándole al rostro.

—No abuses de la guardia baja —había oído el aliento húmedo de su tutor, aquella voz ronca junto a la mejilla—. ¡Aún tienes mucho que aprender!

Mientras pensaba en la lección fue siguiendo el movimiento de los hombres armados que luchaban en el patio.

De pronto, descubrió el perfil de Sebastià, la gran barba espesa, la nariz de águila vieja. Lo vio caminar cojeando bajo el enjambre de flechas; cargaba a un caballero herido y atravesó el patio.

Aún pasó mucho rato mirando a los hombres armados que disparaban tras las almenas y, cuando se cansó de observar, se adormeció.

Cuando abrió los ojos habían cesado los gritos de combate. Oscurecía y los caballeros se habían retirado a descansar. Pensó en salir de allí porque el gusanillo del hambre le acuciaba, pero oyó ruido.

Estiró la cabeza y vio a Sebastià y Aimeric que entraban en las caballerizas.

—Coge a *Blancard* —dijo el mozo señalando los caballos de debajo del pajar—, está bien adiestrado y es muy obediente.

El Pájaro los espió con un ojo, sin hacer ruido. Los dos hombres se acercaron a un caballo de cuerpo musculado y pelo negro como el azabache que el chaval había cepillado en alguna ocasión; tenía la piel encerada y una buena montura que resplandecía, igual que las riendas y el freno.

Blai estaba quieto, casi no respiraba. Vio que Aimeric acariciaba la crin brillante y hablaba al oído del caballo.

—Tócalo y hazle saber que desde ahora iréis juntos, que se acostumbre a ti —recomendó. Aimeric ajustó los arreos al cuerpo del animal y le ofreció el estribo a Sebastià.

«Cuando el abad lo sepa», pensó el Pájaro. Y casi al instante, vio cómo su tutor montaba a lomos del animal y salía a trote ligero, mientras Aimeric desaparecía en dirección al patio.

Bajó la escalera corriendo; no quería perder de vista a su tutor y observó tras el portal. Lo vio marcharse sobre el caballo, atravesar el patio sembrado de flechas, y desviarse en dirección al huerto.

¿Adónde debía ir? Blai siguió el muro del patio, procurando que nadie lo viera, hasta el portal del huerto. Pero cuando llegó allí ya no vio nada. Jinete y caballo debían de haber salido por un sendero que desafiaba el acantilado de montaña y era inaccesible a los hombres armados. Ahora ya no podía seguirlos; no les habría atrapado y se arriesgaba a que Sebastià lo descubriera.

¿Qué tramaba su tutor? Se comportaba de una manera muy extraña. ¿Qué iba a hacer fuera del monasterio?

Retrocedió hacia el hospital. La noche ya enseñaba su ojo oscuro, las antorchas brillaban tenuemente en medio de la niebla meona y reinaba la calma. Vio a los guardias que vigilaban los muros y a Aimeric entrando en la portería del monasterio. Debían de estar esperando a los heridos. Aquella noche Aimeric no volvería al pueblo y seguro que Miquela sufriría.

Instantes más tarde, se escurrió hacia el hospital y entró en la celda. Sobre el jergón de Sebastià descubrió una alforja de piel de cordero, vieja de tan usada. ¡Su tutor había preparado el equipaje!

Desató la correa que cerraba la alforja y miró en su interior. Había un tabardo de lana, una capa pluvial y un cinturón de piel con una bolsa vacía.

Repentinamente oyó un rumor de pasos y reaccionó por

instinto, aguantando el aliento y ocultándose debajo del jergón. Se quedó inmóvil, esperando, pero no entró nadie.

Cuando ya daba por hecho que el ruido debía de provenir de algún peregrino que fisgoneaba por la cocina y se disponía a salir del cubil, descubrió una saca de cáñamo junto a la pared. ¿Qué era aquello? Hurgó apresuradamente y extrajo un paño carmesí bordado con un círculo blanco y seis cruces. El paño protegía un cofre cerrado con llave que tenía una cenefa con placas de hueso en los contornos y apliques de bronce en los ángulos. Aquel objeto le resultaba familiar. ¿Dónde lo había visto?

Volvió a dejar la saca en el lugar donde la había encontrado y se metió en su camastro, pendiente de si llegaba Sebastià. Los ojos se le cerraban.

En plena noche lo despertó un rumor apagado. Dormía como un perro, con el oído aguzado, y oyó una respiración profunda acompañada por un resuello. A contraluz de las chispas de luz del pasillo intuyó una sombra que se vestía delante de la puerta. Abrió bien los ojos. Era Sebastià.

Esperó a que su tutor se hubiera marchado, cogió la espada y lo siguió.

Sebastià había atravesado el patio bajo el velo lechoso de la luna y una llovizna fina que iba calando la ropa. Lo vio entrar en la iglesia. ¿Qué iba a hacer a aquella hora en la casa de Dios?

Corrió trás él. Al llegar al templo, se guio por la luz temblorosa de la lámpara que ardía en el altar mayor, a medio hacer, y las velas encendidas en el altar de la Virgen. El coro desierto desprendía un aliento denso de madera húmeda; debía de hacer poco que los monjes lo habían abandonado porque aún resonaba la eufonía de los salmos.

Un escalofrío le recorrió el espinazo. Las tinieblas se apoderaban del ábside y los brazos del crucero levantaban sombras monstruosas. Ahora no veía a Sebastià. ¿Adónde debía haber ido?

Se persignó al pasar por el altar de la Virgen de la cueva y continuó. Bajo el reflejo de luz que apenas iluminaba el presbiterio, distinguió la puerta que descendía a la cripta. ¡Estaba abierta! Por ahí se bajaba a aquel lugar del demonio. Por más que allí hubiera vivido san Pablo Sergio, obispo de Narbona, y que allí reposaran las santas reliquias, la cripta le infundía temor.

Volvió a caminar, intentando vencer la repulsión que sentía y sacando pecho. Debía saber qué estaba haciendo Sebastià.

Mientras bajaba las escaleras de la cripta le llegó la voz pastosa del abad Berenguer. Hablaba flojo, con parsimonia solemne.

—Os he abierto la entrada, coged la antorcha y proseguid. —Hizo una pausa—. No os desviéis nunca, pronto hallaréis una salida a la derecha; por allí iríais al castillo... Continuad recto, siempre de cara, y tened en cuenta que encontraréis agua.

—Lo pondré a resguardo, venerable —la voz de Sebastià irrumpió de repente—. ¿Recordáis vuestra promesa?

De nuevo oyó la voz sibilante del abad.

—Será cumplida, Sebastià... Cuando lleguéis al lugar, ya os diré qué debéis hacer; quizá tengáis que ir a Montserrat o llegar hasta Jaca.

—Haré lo que sea necesario.

—Más vale que os marchéis —dijo el abad—, pronto aclarará, y no retrocedáis ante nada; el tesoro que os hemos encomendado es demasiado valioso... Que Dios os bendiga.

Antes de que el abad acabara de hablar, Blai ya había atado cabos: ¡el cofre contenía el relicario del tesoro santo! Cuando lo sacó de la bolsa de cáñamo no lo reconoció. ¿Y por qué Sebastià tenía el relicario?

Oyó unos pasos ligeros perdiéndose en la lejanía, las pisadas de unas sandalias y, poco después, el silencio más absoluto.

Bajó a la cripta, tembloroso. El reflejo de luz tenue que entraba por el hueco de la escalera le permitía ver bastante bien. En la penumbra vislumbró la cueva de la cripta y el altar de San Pablo. Miró alrededor procurando adivinar alguna forma dentro de aquella cueva de lobos, pero no había nadie. El abad y Sebastià habían desaparecido. A medida que sus ojos se acostumbraban a la oscuridad, distinguió el vano del reconditorio de las reliquias. Fue entonces cuando descubrió que algo se movía al fondo.

El manto que recubría el muro contiguo al reconditorio revoloteaba con el viento. ¿Cómo podía ser, si estaban en un lugar cerrado? Se acercó, siguiendo la pared con la mano entumecida para no caer, y cuando llegó al manto sintió una corriente de aire vivo. Al tocar la tela, la mano se le hundió. Detrás no había muro.

Apartó el manto y entonces vio aquella abertura excavada en la roca. Unos peldaños se hundían bajo la montaña y del fondo de todo subía un pábilo de luz que permitía ver la boca del túnel. Debía de ser el reflejo de la antorcha de Sebastià, que aún estaba cerca.

Cuando se disponía a entrar en el túnel, tropezó con un tablón de madera que debía de servir para tapar la abertura. Ahora quedaba disimulado por el manto. Tenía razón Miquela cuando decía que la montaña estaba horadada. Acababa de descubrir una gran abertura que iba hacia el corazón de las rocas.

Hizo de tripas corazón y comenzó a bajar peldaños. La antorcha de Sebastià aún chispeaba al fondo. Si se afanaba, lo atraparía.

Mientras se adentraba en la boca del túnel, el corazón le comenzó a bajar por la pendiente de la angustia y se concentró en seguir el rastro de luz con la respiración entrecortada. A medida que descendía se oía retumbar más y más el mar, con un *bum bum* tan próximo que parecía que estaba bajo las aguas. Pero muy pronto el espacio del túnel se hizo escarpado y el eco se apagó un poco.

En aquel tramo el agua goteaba por las paredes con un *clap clap* tenebroso. Muy pronto, la cavidad se hizo recta y le pareció que, al fondo, se abría una cámara.

Intentaba ir más deprisa, para atrapar los pasos de Sebastià, pero tropezó con un escalón imprevisto y topó contra el muro de roca. Lo salpicó el agua y miró al suelo, pero ya no vio nada porque la luz se había apagado. Sebastià debía de haberse alejado. Tenía que apresurarse si no quería quedar atrapado ahí dentro. El reguero de agua que bajaba por las paredes le iba mojando. Volvió a caminar, aterido, con las piernas agarrotadas, tan deprisa como pudo. Tenía los pantalones empapados y había retomado el camino en penumbras, guiándose por el tacto y siguiendo la pared, hasta que el túnel se ensanchó. Estaba seguro de que había llegado a la cámara.

—¡Quieto ahí!

Sintió un brazo que le rodeaba el cuello y la frialdad de un puñal en la garganta.

—Soy yo, el Pájaro —murmuró aterrorizado.

En el tintineo de la oscuridad, su voz resonó en la cámara lúgubre.

—¿Se puede saber qué haces aquí? —exclamó Sebastià.

—Te he seguido.

—¡Así te parta un rayo!

Sebastià retiró el puñal y aflojó los brazos.

—Tendremos que volver a encender la antorcha —dijo. Sacó un pan de grasa y dos piedras para encender fuego del bolsillo de los pantalones—. ¡Aguanta esta bola de saín! —Le dio una bola de grasa de cerdo que olía a rancio y comenzó a golpear las piedras.

El Pájaro oyó el sonido seco de las piedras al chocar, las vio centellear en la oscuridad, hasta que una de aquellas chispas hizo arder la grasa. Entonces pudieron encender la antorcha y el túnel se iluminó.

Sebastià llevaba las alforjas cargadas a la espalda y lo miró enfurecido.

—¡Cuando salgamos de aquí vuelves al hospital! —Lo amenazó con un gesto.

—Déjame ir —le suplicó. Le rechinaban los dientes, pero tenía claro que lo seguiría donde fuera. No quería retroceder; sólo deseaba huir y ver a Càndia.

—¿Cagado de miedo y temblando como una niñata?

Las palabras de Sebastià le hirieron el orgullo. Blai sacó fuerzas de flaqueza y se mordió la lengua para vencer el frío que lo dominaba.

—Juro que seré fuerte.

Sebastià bufó contrariado.

—Lo que debo hacer es peligroso, es preciso actuar con mucha cautela; debo llevar las reliquias sin que nadie lo sepa, ¿entiendes por qué voy solo?

—Ya soy un hombre —dijo el Pájaro—, siempre dices que debo saber defenderme... Te obedeceré en todo —cada palabra había sonado más contundente, él mismo se extrañaba de ello—, no me quejaré de nada... ¡Ponme a prueba!

—No tienes permiso del abad.

—Pero a ti te escuchará...

—¿Y tú qué sabes? —dijo Sebastià.

—Os he oído hablar en la cripta... Déjame ir contigo, por favor —insistió.

—¡Jodido marrano! Cuando salgamos de aquí hablaremos.

Prosiguieron el camino, juntos. De vez en cuando, encontraban algún tramo en malas condiciones; los chorros de agua que supuraba la roca formaban riachuelos, y caminaban con dificultad porque el agua les llegaba hasta la rodilla. En uno de aquellos tramos el techo era un colador de aguas y llovía mucho. Sebastià intentó proteger la antorcha, pero no pudo. Poco después, se dio cuenta de que el pan de grasa se había consumido y la antorcha se apagó completamente.

—Tendremos que seguir a oscuras —dijo.

El Pájaro no tuvo tiempo de responder. Había metido el pie en un pozo y se deslizó hasta el fondo, como un saco de piedras.

Capítulo 26

Las diablesas

Cayó por una pendiente rugosa, tierra adentro, mientras iba recibiendo golpes a diestro y siniestro.

Sin saber cómo, se encontró en el fondo de una cueva, golpeado y magullado, con la cabeza que le rodaba como las palas de un molino. Debía de haber caído en las profundidades de la montaña, porque sentía reverberar el mar como si lo tuviera allí mismo y todo era muy oscuro. Intentó mirar en torno a la oscuridad absoluta, oyó el chapoteo del agua que goteaba del techo y un aire enrarecido y sofocante que le apestó las narices.

Blai imaginó que había ido a parar a un hoyo de la montaña y sintió pánico. Quizás era una entrada al averno que se encontraba en el fondo de la tierra, allí donde decían que los diablos tentaban a las almas y empujaban al infierno a los que no sabían resistirse. Por eso había que rezar por los muertos, para aliviarles la estancia y salvarlos de los tormentos infernales.

Gritó a su tutor con voz ahogada y le volvió un eco largo, casi infinito, que lo rodeó con una voz monstruosa. Resonaba en todas direcciones y se perdía a lo lejos, al fondo de la cavidad oscura. El eco de su propia voz le hizo comprender que aquella cueva era enorme.

Sintió un pellizco de dolor en el rostro y se palpó la cara. En la zona de la frente, tocó un líquido espeso y la raya fina de un rasguño. Estaba sangrando.

Intentó moverse y no pudo. Fue entonces cuando vio aquello. Centenares de reflejos de luz roja como sangre estallaban en las paredes de roca, rebotaban entre sí dejando entrever la grandiosidad de la cueva y haciendo brillar una multitud de estalactitas y estalagmitas. Casi al instante, comenzó un gran alboroto de cuernos que tocaban sonidos astillados y agónicos, y un bramido escalofriante salió del fondo de la caverna. Era un grito que no provenía de ninguna voz humana y se parecía al aullido de un lobo.

Lo que vio en aquel momento le heló la sangre. Una bestia extraña, medio hombre, medio animal, con una enorme cornamenta retorcida, alas de fuego rojo y patas de cabrito, surgió del fondo de la cueva. Lo miraba con ojos maléficos y candentes, y reía sarcásticamente.

Blai se acurrucó, aterrorizado, pero no podía cerrar los ojos. Inesperadamente, de abajo de las rocas comenzaron a salir unos lagartos verdes y asquerosos que desprendían un tufo pestilente.

Aquel ser aberrante se había ido acercando y mostraba aquello que hasta el momento había quedado oculto entre las patas peludas: un carajo erecto y tieso como el de un caballo a punto de montar una yegua.

El Pájaro se pegó al muro de la cueva, horrorizado. El corazón le latía como un tambor y tardó un tiempo en reaccionar. Cuando lo hizo, intentó desenvainar la espada con la intención de protegerse. Pero fue incapaz. La entidad diabólica estaba tan cerca que podía sentirle el aliento; exhalaba un hedor de azufre vomitivo. Se mareó y, en aquel instante, una daga de fuego candente apareció entre las garras del monstruo y sintió un pánico desconocido.

Ya se daba por muerto cuando aquella visión terrible se deshizo en una nube de humo y oyó un trueno de carcajadas estridentes que estallaba al fondo de la cueva. Entonces, tres mujeres desnudas, entradas en carnes y con cabelleras largas y despeinadas, aparecieron delante de él. Tenían los ojos de lobo, los coños afeitados y unos pechos desproporcionados como tetas de vaca, pero más turgentes.

Se quedó petrificado como una víctima a punto de ser sacrificada. Las mujeronas le habían robado el juicio; no podía moverse ni era dueño de sus sentidos; era incapaz de mover los ojos y sólo podía contemplar aquellos cuerpos obsesivos que se le acercaban contorneándose lascivamente. Jadeaban como perras en celo y las oyó murmurar con voz meliflua: «Deja que te lamamos las heridas, tu dama no te ama, nosotras te saciaremos y encontrarás remedio en nuestros brazos».

Lo atraparon entre una profusión de manos calientes que lo acariciaban y sintió una sacudida de sangre en el miembro. Era incapaz de controlar nada.

Las tres mujeronas lo tocaban con concupiscencia y lo besaban con labios lúbricos, una tras otra.

Se comportaban como meretrices; movían las nalgas, le mordían el vientre con lujuria y le refregaban las tetas. Lo lamían y lo ungían con suspiros obscenos, y se sintió prisionero de una erección considerable hasta que le hicieron entregar el esperma.

Una de ellas se había inclinado para beber el elixir del joven mientras las otras gritaban con voces monstruosas y él intentaba taparse con pudor.

—¡Pobre diablo, ya eres nuestro! ¡Te ataremos para siempre a los abismos! ¡Pregunta quién te engendró, bastardo! Nadie te ama, tu dama está prometida y ha renegado de ti... Estás condenado como tu padre, que es un alma en pena. ¡Expósito cobarde, maldito seas!

Fue entonces cuando pudo reaccionar. Una rabia violenta lo hizo acometer a las diablesas. Pero eran escurridizas y, a medida que intentaba luchar con ellas, se desvanecían.

Sintió que le fallaban las fuerzas y, cuando estaba a punto de caer, recordó que aquellos seres no eran de carne y hueso. Pronunció entonces el nombre de la Virgen de la cueva, se persignó, y cerró el puño poniendo el dedo pulgar entre el medio y el índice, haciendo la higa, como decían que había que hacer para combatir a las brujas y a los malos espíritus para quedar inmune a sus maldiciones.

Casi al instante, cuando menos lo esperaba, recobró la fuerza y la visión diabólica se disipó mientras se apagaban los chillidos.

Un rato más tarde, Sebastià lo sacudió. Sintió que no podía moverse; las piernas no le respondían y tenía los brazos dormidos.

—¿Estás herido? —le preguntó—. Has caído en una fosa y te has dado un buen golpe en la frente... Tenemos que salir de esta cueva de ratas. —Lo cogió por los brazos—. Levántate, venga.

El Pájaro se puso de pie con dificultad y dio unos pasos.

—Parece que no te has roto ningún hueso.

—He visto diablos —murmuró con voz débil.

—Yo también —bromeó Sebastià mientras lo sostenía por los hombros—. Ya sé qué es lo que toca cuando te enfrentas a los miedos.

—Te juro que los he visto.

—Sé muy bien qué se siente cuando estás en una cueva oscura —dijo mientras lo instaba a caminar. Había vivido en ellas el tiempo suficiente. Los ermitaños que se internaban en las profundidades del alma se espantaban al ver todo lo que es invisible a los ojos. Viviendo en la cueva también había descubierto quién era el peor enemigo del hombre—. ¿Sabes qué has visto, chaval? —prosiguió—. Todo aquello que aún te espanta, tus miedos.

Salieron de aquella cueva arrastrándose entre un pilón de escombros, hasta que encontraron la boca del agujero por donde había caído. Volvían a estar en el túnel.

—Debemos ir a tientas —dijo Sebastià—, o sea que compórtate como un buen escudero.

Retomaron el camino con cautela. Iban siguiendo las paredes de la cueva, caminando penosamente, hasta que llegaron a la bifurcación que conducía al castillo. En aquel punto, en dirección a mediodía, tal como había dicho el abad, encontraron una de las salidas del túnel. Pero la boca estaba obstruida por rocas y vegetación.

—Si siguiéramos el túnel iríamos a la Selva y por aquí saldríamos al camino donde he dejado el caballo.

Sebastià examinó la boca. La lluvia había hecho desmoronarse una masa de rocas y tierra y, en aquel punto, buena parte del techo del túnel se había hundido.

—Tendremos que trabajar —dijo. Y comenzó a limpiar la abertura.

Retiraron piedras y escombros durante un buen rato y cuando pudieron acceder al exterior ya despuntaba el ojo del alba. Iban empapados y enfangados, y seguía lloviznando.

—¿Puedo ir contigo? —insistió el chaval.

Sebastià meditó qué debía hacer. Si obligaba al muchacho a volver al monasterio era probable que lo hicieran prisionero, porque las huestes emporitanas habrían cercado los caminos.

—Sígueme —le ordenó—, pero a la mínima te dejaré en la primera villa que encontremos... Y otra cosa —prosiguió—: olvida todo lo que has visto ahí dentro.

—No sé si podré —murmuró Blai, herido en su orgullo—, me han hablado de mi padre, me han dicho que es un alma en pena y que está condenado... ¿Es verdad eso? —Sebastià calló—. Me dijiste que me lo explicarías cuando fuera la hora... —Se le rompió la voz ronca. Habría chillado—. ¡El abad no me lo quiere decir y tú tampoco! ¡Toda la vida que me insultan y me llaman hijo de perro corrupto!

—¡Basta! —lo amenazó su tutor.

—¡Tengo derecho a saberlo! —se atrevió a exclamar. Una vez más, sintió que el corazón se le partía y los ojos se le velaban.

Sebastià lo cogió por la camisa y lo arrastró unos pasos.

—¿De verdad quieres saberlo? —gritó con voz áspera—. ¡No te gustará y no creo que te haga ningún bien!

—¡Tanto da!

—Te lo diré cuando vea que soportas el peligro, y en este viaje tendrás ocasión de demostrármelo.

El Pájaro lo siguió cabizbajo, en dirección a la falda de la montaña.

—Pensaba que eras diferente —dijo, gimiendo.

—Hago lo que puedo. —Sebastià se detuvo. Suavizó el tono de voz—: Te lo diré antes de que volvamos, pero debes saber algo: para sentirte libre, primero debes vencer los miedos; muchos sirvientes quisieran haber nacido señores, pero también puedes ser un señor y sentirte esclavo... La libertad no depende sólo del estamento en que has nacido.

Él era un liberto, había tenido lanza y espada, pero cuando podía haberse comido el mundo vivió el infierno de la guerra.

—No hay nada que ate más al hombre que el temor y los remordimientos —murmuró, ignorando la cara de decepción del joven—. Si vienes conmigo debes ser valiente; cuando me des pruebas de ello te explicaré todo lo que sé, te lo prometo.

Encontraron el caballo del abad atado detrás de una roca, en un recodo del camino. Sebastià guardó el equipaje en las alforjas, procurando que el relicario quedara bien protegido. Antes de montar, empujó al Pájaro hasta una roca.

—Arrodíllate —le ordenó inesperadamente con el ademán serio de quien cavila algo. Se había quedado de pie bajo la llovizna, con el jubón de cuero con tachuelas de latón y la capa pluvial enfangada del viaje por las entrañas de la montaña. Infundía respeto; tenía el rostro endurecido, color de cal, y la gran barba mal afeitada.

El Pájaro obedeció y dejó que su tutor desenvainara la espada y le impusiera la mano sobre la cabeza.

—No muestres terror cuando estés ante el peligro —comenzó diciendo Sebastià con un tono imperturbable—, sé valiente y recto para que Dios te ame, y di siempre la verdad y protege a los indefensos.

El Pájaro comprendió que aquello era una instrucción y no preguntó nada. Sabía que los escuderos que eran investidos caballeros se arrodillaban delante de su señor, en señal de obediencia.

Sebastià ejecutó aquella ceremonia improvisada, paso a paso, tal como la había recibido él mismo cuando servía al amo del castillo de Sant Salvador.

—Éste es tu juramento —dijo—, y esto para que no lo olvides.

A continuación, descargó una bofetada seca en el rostro del chico, que aguantó el sopapo con asentimiento, sin mover ni una pestaña, ya que se jugaba la confianza de Sebastià. Finalmente, su tutor le tocó el hombro derecho con la espada.

—¡Álzate como caballero! —le mandó—. Desde ahora me guardarás la espalda.

El Pájaro se puso de pie, desempolvándose el jubón de lana, sin saber exactamente qué significaba comportarse como un caballero.

—Lo que cuenta no es la estirpe sino el valor y la nobleza de corazón —dijo Sebastià—. Cuando lleguemos a Peralada te daré otra espada.

Iba más ligero que nunca, como si se hubiera olvidado de cojear. Parecía otro hombre; el hospedero se había quedado en el monasterio, y ahora tenía el aire de un ermitaño guerrero.

Emprendieron la ruta por la montaña cuando el sol asomaba en el horizonte tenebroso del mar. Encajado detrás de la silla, Blai se volvió dos o tres veces para mirar el monasterio. El refugio de los monjes, aún sumergido en la oscuridad, parecía un guerrero robusto y orgulloso, con los muros al acecho del viento.

Aquella tarde el abad había llamado a Sebastià con urgencia. Tenía una expresión desolada y caminaba, derrengado, por el cuarto, como si no hubiera podido dormir.

—Os lo pido a vos porque no puedo confiar la misión a ningún hombre armado —había dicho después de explicarle qué quería—. Los soldados del castillo de Sant Salvador no quieren obedecernos, y al vizconde Jofre no quiero pedirle nada, prefiero que no lo sepa... Vos sois un hombre de palabra, siempre habéis cumplido con vuestro deber sin apartaros de la ley.

—Aquí el abad había hecho una pausa y lo miró por el rabillo del ojo, como si quisiera olvidar que dormía con una mujer viuda sin haberse casado con ella.

—Hace tiempo que dejé las armas, padre abad.

—Pero domináis el arte de la guerra y, si es preciso, sabréis defenderos solo. No puedo haceros escoltar porque despertaríais sospechas. Confío en vos y os haré recompensar... He pensado en otorgaros dos onzas de plata por cada año que viváis.

—¿Levantaréis los cargos que pesan contra el hijo de la molinera?

—Sois pertinaz, Sebastià... Ya les he condonado la deuda —reflexionó el abad—. Puedo hacer expedir un documento a mi procurador para que exculpe al chaval delante del juez, pero debéis asegurarme que no volverá a emplear la violencia contra el vizconde.

—Tenéis mi palabra.

—Debéis marcharos esta noche y no sufráis por los peregrinos; he ordenado que os sustituya un ayudante del hospital del Coll del Perer.

Al acabar, le había dado un salvoconducto y una carta de recomendación para que lo recibiera el abad de Sant Pere de Galligants.

—Tendréis que quedaros en el monasterio hasta que recibáis noticias nuestras; según cómo vaya todo, deberéis viajar hasta Montserrat o Jaca, siguiendo el camino de Santiago, quién sabe... —había proseguido el abad—. Aimeric os ha preparado un buen caballo, id a buscarlo. Recordad que el damasco que envuelve el relicario lleva bordada la insignia pontificia; no os deshagáis nunca de él, porque eso prueba su autenticidad.

Lo había mirado con fijeza. Tenía los ojos abatidos y surcados de venitas:

—Confío en vos, Sebastià. —Y añadió—: Venid a la cripta esta noche y os mostraré el camino.

Le habló de la existencia de un túnel que muy pocos conocían. «Lo mantenemos en secreto, por seguridad.» Explicó que el túnel arrancaba en la gruta de la cripta. Doscientos años atrás, en tiempos de construcción de la gran iglesia, el abad Hildesind había hecho excavar una salida que les permitiera abandonar el monasterio en caso de sitio y comunicarse con el castillo de Sant Salvador. Aquel pasadizo bajaba en vertical, atravesaba el subsuelo de los huertos y tenía una primera abertura a ras de la montaña. La salida estaba cubierta de vegetación para que nadie pudiera descubrirla y, a partir de allí comenzaba un túnel construido con losas adosadas a la pared de la montaña. Sus predecesores lo habían ido alargando y llegaba al pueblo de La Selva de Mar.

—Sabed que allí se recogen las aguas que bajan de la montaña —le había advertido—, pero se puede caminar bien... El aire no está enrarecido.

Se refería al aliento mortal que se metía en los agujeros sin ventilación y ahogaba a quienes se aventuraban a recorrerlos.

Capítulo 27

La conjura

Con la lluvia, los muros interiores del monasterio rezumaban agua y el moho proliferaba en las estancias más reservadas. Aquel clima reumático perjudicaba la defensa del edificio; la leña estibada en el patio se había mojado y costaba mantener el fuego de los tederos.

Después de dos días de asedio la situación comenzaba a ser insostenible. La enfermería se había quedado pequeña y fray Bernat tuvo que atender a los enfermos al lado de la portería, en una trasalcoba oscura y lóbrega.

—Traedme ungüento de saúco —ordenó a un sirviente que le ayudaba—, con eso evitaremos que se inflame la herida.

Con las manos temblorosas acabó de vendar el brazo de un joven que apretaba los dientes de dolor. Después le dio a beber vino de miel.

—Esto os dará sueño —le salió una voz enronquecida.

Sufría de reuma y tenía los huesos entumecidos. Era viejo y aún continuaba haciendo la ronda del monasterio. A su edad, se prescribía él mismo las medicinas. «Dios hace el milagro de mi salud», decía. Pero había cogido un constipado y, por culpa de eso, hacía dos noches que no dormía.

Un rato más tarde fue a relevarlo otro sirviente.

—El abad os llama.

Berenguer lo recibió en su cuarto. Estaba sentado en un arquibanco acolchado y se llevó la mano derecha al pecho.

—Deberíais descansar más. —Escudriñó al monje con una mirada nerviosa—. Tengo que deciros algo, Bernat... He cambiado las reliquias de san Pedro por un cofre que no tiene ningún valor.

Hizo una pausa e inclinó levemente la cabeza. Fray Bernat lo miró, aterrorizado.

—¿Qué decís?

—Aquí peligraba... —prosiguió el abad—. He encomendado a un hombre de confianza que lleve el tesoro a Sant Pere de Galligants y quiero que vos lo sepáis por si nos pasa algo.

Fray Bernat se persignó.

—¡Buen Dios! —Y a continuación exclamó—: Me guardaré mucho de decírselo a nadie.

El abad le dedicó una sonrisa de agradecimiento.

—Id a descansar.

Bernat salió del cuarto en silencio, encorvado y pensativo. Fuera, en el pasillo, se abrigó el pecho con la capota de lana, pero no se dirigió a la celda; al contrario, cambió de sentido. Sabía que si se acostaba, la tos no le dejaría pegar ojo. Se recogería a rezar en la iglesia hasta que se hiciera de día y llegaran los hermanos para cantar los himnos; entonces se sumaría al coro. Le agradaba aquel momento, que recordaba la proximidad de Jesucristo, la visita del sol que viene del cielo, como decía el canto del Benedictus.

Abrió la puerta lateral del templo, que comunicaba la galería del claustro con el crucero, caminó por la nave inmensa y, al llegar al asiento del coro, escuchó la reverberación de sus pasos apagándose en el ábside vacío. Se arrodilló en el reclinatorio y dio gracias por todo, que los sufrimientos y los males del mundo se han de vencer con la abundancia del bien.

Se quedó un rato en silencio hasta que le sobrevino un acceso de tos. Se aguantó los ataques con la mano y prosiguió con la plegaria.

«Señor, otorgad a nuestros hermanos lo que más convenga y dad a los sirvientes lo que necesitan, que cada uno reciba vuestra clemencia. Ablandad el corazón de los condes y barones, y tened misericordia de ellos. Enseñadme a perdonar y, cuando sea mi hora, permitid que me vaya en paz, en una exhalación.»

Finalmente se quedó adormecido, con la cabeza apoyada en el reclinatorio y, al cabo de un momento, lo sobresaltó un ruido. Abrió los ojos cansados, miró hacia el altar y le pareció ver una sombra. «Son los reflejos de los cirios», se dijo. Pero volvió a oír un sonido metálico y seco que provenía del presbiterio.

Esta vez se levantó con dificultad y salió del coro, procurando no hacer ruido.

Caminó con cautela. Las luces temblorosas de una lámpara y de las velas que ardían en el altar de la Virgen hasta la cuaresma le permitían ver perfectamente la cabecera de la iglesia. En la celosía se movía un juego de luces y sombras. ¿Qué era aquello que yacía en el suelo, cerca del altar? Entornó los ojos desde la penumbra que lo amparaba, intentando afinar la visión, hasta que descubrió en aquel objeto inerme la reja de protección de las reliquias. Habría preferido no haber visto nada, porque su corazón sólo sabía bendecir y esperar el bien en todas las cosas, pero en aquel momento fue consciente de lo que estaba pasando. ¡Alguien había abierto la reja y hurgaba en el reconditorio!

¿Y si el ladrón que había entrado descubría que el tesoro era falso y profanaba el altar? Estuvo a punto de pedir auxilio, pero desistió. No lo habría oído nadie. Se persignó encomendándose al Señor, que lo revestía de valor, y fue hasta el reconditorio intentando no arrastrar los pies, para que no lo oyeran.

Pronto descubrió que la puerta de la celosía estaba abierta y constató lo que le había parecido ver de lejos: la reja que protegía el reconditorio había quedado desplazada y a su lado reposaba un palo de hierro de los que utilizaban para apagar los cirios. Debían de haber arrancado la protección haciendo palanca con aquel palo, por eso habían hecho tanto estrépito.

Se acercó a la abertura del reconditorio y miró adentró.

—¿Qué estáis haciendo? —gritó con voz de resfriado.

No hubo de decir nada más. Dos hombres de cuerpo ágil y oscuro, de quienes sólo se adivinaban los ojos, saltaron impelidos desde el fondo de la cavidad.

El primer desconocido se escabulló sin que él tuviera ocasión de reaccionar.

Había intentado detener al segundo profanador cogiéndolo por el brazo, pero el ladrón se deshizo de él con un tirón violento.

Fue entonces cuando le faltaron las fuerzas. Sintió que el cuerpo le flaqueaba y se desplomó sobre la reja de hierro; tuvo una mala caída sobre la punta de una arista. Un golpe seco en la nuca, un solo golpe, y la sangre empezó a manar, imposible de contener. En aquel instante, mientras los desconocidos huían con el botín, entregó el alma. Finalmente, Dios le había concedido su deseo.

Muy entrada la noche, fray Ermengol abandonó el dormitorio colectivo procurando que nadie lo oyera. Obedecía las órdenes que había recibido aquella tarde.

—Estate alerta a la hora prevista, no puedes fallar.

Monseñor se había mostrado inflexible, la papada colgando y una expresión dura, envarada, de corcho viejo.

Antes de salir de la celda, fray Ermengol se ciñó un puñal al cordón del hábito pensando en el peligro a que se exponía.

Todo el mundo dormía y había que aprovecharlo. Los hombres armados emporitanos no volverían a atacar hasta que clareara; entonces, los monjes descubrirían lo que había pasado.

Mientras se disponía a cumplir con su deber, fuera, en el recinto monacal, dos soldados escalaban el muro de protección por el lado del mar. Aquél era un acceso difícil y un punto débil para la defensa, ya que quedaba fuera del alcance de la torre de vigilancia.

Habían conseguido encaramarse hasta las almenas, amparados por la penumbra de la noche y la llovizna lechosa que velaba la luna. Se movían como gatos en la oscuridad, cubiertos con un capirote negro y un barboquejo que les llegaba a los ojos.

Ya arriba del muro, dispararon dos flechas contra el guardia de la torre de Sant Miquel, con tanta puntería que el hombre armado no tuvo tiempo ni de oír el silbido de las saetas. Una acertó el corazón y cayó muerto en el acto.

Fray Ermengol esperó a que llamaran a la puerta de los bajos de la sala capitular. Escuchó la señal convenida, tres golpes apagados. Sólo entonces abrió el cerrojo para dejar entrar a los intrusos. Tenían un aspecto siniestro. Parecían vilanos negros; iban empapados, embozados hasta los ojos, y no decían nada. Les dio la llave de la celosía del presbiterio, tal como le había ordenado monseñor, y se volvió al dormitorio, asustado y deprisa.

Capítulo 28

Consternación

—¡Malditos lacayos! ¡Os quiero ver galopar escupiendo sangre!

El consejero Dalmau había reaccionando con furia a las explicaciones de sus hombres. Ya no dormía cuando le habían ido a ver a la tienda de campaña; estaba planeando la estrategia de ataque para el día siguiente, que les haría ganar el asalto al monasterio.

—¡Os envío a buscar las reliquias y volvéis con un homicidio a la espalda! —les recriminó empujando con brusquedad al escudero que le había comunicado la muerte del viejo monje.

—No es culpa nuestra, al caer se ha abrió la cabeza.

—El abad pedirá nuestro hígado. —Hizo una mueca áspera—. ¿Dónde está el veneno? —preguntó con voz cavernosa. A continuación, arrancó una ampollita de terracota no más grande que un dedo de las manos del escudero y se la guardó en el cinto.

Las flechas envenenadas eran muy efectivas. Una onza de aquel veneno habría sido suficiente para emponzoñar a un buey. «¿Para qué lo queréis?», le había preguntado la curandera del puerto. Aquella puta tísica de Ademar, la muy malnacida, quería que soltara más dinero.

Con la luz del alba que rompía sobre el mar, los faldones de la tienda revoloteaban empujados por el viento del sur, que traía lluvia. Dalmau de Quermançó miró el cofre de reliquias que le habían traído los dos soldados.

—Tenemos que sacárnoslo de encima —murmuró haciendo un gesto de enojo. Y ordenó al ballestero—: Ensilla el caballo y lleva el cofre a la capilla de Sant Joan Ses Closes.

La iglesia estaba cerca de los dominios de templarios de Castelló: allí el tesoro estaría seguro.

En el monasterio, la llegada del día trastornó a todo el mundo. Cuando los monjes iban a celebrar los maitines descubrieron el cadáver de fray Bernat. La consternación los había dejado mudos y tuvieron que consolarse unos a otros y apoyar al abad. Berenguer estaba desolado e hizo llevar al difunto ante el altar de San Pedro.

Muy pronto, también, fueron descubiertos los cuerpos sin vida de los arqueros y corrió el grito de alerta entre los hombres armados del monasterio. Alguien les había disparado varias flechas por la espalda. Eso significaba que los atacantes habían entrado por el lado del mar.

La noticia trágica de la muerte del viejo monje se extendió deprisa, a la vez que crecía la sospecha de que el asalto había sido perpetrado con la connivencia de algún traidor. Alguien del monasterio habría permitido la conspiración y quién sabe si no había algún infiltrado que planeaba combatirlos desde dentro.

El señor de Vilabertran reunió a sus hombres. El caballero tenía un aire pesado y el rostro contraído y pálido.

—Es posible que nos ataquen con virulencia —les advirtió—, y no hemos podido enviar ningún emisario al vizconde de Peralada.

—Nos aprestaremos a resistir la embestida, señor —dijo uno de sus hombres.

Antes de volver a las posiciones acordadas, repartieron agua con vinagre para limpiar la sangre, se colocaron la cota y se ciñeron las espadas.

Pero cuando salieron a defender el perímetro del monasterio se encontraron con un hecho inesperado: los enemigos habían montado un castillo de asalto para acceder al muro fortificado y ya dominaban algunas almenas. Habían abatido a los guardias del muro y ahora nadie podía impedir que una mesnada de lanceros subiera al asalto del castillo.

El ataque imprevisto desconcertó a los hombres del señor de Vilabertran. Al cabo de un rato, los lanceros les daban combate desde encima del muro y ellos perdían armas y posiciones. Luchaban encarnizadamente, pero el enemigo era implacable como una bola de fuego y tenía controladas las defensas.

Unos y otros se acometieron con crueldad, pero los caballeros del monasterio no pudieron acceder a los muros. Estaban en situación desfavorable, debían contener el ataque como si fueran infantes, porque estaban encerrados en el patio y, en aquellas circunstancias, los caballos no servían de nada. Muchos de ellos lucharon sin entusiasmo, porque presentían el aliento de la derrota. A medida que intentaban reconquistar los muros, una tempestad de flechas y lanzas disparada desde todos los puntos de la fortificación los hacía retroceder y replegarse en la defensa.

Viendo que los heridos aumentaban, el señor de Vilabertran pidió permiso al abad para armar a los sirvientes del monasterio.

—El peligro es grande, padre abad —dijo el caballero—, nos pueden abatir y entrar en vuestro recinto.

—Nos exponemos demasiado por vos —discrepó el prior—. ¿Por qué no os entregáis al consejero Dalmau?

—Siento causaros tantos problemas, prior, si fuera suficiente con entregarme al enemigo lo haría, pero nos quieren a todos.

—Entonces rendíos —concluyó fray Ramon.

—Quieren entrar en nuestra casa, ¿no lo veis? —le replicó el abad.

No quedaban demasiadas opciones y el abad Berenguer accedió a la petición. Hizo llamar a Aimeric y a los demás sirvientes y los proveyó de palos y lanzas para que se defendieran en el caso de que los atacantes llegaran a las puertas del claustro.

Hacia media tarde, los hombres del señor de Vilabertran y los sirvientes se vieron obligados a refugiarse en el claustro; los monjes no daban abasto para atender a los heridos. La situación era desesperada. Los hombres del consejero Dalmau habían conseguido abrir el portal de entrada al patio, tenían acceso a los establos y a los almacenes, y ahora intentaban forzar la puerta de la bodega para apoderarse de las provisiones.

Cuando el desánimo estaba a punto de abatir las fuerzas de los hombres del monasterio, se oyó el aviso del guardia que controlaba los tejados.

—¡Los hombres del castillo de Sant Salvador están aquí!

El señor del castillo, Martí de Pau, había bajado de la montaña al mando de un grupo de hombres armados.

Los caballeros del castillo sorprendieron a los hombres del consejero Dalmau por la retaguardia. Iban a pie, pero atacaron a los emporitanos por la espalda y los obligaron a defenderse y abandonar el asalto.

—¡Retiraos! —gritó Martí de Pau blandiendo la espada contra los que eran súbditos del mismo señor que él. Hasta el último momento había dudado entre la fidelidad al conde Hug y la obligación de defender a los monjes, pero al ver la desproporción del ataque al monasterio y el peligro que comportaría se puso a favor del abad.

A la caída de la tarde, cuando el viento había rolado a tramontana y los unos y los otros seguían luchando con violencia, resonó en el aire el toque agrietado de una nácara.

Los combatientes reconocieron enseguida la señal que emitía aquella enorme concha de caracol marino. Era la llamada con que se presentaba el conde Hug de Empúries. No obstante, continuaron el combate.

A medida que el conde se acercaba, los que estaban en las almenas pudieron distinguir el estandarte blanco que encabezaba la comitiva.

—¡El conde viene en son de paz! —gritaron.

El consejero Dalmau hizo caso omiso a la señal. Seguía sobre el caballo, combatiendo con la espada en la mano, el casco y la coraza de hierro que le protegía el pecho y la espalda.

El conde Hug no tardó mucho en llegar a la entrada del monasterio montando un caballo blanco como una cumbre nevada, que era botín de guerra ganado a los sarracenos en la conquista de Tortosa. Ordenó al cornero que diera aviso de poner fin al ataque.

Pero el consejero no parecía oír nada.

—¡Vengaremos la muerte de vuestro caballero! —gritaba bajo la torre de asalto.

—¡Deteneos, Dalmau! —la voz implacable de Hug de Empúries rompió los gritos del consejero. Había galopado hasta el pie de la torre y allí frenó al corcel—. ¡Poned fin al ataque ahora mismo! —ordenó.

Dalmau de Quermançó dedicó una mirada furiosa al señor de Empúries y, poco después, dejó caer la espada.

Uno de los caballeros que acompañaban al conde blandió el estandarte blanco como señal de buena voluntad.

Aquel gesto benévolo fue aceptado por los caballeros que defendían el monasterio y, al cabo de un rato, unos y otros bajaron las armas.

Después de horas de ataque y de defensa, la puerta que daba al claustro se abrió y Hug de Empúries bajó del caballo con la actitud hosca de los príncipes, altivo y envarado, pero en son de paz.

Enseguida pidió parlamentar con el abad.

—Levantaremos el asalto en consideración a vuestra comunidad y al hermano que habéis perdido. —Sin abandonar la pose arrogante, el conde flexionó la rodilla delante de Berenguer, que lo recibió en la sala capitular—. A cambio, exigimos que nos entreguéis al señor de Vilabertran para que podamos hacer justicia a nuestro caballero.

—¿Vuestra esposa os ha hecho cambiar de opinión? —dijo el abad.

El conde enrojeció de ira.

—¡Los asuntos de gobierno son cosa nuestra! —mintió.

Jussiana había comparecido en la sala de armas pidiendo ser escuchada; entró sin hacerse anunciar por los hombres armados, contraviniendo la costumbre. Había hablado con palabras juiciosas: «Señor esposo, ¿consentiréis que os involucren en el asesinato de un monje cuya santidad todo el mundo reconoce? Ya sabéis que no tengo intención de contrariaros, pero os pido que hagáis justicia por el bien de nuestros hijos. Si os imputan la muerte de fray Bernat, tendremos las de perder...». El conde despidió a Jussiana con un gesto de falsa indiferencia e, instantes después, se armó con la coraza y marchó acompañado por una mesnada de caballeros.

—Tenéis nuestro compromiso —respondió el abad—, pero debéis entregarnos a los culpables de la muerte de nuestro estimado hermano y restituir los perjuicios que nos habéis causado.

—Estoy dispuesto a compensaros y, para que veáis nuestra voluntad, os devolveré el diezmo del estanque de Bellcaire que os cedió mi madre, la condesa Brunissenda.

Inmediatamente se disipó la tensión del rostro del abad.

—¿Retiraréis la petición de excomunión en mi contra? —prosiguió el conde.

—Denunciaremos a vuestro consejero —respondió, impasible—, tenéis una mano derecha deplorable, conde —le reprochó. Al momento, levantó la mano para despedirlo—. Seréis servido si cumplís todo lo que habéis dicho.

Capítulo 29

Los funerales

La noticia de la muerte de fray Bernat se propagó entre los habitantes de Santa Creu y las casas de labranza de las inmediaciones, y llegó hasta la llanura, donde la fama de integridad del viejo monje estaba muy extendida. Todo el mundo lamentó su pérdida y consideró culpables a los hombres del consejero Dalmau. Decían que lo habían matado porque querían robar un sagrario de plata y el tesoro de monedas del monasterio. Hacían correr el rumor de que fray Bernat había descubierto a los malhechores mientras profanaban la iglesia de San Pedro. Todo era invención de sabidillos, pero el abad no hizo nada por revelar la verdad. Había decidido silenciar los detalles y ordenó a los monjes que volvieran a colocar la reja del reconditorio y la cubriesen con un manto.

—Nadie debe saber qué ha pasado; diremos que ha sido un intento de robo —les advirtió para que ningún monje se fuera de la lengua.

La muerte de fray Bernat paralizó el monasterio. Al día siguiente, se oyeron las campanadas lentas retumbando por la montaña.

Los monjes anunciaron que celebrarían funerales públicos y dieron sepultura al difunto en el cementerio del monasterio sin que nadie asistiera, salvo ellos, como era costumbre.

Tres días más tarde, muchos campesinos que apreciaban al difunto quisieron rendirle homenaje y se formó una procesión espontánea. Por el camino, algunas mujeres gritaban con alaridos que hacían temblar el aire y el abad Berenguer envió a Aimeric a pedir que contuvieran la pena. A la hora de los funerales, la iglesia se llenó de bote en bote y muchos clérigos, canónigos y sacerdotes de la región, todos con la vestimenta negra, ocuparon el presbiterio.

Los vizcondes de Peralada, los magistrados locales, el procurador del abad y los vegueros llegaron más tarde. Llevaban granallas y capirotes negros, y se colocaron en la tribuna derecha del crucero, en reclinatorios cubiertos de damascos negros, precediendo a los alcaldes de los pueblos de las cercanías. Las damas, vestidas de negro riguroso, ocuparon la tribuna izquierda.

Todo el mundo estaba consternado. Incluso la condesa Jussiana de Empúries, que no asistió al acto, envió una carta de condolencia al abad.

Al acabar las exequias, mientras los cantos gregorianos del réquiem que entonaban los monjes rompían el silencio, el abad anunció la absolución general de todos los que habían asistido a los funerales e hizo un elogio de fray Bernat.

—Nuestro amado hermano era un ejemplo de humildad y de sabiduría —concluyó, entristecido.

Fuera volvía a llover; parecía que el cielo llorara.

La retirada de los asaltantes había dejado una calma tensa. Por suerte, habían respetado el edificio y no se había roto ni un solo mármol de la portada de la iglesia ni ninguna estructura importante.

Aquella tarde el abad Berenguer llamó a los monjes a capítulo.

—Éste no es un momento muy adecuado para tomar decisiones, pero la situación lo requiere —comenzó diciendo—. Estaremos de luto durante muchos días, incluso años... —Una pausa emocionada le cortó el discurso, pero lo retomó enseguida—: Pero esto no debe impedirnos actuar con firmeza. —No podía esperar más—. Hemos rezado por nuestro venerable hermano, que en gloria esté

Recordó la cara beatífica del cadáver, el rastro de sangre en las mejillas colgantes y en la sotabarba. Le pareció que las manos de fray Bernat le sostenían con firmeza los hombros y, de nuevo, se le hizo un nudo en la garganta.

—Guardaremos tres semanas de luto y haremos tres días de ayuno absoluto —añadió—. Es preciso afrontar la situación: hemos sufrido un robo grave y los ladrones no han tenido que forzar ninguna puerta... Esto plantea muchas sospechas sobre quién puede estar detrás de estos actos criminales que ahora no analizaré.

Desde un primer momento, a fray Ermengol se le encogieron las facciones. Tenía el rostro contraído y pálido como el de una momia. Había mirado al abad furtivamente, cabizbajo, y se quedó hundido en el asiento, apabullado por el peso de un pecado que muy pocos conocían y que podía jugar en su contra.

—He puesto el caso en manos del juez —continuó el abad—, y dejaremos actuar a la justicia, pero hemos de estar alerta para que no se repitan hechos como éste.

Repasó uno por uno los rostros de los monjes y sobrevoló con los ojos las facciones compungidas de unos y otros. Se había hecho un silencio sepulcral. Nadie decía nada y el aire era tenso como la red que sostenía al crucifijo que colgaba en un rincón de la sala. Finalmente, el monje sacristán abandonó el mutismo.

—Cada día entran más de veinte sirvientes a nuestro monasterio, además de los que atienden a nuestros huéspedes nobles; cualquiera puede ser sospechoso.

—Tenéis razón, Damià —respondió el abad—, por eso debemos tomar medidas. Pediremos más protección al vizconde y nombraremos a dos hermanos para que hagan las rondas durante la noche, a cambio de liberarlos de las obligaciones de la tarde. —Mientras hablaba, se echó hacia atrás en el sitial—. Lo que ha pasado es terrible, pero no podemos perder los ánimos, tenemos el Jubileo a las puertas y hemos de estar unidos. —Llegado a este punto, su voz adoptó un tono solemne—. Es preciso que sepáis otra cosa: el tesoro que se han llevado los ladrones es falso, son huesos sin ningún valor... He esperado para decíroslo porque no me parecía oportuno hacerlo antes de celebrar los funerales.

Una expresión de estupefacción recorrió las miradas de los monjes. Los rostros habían ido cambiando de tesitura a medida que el abad hablaba, los gestos de complicidad del principio habían dejado paso a expresiones de inquietud y finalmente se petrificaron.

—El cuerpo del apóstol Pedro está a buen recaudo —continuó Berenguer—, he querido preservarlo por todo lo que significa; el santo tesoro nos otorga dignidad, trae peregrinos a nuestra casa y confirma el poder que nos ha otorgado el Santo Padre.

Evitó decir que él mismo había cambiado las reliquias por los restos de un ermitaño sepultado en el cementerio de la iglesia.

—¿Os puedo preguntar por qué nos lo habéis ocultado hasta ahora? —El prior enarcó las cejas, expectante—. ¿Por qué habéis permitido la confusión?

—Sabéis mejor que nadie que un bien superior justifica una mentira piadosa —respondió pasando por alto la mirada desafiante del prior—. Hemos encomendado a una persona de confianza que lleve nuestro tesoro a un lugar seguro que no revelaremos —continuó, imperturbable— hasta que no se haya hecho justicia con los criminales... Si Dios quiere, antes del Jubileo volveremos a tener aquí las reliquias.

Cuando todos los monjes ya habían abandonado la sala, fray Ramon se le acercó con una cara de tres palmos.

—Como prior de esta abadía, tengo derecho a saber toda la verdad; ciertamente no os entiendo, ¡estáis poniendo el tesoro en peligro jugando al gato y al ratón!

El abad lo miró con reprensión pero no rompió el mutismo.

—¿Quién es este hombre de confianza que debe salvarnos? —insistió fray Ramon con un rictus de disgusto, casi amenazante.

—No os lo puedo decir —se replegó el abad.

Fray Ramon se dio la vuelta con brusquedad. Ya no lo escuchaba.

El abad dejó marchar al prior con la pregunta en el aire, sabiendo que se abría una grieta en su mandato. El prior tenía buenas dotes de administrador, pero era intratable. ¿Lo cegaba la ambición? Hacía años que lo corroía el resentimiento. Quizás aspiraba a ocupar el cargo de abad y estaba dolido porque los hermanos no lo habían escogido.

Estaba seguro de que el padre de fray Ramon había hecho valer su influencia para hacerlo entrar en el monasterio. Aquélla era una práctica habitual, por más que el Pontífice quisiera evitar que se compraran cargos y prebendas. Como abad, no podía instituir ningún nuevo prior sin permiso de la comunidad, y aquél no era el mejor momento para cambiar nada. Debería mantener a fray Ramon en el cargo.

Capítulo 30

La persecución del consejero

El consejero Dalmau galopaba en dirección al estanque grande de Castelló, protegido por un tabardo de piel de jabalí y sin ningún signo de cansancio en el rostro. Montaba un corcel guarnecido con gualdrapas de cuero; aquella manta larga pro-

vista de correas protegía bien la grupa del animal y permitía cabalgar mejor.

Continuaba lloviendo y el paisaje se había transformado. Grandes charcos de agua cubrían ahora la hierba de las mesetas y los rebaños no podían pastar. Durante días aquel clima húmedo había favorecido la pesca en los estanques, pero impedía trabajar en los campos empantanados, hacía enmohecer los alimentos y derramaba males entre la población.

A pocas leguas de camino, cerca de una casa de labor con establos que formaban parte de un redil, dos labradores sucios y harapientos, hundidos hasta las rodillas, intentaban sacar a un buey atrapado en un fangal. El consejero espoleó al caballo y pasó de largo.

Aquella mañana había tenido una disputa con el conde. Los planes trazados no habían tenido éxito y la relación con Hug de Empúries era tensa. El conde lo había hecho llamar de buena mañana al salón de juegos. Movía malhumorado las piezas de un ajedrez de madera, y enseguida abandonó el juego y dedicó una mirada fulminante al consejero.

—Reparar los daños del monasterio nos costará caro, ¡y

todo por vuestro mal consejo! —gritó—. Quizá debamos empeñar la villa de Ullà al obispado de Girona, ¡esto es lo que habéis conseguido!

El conde no se había movido del tablero de ajedrez, más tieso que un ajo. A medida que hablaba se iba enfureciendo.

—Tengo poca paciencia, Dalmau, quiero a los culpables de la muerte del monje, ¡y los quiero de inmediato! —le exigió—. El abad nos reclama justicia y me temo que vos estáis implicado...

—¿Me acusáis, señor? —replicó—. Estamos a punto de ganar la batalla, hemos conseguido el bien más preciado del monasterio y, si vuestro hermano recibe el apoyo pontificio, tendremos tributos y beneficios suficientes para devolver el esplendor a vuestro condado.

Mientras hablaba iba acariciando la correa de la espada.

—¡Basta! —se encolerizó el conde—. De todas partes me llegan rumores que hablan mal de vos; ¡me estáis perjudicando, Dalmau!

—¡Malditos bastardos! —saltó, indignado—. ¿Son los clérigos quienes hablan mal? ¿Otorgáis confianza a esos necios con sotana? ¿O por ventura es algún caballero? ¿Quién es el hijo de perra que nos critica?

La expresión del consejero se transformó repentinamente en un gesto de ira. Murmuró en voz baja: «pandilla de dados por el culo».

—No os agradaría saberlo —lo interrumpió el conde.

Su hermano, Joan de Empúries, que estaba al mando de la orden del Temple de Castelló, le había advertido: «Tienes un mal consejero, un hombre nefasto; los soldados lo odian y tengo entendido que actúa sin tu consentimiento. Apártalo de la corte si quieres evitarte la ruina».

—Encontrad a los culpables, si no os destituiré del cargo —prosiguió el conde con tono implacable. Hablaba amenazante, como si dictara sentencia, y con un dedo frío apuntó a la cicatriz del consejero.

—Lo procuraré —asintió Dalmau.

Había que calmar los ánimos del conde Hug, conseguir el propósito que lo llevaría a ser el barón más importante del condado y demostrar a la cuartelada que era él quien mandaba.

Había servido al conde como un perro, por fidelidad a su padre. Pero ya había cumplido y, si el conde intentaba perjudicarlo, ya tenía sus planes trazados. Sabría cómo vengarse de él, en caso de que se atreviera a expulsarlo de la corte.

La desconfianza de Hug de Empúries no lo había hecho retroceder en absoluto. Sólo tenía que asegurarse de que el tesoro robado estaba en lugar seguro. Por eso, aquella mañana galopó hasta llegar a la iglesia de Sant Joan Ses Closes, que se levantaba cerca del estanque.

Una vez allí descabalgó. En el templo esperaban dos caballeros armados con daga y espada.

—¿Dónde lo tenéis? —preguntó.

—Lo hemos escondido bajo la losa que nos dijiste, señor —respondió uno de los hombres armados.

—Guardadlo como perros rabiosos hasta que lo podamos trasladar a la iglesia de Santa María.

Salió fuera, volvió a montar a caballo y emprendió la ruta hacia la Encomienda del Temple, que estaba situada en una loma cercana. Hacía dos años escasos que la cofradía de los templarios tenía sede en el Empordà. En 1118, unos cuantos caballeros de los condados catalanes y de Occitania que habían participado en la primera cruzada fundaron la orden del Temple catalán; eran Hug de Pinós, Hug Rigaud de Xampanya, el padre del conde Hug de Empúries, Nuño Sancho, hijo del conde de Cerdaña, y Berenguer de Palou. Se habían constituido en hermandad bajo la supervisión de los templarios de Aragón, que habían impulsado la creación de distritos. El conde de Empúries había hecho valer sus influencias para obtener una encomienda en el territorio y conseguir que su hermano fuera el comendador. Desde entonces, día tras día la influencia de los monjes caballeros era mayor y ningún gobernante podía ignorarlo.

El consejero Dalmau tiró del freno del caballo. Bajo la ladera de la loma de la Milicia del Temple le esperaba un informador. Era su ballestero de confianza. Al amanecer lo había enviado al monasterio y ya había vuelto. Debía de haber pasado por caminos anegados porque él y el caballo iban salpicados de fango hasta las bridas.

—Me he esperado antes de llegar al pueblo de Santa Creu,

pero el venerable no ha venido... Ha enviado a un lacayo para haceros saber que no vendrá.

—¿Os ha dicho el motivo?

—No ha dado demasiadas explicaciones, sólo que vayáis con cuidado porque el abad podría estar al tanto y debéis evitar derramar sangre en el monasterio; se ve que la condesa les ha enviado una carta de condolencias.

—¡La mosquita muerta de Jussiana! —murmuró apretando los labios—. ¡Es una beata, pero tiene al conde encoñado!

El ballestero aún tenía palabras en la boca. Se había llevado la mano al cinto y dijo con aire grave:

—Dice que el relicario que tenéis es falso, que el abad ha escondido las reliquias y que las quiere alejar del monasterio.

¿Cómo? ¿Las reliquias que guardaba con tanto celo eran una falsificación?

—¡Malditos monjes! —exclamó. Aquella panda de hipócritas se mantenía a base de cuentos y engaños.

Ahora más que nunca había que conseguir el relicario auténtico. Si el Papa excomulgaba al conde Hug, se paralizarían los deseos de expansión y se disiparían los planes para construir una gran catedral en la villa de Castelló de Empúries. El relicario era un valor seguro para quien lo poseyera; el Vaticano lo querría, y eso lo salvaguardaba a él de caer en desgracia.

Mientras calculaba la jugada, el ballestero dijo:

—Se ve que el abad ha entregado el relicario a un hombre que vos conocéis bastante bien. —El consejero enarcó las cejas—. Parece que es el encargado del hospital de peregrinos, que hace años renegó de las armas —prosiguió su escudero—. Lo podríais atrapar, si supiéramos...

—¿Ese cabrón de Sebastià? —lo interrumpió el consejero.

Lo conocía muy bien, por desgracia. Se había enfrentado a él en un torneo, cuerpo a cuerpo, sobre el caballo de batalla. Aquel bastardo era ágil con la espada. Era un caballero reciénte, un descastado, hijo de un campesino libre, y había subido de la nada. Parecía extraño que hubiera dejado las armas.

—Sebastià de Vila-sacra... —repitió en voz baja.

—¿Qué decís? —preguntó el ballestero.

—El nombre del hijo de perra que me hizo esto —señaló la cicatriz que le marcaba el rostro—. Deberemos perseguirlo

—reflexionó—, puede haber ido en dirección al Rosellón, a Besalú, a Girona, quién sabe... Pero vaya donde vaya, tendrá que pasar obligatoriamente por Peralada. Nuestro amigo es tozudo, pero tiene un punto débil: es un hombre piadoso.

Poco después, inclinado encima de la silla, esbozó una sonrisa torcida, sin ningún rastro de humor.

—Debemos marcharnos ahora mismo, si queremos cazarlo.

El ballestero había escuchado en silencio las cavilaciones de su señor, como si dejara caer un chaparrón. Cuando el consejero ya se afanaba por irse, buscó en las alforjas del caballo y sacó una tela sobada.

—El lacayo del venerable me ha dado esto para vos —dijo.

Desplegando la tela, el consejero descubrió una camisa de hombre.

—¿Qué coño quieres que haga con esta piltrafa?

El ballestero insinuó una sonrisa fría.

—Es del hospedero —dijo—. ¿No tenéis los mejores perros lebreros de la comarca?

Capítulo 31

La culminación del deseo

Sebastià y el Pájaro habían galopado hacia el oeste, empujados por la necesidad de encontrar refugio antes de que se levantara el día. *Blancard* era un caballo extraordinario, parecía no tocar el suelo y no hacía falta utilizar el látigo para que fuera al trote.

Bajaron la pendiente de la montaña a través de un bosque espeso de castaños, mojándose con el goteo de las ramas y pisando cáscaras vacías de castañas que nunca tenían tiempo de pudrirse; en cuanto caían al suelo, los campesinos las descascarillaban y recogían el fruto.

El Pájaro iba detrás, en la silla, con las piernas colgando, y tenía un trozo de manta debajo de la entrepierna que lo protegía del roce de las alforjas.

Habían serpenteado por un barranco hasta llegar al pueblo de la Vall y, desde allí, volvieron a enfilar la montaña en dirección al hospital del Coll del Perer. Se habían desviado antes de llegar para que nadie los viera.

Desde la cresta del collado, entre las matas de brezo y los madroños que tapaban el pedregal, se veía perfectamente el mar rompiendo en los escollos, la costa escarpada y el villorrio de Llançà, que el Pájaro conocía por haber ido alguna vez para la fiesta de San Baldirio o a buscar pescado de roca con Aimeric. Más lejos, se perfilaba el promontorio de la costa, una gran masa rocosa.

Atravesaron tierras de viñas y olivares, en dirección a la llanura. La llovizna era fría, y no era nada raro, porque los Pirineos estaban enharinados de nieve, con la cumbre del Canigó coronada de nubes oscuras. Debajo de la sierra se entreveía el castillo de Requesens, cuyo señor se mantenía fiel al vizconde de Peralada, y, más cerca, la fortaleza de Quermançó, donde Hug de Empúries guardaba el archivo condal.

El Pájaro tenía los pantalones empapados y las piernas agarrotadas; estornudó varias veces. Por primera vez en muchos días, añoraba la tramontana. Sebastià no decía nada; dirigía el caballo tan deprisa como podía.

Fue descendiendo hasta llegar a la ladera de la montaña. A pocas brazas de donde estaban, quedaba el caserío de Vilajuïga y una fuente donde afloraban aguas medicinales.

Habían continuado el curso de la llanura siguiendo el camino que transcurría entre los campos, ahora inundados. La mañana avanzaba y lo más probable era que antes o después encontraran gente. Muy pronto se cruzaron con un campesino que conducía una carreta arrastrada por bueyes.

Sebastià tiró de las bridas y espoleó al caballo. Quería refugiarse en algún lugar seguro, comer un poco y secarse la ropa.

El camino seguía el curso de un torrente de aguas fangosas con puentes de madera que conducían a zonas boscosas. Atravesó uno de aquellos puentes en dirección a un camino pedregoso. Siguiéndolo, llegaron a un campo de olivos donde se levantaba una cabaña con un techo de brezo que escupía la lluvia.

El Pájaro se deslizó por el lomo de *Blancard* y Sebastià descabalgó con ayuda de la pierna buena, resguardándose en la hierba.

—Eres un buen corcel —acarició al caballo. Y a continuación desató las alforjas.

—¿Y si viene el dueño de la cabaña? —preguntó el Pájaro.

Sebastià lo miró por encima de la nariz mientras cargaba el equipaje a la espalda.

—Esta tierra es propiedad de los monjes —dijo—, está lloviendo y no vendrá nadie.

Dentro de la cabaña había herramientas de labranza, sogas y astillas de pino. Se quitaron las capas y las extendieron sobre la paja para que se secaran. Sebastià ocultó las reliquias debajo de la ropa tendida. Juntó un puñado de leña y fregó con paciencia una astilla y una rama de olivo, tal como hacían cuando no tenían grasa ni cera, hasta encender el fuego.

—Cuando oscurezca, iremos a Peralada. —Explicó las razones que lo hacían conveniente—: Más vale que no nos vea nadie.

Mataron el hambre comiendo un poco de pan con queso y, finalmente, se durmieron sobre las sacas.

Al caer la tarde habían reanudado el viaje. Había amainado un poco y la luna brillaba entre las nubes desgarradas como por una daga de moro.

Nada hacía presagiar que el Pájaro viviría la locura, pero apenas llegado a Peralada sintió el aroma a Càndia. No sabía explicar a qué olía ella, pero era un perfume más fino que el de las flores. Se puso nervioso. Pensó que si la veía volvería a perder la voz y no sería capaz de decir nada de provecho.

Habían galopado en dirección a los hervidores de los tintoreros y entraron en la villa por el lado de los burdeles, donde el acceso era más fácil, porque los guardias de allí hacían la vista gorda. En aquel sitio reinaba un desorden controlado. Los marginados campaban a sus anchas; al anochecer regresaban los vagabundos y los mendigos que durante el día rondaban por la villa pidiendo limosna o recogiendo mendrugos del mercado. Ciegos, sordos y tullidos dormían en las esquinas del barrio. Fuera, en la calle, las mujeres públicas exponían sus encantos. El Pájaro se fijó en tres rameras que iban muy escotadas y vestidas con colores estridentes. Eran jóvenes y los hombres las tocaban con lascivia. Sebastià dijo que en las tabernas corría el vino a raudales, y los soldados y los mercaderes bebían un aguardiente que quemaba en la garganta y después se iban a fornicar con ellas.

—Entre los clientes hay de todo —hizo una media sonrisa—, muy pocos hombres son capaces de no probar hembra.

Desde que habían llegado a la villa, el Pájaro sólo tenía pensamientos para su amada. Sufría por Càndia y se moría de deseos de volver a verla. Quién sabe si ya se había prometido con el hijo del vizconde. Aquella idea le rompió el corazón. No podía competir con un caballero noble, aunque fuera insolente y presuntuoso.

Sebastià buscó lugar en un hostal de la calle de los tejedores y dejó el caballo en el establo de la posada.

—El vizconde no debe saber que estamos aquí —advirtió.

Se alojaron en un cuarto miserable que tenía un armario cojo, un palanganero y dos jergones de lana de cordero, tan amazacotada que con seguridad no la habían desempolvado desde el día de la esquilada.

Iban enfangados y se lavaron en el palanganero.

Sebastià escondió el relicario debajo del jergón y se ciñó la bolsa del dinero a la correa.

—Voy a buscar provisiones, ropa de abrigo y una espada bien afilada para ti. —Se disponía a marcharse.

—Te acompaño —dijo el Pájaro. Una idea poderosa había cobrado forma en su cabeza y ocupaba todos sus esfuerzos.

—Tú te quedas aquí —le ordenó su tutor.

—Déjame ir.

—¿Qué estás tramando? —Lo escudriñó con la mirada.

—Debo ver a Càndia —dijo él con voz suplicante—, necesito saber cómo está.

—¡Te has vuelto loco! ¿Cómo piensas entrar en el castillo?

—No te pondré en ningún compromiso, te lo juro, si no, ¡me dejo cortar la cabeza! —Él mismo se apuntó a la yugular con el pulgar.

—Eres un cabeza de chorlito y no te curarás nunca —refunfuñó Sebastià dando por hecho que no le haría cambiar de opinión—. No puedes ir solo...

Habían ido a casa de un tejedor de lana, un hombrecillo giboso que les vendió una pelliza de cordero. Al salir se dirigieron a la calle de los herreros, que durante el día trabajaban en la forja templando espadas y dagas, y afilando herramientas de trabajo. A aquella hora los obradores estaban cerrados.

Sebastià llamó a una puerta y le abrió un hombre alto y derrengado que lo dejó entrar. Muy pronto salió con una espada de hoja larga. La movió en el aire vertiginosamente; silbaba bien, y el corte afilado habría partido por el medio una brizna de hierba.

—Hace la música del campo de batalla —dijo—. Un caballero debe tener una buena espada... Toma, empúñala.

El Pájaro simuló unas cuantas estocadas; se doblaba bien,

aquella serpiente de metal. La envainó, la ató a la correa y se la cruzó a la espalda.

De vuelta al hostal consiguieron pan y leche.

Al caer la noche, Sebastià lo acompañó hasta las cercanías del castillo. Para entrar había que franquear una muralla de protección y atravesar un gran portal protegido por una reja de puntas a medio izar. El edificio estaba resguardado por cuatro baluartes defensivos con troneras y almenas, y un muro de más de cincuenta pies de altura.

—Uno de los guardias de la fortaleza es conocido mío y te acompañará —dijo. Él había entrado en una ocasión y había quedado admirado por la magnificencia del castillo. Recordaba el acceso de los carruajes, la escalera principal custodiada por caballeros armados, un salón inmenso dedicado a los antepasados donde colgaban ricos tapices bordados con hilo de oro, el comedor privado de los vizcondes y sus hijos, la sala de escudos y la de los archivos. Todas aquellas salas sólo pertenecían a un ala del edificio.

Fuera de la fortaleza los esperaba un espadero de anchas espaldas que habría podido abatir a dos hombres con un solo golpe. Se adelantó a saludarlos y conversó un momento con Sebastià en voz baja, de manera que el Pájaro apenas oyó lo que decían, salvo alguna palabra sobre los cuartos de invitados donde vivía Càndia.

Al acabar, Sebastià le advirtió:

—Vuelve antes de que amanezca, y ve con cuidado.

El Pájaro siguió al guardián hasta el patio de armas. Los perros comenzaron a ladrar rompiendo el silencio, pero su guía lo tranquilizó con un gesto e hizo una señal de complicidad al vigía que controlaba el baluarte. Poco después, los perros callaron.

Habían bordeado la fortificación y ahora seguían un muro con ventanales.

—Ésta es el ala de los vizcondes y de sus invitados. —El guardián se había detenido debajo del muro, junto a un jardincillo donde crecían dos tamariscos gigantes y un granado, e hizo un gesto para que lo siguiera. Detrás de los árboles se abría una portezuela de hierro—. Por aquí entran y salen los sirvientes —dijo—, sube la escalera y llegarás a un pasillo muy ancho; no te equivoques, a la derecha, al fondo de todo, está el cuarto que buscas.

Enfiló unas escaleras alargadas y rectas que parecían ascender al cielo. El último peldaño daba a un pasillo espacioso surcado por arcadas de piedra bajo cada una de las cuales se abría una puerta. En medio del pasillo montaba guardia un lancero.

Se quedó en el último rellano observando al lancero. Estaba lejos de él, a su izquierda, inmóvil como una estatua, y no giraba nunca la cabeza. Pasó pegado al muro, en dirección contraria. Cuando estuvo seguro de que el lancero no podía verlo, salió al pasillo y examinó las puertas que cerraban el ala derecha. Había tres, dos laterales y una central coronada por una dovela esculpida con una torre y dos caballos. Era el escudo nobiliario de los Rocabertí. ¿Cuál debía de ser el cuarto de Càndia?

Le pareció oír un rumor en la última puerta. Se acercó lentamente, aproximó la oreja y escuchó:

—No estoy enojada con mi padre, pero no quiero casarme —la voz melosa de Càndia le hizo resucitar.

—El amor puede nacer con la convivencia, mi niña, muchas doncellas no conocen a su esposo hasta el día del casamiento, y tú tienes la suerte de haberlo tratado.

No tardó en reconocer la voz estridente de la dama de compañía.

Se quedó paralizado, sopesando lo que acababa de oír y encendido de alegría por dentro.

De pronto oyó un ruido de pasos que provenía del cuarto y se ocultó detrás de la columna de una arcada. Al cabo de un momento, la puerta chirrió y, desde el ángulo de visión que tenía, vio los pliegues de un camisón largo y una figura femenina que salía al pasillo.

—Ya es hora de que durmáis, señora mía, buenas noches —susurró la dama. Poco después, entró en la primera trasalcoba y cerró la puerta con delicadeza.

El Pájaro permaneció quieto, pegado al muro. ¿Quién ocuparía el cuarto del medio? Esperó un rato y, cuando le pareció que todo estaba en calma, abrió la puerta de la estancia de Càndia. Las manos le sudaban y estaba más nervioso que el día en que ella lo besó.

Entró tan despacio que Càndia no lo oyó. Su amada estaba sentada en una banqueta acolchada de espaldas a la puerta, con la cabellera esparcida sobre el camisón blanco, como un ángel del señor. Iba a llamarla en voz baja, para no espantarla, pero no tuvo tiempo. Càndia se volvió:

—¿Qué haces aquí? ¿Cómo has entrado? —exclamó.

La contempló, cautivado, el tejido rosado de las mejillas, los ojos de inmaculada sorpresa. Sintió la presión de la sangre y el martilleo del corazón. Habría querido desaparecer. Càndia apenas tenía pechos y parecía una estrella, de tan bonita que era.

—Me puedes echar, si quieres; si gritas, vendrá el guardia y me cogerá —dijo para que se compadeciera de él—; hagas lo que hagas no dejaré de pensar en ti... Quiero saber si ya estás prometida con el hijo del vizconde o si aún sientes algo por mí... Si me rechazas, me iré ahora mismo. —Pensó en el daño que le haría eso, pero la habría obedecido; era incapaz de manifestar nada contra la voluntad de ella.

Càndia lo escuchó en silencio, pálida. Se quedó mirándolo con fijeza; tenía los ojos tristes, como si hubiera sufrido días de abandono, postrada en la cama.

—Quédate, por favor —murmuró.

Él se acercó poco a poco, con los ojos fascinados por la belleza de la chica y todo lo que la rodeaba: los peines de hueso, los panecillos de fragancias que reposaban en la mesilla de noche, el perfumero de estaño, la cama de dosel con cortinas bordadas y el brial, el corpiño, las ligas y las bragas de lino que había sobre las sábanas. Se le hizo un nudo en la garganta.

—¿Le amas? —Las mejillas se le encendieron—. Necesito saberlo.

Càndia lo negó con un gesto.

—Ya sé que no tengo nada comparado con lo que te puede ofrecer cualquiera de estos caballeros que conoces. —El corazón le iba al galope y tragaba saliva—. Quizá no sea digno de ti, pero, si Dios quiere, seré un buen escultor y un hombre libre...

Càndia le tocó los labios con la punta de un dedo para hacerlo callar.

—El hijo del vizconde es cruel y orgulloso... En cambio, tú eres noble de corazón —mientras lo decía, deslizó el dedo sedoso hasta la nuez de la garganta—, lo supe desde el primer día, cuando ayudaste al esclavo de la vizcondesa; en eso eres igual que yo, no soportas la injusticia.

Se había acercado a él y volvió a sentir aquel olor delicioso.

—Eres muy guapa —susurró—. Te quiero...

—Yo también.

Càndia se echó hacia atrás los mechones de cabello que le caían sobre el escote; se había perfumado con esencias de muguete y de almizcle, que él no sabía reconocer. Lo miró con unos ojos brillantes y lo besó de una manera diferente del primer día, cuando se habían encontrado en el obrador de los velos.

—¿No has recibido mis cartas?

Él lo negó con un gesto.

—Las debe de tener Ermessenda... —murmuró ella. Y la piel fina del cuello le temblaba—. Te envié el jilguero para decirte que pensaba en ti.

—¿No pueden oírnos?

Càndia negó con la cabeza.

—El cuarto de los vizcondes queda del otro lado del pasillo; aquí al lado dormía mi padre.

Sintió la mano de ella deslizándose por las mejillas, prosiguiendo por el cuello y el pecho, hasta llegar a la bolsita del amuleto.

—No me la quito nunca —dijo, y le apretó la mano de seda.

Càndia sonrió y le habló al oído, con un aliento de flores que ponía piel de gallina:

—Yo también pienso en ti.

Entonces él la abrazó con un brío enloquecido, pero ella lo hizo retroceder.

—No puedo perder la virtud, mi padre no me lo perdonaría; prométeme que no me pedirás nada que...

—Te lo prometo —aceptó.

Se empujaron suavemente hasta la cama, mientras él se iba quitando el jubón y los pantalones y se quedaba en camisa.

Càndia parecía haber recuperado la tranquilidad, tenía un rostro fresco, de menta deleitosa, y era aún más bella.

Se estiraron en la cama, abrazados, y ella se quedó mirándolo.

—Me gustan tus ojos, son tan claros que pinchan...

—Tú eres la muchacha más bonita del mundo. —Blai estaba eclipsado y era la única manera en que sabía expresar lo que ella le despertaba.

Càndia le cogió la mano y se la llevó al rostro.

—Cierra los ojos, piensa que eres ciego y debes imaginar mi cara con sólo tocarla... ¿Cómo dirías que soy?

—Perfecta.

Rieron jugando y besándose. No sabía muy bien cómo debía abrazarla; no era diestro en caricias, nunca las había recibido ni sabía hacerlas. La naturaleza de hombre lo habría empujado a darse placer, pero se refrenó. Amaba demasiado a Càndia. Decían que las mujeres tentaban al hombre hacia el mal y que obtener satisfacción sin haber contraído matrimonio era pecado. Quizás aquel estúpido hijo del vizconde había intentado hacerla suya. Aquella sola idea lo hirió.

—¿Qué te pasa? —dijo ella acompañándole la mano hasta el pecho.

Enseguida se quitó el mal pensamiento de la cabeza y la acarició por debajo del camisón, bordeando los pezones y yendo hasta donde ella lo dejó llegar. Quería ser paciente y se conformó con la delicadeza de su amada, pero el contacto con aquella piel dulce lo trastornaba tanto que estuvo a punto de perder la voluntad.

Se adormilaron enredados el uno en el otro, hasta muy entrada la noche.

—¿Y ahora qué haremos?

La miró con pesadumbre. Aún estaban juntos y ya tenía miedo de perderla. Càndia suspiró.

—Me quedaré aquí hasta que regrese mi padre. —Lo miró de hito en hito—. Te esperaré, ¿de acuerdo?

Unas lágrimas transparentes aparecieron en sus ojos melosos. De nuevo, Blai la abrazó con fuerza; no podía apartar la mirada de ella ni olvidar lo que acababa de oír.

—¿Has hablado con él?

—Antes de que se fuera a Tolosa; ya sabe que no quiero casarme... Lo ha aceptado, a cambio de que vuelva a Italia con mi tía.

—O sea que te irás —murmuró con tristeza.

—Volveremos a vernos... —Esbozó una media sonrisa—. Ahora debes marcharte, puede ser peligroso; pronto amanecerá y habrá un cambio de guardia.

—De acuerdo. —Pensó que Sebastià debía de estar furioso.

No sabían despedirse y se besaron una y otra vez.

—Prométeme que no te marcharás a Italia sin que nos hayamos visto —insistió.

Càndia lo juró, mientras le sellaba los labios y lo empujaba hacia la puerta.

—¡Venga, vete!

Fuera, en el pasillo, encontró al guardia que hacía la ronda; esta vez caminaba en dirección a él. Se volvió a ocultar detrás de la columna, intentando hacer callar al corazón, que le latía con fuerza. El guardia se fue acercando hasta que estuvo muy cerca de él, casi rozándolo. Aguantó el aliento y, al cabo de nada, oyó el ruido de las puntas de metal del calzado que picaban levemente el suelo al girar.

Esperó a que el vigilante se alejara para caminar con cautela hasta la escalera, con la espada desenvainada, por si por casualidad lo descubría.

En el jardincillo pudo ver el cielo; la luna había dado la vuelta y pronto clarearía. Se dispuso a marcharse siguiendo las sombras de los muros, pero no lo hizo a tiempo.

—¡Quieto, rata asquerosa! —El pico de una espada se le había clavado en la garganta.

Reaccionó enseguida, sin pensar; se lanzó sobre el atacante y alejó con un golpe de mano la punta de espada que lo amenazaba. La rapidez de movimiento le permitió apartar el arma y sólo recibió un rasguño. Fue entonces cuando, bajo la luz velada de la luna, vio la cara de su rival. Era un escudero del hijo del vizconde; estaba seguro, porque lo había visto acompañando a la noble comitiva.

El escudero volvió a abalanzársele y Blai fue aguantando las estocadas. Las hojas afiladas de las espadas resonaban al chocar y, más de una vez, estuvieron a punto de herirse. Comenzaba a estar cansado, ya que no estaba acostumbrado a manejar la espada y, en una estocada, el puño le falló y se desplomó en redondo en el foso de un contrafuerte. Difícilmente podría defenderse desde el suelo y el escudero podía matarlo.

Sin embargo, no tuvo tiempo de pensar en nada. Apenas caído, sintió un aleteo roto. Una nidada de murciélagos salió en estampida, pegando contra el rostro del escudero, que luchó contra ella, retrocediendo. Aquella circunstancia imprevista le permitió escapar. En el patio, los guardias dieron la alerta y oyó tras sus talones las pisadas del enemigo que lo perseguía.

Capítulo 32

La despedida

Fuera de la villa los perros ladraban. Sebastià no podía dormir y se quedó hundido en el hoyo caliente del jergón, boca arriba, con el rostro anguloso rodeado por la abundante barba. Iba desnudo de cintura para arriba y abrió los ojos en la oscuridad. Se rascó el entrecejo y continuó con las cicatrices del brazo y la rodilla mala. La humedad hacía que le dolieran las heridas de guerra. Eran viejas y habían sido cauterizadas con fuego, pero se hacían sentir. Cualquier llaga, y no digamos una amputación, dejaba una señal para toda la vida. Quien en la batalla perdía una pierna, un brazo o los dedos de la mano o del pie, percibía los miembros amputados, sentía dolor donde ya no existía carne ni piel. Era un misterio del cuerpo que él había podido experimentar muy bien.

Escuchó el rumor nocturno que provenía de la calle de los prostíbulos, el canto ebrio de un borracho que arrastraba la voz, el griterío de los soldados que salían de las tabernas con el humor irritable que deja la resaca, dispuestos a enfrentarse a la primera ocasión y provocar algún alboroto. Él también había sido joven y pendenciero, pero el vino y el aguardiente eran malos compañeros. Cambiaban el carácter de los hombres, les robaban el juicio y la voluntad y los empujaban a cometer acciones que más tarde no eran capaces de recordar.

El barrio del burdel no era el mejor lugar para descansar por la noche. Habían ido a parar a aquel hostal de mala muerte para pasar inadvertidos, pero el cabeza de chorlito del Pájaro había querido salir de la madriguera. Esperaba que tuviera juicio y supiera defenderse en caso de que fuera necesario. No podían arriesgarse a ser descubiertos. Quién sabe qué hacía ahora, aquel bribón. ¿Habría entrado en el cuarto de Càndia? Comprendía a su ahijado; era joven y estaba enamorado, hete aquí. Aún debía aprender muchas cosas, el huérfano pelirrojo. Tenía que hacerse un caballero de verdad; gobernar la espada sin temor.

Escupió en la palangana. Acababa de conocer una mala noticia por boca del trapero que le había conseguido las provisiones para el viaje. En toda la villa no había presbítero, monje, esclavo o liberto, ni siquiera un noble, de quien se fiara más que de aquel trapero de la calle de los tejedores.

—Podéis disponer de mí —le había dicho aquella tarde—. Buscaré lo que necesitéis.

No sabía cómo lo había hecho pero lo había provisto de todo: un zurrón de pan de centeno, una loncha de atún salado, pasas, aceitunas y sal. También heno para el caballo, una saca de esparto y una antorcha. Había que preparar el viaje; al paso que iban aún tardarían un día y medio en llegar al monasterio de Sant Pere de Galligants. Y después quién sabe si habrían de proseguir la marcha.

El trapero le había explicado la tragedia que se vivía en el monasterio.

—Ya debéis de saber que han asesinado al monje más anciano.

Lo miró mientras dejaba las provisiones en el obrador. La noticia le cayó como un jarro de agua fría.

—¿Queréis decir fray Bernat?

—Dicen que lo han matado los hombres del conde de Empúries.

Sebastià negó con la cabeza, no lo sabía, y disimuló un gallo en la voz.

—Era un hombre santo —dijo.

Ahora la madrugada ya llamaba a la puerta del hostal y no podía dormir. Estaba intranquilo pensando que no había podido despedirse de Guisla. Imaginó los pechos de su amada, el aroma de harina blanca que desprendía. La tenía en los brazos, sensual y vaporosa. Estaba en el punto álgido de aquel pensamiento agradable y excitante cuando oyó galopes de caballo fuera, en la calle.

¿Qué hora debía de ser? Seguro que pronto clarearía. Un relincho de caballo le hizo aguzar la oreja. Era extraño que alguien buscara lugar para dormir a aquella hora intempestiva. Se acercó a la ventana y espió entre los batientes. Bajo la cortina finísima de lluvia que lo velaba todo vio descabalgar a dos jinetes. Se fijó en que uno de los caballos iba cubierto con gualdrapas bordadas con el escudo de armas de Empúries, fajado de oro y de gules. Forzó los ojos para distinguir el rostro del hombre que se dirigía a la puerta del hostal caminando despatarrado como un cangrejo.

¡Era Dalmau de Quermançó! Lo había visto en contadas ocasiones desde que era consejero del conde Hug. Nadie explicaba nada bueno de aquel noble altivo y desdeñoso, salvo que era un pervertido. Se había enfrentado a él en una justa de caballeros; hacía muchos años y parecía que fuera ayer. Dalmau lo había atacado despiadadamente. Recordaba cómo había parado la acometida y, a la segunda pasada, le había golpeado rompiendo la lanza. Dalmau se había visto obligado a desmontar y lo había desafiado a combatir cuerpo a cuerpo.

¿Qué debía de buscar en aquel hostal de mala muerte el consejero del conde Hug? En el tiempo de una respiración calculó qué estaba pasando. ¡Lo perseguía a él! Debía de querer las reliquias y sospechaba de él. Por eso lo buscaba. Fuera como pensaba o no, era preciso abandonar el hostal.

Retrocedió alarmado como si huyera de un relámpago. Corrió a buscar el relicario, lo metió en las alforjas y lo cubrió con la ropa del equipaje. No tenía tiempo de planear nada y se dejó llevar por el instinto. La única salida segura era una ventana que daba al patio de los establos. No lo pensó dos veces, la abrió y saltó abajo.

Cayó sobre el tejado del cobertizo y se deslizó por un palo de sostén. Ya en el suelo, llamó a *Blancard* en voz muy baja para no espantarlo y lo acarició. Parecía que el caballo lo estuviera esperando; echaba humo por las narices y se movía, inquieto, como si deseara galopar.

Cargó las alforjas al lomo del animal, montó en la silla de

un salto y salió a la calle. A través de los callejones intrincados, llegó a la plaza del mercado y de allí fue al castillo de los vizcondes.

Mientras especulaba qué debía de estar haciendo Blai, lo sorprendió de nuevo la providencia. A la luz de una antorcha que apenas iluminaba la noche, se fue haciendo clara una sombra que bajaba por la calle y muy pronto reconoció al muchacho que corría como alma que lleva el diablo, huyendo como un ladrón.

No se dijeron nada; el Pájaro saltó al lomo del animal, mientras él espoleaba a *Blancard*, con un golpe en las ijadas y el caballo salía desbocado.

Durante mucho rato cabalgaron a rienda suelta, hasta que perdieron de vista Peralada. Se habían alejado del camino principal e iban por senderos que transcurrían por la llanura.

Aún no habían intercambiado ni una palabra y, a medida que avanzaban, el ojo rosado del alba iba rompiendo la oscuridad y veían mejor el camino y sus alrededores.

El Pájaro aún tenía en la cabeza las palabras de Càndia y se limitaba a mirar las tierras que dejaban atrás. Delante de ellos se abría ahora una gran extensión de terreno inundado. Los campos habían sufrido sequía en el verano y exceso de agua en el otoño, y los campesinos no habían podido sembrar los cereales ni la esparcilla que debía alimentar al ganado, porque la tierra estaba demasiado encharcada.

—¿Vas bien? —Por primera vez desde que cabalgaban, Sebastià le dirigió la palabra. Se ahorró cualquier pregunta sobre Càndia. Si había pasado la noche con ella, seguramente la habría desflorado. «Un coño es un coño», se dijo.

Poco después atravesaron una zona de huertas y, a lo lejos, vieron unas cuantas casas y el campanario esbelto de la canóniga de Santa María de Vilabertran, que los vizcondes de Peralada tenían en gran estima.

—Tengo sed —dijo el Pájaro.

Sebastià se había olvidado de llenar la calabaza vacía. Calculó que le llevaban distancia suficiente a su perseguidor y se desvió hacia una casa de labranza.

Cuando estaban cerca de la vivienda, volvió a romper el silencio.

—Olvídate de lo que te haya dicho Càndia, sea lo que sea, debemos acabar el trabajo; nos persigue el consejero del conde; es un hombre peligroso...

La casa era vieja y desvencijada. En el patio del redil, un chiquillo y un niño pequeño que se le agarraba de los pantalones vigilaban dos vacas lánguidas que sólo tenían costillas. Se les acercaron temerosamente, con ojos de expectación, y enseguida apareció una niña que acababa de salir de un corral. Iba sucia, con el pelo enredado, la nariz llena de mocos y el vestidito zurcido por todos lados. Parecían tan miserables como los hijos de Ademar, la curandera.

—¿Qué queréis?

Una labradora, seca como una astilla, salió de dentro de la casa y los miró con desconfianza. Era joven, pero tenía la piel muy arrugada.

—Agua, por el amor de Dios —pidió Sebastià.

Parecía que la mirada de la mujer se ablandaba.

—Cogedla del pozo —dijo, tajante. Y los dejó descabalgar para que se proveyeran de agua.

Mientras la extraían, Sebastià vio el rasguño en el cuello del Pájaro.

—¿Te han herido?

—No es nada —espetó el joven.

Cuando tuvieron el maná que necesitaban, la campesina les dijo:

—Traéis un buen caballo y las alforjas bien cargadas... Nosotros teníamos una mula, pero mi marido la reventó de tanto trabajar; ahora está enfermo y hemos caído en desgracia.

—¿No tenéis a nadie que os ayude?

—Mi hijo mayor trabaja en los campos, pero las servidumbres nos matan, debemos dar una cuarta parte de cada medida de aceitunas que recogemos y estamos obligados a pagar los tributos aunque sea un mal año.

Les explicó que pagaban el diezmo a la canónica de Vilabertran y que el mayordomo del vizconde de Peralada no tenía piedad de ellos. Se encargaba de organizar el trabajo, recibía las rentas y castigaba cualquier intento de rebelión por parte de los vasallos.

—Hizo azotar a mi marido diciendo que era un vago y que

por su culpa se había perdido la cosecha de centeno —prosiguió la mujer—, pero ya estaba enfermo; ¿cómo querían que trabajara de sol a sol?

Sebastià sabía muy bien qué significaba ser siervo de la gleba. Estaban ligados a la tierra, ellos y sus hijos. Apenas quedaban campesinos libres, porque los barones hacían un mal uso del poder, abusaban de los tributos y los obligaban a empeñar las tierras.

—Tenéis razón —dijo.

De pronto, la desconfianza con que habían sido recibidos se convirtió en hospitalidad. La mujer los invitó a entrar a la casa, tanto si querían como si no, y les ofreció lo poco que tenían: nueces, pasas y aceitunas secas. Su marido yacía postrado en un camastro de paja y tenía el rostro desfigurado por unas pústulas muy repulsivas.

—Le supuran continuamente y sufre mucho —dijo la mujer.

Sebastià se acercó al enfermo, que al estar afiebrado no decía palabra, y examinó las bubas tumorosas.

—No sabría hacer nada —lamentó.

Antes de partir, mientras el Pájaro vigilaba las alforjas, retrocedió hasta donde estaba la mujer, que se había quedado delante de la puerta, con una melancolía extraña en los ojos. Sacó unas monedas de plata de la bolsa y se las puso en la mano.

—Buscad un buen médico.

La mujer les dijo adiós y Sebastià se dejó llevar por el galope; la carrera del caballo lo confortaba. En el mundo no había justicia, pero el mundo de los hombres era como era. Pensó que tarde o temprano debería darle la noticia al Pájaro.

—Fray Bernat ha muerto. —Se giró y fregó la cara del chaval con su gran barba. Las malas noticias se daban mejor al galope—. Lo mataron porque querían el relicario.

El joven se quedó mudo. Sintió una oleada de indignación. Las ráfagas de aire húmedo le azotaban la cara y le traían palabras terribles. Sin querer, comenzaron a caerle lágrimas, pero hizo el esfuerzo de que su tutor no lo viera llorar.

—Al menos reposa —murmuró Sebastià—. En el más allá debe de haber paz para los hombres justos.

Parecían haber dejado atrás el peligro. Era improbable que el consejero les siguiera el rastro. Habían hecho un recorrido que no era habitual; cabalgaban por vías desiertas y no los había visto nadie, salvo aquella campesina.

A media legua de camino, un perro de caza pecoso, de piernas largas y de carrera veloz, precedía los caballos de los hombres de Dalmau de Quermançó. Desde que habían salido de Peralada corría como un condenado, persiguiendo el rastro que había olido en la camisa. El olfato de un lebrero no se equivoca nunca y en todo momento el perro había descubierto los cambios de dirección del hombre al que acosaba; giraba de repente y se desviaba por caminos pedregosos y sendas que Sebastià y el Pájaro acababan de recorrer.

Al llegar a la curva de la casa donde habían recogido agua, el lebrero se detuvo. Olfateó primero el suelo y después levantó la cabeza. Había fruncido el morro buscando el rastro en el aire y, cuando lo encontró, emprendió la carrera en dirección a la casa.

Esta vez la niña estaba en el establo dando de comer a las vacas y el chiquillo arrinconaba gavillas de paja.

—No hemos visto a nadie, señor. —La campesina los recibió delante de la puerta, con el niño pequeño al cuello.

Con el aire de la frenada, el pelo del consejero revoloteó como la cola de una garza. Clavó los ojos lascivos en el chiquillo, que lo miraba con temor, e hizo una señal a su escudero.

El ballestero desmontó enseguida y, sin pedir consentimiento, apartó a la mujer de la puerta y entró en la casa. Registró todas las estancias; incluso revolvió el camastro del enfermo.

De pronto salió gritando:

—¡He encontrado unas monedas de plata!

La campesina corrió a entregar el niño a su hijo mayor mientras Dalmau de Quermançó la perseguía.

—¡Perra mentirosa! —La obligó a detenerse y le arreó una coz en el rostro—. ¿No os han dejado nada más? —bramó—. ¡Si me engañas, prendemos fuego a la casa!

La mujer comenzó a lloriquear, negando con la cabeza y tapándose el rostro dolorido. Si les quemaban la hacienda nunca podrían demostrar que el fuego era provocado y deberían pagar la arsia, una indemnización que el vizconde exigía en caso de incendio.

—No tengo nada más, señor, lo juro por mis hijos —gimoteó.

—Adentro hay un moribundo. —El ballestero salió de la casa y volvió a montar el caballo.

—¡Madre! —El chiquillo se había abalanzado para proteger a la mujer y le hacía de escudo. Temblaba, pero reaccionó con el gesto inconsciente de los que no tienen armas para defenderse.

La niña lloraba ahora en silencio y el pequeño comenzó a sollozar con espasmos que hacían estremecerse al cielo.

El consejero echó un último vistazo al chiquillo.

—Tenemos que seguir, si no queremos que se alejen demasiado —dijo el ballestero.

Viendo que en aquel culo del mundo no había nada de provecho, volvieron a galopar siguiendo los pasos del lebrero.

Capítulo 33

La procesión de la tramontana

Bajo el cielo nublado de aquella mañana, una procesión formada por hombres y mujeres vestidos de negro riguroso se encaminaba hacia la sierra. Eran campesinos y artesanos que venían de pueblos y villas de los alrededores. Todos llevaban cayados y una capa de abrigo, y cualquiera que los hubiera visto habría distinguido de lejos los pendones bordados con las insignias de san Galderico, san Marcos Evangelista y san Blas, los santos patrones de los labradores, zapateros y tejedores.

Abrían la procesión un capellán y un penitente que transportaba un crucifijo.

Habían hecho un alto en el camino para entonar unos cantos dedicados a la Virgen. Cuando se disponían a reanudar el paso, vieron llegar a dos jinetes que compartían un caballo. Uno era un caballero barbudo de aspecto fuerte y el otro un joven pelirrojo, salpicado de pecas, con la piel blanca como la leche de burra y los ojos muy transparentes.

Sebastià frenó el caballo. Saludó a la comitiva y preguntó si eran peregrinos.

—Vamos a buscar la tramontana a Requesens. —Un campesino señaló el castillo que se veía a lo lejos, colgado encima de la montaña—. Cumplimos una promesa y cada año hacemos la misma ruta. Si no entra viento del norte, no podremos labrar los campos ni sembrar la cebada y en el verano pasaremos hambre —prosiguió el hombre—. La Virgen de Requesens siempre nos escucha cuando imploramos ayuda; una vez, al día siguiente de haber ido en procesión entró una tramontana y se llevó todos los males, desde entonces peregrinamos...

En el cielo, dos águilas planeaban sobre las peñas de la cordillera. Ascendían en círculos concéntricos, desafiando una tormenta espesa de nubes que anunciaba lluvia.

—Esperemos que el tiempo cambie —dijo el campesino. Y se despidió, porque la procesión ya reanudaba la marcha.

Irían lejos, hasta la ermita del castillo de Requesens, que quedaba rodeada de encinares y robledos donde pastaban los corderos y las vacas garduñas a las que acechaban los lobos.

Sebastià y el Pájaro volvieron a galopar.

—Clávate a la silla —dijo Sebastià.

Daba por hecho que habían conseguido desorientar al consejero Dalmau, pero quería llegar al río Ter antes de que cayera la noche.

Cuando aún estaban en territorio de Peralada pasaron un cruce. Aquel punto era un lugar de paso obligado para ir en todas direcciones. Al norte, hacia el Rosellón, a través del Coll de Panissars; al oeste, de camino a Besalú, por el caserío de Figueres, un puesto franco de escasa población donde los comerciantes intercambiaban mercancías; o hacia el sur, en dirección a Girona, que era el camino que tomaron.

Sebastià calculó que pronto llegarían al límite del condado. Se volvió a mirar al Pájaro y el pelo le revoloteó al viento.

—Después del paso fronterizo estaremos más seguros —dijo. Estaba convencido de que el consejero sería mal recibido en las tierras de Girona, teniendo en cuenta las desavenencias entre Hug de Empúries y el vizconde de aquella comarca, que dependía del conde de Barcelona.

A medio cuarto de jornada encontraron una larga hilera de cipreses que moría en una gran piedra o mojón. Éste marcaba la división del término.

Allí hacía guardia un grupo de soldados que les cobraron el arancel para entrar en las tierras del condado gerundense.

Prosiguieron la cabalgada por la antigua vía romana, que era empedrada y recta. Atravesaron un terreno arenoso de campos con manchas de pinedas. Amenazaba lluvia y aquí y allá encontraban cuadrillas dispersas de campesinos que desbrozaban el bosque.

Se detuvieron en una acequia para dar de beber al caballo y realizar sus necesidades. En todo momento, Sebastià vigilaba las alforjas.

—Las reliquias que llevamos valen más que el oro —advirtió al Pájaro. La gente las adoraba, incluso los barones tenían fe en su poder de salvación.

—¿Me las enseñarás? —preguntó el joven. Estaba ansioso por ver aquellos huesos secos y amarillentos que le producían angustia y respeto. Contenían, a dosis iguales, la fealdad morbosa de un cuerpo muerto y el misterio medicinal de la fe—. ¿Tú crees en las reliquias?

Sebastià tenía otra visión. Quizá no debía decir qué pensaba de aquel asunto.

—Sólo se puede adorar a Dios o a la amada —remedó una sonrisa—; tengo que llevar el tesoro a donde me han pedido, en eso creo.

La mirada le brilló como el acero y el rostro se le tensó. Tenía la cara endurecida en torno a los ojos y el surco de dos arrugas largas, acentuado en las comisuras de la boca, que se perdía debajo de la gran barba.

El muchacho, por su parte, pensó que amaba a Càndia y demostraría que era capaz de cumplir su promesa. Las palabras de Sebastià le habían hecho darse cuenta de la responsabilidad que tenían.

Acariciaron el caballo y tocaron el pelo rojo de la crin. *Blancard* tenía el cuello caliente, parecía encontrar placer en ello y más de una vez había girado el cuello vigoroso.

—Estate quieto —le advirtió Sebastià.

—Aimeric no dejaba que me acercara porque es del abad —se justificó.

—Debía de tener miedo de que lo malcriaras; ¡bueno eres cuando te enamoras de algo! —lo pinchó con una sonrisa burlona. Y se rascó la nariz con el pulgar, pensativo, sin sacarle los ojos de encima—. Aún tienes que explicarme cómo te ha ido con tu enamorada... ¿Estuvisteis toda la noche juntos? Seguro que te ha jurado que te será fiel como la dama a su esposo, y se guardará de los príncipes que la rodean, ¿sí o no?

El Pájaro se ruborizó; le dio rabia no ser capaz de disimular la vergüenza.

—Yo... ella... me ha prometido que no se casará con el hijo del vizconde...

—La boca puede decir lo que quiera.

La sentencia de su tutor se le clavó en el pecho como una espina.

—Sé que me ama —replicó, ofendido.

—Si es así —la expresión burlona de Sebastià se había torcido en un gesto de preocupación—, procura que el heredero del vizconde no lo sepa y te haga pretender por traidor. Y recuerda que ante todo debes ganarte la confianza del Maestro Peire.

Blai asintió; ya lo sabía. Deseaba servir al escultor y conseguir lo que se había propuesto.

Un trueno lejano restalló en la ladera de la montaña. El cielo se había vuelto negro como ala de cuervo.

—Viene lluvia —dijo Sebastià. De improviso, tuvo un mal presentimiento—. Quizá atraviesen el paso fronterizo sin problemas. —Los hombres armados se podían corromper con unas cuantas onzas de oro. Giró la cabeza y palpó la espada envainada—. ¡Vamos!

Volvieron a cabalgar en dirección al sur. Sebastià puso el corcel al galope. Volaban. *Blancard* era fenomenal; tenía la fuerza de un par de bueyes y la inteligencia tozuda de los caballos de batalla. Casi no necesitaba espuela, trotaba con el morro derecho y las patas ligeras.

Atravesaron un puente esbelto que cruzaba un riachuelo de aguas fangosas y dejaron atrás una villa fortificada que emergía sobre un cerro. Las nubes de lluvia los perseguían, pero ellos les llevaban la delantera.

Por el camino avanzaron unas cuantas carretas que regresaban al bosque cargadas de leña.

El Pájaro se volvió para mirar el camino dos o tres veces. Le pareció oír galopes de caballo. Quizá los perseguían. Se atemorizó y el corazón se le aceleró. El camino que dejaban atrás estaba desierto; sin embargo, no sabía por qué, se sentía inquieto y un pensamiento recóndito y funesto iba tomando forma en su cabeza.

Sebastià se desvió en un recodo del camino por un sendero

que transcurría entre casas y campos. Pronto encontrarían un segundo paso fronterizo cercano a la ciudad de Girona, y no estaba seguro de que los hombres armados no los retuviesen allí. Ante la duda, optó por tomar un camino furtivo que los obligaría a pasar por lugares desconocidos, guiándose por el lomo de las montañas.

No le explicó nada al chaval. Se limitó a espolear el dorso del caballo para que cambiara de dirección y *Blancard* obedeció a la señal.

A media tarde llegaron a Medinyà. El pueblo se alzaba en una colina, en torno a un castillo y a la iglesia parroquial. Entrando en la villa se detuvieron. La intensidad del galope había afectado a *Blancard*. Los clavos de las herraduras se habían aflojado con el trote y había peligro de perderlas. Aunque el animal tenía ganas de proseguir, no podían hacerlo. No obstante, *Blancard* bufó y estiró el cuello, como si quisiera echar a correr. Era un gran caballo.

—¡Ea, para, eres un manojo de nervios! —dijo Sebastià.

Mientras descabalgaban, preguntó a un chiquillo esmirriado que trajinaba una carretilla con leña dónde podían encontrar agua para abrevar al caballo.

—En la dula, señor.

La dula era un gran corral donde guardaban el ganado del pueblo. Fuera del cercado había una charca para los animales y *Blancard* sació allí su sed.

Preguntando al dulero, un pastor menudísimo de cara arrugada, supieron dónde encontrar un herrero.

La herrería se encontraba en el centro del pueblo, muy cerca de la iglesia. Era un obrador oscuro y sucio, de techo tiznado, donde reinaba un desorden absoluto. Hierros oxidados, martillos, puntas y clavos se amontonaban por doquier; los había en el suelo y colgados de la pared.

—Necesitaré un rato, primero tengo que templar esta espada —dijo el herrero, un hombretón escuálido que llevaba un delantal de cuero y hablaba arrastrando las palabras. Iba enmascarado y los había recibido sin apartarse del yunque.

Le faltaban tres dedos, pero no parecía que eso le hiciera perder trabajo. El brazo de aquel hombre no rechazaba el peso macizo del mazo. Mientras hablaba, calentó una hoja de espada sobre un fuego vivo de llamas hasta que estuvo roja y candente, y después la batió sobre el yunque con golpes furiosos, encendiendo chispas a diestro y siniestro.

—Ahora mismo os herraría el caballo, pero estoy solo y no puedo contratar a ningún chaval, no me ganaría la vida —explicó mientras seguía golpeando—. Antes me ayudaba mi padre, Dios lo perdone, que sólo hacía herraduras... Id a comer algo y en un momento lo tendré.

Sebastià lo miró con expresión de qué podemos hacer. Deberían dejar a *Blancard* en la herrería.

Descolgó las alforjas del lomo del animal, sujetándolas bien para que no se abrieran, y se las cargó a la espalda. No había nada que temer y tenían tiempo para comer.

—Cuando hayamos atravesado el río ya no tendremos que sufrir —dijo, confiado.

Llegados a la plaza, los sorprendió un griterío extraño. Un corro de personas hacía piña en torno a un catafalco donde habían montado una gruesa estaca.

—Debe de haber alguna ejecución pública —dijo Sebastià.

Preguntando, supieron que aquel día se haría justicia contra un ladrón que había herido a un trapero. Había venido gente de toda la comarca para ver cómo mutilaban al ratero.

Al cabo de poco, entraron en la plaza dos carceleros que escoltaban a un hombre deforme, de cabellos piojosos. Iba desnudo y ligado con grilletes y cadenas. La gente comenzó a gritar enardecida por el espectáculo que estaba a punto de presenciar y se despertó una furia de imprecaciones y de insultos.

—¡Hijo de perra! ¡Miserable bribón! ¡Al infierno!

Uno de los carceleros había atado al prisionero a la estaca del catafalco; cogió un látigo que acababa en púas con incrustaciones de metales cortantes y comenzó a flagelarlo. La ley prohibía matar al condenado, pero nadie diría nada si aquel hombre moría como consecuencia de los azotes o de la mutilación. Cuando las penas eran poco graves se castigaban ligando los brazos o las piernas a la rueda. Ataban al prisionero a una rueda, le colgaban un peso en los pies y el verdugo iba apretando la soga.

—Es peor la picota —murmuró Sebastià. Sabía de unos

cuantos ladrones que habían muerto atados a la barra vertical de madera. Les clavaban un garfio en la lengua o en un dedo de la mano y los dejaban desangrar.

El Pájaro sólo había visto flagelar esclavos y él mismo había recibido algún azote por haber robado fruta en el huerto. Cerró los ojos, angustiado. A medida que la correa de cuero chasqueaba contra la espalda desnuda del condenado, las colas metálicas se iban clavando en la piel y la desollaban. A cada latigazo, el hombre pegaba un chillido.

La gente había enmudecido y un silencio fresco y perturbador se apoderó de la plaza. La espalda del hombre era un chorro de sangre. Lo habían desatado y ahora lo sostenían para que no se desplomara en el suelo. Le dieron la vuelta, para que todo el mundo pudiera ver el tormento que padecía y, entonces, uno de los carceleros cogió una daga de corte.

El Pájaro sintió una arcada en el estómago. Estaba a punto de vomitar. Nunca se había enfrentado a la visión de una pena tan grave.

—Ya tenemos bastante —murmuró Sebastià. Había visto perpetrar demasiadas atrocidades en nombre de la justicia.

En el momento de decirlo sintió un tacto húmedo en el tobillo. Miró hacia abajo, y antes de ver qué era aquello que lo tocaba, oyó el gruñido de un perro. Un lebrero pecoso le olfateaba la pierna como si fuera una presa de caza.

Tuvo un presentimiento funesto y levantó la cabeza por encima de la pequeña multitud, creyendo que aquel mal augurio no se confirmaría. Miró a su alrededor y, cuando aún no había respirado, topó con un rostro de cera consumida que lo observaba, amenazador. Dalmau de Quermançó estaba allí, al otro lado de la plaza, y sonreía sesgando los labios en una raya fina y feroz.

—Vamos —empujó al Pájaro y se abrió paso entre la gente que callaba, expectante, mientras el carcelero se disponía a ejecutar la pena.

Habían cogido la dirección de la iglesia. El chaval iba delante, ligero como una flecha, y Sebastià detrás, cargado con las alforjas y arrastrando la pierna. Llevaba al lebrero pegado a los talones, persiguiéndolo con ladridos, y estaba seguro de que el consejero cruzaría el gentío y enseguida lo tendrían encima.

Se esforzaba por ir deprisa, pero muy pronto perdió de vista al Pájaro.

Cuando faltaban veinte codos para llegar a casa del herrero, apareció el chaval encima del caballo.

El Pájaro se detuvo en mitad de la calle y, sin decir nada, se echó atrás en la montura para dejarlo saltar al lomo del caballo. Sebastià se puso a horcajadas tan rápido como pudo y, de inmediato, hizo que *Blancard* se desviara por un callejón y lo espoleó hasta llegar al camino principal por donde habían entrado en el pueblo.

El cielo se había oscurecido con nubarrones negros. El Pájaro miró hacia atrás y se le encogió el corazón. Dos jinetes armados acababan de salir de un callejón de fuera de la villa y galopaban a poca distancia de ellos.

Sebastià no miró; no hacía más que espolear el caballo. Sentía el galope de los perseguidores e intentaba aumentar la distancia, porque temía que les asetearan con alguna ballesta. Pero no pasó nada de eso. El consejero parecía interesado en capturarlos enteros y no dio la orden de disparar en ningún momento.

Blancard galopaba como un rayo, obedeciendo los zurriagazos y los gritos de ánimo de su amo.

Poco después de haber emprendido la huida, encontraron una gran extensión de bosque que se abría a los lados del camino. La tormenta había cubierto el cielo del valle y comenzaron a caer unas grandes gotas frías.

Sebastià calculó qué debía hacer. La única manera de desorientar el lebrero y perder de vista a sus perseguidores era atravesar el río sin cruzar ningún puente. El agua borraría el rastro y aquella bestia no sabría encontrarlos.

En un recodo del camino flanqueado por encinas, se adentraron en el bosque. El encinar los protegía de la lluvia, que ahora se había intensificado. Caía un chaparrón fuerte y el cielo estaba tan oscuro que parecía de noche.

A aquella hora el ratero que habían visto azotar en la plaza pública caminaba bajo el aguacero. Lo habían obligado a pasear por las calles con las orejas cortadas colgando sobre el pecho. Mutilado, con las heridas de la amputación y aquellos colgajos de carne sanguinolenta, parecía un pobre diablo.

Capítulo 34

El duelo

Se habían adentrado en el bosque. Sebastià se incorporó sobre los estribos de *Blancard* y, por primera vez desde que cabalgaban, miró atrás, convencido de que habían esquivado al consejero. Rozó el rostro del chaval, que acababa de secarse los ojos con la manga del jubón de lana. Ni uno ni otro dijeron nada. Hacía rato que galopaban abriéndose paso entre los roquedales grises, pisando la neblina del sotobosque que borraba las patas del caballo. Sólo entonces, cuando ya estaban lejos del recodo donde habían abandonado el camino y a sus perseguidores, aflojaron la carrera. Sebastià detuvo el caballo, que exhalaba una humareda espesa por las narices, hizo una señal a Blai para que callara y se paró a escuchar. En medio de la grisura resplandeció un relámpago y, al cabo de un momento, estalló un trueno.

—Se acerca una tempestad.

Descabalgó y orinó sobre la tierra mojada. El Pájaro lo imitó. Antes de reanudar la marcha, Sebastià hurgó en la bolsa de provisiones y juntó un puñado de almendras.

—Toma —dijo, echando un vistazo en torno.

El Pájaro tenía hambre y devoró las almendras. Con la misma diligencia volvieron a montar para proseguir la marcha, pero había empezado a llover con fuerza.

Sebastià calculó las probabilidades que tenían de atravesar el río; estaba oscureciendo y quién sabe si encontrarían alguna barca en el lecho. Era improbable que el lobo astuto del consejero y aquel maldito perro les hubieran seguido el rastro lloviendo como llovía. Todo parecía indicar que se hallaban fuera de peligro, en un tramo solitario del bosque donde no había ni una triste cabaña de leñador. Pero, de pronto, sintió un escalofrío en la nuca y se le erizaron los pelos de los brazos. Acababa de tener un mal presagio, como si en su interior un sentido invisible hubiera detectado la proximidad de una amenaza. Se volvió de repente, intentando descubrir entre los árboles el movimiento de alguna presencia y sólo vio lluvia y más lluvia.

Iban empapados, las gotas les chorreaban cara abajo, de vez en cuando tocaban una rama y les caía encima una cortina de agua.

Para no retrasarse espoleó al caballo, pensando en llegar al río antes de que se hiciera de noche. Quería evitar desorientarse en la oscuridad; era fácil perderse en el bosque, sobre todo cuando las nubes ocultan las estrellas y hacen invisible la Osa mayor.

Justo entonces, oyó unos ladridos a poca distancia y, al cabo de un momento, se hizo audible el galope de caballos.

—¡Están aquí! —gritó, en voz baja. Tenía claro que el consejero se había salido con la suya y, al paso que iba, no tardaría en atraparlos.

No intercambió ninguna otra palabra con el Pájaro, pero la preocupación que mostraba su mirada ya lo decía todo.

Respiró y tragó gotas de agua. Necesitaba recuperar el aliento para saber qué hacer. No era momento para divagaciones inútiles.

Se irguió sobre el caballo, estirado como un tronco, arrancó las alforjas del lomo del caballo y las lanzó entre las enebrinas. El relicario estaría más seguro escondido entre la vegetación que sobre el caballo.

Enfervorizado por la necesidad de huir, azotó a *Blancard* con tanta furia que el animal salió a rienda suelta, obligando al chaval a agarrarse a la silla para no caer en la embestida.

Los caballos de sus perseguidores relincharon y aquel lebrero del demonio aún ladraba. No estaban demasiado lejos de ellos. Pronto les cerrarían el paso y lo más seguro era que los atrapasen antes de llegar al río.

El Pájaro se clavó a las espaldas de Sebastià, encogido y aguantando las sacudidas de la carrera. Estaban inmersos en una estampida loca y *Blancard* trotaba desbocado. Por desgracia, sus adversarios corrían veloces como saetas y habían acortado distancia.

Sebastià no paraba de espolear al caballo pero muy pronto se vio obligado a bajar la marcha, ya que se encontraban en el corazón del encinar y en aquel punto el bosque era espeso y sucio, con espinos que obstruían el camino.

Miró a los lados, calculando por dónde debían pasar. Delante de ellos, se abría un claro entre la vegetación. No les quedaba más remedio que seguir adelante y atravesar aquel terreno arcilloso si querían evitar las zarzas.

Se adentraron en la tierra viscosa y, de inmediato, tuvieron que aflojar el trote. El agua había ablandado el suelo, todo era una papilla y las patas del caballo se hundían en el fango.

En el intento de cruzar el calvero llegó un momento en que quedaron atrapados en la charca. *Blancard* estaba hundido hasta la rodilla y cualquier esfuerzo por salir habría sido inútil. Ya era demasiado tarde.

Oyeron ladrar al lebrero e intuyeron la sombra de los jinetes entre la vegetación. Pronto quedarían al alcance de las ballestas.

Sebastià se giró, nervioso, hacia el Pájaro. Un sudor frío se había añadido a las gotas de lluvia que le mojaban el rostro.

—¡Descabalga y corre! —exclamó.

—¡Me quedo aquí!

El Pájaro sintió que el corazón le latía como cuando estaba debajo del túnel. Pero algo que no habría sabido explicar había cambiado en su interior y le infundía valor.

Sebastià lo fulminó con la mirada:

—¡Lárgate o me arrepentiré de haberte traído!

El asalto de aquellos ojos duros e insondables hizo reaccionar al Pájaro. Nunca había visto a su tutor tan enfurecido. Comprendió que no podía oponerse y saltó del caballo.

—¡Ve al río y busca el embarcadero! —gritó Sebastià.

El chaval avanzó penosamente entre el fango, buscando las crestas de tierra seca, hasta conseguir llegar a un margen de rocas. Una vez allí, se adentró en el bosque y ya no paró de correr.

Sebastià se había visto obligado a desmontar. Sabía que en cualquier momento podría recibir un tiro de ballesta que hiciera blanco en su espalda.

Se movió con tanta rapidez como era capaz, remolcando la pierna mala y tirando del caballo. Luchó con todas sus fuerzas hasta que consiguió liberar al animal del barro y conducirlo hacia una zona seca. No perdió ni un momento en pensar en el peligro inminente que lo amenazaba, se desciñó la espada y echó un vistazo a su alrededor. El ballestero ya estaba del otro lado de la explanada, con la punta de la ballesta puesta en él, listo para atacarlo. ¿Y dónde estaba el demonio de Dalmau?

En cuanto se giró, sintió la intensidad de la lluvia que le pegaba en la capa y el silbido de una ballesta que le rozaba el brazo, y corrió a ocultarse entre los espinos. Avanzaba con el brazo herido, tirando del caballo que se arrastraba entre las espinas, hasta que encontró un sendero y salió de los zarzales.

Comprobó que *Blancard* no tuviera ninguna herida en las patas mientras aguzaba el oído a los ruidos del bosque; los ladridos se habían borrado y sentía gotear la lluvia en las ramas de los árboles.

Montó de nuevo a caballo. Estaba a punto de reanudar la marcha, cuando lo alertó un ruido entre los matorrales. El sotobosque se removió y, detrás de aquel movimiento, apareció el perro irascible que le había asaltado en la plaza del pueblo. Se dispuso a huir al galope, pero ya era demasiado tarde; las ramas mojadas que estrechaban el sendero habían escupido a un jinete y su caballo.

Dalmau de Quermançó le había sorprendido y ahora le cerraba el paso. Tenía un aire tronado y rancio e iba empapado como un pato; las gotas de agua le chorreaban por la frente, mojándole la cicatriz. Se debía de haber armado por el camino, porque llevaba una coraza sobre el pecho y un casco ajustado en el cráneo que hacía la función de capacete. Lo miró sarcásticamente, con la espada desenvainada.

—¡Qué sorpresa, Sebastià! —dijo con voz ronca—. Hacía años que no nos veíamos; parece que algún espadín os ha dejado cojo... ¿O es que habéis envejecido?

—Nadie se escapa del paso del tiempo —respondió. Instintivamente enderezó la espalda y tocó con el antebrazo la empuñadura de la espada, mientras calculaba mentalmente el movimiento que debía hacer para desenvainar.

—Ya lo veo... ¿Qué os ha dado ese memo del abad para que le hagáis el trabajo sucio? —El consejero lo amenazó con la mirada.

—Voy a ver a un pariente; dejadme pasar —respondió él.

Pero Dalmau se había quedado en medio del paso e hizo girar el caballo.

—¿Cómo es que viajáis con lluvia, caballero del infierno? ¿O quizás ahora debo decir hospedero? —Hizo una mueca cínica.

Sebastià recordó. Años atrás lo había tenido en la punta de su espada, vencido.

—Ya veo que no tenéis ganas de explicar nada. ¿O es que habéis perdido el pulso? Esto me lo hicisteis vos, ¿lo recordáis? —Dalmau se tocó la cicatriz y apuntó desde lejos, con la punta de la espada—. ¿Os ha pagado bien el abad? ¡Entregadme el relicario y os dejaré en paz!

—¡Dejadme paso! —Sebastià desenvainó la espada, pero el consejero no se inmutó.

—¿Aún creéis que merece la pena defender la fe de los peregrinos? —dijo sarcásticamente, emitiendo un silbido.

De pronto, apareció un corcel de entre el ramaje y la expresión de Sebastià se alteró.

El ballestero y el Pájaro iban sobre el caballo; el chaval delante, con las manos atadas a la espalda, de manera que quedaba a merced de su captor, que le apuntaba el pecho con un puñal.

Una irisada euforia iluminó el rostro del consejero.

—Hemos capturado a vuestro ayudante —dijo.

Sebastià se estremeció; el mundo se le cayó encima. ¡Él no! Blai, Guisa y Adalbert eran su única familia. Aquel jodido marrano pecoso y blanco como un ángel le había traído más de un quebradero de cabeza; lo había velado de pequeño, cuando estaba afiebrado y pedía por su madre. Le conocía los deseos y las perezas. Le había hecho crecer recto como un cirio para que no se perdiera ni en la maldad ni en las debilidades de carácter de los huérfanos abandonados. Él no. Sintió la hiel de la rabia.

—¡Si tocáis un pelo de mi hijo, os mato! —gritó con voz

ronca mientras le temblaba el labio inferior—. ¡Dejadlo en paz, él no sabe nada de nada!

—Así que es vuestro hijo... —El consejero hizo una cantinela perversa—. Os hacía estéril y sin mujer... Elegid, pues: el relicario o vuestro hijo.

El Pájaro sintió el roce del puñal en el cuello y apretó los dientes. Sudaba de angustia, como un conejo cazado en el lazo que presintiera que lo estrangularían. Sabía que si se movía era hombre muerto en un santiamén; no obstante, las palabras de Sebastià le habían hecho mucho bien. Por primera vez en la vida, su tutor lo había tratado de hijo.

—¡Antes tendréis que matarme a mí!

Sebastià salió impelido contra el consejero, espoleando el caballo. Sorprendió a Dalmau con la rapidez del buitre y le interceptó la espada, obligándolo a retroceder sobre el caballo. Había aprovechado el desconcierto de su rival para penetrar el costado de la coraza y le buscó el corazón. Ya tenía a Dalmau de Quermançó a su merced; con una sola estocada podía quitarle la vida.

—¡Liberad al chaval! —ordenó.

El consejero bajó la espada, pero mantenía la mirada alta.

—¡No lo sueltes! —le contradijo.

Ante la contraorden, el ballestero frunció la expresión, confuso.

—Pero os matará, señor... —farfulló el hombre de Dalmau sin apartar el puñal del muchacho.

—¡Haz lo que te digo! —replicó Dalmau. Y desafió a Sebastià—. Y vos matadme, si sois capaz.

Un sudor frío se apoderó de Sebastià. Había doblado la espada contra el corazón del consejero, como si quisiera cumplir la amenaza, pero en su interior luchaban dos gigantes. Si mataba a Dalmau, el Pájaro moriría. Y si bajaba la guardia, no era seguro que el chaval salvara la vida ni que el consejero no aprovechase la ocasión para hacerlos prisioneros. Dalmau era astuto y le había tendido una celada.

Miró de reojo al ballestero y le adivinó el miedo en los ojos.

—¡Soltadlo o mato a vuestro señor! —repitió la amenaza. Pero el consejero lo desmintió al momento.

—¡No le obedezcas!

Una mirada de incredulidad apareció en el rostro del ballestero. Debía de estar confuso porque su señor se comportaba de aquella manera.

Justo entonces paró la lluvia y un silencio tenso como una espada invisible rasgó el aire.

Dalmau miró a Sebastià con ojos felinos, sopesando alguna idea terrible. La indecisión que adivinaba en los ojos de su rival le despertaba un sentimiento extraño de alegría perversa y de rencor. Sebastià podía matarlo, pero no lo haría; prefería proteger a su hijo por alguna razón que él no era capaz de entender... Le asaltó un pensamiento desconocido que nunca había tenido. ¿Era por amor que un padre podía dar la vida por su hijo? ¿Qué era el amor? ¿Por qué él no lo había sentido nunca? Conocía el valor del caballero, el fragor de la batalla y ambicionaba el lugar más alto de la corte. Había crecido entre guerreros feroces y antes de los doce años ya había matado a un caballero, pero cuando murió su padre sólo anheló venganza. Y ahora veía a un hombre que sufría por su hijo. Una arcada de rabia le subió por la boca del estómago. ¿Por qué era diferente? Si Dios era un padre, como decían, debía manifestarse en sus hijos. Si existía el tal Dios, no habría hecho el mundo como era, no permitiría la muerte ni la desgracia ni le habría negado la capacidad de experimentar lo que trastornaba a otros hombres... ¿Cómo era posible que no sintiera nada? ¿Qué destino injusto lo privaba del amor y de todo aquello que le sobraba a Sebastià? De pronto, después de ahondar en sí mismo como nunca con tantas cavilaciones, pensó hasta cuándo resistiría el juego Sebastià. Entonces sintió placer. Tenía delante a un espadachín ágil y valeroso que había abandonado las armas, y un caballero así por fuerza debía de tener corazón de mujercita. Este pensamiento espoleó su delirio y rompió a reír.

El ballestero se quedó mirándolo, desconcertado.

—¡Estáis loco! —dijo Sebastià. No había dejado de amenazar al consejero con la espada pero ahora sudaba de angustia. Hacía rato que vivía un calvario. Si no seguía el juego de Dalmau estaba perdido, y debía salvar al Pájaro como fuera—. Si dejáis marchar al chaval os enseñaré el tesoro —dijo.

Dalmau dejó de reír y enarcó las cejas:

—Tirad el arma —lo retó.

—A condición de que dejéis marchar al muchacho.

El consejero hizo un gesto de complicidad con el ballestero.

—Haz lo que dice.

El hombre armado desató al Pájaro al mismo tiempo que Sebastià aflojaba la espada y la dejaba caer al suelo.

—Así me gusta. —De pronto, Dalmau retrocedió sobre el caballo y empuñó la espada—. ¡No dejes escapar al chico! —contraordenó al ballestero.

Su lacayo retuvo el cuerpo del Pájaro, que había quedado libre de la soga, y lo amenazó de nuevo con el puñal.

—¡Sois un traidor! —gritó Sebastià, replegándose.

Fue entonces que algo se movió entre el boscaje y espantó a los caballos.

Los corceles perdieron posición y el caballo del ballestero retrocedió. El Pájaro reaccionó rápido y, sacando toda la fuerza que tenía, pegó un codazo en los testículos de su captor y saltó del caballo para perderse entre las zarzas.

Sebastià respiró aligerado, a pesar de la situación en que se encontraba. No tenía espada y lo acechaban dos hombres, pero el chaval estaba fuera de peligro. Se había comportado con valentía y estaba orgulloso de él.

Justo entonces vio que el cielo le concedía una oportunidad más clara que la luz. La huida del Pájaro había cogido por sorpresa a Dalmau de Quermançó, que ahora parecía más preocupado por no dejar escapar a su prisionero que por volver a la posición de combate. Éste comenzó a gritar con ferocidad:

—¡Síguelo! ¡Cógelo! ¡Pedazo de inútil! —El ballestero salió en persecución del chaval.

«Ahora o nunca», se dijo Sebastià. Y tomando impulso embistió al consejero con tanta furia que lo obligó a descabalgar y le hizo saltar la espada por los aires.

Cuando Dalmau reaccionó, él ya había descabalgado.

—¡Cabrón! —su rival se levantó embravecido, con aire de querer estrangularlo.

Estaban en igualdad de condiciones; desarmados y con una espada en el suelo que los separaba.

Sebastià se protegió el pecho con los puños mientras se acercaba a la espada. Dalmau hizo lo mismo, pero, de pronto, sacó una daga del cinto y se lanzó sobre Sebastià como un león.

—¡Toma! —rugió.

Sintió una punzada en el brazo y, a continuación, un hilo de sangre que se deshacía con la lluvia y comenzaba a teñirle el jubón. No se dio por vencido; aguantando el dolor, se lanzó a las piernas del consejero y lo abatió.

En aquel momento tuvo la empuñadura de la espada al alcance de la mano y la recuperó.

—Quieto... ¡lanzad la daga! —Recorrió la yugular del consejero con la espada.

—Una vez me hicisteis esta cicatriz —murmuró Dalmau con voz cavernosa—. Los hombres que pretenden ser piadosos me repugnan. —Lanzó un escupitajo al suelo—. ¿Os habéis confesado por la gente que matasteis en Jerusalén?

Hacía muchos años se habían disputado el favor condal en un enfrentamiento a muerte. Dalmau lo había retado a batirse cuerpo a cuerpo, aunque la ley lo prohibía. Habían actuado a escondidas para no disgustar al conde.

—¡Maldito seáis! —Sebastià contuvo las ganas de clavarle la espada. La invectiva del consejero le había encendido la sangre. Si lo mataba, no podría demostrar que lo había provocado y el conde lo acusaría de traición. No bajó la guardia; Dalmau era hábil y, ante cualquier descuido, se podía revolver.

—Acabemos de una vez —dijo el consejero.

Sebastià sintió la violencia de la proposición. Con un mínimo golpe de espada le podía cortar la yugular.

Un sudor frío le recorrió el espinazo y, en un instante, lo recordó todo. El fragor de la batalla, la orgía de sangre, aquella voz que gritaba en su interior: «Te has convertido en un asesino, arrepiéntete». El recuerdo dio paso a una sensación intensa; se había liberado del odio y había prometido que no volvería a matar nunca más, si podía evitarlo.

Apartó la espada del cuello de Dalmau.

El consejero se escabulló. Recuperó el arma y se plantó delante de él, blandiendo la hoja con movimientos circulares.

—¡Os odio! —gritó fuera de sí.

Sebastià reaccionó deprisa y, aprovechando la fuerza que le quedaba en el brazo derecho, levantó la espada en una curva ascendente y bloqueó el arma de Dalmau. La hizo girar y la empujó hacia arriba, con tanta furia que lo desarmó de nuevo y, con el embate, lo hirió el hombro. Debía de ser un corte muy profundo, porque la sangre salía a borbotones.

Esta vez, Dalmau se retorció de dolor, replegándose en el suelo. Entonces, Sebastià salió al galope sobre el caballo.

Capítulo 35

La fuerza del río

El río bajaba crecido. Las aguas se habían comido el arenal de la playita de donde salían las barcas para ir a la otra ribera. Ahora lo cubrían todo, incluso las estacas y los pilares del embarcadero. Allí había amarrados dos o tres botes y una barcaza vieja de un solo remo, con percha para avanzar por el fangal, como las de los pescadores de anguilas de los estanques. Aquella barca, que debía de tener treinta codos de largo, transportaba habitualmente a las personas que querían cruzar a la otra orilla para ir a labrar y fanguear los campos o astillar leña para los señores de Sant Julià de Ramis.

El Pájaro había corrido a través del bosque hasta llegar al embarcadero, sin perder de vista el sendero para no extraviarse. Una vez allí, se había ocultado entre las cañas y, cuando estuvo seguro de que ya no lo perseguían, salió. Las palabras de Sebastià aún le resonaban dentro de la cabeza. «Corre, ve al río.» Lo había protegido como a un hijo y eso lo enorgullecía. Pero ahora tenía dudas. Quién sabía dónde estaba su tutor. ¿Y si lo habían herido? Pronto oscurecería y tendría que refugiarse en algún lugar para esperarlo.

Aquel río era el más caudaloso que había visto nunca, las aguas fangosas y profundas se encrespaban sobre las rocas ante el embate de la corriente y convergían en círculos concéntricos, remolinos y sumideros naturales capaces de engullir troncos enteros. Había oído decir que las hadas habitaban las aguas dulces; eran mujeres de cabellera dorada y ojos verdes, bellas y falsas; encantaban a los hombres y los arrastraban hasta las grutas subterráneas. Fuera como fuese, las aguas eran vivas y podían desbordarse e inundarlo todo.

Procuró no acercarse a la corriente del río; la sola idea de atravesarlo lo aterrorizaba. ¿Dónde estaba el barquero?

Miró a su alrededor intentando encontrar alguna señal del dueño de la barcaza, pero no vio nada de nada, salvo fresnos y juncos. Los pájaros se habían refugiado en los árboles y los patos en las islas del río. En ninguna parte se veía señal alguna de movimiento, aparte de la lluvia, que había menguado un poco. No era extraño que no hubiera nadie, con la cantidad de agua que había caído del cielo.

Confiaba en que Sebastià apareciera, si no, debería encontrar la manera de cruzar el Ter. Pero pensar en ello le daba pánico. Le volvió a golpear la misma angustia que había sentido en el fondo de la cueva y aquellas palabras: «¡Pregunta quién te engendró, bastardo, hijo de cerda corrupta!».

Nuevamente, una punzada le hirió el pecho y apretó los dientes, dominado por una emoción angustiosa que no sabía cómo combatir. ¿Qué clase de demonio era aquel miedo? Sus temores se parecían a un torrente, lo arrastraban todo y se lo llevaban corriente abajo.

Se había deslizado hasta el lecho del río, con un temblor denso, y asomó la cabeza por encima de una roca. Aquellas aguas discurrían con fuerza, igual que las nubes por el cielo, saltaban barrancos y llegaban al mar. La superficie formaba un codo bajo el roquedal y, si hiciera sol, el agua oscura habría reflejado su mirada acobardada.

Fue entonces cuando Càndia volvió a su pensamiento, con unos ojos que hablaban: «¡Ánimo, no mires el agua, atraviésala!».

Fue capaz de levantarse y se dispuso a hacer lo que debía. Si no confiaba en sus fuerzas, estaba perdido.

Se encaminó hacia el embarcadero, dispuesto a subir a alguno de aquellos botes. Tanto le daba que no supiera nadar, demostraría que era capaz de cruzar el río solo.

Intentó silenciar los latidos del corazón y se encaró a la superficie sin pensar en la profundidad.

Estaba justo a dos pasos de las barcas cuando oyó un ruido y, aún no había tenido tiempo de desenvainar la espada, cuando lo detuvo la voz de Sebastià.

—¡Salta a la barcaza, apresúrate!

Lo tenía a la espalda, resoplando, con las alforjas al hombro. Iba sucio de fango, como si hubiera atravesado los limos del infierno, y tiró a *Blancard* por las bridas. Le costó hacerlo entrar en la barca porque el animal retrocedía e intentaba marcharse. Finalmente lo consiguió y lo ató a la roda.

Entonces vio la sangre en el brazo de Sebastià.

—Sólo es un rasguño —dijo su tutor mientras cargaba unos remos y las alforjas—. Debemos darnos prisa, está oscureciendo.

Desataron la barcaza. Remaron. Ni uno ni otro decían nada, concentrados como estaban en vencer la corriente.

Sebastià había conseguido esquivar al consejero antes de recuperar el relicario y sólo esperaba llegar a la otra ribera. Pero enseguida comprobó que la crecida del río hacía muy difícil la travesía.

—¡Venga, rema! —gritó dos o tres veces.

El agua tenía demasiada fuerza y muy pronto quedaron a merced de la corriente que los empujaba hacia abajo. Sentían el choque continuo de la madera contra el agua y, por más que bogaban, no podían dominar la barcaza y el curso fluvial los iba arrastrando con la fuerza de un remolino. Por la superficie bajaban restos de troncos y de ramaje; algunos golpeaban contra la quilla y se quedaban encallados.

El Pájaro se asomó a la proa, inclinándose sobre el agua, y procuró arrancar un trozo de madera que frenaba la barca.

—¿Qué haces? —exclamó Sebastià agitando el brazo que le quedaba libre—. ¡Déjalo estar y rema!

El Pájaro le hizo caso y volvió a remar, pero el esfuerzo duró poco. En un santiamén, un gran estruendo retumbó en el aire húmedo. Parecía que el río gemía. El caballo relinchó nervioso y Sebastià miró hacia atrás.

Una avenida de agua, alta como una ola de océano, descendía enfurecida corriente abajo y se lo llevaba todo a su paso. Enseguida comprendieron qué les esperaba: el río se había desbordado y pronto los arrastraría la riada.

—¡Átate a popa! —gritó Sebastià.

Pero el chaval no tuvo tiempo de hacer nada. Una gran lengua de agua lo engulló como a una ballena un pez pequeño. Se encontró inmerso, cabeza abajo, tragando agua por todos los orificios del cuerpo, rodando y hundiéndose en el corazón mismo de aquella boca feroz.

En poco rato, la corriente lo arrastró hasta un meandro del río y, allí, la gran ola fluvial lo escupió sobre el lecho, mientras proseguía en su embate destructivo río abajo. Quedó encallado entre un alud de ramas y de troncos enredados en las hiedras. Estaba reventado y no se sentía las piernas. Pero esta vez, ni la oscuridad que desplegaba el atardecer ni el miedo a ahogarse le produjeron ningún vértigo ni angustia. Lo que antes le horrorizaba había desaparecido y sólo tenía un pensamiento en la cabeza: alcanzar la orilla.

Con mucho esfuerzo avanzó entre la broza, agarrado a los troncos, hasta que tocó el lecho fangoso con los pies. Al cabo de un momento ya estaba en tierra. Temblaba de frío y tuvo que escurrir la pelliza empapada de agua porque pesaba como una piedra. Se la volvió a poner y buscó resguardo en el tronco horadado de un roble. Allí dentro se adormeció.

Imaginó que conseguía la libertad anhelada. «Hay señores que son esclavos», le había dicho Sebastià. Pero él sólo deseaba tener un oficio y poder presentarse ante el maestro escultor para pedir la mano de Càndia.

Aún no sabía que era casi imposible cambiar de estamento. Quizá porque era demasiado joven y le faltaba experiencia; sólo sabía que quería estar al lado de ella.

Le despertó el canto de un mirlo. Había clareado y vio al pájaro encaramado en una rama. Era negro y señorial, con el pico anaranjado, y emitía gorjeos agudos. Había dejado de llover y el viento movía las copas de los árboles. Se desentumeció poco a poco, despegándose la ropa húmeda, y salió a un camino que transcurría por la ladera de un desfiladero.

Durante un rato bordeó una montaña escarpada. El hambre le hería el estómago y no tenía nada que llevarse a la boca. Decían que el bosque era un mal lugar para perderse. Aparte de algún carbonero, de los meleros, que buscaban miel y cera, y de los leñadores, sólo se refugiaban bandoleros, fugitivos y asesinos sin escrúpulos dispuestos a asaltar a los viajeros.

Mientras pensaba cómo salir del desfiladero y evitar la inanición, oyó un ruido. Giró la cabeza y vio una sombra rápida que saltaba al camino.

—¡Quieto!

Delante de Blai, un muchacho lo amenazaba con una daga. Era robusto e iba andrajoso y sucio, con la cara roñosa y la cabellera greñuda. Debía de hacer días que rodaba por el bosque porque no se le reconocía el color del vestido, hecho jirones. El desconocido lo miró de hito en hito.

—¿Quién eres? ¿De dónde vienes?

El Pájaro pensó en desenvainar la espada, pero no lo hizo. Aquel zagal había aflojado la daga. No parecía malvado y su mirada era más curiosa que agresiva.

—Me llamo Blai y vengo del monasterio de Sant Pere de Rodes —respondió.

El vagabundo bajó el arma y la guardó en el cinto.

—Yo soy de Balascó. —Al hablar se le vieron tres dientes mellados—. Me he refugiado en el bosque para que no me ahorquen, pero no soy ningún asesino —prosiguió. Y señaló los dientes rotos—. Esto me lo hice defendiéndome de un ladrón que me quería quitar las provisiones... ¿Tú también huías?

El Pájaro comenzó a sentir que le daba vueltas la cabeza y tuvo que sentarse.

—¿No has comido nada? —El muchacho sacó una especie de tubérculo de un bolsillo—. Toma: es raíz de diente de león, calma el hambre.

El Pájaro conocía aquella raíz que los labradores daban a los conejos.

—Come —dijo el chaval escrutando en torno.

Todo era un encinar espeso con sotobosque de enebrinas, brezos y clemátides que se enroscaban en las encinas.

—Tengo una bolsa de comida al otro lado del desfiladero, voy a buscarla... Tú quédate aquí.

El Pájaro tenía la lengua como cuero; peló un trozo de raíz y lo masticó.

Hacía rato que el muchacho se había marchado cuando oyó un silbido que provenía del interior del bosque y se puso alerta. Había alguien, y quién sabe si era un cazador. Esta vez

Blai desenvainó la espada y procuró esconderse detrás del margen. Entornó los ojos para distinguir entre los árboles, pero no vio nada.

Al cabo de un momento, un segundo silbido sucedió al primero y una voz enronquecida surgió de entre la vegetación.

—¡Soy yo, Sebastià!

Capítulo 36

El reencuentro

—¿Puedo tocar el tesoro?

Habían descansado un rato debajo de una encina. Sebastià estaba empapado y sucio. Apenas había dormido, porque el caballo había quedado atrapado en una presa, poco más abajo de donde habían caído al agua. Había tenido que rescatarlo y abrirse paso hasta el lecho del río con la ayuda de una soga. El caballo reposaba estirado en el suelo, habiendo comido y bebido, con los ollares abiertos, la respiración jadeante y el vientre inflado por el esfuerzo.

Sebastià hizo como que no oía la pregunta. Estaba echado sobre la hierba, apoyado en las alforjas, y acabó de inspeccionar lo que contenían. Por suerte, el cofre del relicario no había sufrido ningún desperfecto, estaba intacto.

—Me prometiste que... —insistió el Pájaro.

Su tutor lo miró con cara de malas pulgas, respirando con resignación. Echó un vistazo en torno y, al cabo de un instante, fue a cortar una rama de encina. Al volver, se encaró con el Pájaro.

—Recoge la espada, a ver de qué estás hecho —ordenó Sebastià.

El chaval obedeció. Se aseguró la empuñadura, como había aprendido a hacer, y se abalanzó sobre un adversario que sabía superior.

Sebastià reaccionaba como si el cansancio no le afectara. A pesar del rasguño en el brazo, rebatía los golpes de espada con rapidez y volvía a su sitio, blandiendo el palo, con la boca cerrada y ofreciendo resistencia. El Pájaro tampoco bajaba la guardia. Sabía que se jugaba mucho. Se sentía fuerte y, por primera vez, notó que el arma respondía como si fuera una prolongación de su brazo. Continuó atacando, pero Sebastià le rechazó todas las embestidas. Tras cada choque, él retrocedía, paraba un instante, volvía a coger impulso y dejaba caer la espada. Golpeaba como si repartiera hachazos; sin embargo, no podía tumbar a su tutor. Disputaban un combate aparentemente amistoso, pero ninguno de los dos quería darse por vencido. Cualquiera que los hubiese visto, enfangados hasta los tuétanos, habría creído que peleaban a vida o muerte.

Aquella lucha extraña duró un rato, hasta que Sebastià hizo un gesto para retirarse, como si diera por cerrada una ceremonia de iniciación.

—Ya es suficiente —dijo—, veo que has ganado en valor; ojalá haya lugar en el mundo para un joven caballero como tú.

El Pájaro se retiró. La mirada le refulgía de satisfacción.

—¿Por qué abandonaste las armas, Sebastià?

Su tutor lo miró con el rabillo del ojo, impasible, y se dejó caer en el suelo.

—Quiero comer y supongo que tú también —esquivó la respuesta.

El Pájaro se guardó de decir que había masticado raíces. Quién sabe dónde estaba aquel vagabundo piojoso, y si volvería.

Después de matar el hambre con un pedazo de pan de centeno reblandecido y un trozo de atún salado, seco como una suela de zapato, Sebastià lo miró fijamente. Tenía los ojos hinchados y rojos de no dormir.

—Antes me has preguntado por qué. Hace casi quince años yo era un caballero que servía al señor del castillo de Sant Salvador —comenzó a decir—, entonces el conde Ponç, el padre de Hug de Empúries, reclutaba a hombres que quisieran participar en la cruzada del papa Eugenio; había que auxiliar a Bernardo de Claraval y a los reyes Luis de Francia y Conrad de Alemania. El conde armó una galera de cien brazas y muchos caballeros emporitanos nos sumamos a ella, junto a caballeros del Rosellón y de Besalú... Yo fui porque sabía que no podía aspirar a otra cosa que a permanecer toda la vida en el castillo.

—¿Queríais llegar a Jerusalén?

Sebastià asintió.

—Pensábamos que encontraríamos un mundo nuevo. Con nosotros también venían algunos clérigos y caballeros del Temple, entre ellos Joan de Empúries, el hermano del conde Hug, y el hijo del conde de Cerdaña y otros caballeros aragoneses. Los clérigos nos prometieron la salvación si protegíamos a los peregrinos, ya que los turcos habían reconquistado Edesa y peligraban los reinos cristianos de Jerusalén, Antioquía y Trípoli.

»Todo esto no se me borrará nunca —prosiguió con la mirada perdida—, salimos del puerto de pescadores de Castelló de Empúries en dirección a Marsella y, durante el viaje, los clérigos oraban noche y día.

Aún recordaba cuando el sueño lo tumbaba en el jergón y los oía gritar en cubierta: «Hermanos, arrancad los santos lugares de las manos de los infieles, Dios os asegurará la gloria del cielo y el triunfo final, si no volvéis a casa».

—En Marsella embarcamos en una galera inmensa —continuó Sebastià—, había hombres de todas partes, todos ellos de tierras francas. De allí fuimos a Bujía y después desembarcamos en Acre. Éramos un ejército abigarrado, un puñado de caballeros y de monjes dispuestos a morir por la fe... Pero una vez en tierra, todo cambió. Pronto pasamos hambre y nos encontramos implicados en actos de pillaje. Entrábamos a los pueblos a robar y nos apoderábamos de lo que tenían. Algunos de los nuestros eran orgullosos y tenían ambición de riqueza, y empezaron a comportarse como criminales. No respetaban nada, allí donde iban forzaban a las mujeres, mataban a los arrendatarios y quemaban las casas, y nosotros los seguíamos.

Sebastià hizo una pausa, como si le costara hablar de todo aquello en voz alta.

—Algunos clérigos decían que era lícito quedarse con los bienes de los infieles y que matar sarracenos era un paso hacia la gloria... Tardamos poco en ganarnos el odio de todo el mundo y allí donde íbamos nos recibían en pie de guerra... Debíamos defendernos y, poco a poco, nos fuimos sumando a la crueldad. No pensábamos en más allá del presente, porque al día siguiente podíamos morir. De día vivíamos con avidez y de noche nos emborrachábamos. Era como si hubiéramos enloquecido.

A veces sentía asco, pero hacía como los demás, para que no me tomaran ojeriza. Estábamos tan concentrados en luchar por el botín que Joan de Empúries y otros hermanos de la orden del Temple se encontraron solos protegiendo a los peregrinos.

—¿No es pecado todo lo que hacíais? —lo interrumpió el Pájaro.

El rostro de Sebastià se endureció y se le marcaron unas arrugas profundas en las comisuras de los labios.

—Lo que decían aquellos predicadores no es lo que dijo Jesús, pero cuídate de contarlo... —Hizo una pausa y prosiguió—. Mientras avanzábamos hacia Jerusalén, los enemigos nos atacaron en dos ocasiones y muchos de los nuestros cayeron malheridos. —Frunció la frente—. Aquello era el infierno.

—¿No alcanzasteis a la ciudad santa?

—Muchos cristianos habían muerto y otros continuaron, pero yo decidí volver a casa.

—¿Y cuando llegaste... ?

Sebastià arqueó las cejas.

—No me vi con ánimos de continuar sirviendo las armas.

No le dijo que se sentía un monstruo y, si no se esforzaba por cambiar, nunca más tendría paz. Por eso había hecho penitencia en una cueva de la montaña durante un año.

—Cuando el abad me pidió que ayudara a fray Bernat en el hospital, acepté.

Silenció lo que había vivido en la cueva. Solo y separado del mundo, había vuelto a bajar a los infiernos para encararse a las tinieblas que no lo dejaban vivir. Faltó muy poco para que enloqueciera, hasta que hizo frente a todos los fantasmas que no lo dejaban descansar y se le pasó el miedo a morir. Entonces comprendió que sólo tenía miedo de sí mismo, de ser juzgado por lo que había hecho.

De pronto, buscó los ojos del Pájaro.

—Todo lo que nos atormenta está en nuestro interior —dijo—, lo que viste en el túnel son los monstruos que llevas contigo; todos arrastramos unos cuantos.

En el corazón de cada hombre arde siempre un deseo de lucha y de venganza que ahoga la confianza en la salvación; y si él aún estaba vivo, era porque había perdonado al mundo.

—Tienes que hacer la paz contigo mismo —dijo.

—¿Y eso cómo se hace?

—Viviendo tal como dicta la ley que nos hace respetar a todos los seres.

—¿Y si eres un siervo?

Existían muchas maneras de entender el misterio de la vida y de la muerte. Él sólo era un hombre, pero se sentía libre.

—Ningún señor puede mandar en el alma de su siervo.

Sebastià había retrocedido. Miró a *Blancard*, que reposaba sobre la hierba, y enarcó las cejas, como si meditara lo que iba a decir. Solía ser un hombre de pocas palabras, pero aquel día habló como un predicador.

—¿Sabes qué me ha salvado?

—¿La molinera?

Sebastià rompió a reír.

—No creo que el infierno esté bajo la tierra, lo único que nos hace esclavos es el instinto malvado que nos domina... soy más libre ahora que cuando luchaba con la espada, intento combatir el mal haciendo el bien. ¿Sabes por qué te cuento todo esto? —prosiguió—. Para que puedas entender mejor a tu padre; ya es hora de que sepas quién era.

Se frotó el jubón con las manos, como si tuviera frío. Ya no podía callar por más tiempo.

Los ojos del chaval brillaron, exasperados.

—¡Me dijiste que no lo habías conocido! ¿Quién era? ¿Qué hizo?

Sebastià murmuró:

—Tu padre era monje.

—¡¿Monje?!

Una expresión de estupor se adueñó del rostro del joven.

—Tal como lo oyes, un monje que servía al abad. Se llamaba Norbert y vino de Normandía; apenas lo vi una o dos veces, pero tienes sus ojos.

—Entonces, yo...

—Déjame acabar. —Lo hizo callar con un gesto—. Parece que tu padre se enamoró de la hija de un ganapán del pueblo de la Vall que servía en el monasterio. La habían obligado a casarse con un tejedor de Peralada, pero ella amaba a tu padre y se veían a escondidas. Dicen que un día el marido de ella los sorprendió, pelearon y tu padre lo mató en defensa propia.

Una expresión de horror recorrió el rostro del Pájaro.

—Él y tu madre cayeron en desgracia; el abad expulsó a tu padre del monasterio y tu madre fue acusada de adúltera... Tuvieron que irse a vivir a una casa perdida porque la gente los insultaba, los consideraban malditos y les prohibieron la entrada a ningún pueblo.

En un instante, el chaval lo entendió todo. Las blasfemias, las maldiciones y la actitud de los muchachos de la Santa Creu, las mofas a media voz. Él era un hijo corrupto porque todo el mundo consideraba que sus padres vivían en pecado.

—¿Y por qué me llevaron al monasterio? ¿Y mi madre?

—Estaba embarazada y murió en el parto; tu padre te cuidó hasta que cumpliste cuatro años, entonces ya estaba muy enfermo... Sé que fue a suplicar al abad Berenguer que te aceptara, supongo que pensó que era mejor reconciliarse con la iglesia para que no fueras maldecido por todo el mundo. Tú eres un hijo bastardo, ya que tus padres no estaban casados; el abad les negó el sacramento del matrimonio.

Un hijo así pasaba a ser súbdito del señor de quien era siervo su padre; de esta manera, él quedaba ligado al monasterio.

—¿Y adónde fue mi padre?

—Se marchó de aquí y no volvió jamás.

Capítulo 37

El desfiladero

El Pájaro se confió a las palabras de Sebastià. Mientras le escuchaba, entró en un estado de indefensión; cuando supo todo lo que le habían ocultado, sintió rabia en el corazón. Lo habían engañado, el abad, los monjes, hasta Sebastià. Lo que acababa de saber explicaba muchas cosas que había ignorado hasta entonces.

—¡Sois todos unos mentirosos! —exclamó con ira.

Sebastià lo cogió del brazo.

—Calma, chaval, querías saber la verdad y te la he contado. En ningún momento te he mentido, sólo te había ahorrado saber cosas que te habrían hecho daño, aquí tienes la prueba... Tu orgullo, herido, aún resiste. —Los ojos de Sebastià brillaron con un reflejo del sol que acababa de salir entre las nubes—. Desde hoy se abre ante ti una oportunidad, acepta las cosas como son y te ayudaré en lo que te propongas...

El tiempo quería cambiar. Se había levantado viento. Durante unos momentos, Sebastià observó el movimiento de las ramas de los árboles, que se inclinaban hacia el sur.

—Es viento del norte, tramontana —sonrió, obstinado. Parecía dar por acabada la discusión—. La procesión de penitentes debe de haber hecho efecto, los campesinos estarán contentos.

Por el desfiladero, el aire entraba frío y acanalado. Ya se notaban las ráfagas.

—¡Venga, vamos! —dijo, golpeándole el hombro.

Se ató el cinto, se colocó las espuelas y recogió las alforjas para cargarlas a lomos de *Blancard*. El animal ya no resollaba; había comido y descansado, y parecía ansioso por volver a galopar. Era un caballo de batalla de buena ley.

Sebastià echó un vistazo en la dirección que debían coger. Conocía bastante aquel desfiladero por haber pasado en una ocasión en que el abad Berenguer lo había enviado a Girona para buscar a un médico judío. La ciudad quedaba a pocas leguas de donde se encontraban, al otro lado de la montaña, siguiendo el curso del valle de Sant Daniel.

Mientras calculaba el trayecto que les quedaba por hacer, se oyó un rumor de galopes.

—¡Corre! —dijo al Pájaro.

Pero ya no llegaron a tiempo de ocultarse. Al mirar hacia el desfiladero, Blai palideció subitamente. Por el camino avanzaba una hilera de jinetes.

Cuando estuvieron cerca, vio que arrastraban algún rehén de quien no podía ver el rostro, porque las monturas le tapaban la visión. Todos aquellos caballeros formaban parte de una mesnada. Iban armados hasta los dientes, con unos cascos llamados capellinas, de alas caídas encima de las orejas, y con escudos y corazas de batalla. Reconoció la insignia del conde de Girona en el escudo del que iba delante, un caballero alto y cejijunto, con cara de pocos amigos y expresión desfigurada a causa de su narizota aplastada. El desconocido había frenado el caballo, se atravesó en el camino, mostrando aires de sicario, y detuvo con un gesto a los hombres que lo seguían.

—¿Quiénes sois y adónde vais? —gritó mientras tiraba de las bridas del caballo—. ¿No sabéis que es obligatorio pasar por la frontera condal?

Sebastià señaló a Blai, que esperaba al lado de *Blancard*.

—Soy el hospedero del monasterio de Sant Pere de Rodes, para serviros, y éste es mi ayudante —dijo señalando al chaval—. Vamos a Sant Pere de Galligants para cumplir una petición de nuestro abad.

El caballero lo miró despectivamente, giró la cabeza y escupió al suelo.

—¿Cómo sé que no mentís? ¡Tenéis aspecto de porquerizo y lleváis a un ayudante que aún se debe de mear en la cama!

Los caballeros que lo seguían rompieron a reír y el Pájaro enrojeció de rabia, pero permaneció en su sitio, porque su tutor lo había prevenido con una mirada de advertencia.

Sebastià no respondió a la provocación, se limitó a palpar la bolsa que llevaba anudada al cinto y sacó la documentación.

—Llevo este salvoconducto —enseñó el pergamino que le había expedido el abad. El caballero lo desplegó y le echó una ojeada—. Se ha mojado un poco con la lluvia —dijo Sebastià—, pero podéis ver que el sello es bueno.

—¿Por qué pasáis por el desfiladero, como si fuerais fugitivos? —interrogó el caballero.

—Si te sigue un lobo, no te entretienes a elegir el camino.

—¿Y quién os persigue, si puede saberse? Harapientos como vais, ¿quizá lleváis onzas de oro o joyas? —lo interpeló con sarcasmo.

—Hay ladrones, caballero —dijo Sebastià. Sabía cómo tratar a aquella clase de hombres ensoberbecidos—, y ahora dejadnos paso, si no queréis que el abad de Rodes hable mal de vos al señor a quien debéis fidelidad... No podéis impedir el paso a los emisarios del abad.

—¿Acaso me amenazáis? —El capitoste lo miró con malicia—. Habláis como un baroncillo, y os juro que lo pagaréis caro.

Viendo que la estrategia de intimidación había fallado, Sebastià desistió de escapar montaña a través. Sin caballo, huyendo por un terreno desconocido, los habrían atrapado enseguida.

—¡Cogedlos! —Con un gesto imperativo, el caballero arrogante dio la orden a los guardias—. ¡Estacad el caballo y vaciad las alforjas!

—¡No toquéis nada! —Un pensamiento funesto demudó la expresión de Sebastià—. ¡El caballo y las alforjas son propiedad del abad de Sant Pere de Rodes! ¡Tarde o temprano el abad de Galligants os pedirá cuentas de ellos! —La mirada desafiante de Sebastià pareció irritar aún más al caballero.

—¡Atadlos con sogas, y a él le amordazáis, si es preciso! —señaló a Sebastià con el índice desde encima del caballo, que se movía inquieto, con la crin erizada al viento.

El Pájaro intentó forcejear para deshacerse de los soldados, pero lo tenían atenazado de tal manera que le resultaba imposible moverse.

Sebastià se había rendido; tenían las de perder y era preferible no ofrecer resistencia.

Cuando los soldados hubieron vaciado el contenido de las alforjas, uno de los escuderos dijo:

—Aquí hay un cofre, señor; pesa mucho y no se puede abrir; está cerrado con llave.

—Son misales y libros de horas que nuestro abad envía a los monjes de Sant Pere de Galligants —dijo Sebastià.

El caballero de la napia lo miró con desconfianza.

—Traedme el cofre, lo entregaremos al obispo de Girona.

Sebastià no dijo nada para no despertar sospechas. La situación aconsejaba prudencia. Sabía que el obispo gerundense, Guillem de Peratallada, mantenía disputas con el abad Berenguer por culpa del cobro de diezmos en el estanque de Bellcaire y en la villa de Ullà, que el conde Hug de Empúries se había visto obligado a empeñar al obispo. Éste no era precisamente santo de la devoción del abad, pero quizá les escucharía. Como era un miembro de la alta clerecía, seguro que ejercía influencia sobre el conde de Barcelona y también debía de conocer la potestad que tenía el monasterio de Sant Pere de Rodes sobre aquellas reliquias. Era probable que las respetara. Sebastià confiaba en que todo se aclararía al llegar a Girona.

Cuando los hubieron atado, pasaron a la parte trasera de la comitiva. Los espaderos que formaban parte de la mesnada de hombres armados se fueron apartando para dejarles paso y caminaron entre una hilera de caballos fuertes, bien alimentados y equipados con sillas finas.

Fue entonces, cuando ya había quedado al descubierto el último soldado, cuando Blai vio al rehén que llevaban preso. Iba esposado y atado como ellos.

El Pájaro reconoció en aquel chaval robusto de espaldas anchas y pelo encrespado al vagabundo que le había salido al paso en el desfiladero.

—¿Tú? —dijo. Sebastià tardó más en descubrir bajo los cabellos enredados y el rostro sucio del cautivo una mirada conocida. Pero antes, el joven ya lo había llamado por su nombre.

Un estallido de alegría iluminó los ojos de Sebastià.

—¡Adalbert! —murmuró, sorprendido por el aspecto miserable del hijo de Guisla.

Se abrazaron en silencio bajo la mirada desconfiada de los caballeros que los vigilaban. Adalbert parecía no dar crédito a lo que veía. Había sufrido mucho durante todos aquellos días, durmiendo en el bosque, mendigando en las casas de labranza y ocultándose de la justicia.

Capítulo 38

Sant Pere de Galligants

Dos leguas separaban la subida del desfiladero del valle de Sant Daniel, donde se erigían dos monasterios benedictinos, el de las monjas de Sant Daniel y el de los monjes de Sant Pere de Galligants. En aquella dirección se había encaminado la comitiva de hombres armados que controlaba el acceso a la ciudad de Girona por el lado del macizo de las Gavarres.

Avanzaban entre zonas densas de bosque, sin detenerse por nada. Durante todo el camino, el caballero altivo y desagradable, de quien habían sabido que era un barón de confianza del vizconde Guerau de Girona, había conducido a la cuadrilla por lugares intransitables.

Sebastià, el Pájaro y Adalbert apenas podían seguirlos. Les habían quitado el caballo, que ahora trotaba junto al barón. Adalbert, por su parte, viajaba sin el asno que le había dado Aimeric y que, según explicó, le habían robado unos salteadores de caminos.

A lo largo del trayecto siguieron dificultosamente a la comitiva, atados con sogas detrás del caballo y vigilados por un lancero de ojos fríos y barriga grasienta. A Sebastià no le quedaban fuerzas para proseguir; sufría más que nadie el esfuerzo de la marcha y cojeaba ostensiblemente. Los hombres armados los obligaban a avanzar a tirones y las sogas les cortaban las muñecas. Pero a pesar del estado de cansancio que lo abatía, estaba contento porque había recuperado a Adalbert, aunque fuera en condiciones tan poco propicias. Durante el camino habían tenido tiempo de explicarse el uno al otro las vicisitudes que les convenían saber.

El Pájaro, en cambio, había caminado en silencio todo el rato. Estaba de mal humor. Le parecía una humillación que le hubieran quitado la espada; también le entristecía pensar en sus padres, sobre todo en el fin que habían tenido. Además, estaba agotado; tenía las piernas doloridas por el cansancio y le costaba levantar los pies. Más de una vez había estado a punto de dejarse caer como un peso muerto, pero en cada ocasión Sebastià lo espoleaba con una mirada de ánimo.

Habían llegado al inicio del valle sin perder nunca el orden de la columna de hombres.

Al llegar a la colina donde comienza la pendiente que baja a la hondonada, les sorprendió la imponente visión de las murallas y la seo catedralicia de Girona. El cielo se había serenado, dejando paso a una panorámica nítida. Desde allí bajaron al valle húmedo, poblado por caseríos diseminados aquí y allá, y rodeados de huertas y viñas. Aquél era un lugar resguardado de la tramontana; sólo se oía soplar el poniente y el ábrego, que a aquella hora eran apenas una corriente de aire frío y fino que recorría el canal del valle.

Siguiendo el curso de un torrente, dejaron atrás el monasterio de monjas de Sant Daniel, un edificio de paredes robustas erigido en tiempos de la condesa Ermessenda de Carcasona, esposa del conde de Barcelona Ramon Borrell, que también había hecho donaciones importantes a la catedral de Girona. Poco después, por un ensanchamiento del corredor que formaba la entrada a la ciudad, llegaron a Sant Pere de Galligants. Cuando estaban a las puertas del poblado, un pequeño núcleo de casas cobijadas en torno al monasterio, encontraron a dos caballeros que debían de pertenecer a la pequeña nobleza. Iban ataviados con ricos vestidos de amplias hombreras y protegidos con guantes y sombreros de piel de armiño.

El barón saludó a los caballeros con una reverencia.

—¿A qué prisioneros lleváis? —Oyó Sebatià que preguntaban los desconocidos. Al cabo de un rato, el barón dio descanso a sus hombres y vieron descabalgar a los hombres armados.

Uno de los nobles cabalgó hasta donde estaban ellos y se detuvo a observarlos.

—¿Sois vos quien viene del monasterio de Sant Pere de Rodes? —interpeló a Sebastià con expresión sobria. Era un hombre feo, con la cara marcada por alguna enfermedad.

Sebastià y el caballero intercambiaron una mirada. Durante un momento, se escrutaron en silencio adivinando el uno en el otro algún rasgo conocido que el paso de los años no había podido borrar y, casi a la vez, como si se hubieran cazado al vuelo, se reconocieron.

—¿Por ventura no sois aquel caballero del castillo de Sant Salvador? —exclamó el desconocido.

—¿Y vos el jefe militar al que auxiliamos cerca de Jerusalén? —dijo Sebastià.

—¡Aquí tenéis la prueba! —En el momento de decirlo, el noble caballero se quitó el guante de la mano izquierda y mostró un muñón de carne y unos dedos roídos que daba angustia ver—. Ahora soy senescal del vizconde Guerau, pero nunca olvidaré vuestra fisonomía, amigo, ni tampoco lo que pasó en aquel maldito desierto; vos perdisteis la rodilla y yo la mano.

El senescal descabalgó y se acercó a Sebastià. Los soldados que los vigilaban habían enmudecido completamente y el barón cambió de cara. Los miraba, envarado, disimulando apenas la ira bajo una sonrisa idiota.

Sebastià explicó que llevaba un salvoconducto de Rodes; no obstante, le habían hecho prisionero y retenían un cofre destinado al abad de Sant Pere de Galligants.

Un rato más tarde ya eran libres y habían recuperado el relicario. Además, el senescal había accedido a la petición de Sebastià de velar por el hijo de Guisla.

—No sufráis, lo retendremos en nuestra casa hasta que el juez lo reclame.

Al llegar al monasterio de Galligants, el monje portero los atendió cordialmente y les dio acogida, agua, comida y una celda donde descansar del viaje. Dijo que al día siguiente los recibiría el abad.

El edificio monástico estaba en obras y la iglesia de Sant Nicolau, a medio construir.

—Estamos así desde hace cincuenta años —explicó el portero, un hombrecillo de rostro bonachón—, desde que el conde Ramon Berenguer el Grande nos legó una buena donación.

Dijo que tenían apalabrada la finalización de la iglesia y que el maestro escultor que ahora trabajaba en Sant Pere de Rodes les había esculpido los capiteles del claustro del monasterio.

—Dicen que es un gran escultor —espetó Sebastià—, pero ha tenido que marcharse a Tolosa y quién sabe cuándo regresará.

Aquella misma tarde se encerraron en la celda. Sebastià pidió agua de tomillo y se curó el rasguño del brazo. Después, cuando los ojos ya se le cerraban de cansancio, comprobó que el relicario estaba intacto. Al tocar el paño de lino que protegía el cofre sintió un escalofrío en el espinazo. ¿Cuántos peregrinos habrían deseado tocar aquel tesoro? ¿Cuántos penitentes se mortificaban para poder contemplarlo? Al instante, constató una certeza interior que no revelaría nunca a nadie, ni tan sólo a Guisla. En Jerusalén había perdido la fe en las reliquias y en el poder de salvación que les atribuían los hombres que disponían de la guerra y de la muerte en su favor. Sólo las respetaba y, si había transigido en hacer aquel viaje, era a cambio de un bien superior. El monasterio era la única casa que tenía y la salvaguarda del tesoro le aseguraba que el abad Berenguer hiciera justicia al hijo de Guisla. Era todo lo que deseaba y se sentía pagado sólo con eso. Con eso y con el amor de Guisla. ¿Quién sabe qué estaría haciendo ahora su amada? Esperaba que Aimeric le hubiera explicado qué había pasado.

Mientras estaba ocupado en estos pensamientos recuperó la llave del relicario de una anilla cosida en el reverso del cinto. Desplegó el damasco que envolvía el tesoro con delicadeza, como si sus dedos desvistieran a una doncella. Ya imaginaba la forma de aquella arqueta de roble, una auténtica obra de orfebrería con cerradura y repujados de bronce en las aristas. Pero su sorpresa fue enorme. La arqueta estaba abierta. Alguien había forzado la cerradura y sustraído los huesos santos del interior de la caja.

En su lugar, media docena de guijarros de río encajaban entre ellos perfectamente, de manera que no podían moverse.

Tercera parte

TIEMPOS DE ESPLENDOR

Capítulo 39

La culpa

Uno de aquellos días de octubre, una bandada de patos negros atravesó el cielo de norte a sur, al amanecer, en dirección a las marismas.

En el pueblo de Santa Creu todo el mundo dormía, salvo los huéspedes más humildes del hostal. A esa hora matinal un gran alboroto se apoderó del gallinero. Un ventanuco se abrió de pronto y saltó dentro una presencia ágil, casi imperceptible con los ojos, que difícilmente habrían podido captar tanta rapidez de movimiento. Las gallinas cloquearon con un aleteo desesperado en torno al gallo, la una sobre la otra, como si presintieran la proximidad de un gran cataclismo. A continuación, una zorra de cola erizada se abalanzó sobre ellas a golpes de garras y colmillos.

Las torres del monasterio, elevadas al cielo como altares, reflejaban entonces la primera luz. El viento del norte había barrido la lluvia y el único rastro que quedaba de ella eran las regueros de agua que bajaban por las pendientes de la montaña. A aquella hora, todos los habitantes del monasterio estaban despiertos salvo los huéspedes nobles, que hacían vida aparte y no seguían la liturgia de los monjes.

Los religiosos habían rezado en el coro, con unas voces enronquecidas, cargadas de sueño. Repetían el ritual de la plegaria seis veces al día, vestidos con el hábito negro que no se quitaban ni para dormir; así no perdían tiempo para ir a rezar las horas de la noche, cuando la somnolencia lentificaba los sentidos corporales.

Ahora el eco de la salmodia de voces, que nunca moría del todo, aún reverberaba en el ábside de la iglesia. Los hermanos de la comunidad ya volvían a estar en la celda para lavarse la cara y cumplir con sus necesidades antes de reanudar las tareas del día.

Al salir del coro, fray Ermengol se había retrasado expresamente y se había escondido bajo la escalera del deambulatorio. Hacía días que la angustia y el arrepentimiento le estrangulaban como la hiedra al árbol. Pero ahora estaba completamente aterrado. Su señor había ido a buscarle con graves amenazas: «Devuélveme la llave de la bodega, quiero que estés sobrio; la mistela afloja la lengua, y si sé que has hablado, ordenaré tu muerte».

Quien le guardaba el secreto era un hombre astuto y peligroso, y había que hacerle caso, pero él no se sentía con ánimos de afrontar las tareas de cada día sin las letanías del vino. Alguna vez apenas era capaz de seguir el canto de los salmos y las antífonas. Sin embargo, no podía dejar el vicio. La embriaguez le ayudaba a soportar mejor los rigores de la vida claustral. ¿Qué haría ahora que le habían prohibido entrar en la bodega? Un gusano inmundo, una rata de alcantarilla vivían mejor que él. Al menos estos animales no tenían servidumbres ni podían sentir remordimientos. Él sí. Era un marginado, un monje maldito. Había pecado y, si no confesaba su crimen, Nuestro Señor lo condenaría al infierno.

Desde el hueco de la escalera vio salir a los hermanos, uno a uno, atravesando la puerta que comunicaba el crucero de la iglesia con el monasterio.

—Venerable, quisiera hablar con vos.

La voz temblorosa de fray Ermengol sorprendió al abad Berenguer, que salía de la iglesia en último lugar, caminando erguido, con aire de cansancio, las manos nervudas en el cinto y la expresión de sobriedad acostumbrada.

Fray Ermengol tenía un aspecto demacrado y enfermizo, el cuerpo delgado, el rostro chupado, y observó al abad con una mirada tenebrosa, de perro miedoso. Parecía dispuesto a confesarse y apenas podía ocultar su flaqueza: su cara mostraba los efectos del vino.

—¿Habéis bebido? —El abad se fijó en aquellos ojos inyectados de sangre y los párpados violáceos que entenebrecían el rostro del monje—. ¡Me prometisteis que no volveríais a hacerlo! ¿De dónde habéis sacado el vino? ¿Lo habéis robado de la cocina?

—No, padre abad.

Fray Ermengol retrocedió un paso, cohibido como un animalillo, pero su superior lo sujetó por el brazo.

—¿De dónde, si no? —La expresión del abad se endureció.

—De... de... de la bodega —titubeó el monje con voz imperceptible.

—¿Cómo habéis entrado? ¡Habéis cometido un pecado muy grave! —Por primera vez, Berenguer levantó la voz y lo señaló con un dedo acusador—. ¡Hace más de un año que arrastráis este vicio, Ermengol! —prosiguió. Una tarde habían encontrado al monje durmiendo la mona en la celda; entonces lo castigó a mortificarse con azotes y ayuno absoluto—. ¡No os lo toleraré más!

—Dios sabe que no he bebido, padre —se defendió el monje hortelano.

Ya no podía más. Le perseguía un sentimiento de culpa intolerable, un resquemor interior, una voz severa que lo consumía: «¡Fray Bernat murió por tu culpa, borracho!».

No soportaba la mala conciencia ni las obligaciones que comportaba el duelo. La prohibición de hablar que el abad había impuesto en las horas de esparcimiento era muy dura. También los tres días de ayuno absoluto y las seis jornadas sucesivas en que comerían un solo plato de hortalizas y legumbres cocidas. Con un régimen tan frugal no había peligro de empacharse. Pero a él tanto le daba la comida.

Su espíritu simple no había alcanzado ninguna otra clase de felicidad que la del cuerpo bien comido y bebido. Refugiado en brazos del vino, olvidaba la aspereza de la vida monástica. Pero ahora estaba implicado en dos muertes: la del clérigo Ponç y la de fray Bernat. El asunto era grave y comenzaba a adquirir proporciones de gran tragedia. Si no evitaba males mayores no podría hacerse perdonar.

—Debo confesaros una culpa que me atormenta, padre —se aclaró la garganta. Las piernas le flaqueaban, pero continuó—:

Yo... Yo mi... mismo abrí la puerta a... a los a... asesinos de nuestro hermano —tartamudeó y comenzó a gimotear. Unas lágrimas ávidas y saladas comenzaron a anegarle el rostro y se dejó caer a los pies del abad, arrodillado y sumiso—. No... sólo obedecí... no pensaba... no quería..., pero me amenazaron.

Una expresión de turbación y de espanto apareció en el rostro del abad. Miró al hermano que tenía postrado a sus pies e inspiró profundamente, como si temiera que la ira le hiciera perder el juicio.

—¡Infeliz! —murmuró cerrando los ojos—. ¡Más os valdría no haber nacido!

—Estoy... —El lloriqueo del monje decayó—. Estoy dispuesto a pagar por mis pecados, padre.

—¿Quién os ordenó abrir la puerta? ¡Quiero saberlo!

El abad se inclinó y agarró al monje por los hombros. Le tiró del hábito con unos dedos tensos como cabos de soga.

Quedaron sumidos en el fragor de la discusión, iluminados por la luz flameante de las antorchas, pasando cuentas pendientes.

El disgusto del abad era evidente. No pudo contener la rabia y pegó al arrepentido con el revés de la mano, pero alguna voz interior le refrenó de ir más lejos. Cuando iba a golpearle de nuevo dejó caer el brazo desmayadamente y se apoyó en la puerta, mientras fray Ermengol se acurrucaba en el suelo, como un animalejo indefenso.

En aquella posición, el monje narró los hechos, con pelos y señales, mientras el abad lo escuchaba con una expresión desolada que era fruto de la indignación y el malestar más profundos.

Al oír el nombre del instigador de los hechos palideció de golpe.

—¡No puede ser, es demasiado grave! —su voz se apagó en un murmullo mientras las arrugas agavilladas se le marcaban en la frente, como si hubiera envejecido de repente.

—Me han amenazado de muerte —gimió fray Ermengol. Y se sonó la nariz—. Si sospechan que he hablado con vos me matarán... Perdonadme, padre, estoy muy arrepentido, dadme vuestra absolución.

El abad lo había escuchado con aire ausente. Le vinieron a la cabeza las palabras de Jesús: velad por vosotros mismos, no sea que vuestros corazones se endurezcan con la disipación, la embriaguez y las preocupaciones de la vida, y súbitamente os encontréis encima aquel día como un lazo, porque se lanzará sobre todos los que habitan la superficie de la tierra... De repente, recordó los pecados ocultos que no había confesado.

Miró al monje rendido a sus pies, el cuerpo miserable, la tonsura que lo distinguía como hermano de la comunidad. Tantos años haciendo vida de congregación para llegar a aquel estado de iniquidad, se dijo. Sintió una punzada de dolor en el corazón. Tenía la responsabilidad y la necesidad de hacer justicia, pero había que ser clemente. Intentó serenarse y extendió la mano sobre la cabeza de fray Ermengol.

—En penitencia por tus pecados, pasarás un mes a pan y agua, y treinta y tres días fuera de la iglesia, de pie y vestido con cilicio de ropa áspera y el hábito de saco encima... Haremos público el castigo cuando hayamos conseguido que los culpables confiesen su crimen; ahora no es el momento, debemos actuar con prudencia.

Fray Ermengol le besó la mano, llorando. Por primera vez desde hacía mucho tiempo, mientras lo eximían del pecado y le otorgaban el indulto, tuvo un poco de paz.

Pocas veces el abad Berenguer había deseado abandonar la responsabilidad del cargo. Ahora le pesaba en exceso. Uno de los hermanos los había traicionado vilmente. ¿Debía de haber actuado solo o había otros monjes implicados? ¿Hasta qué punto la maldad se había infiltrado en su casa? No tenía ninguna prueba demostrable, sólo la palabra de fray Ermengol. Intentó no dejarse llevar por la ira ni precipitarse a hacer justicia; ante todo, quería atrapar al instigador. Repasó mentalmente lo que había que hacer.

Al salir del claustro se dio cuenta de que el tiempo había cambiado. Una ráfaga de viento lo embistió y le infló las faldas del hábito. Una grieta brillante se había abierto sobre la cordillera, como una señal astronómica indiscutible; todo el mundo sabía que era el ojo de la tramontana: entraría viento del norte.

Al final de la galería le sorprendió otra ráfaga de aire e, inmediatamente, el sonido de la campana que avisaba del cambio de guardia.

Se dirigió al escritorio. No había nadie. Los monjes que trabajaban habitualmente allí estaban de duelo y habían suspendido la tarea de trascripción y de ilustración de libros. La biblioteca donde guardaban la Biblia estaba en orden. Fue a abrir el arca de los libros profanos. Apartó códices y pergaminos, uno a uno, hasta que quedó libre el fondo del cajón. «Debo sacar la carta, aquí peligra», se dijo.

Extrajo el rollo de pergamino y lo ocultó debajo del escapulario. Después cerró el mueble con doble vuelta de llave. Ahora más que nunca había que extremar la guardia y mantener la vigilancia noche y día.

A la hora de comer se dirigió al refectorio caminando sobrio y tieso como un cirio. Allí encontró un silencio sepulcral; todos los monjes estaban en su sitio, hasta fray Ermengol.

Bendijo la comida intentando disimular el enojo para no despertar sospechas, especialmente a los ojos de quien sabía culpable.

Después de comer, sólo tuvo que hacer una señal inapreciable, una sola mirada de reojo a fray Gausbert, para que el mayordomo comprendiera que quería hablar con él.

Al cabo de un momento se encontraron en la cámara abacial. Fray Gausbert caminaba encorvado, balanceando el cuerpo. «También ha envejecido», se dijo, examinándolo de arriba abajo.

—Sentaos —le ordenó con voz apagada.

El abad se sentó en una silla contigua, encarado al ventanal de alabastro que dejaba pasar una luz brumosa. En el exterior, el mar bramaba rompiéndose contra los escollos.

—¿Qué sabéis de nuevo? —preguntó.

Había encargado a fray Gausbert que vigilara las entradas y salidas de todo el mundo. Desde la muerte de fray Bernat había tomado precauciones. Bien decía Jesucristo, sé bueno como una paloma y cauto como una serpiente. Y hacía tiempo que él ya no se fiaba de nadie, salvo de su fiel camarero.

Fray Gausbert se pasó la mano por la calva y reprimió un suspiro. El aire tranquilo y resignado de su rostro parecía perturbado.

—Esta noche ha vuelto a pasar —dijo en un murmullo que delataba timidez—. Cuando todo el mundo dormía, he oído que se levantaban y...

—¿Eran ellos? —lo interrumpió el abad con un gesto dubitativo.

—Sí, venerable —la voz del monje no había superado el tono inicial—, os lo puedo asegurar. Primero se levantó fray Ramon y después el novicio del que os hablé; esta vez he podido seguirlos, han ido al escritorio.

Una vez allí, dijo, se había quedado escuchando detrás de la puerta tanto tiempo que casi le habian salido raíces. Silenció que, de vuelta a la celda, sintió en el cuerpo la debilidad del ayuno que le tenía amargado y fue a satisfacer el estómago a la cocina. Recurrió primero a las sobras de pan del día anterior y después encontró consuelo en la despensa entre chicharrones y butifarras.

—O sea que estáis seguro —dijo el abad con indignación.

Fray Gausbert agachó la cabeza, avergonzado. En esta posición los rollos de la sotabarba le cabalgaban sobre el cuello.

—No me lo hagáis repetir, padre abad... Lo he... Lo he oído muy bien —se entrecortó.

Mientras escuchaba al monje camarero, la visión se le entenebreció y un regusto áspero le subió a la boca. Si lo hubieran pinchado no le habrían sacado sangre. Durante unos momentos apoyó la cabeza en la barbilla y unas arrugas seniles le surcaron los maxilares. En aquella posición habló apagadamente:

—¡Dónde se ha visto, corromper a los novicios! —Al instante se levantó airado—. De momento ni una palabra a nadie —ordenó a fray Gausbert—, seguid vigilando y procurad que no os vean.

El mayordomo asintió y se levantó de la silla. Iba encogido, como si tuviera un gran peso sobre la espalda.

Cuando salió fray Gausbert el abad se quedó solo, sumido en sus cavilaciones. El maligno los asediaba. Por el solo hecho de estar allí dentro no estaban libres de pecado. Se persignó, aterrado. Las cosas iban cada vez peor. Parecía que hubiera pasado un mal aire y todo el mundo se resintiera.

Un sentimiento abrupto de justicia lo sacudió interiormente. ¡Ejercería la autoridad con todas las consecuencias! Había que limpiar el monasterio de falsedades y de vicios, y, cuando fuera hora, amonestaría a los hermanos.

Se dispuso a redactar un mensaje al conde Hug exigiéndole que le entregara a los culpables que habían tomado parte en la muerte de fray Bernat.

¡Qué largos se harían aquellos meses inciertos! Confiaba en que el Maestro Peire volviera pronto y, pasado el dolor por fray Bernat, los escultores reanudasen el trabajo.

Mientras rumiaba, una ráfaga violenta retumbó en el exterior, seguida por un gran estrépito. Quién sabe qué había hecho caer el viento.

Cualquier pronóstico se habría quedado corto. La violencia de la tramontana que ahora embestía el edificio dejó al descubierto las debilidades de la construcción. Una sola racha arrancó el tejado de las caballerizas.

Aimeric y los siervos corrieron a recoger las tejas y los tablones de madera que volaban por el patio.

—¡Maldita tramontana! —dijo Aimeric. Sólo se podía soportar porque eliminaba humedades y podredumbres.

En el pueblo de Santa Creu el vendaval pegaba con fuerza. A mediodía, cuando Saurina fue a recoger los huevos de las gallinas, cogiéndose la falda y plantando cara al dios del viento, encontró un espectáculo desolador. Gallinas destripadas, sin cabeza, desplumadas. Muertas.

Capítulo 40

Tejiendo mentiras

Hacia el mediodía Joan de Empúries, el hermano del conde Hug, hizo ensillar su caballo. El encargado de la albardería de la Casa del Temple hacía bien su trabajo; había engrasado la montura y las riendas con cuidado y todo resplandecía.

El monje caballero vestía el hábito riguroso de los templarios, la túnica blanca con una cruz roja a la altura del corazón, y llevaba una bolsa de cuero colgada en bandolera, junto a la espada, rozando el hombro derecho. Había guardado en ella un pergamino de cáñamo, cerrado con un sello de lacre rojo y enrollado hasta la extenuación. Poco antes lo había leído deprisa, sabiendo de quién venía, y ahora se disponía a marcharse.

Montó el caballo de un salto, escudriñó a los guardias que escoltaban la entrada con la espada ceñida y el arco colgado a la espalda y los saludó con una mano vigorosa. Poco después, salió al galope en dirección al palacio de su hermano y dejó atrás el edificio fortificado de la encomienda del Temple de Castelló de Empúries, en la loma de la Milicia.

Cada día que pasaba aquella casa era más poderosa; el Pontífice los favorecía, y la orden del Temple había alcanzado tal renombre que los barones la tenían en consideración.

Joan de Empúries se dirigía a la villa condal. De vez en cuando, una racha fuerte de viento obligaba al caballo a retroceder; entonces, golpeaba el látigo sobre el animal, y con las bridas lo obligaba a proseguir en la dirección que habían tomado. De aquella manera galopaban de cara al noroeste, entre pastizales cercados por tamariscos y fresnos que se inclinaban bajo la tramontana. El vendaval lo revoloteaba todo; desgajaba las ramas de los árboles, desgreñaba las aguas de los estanques y secaba las charcas.

En el palacio de los condes de Empúries, el conde Hug y la condesa Jussiana acababan de almorzar. Estaban en el comedor familiar, uno en cada cabecera de la mesa, frente a muebles de madera maciza donde se guardaban las fuentes y los tazones de plata, y una decoración sobria de enseres de cobre. La mesa estaba muy bien dispuesta con manteles bordados, escudillas y copas finas de cerámica.

Los acompañaba Ponç, el hijo primogénito, un joven de mirada incisiva como la del conde, estaba sentado en un punto equidistante entre los dos progenitores, justo delante de un lampadario que sólo se encendía para cenar.

Dos criados les habían servido un guiso de pichones rellenos con castañas y aceitunas, y carne asada de cabrito trinchada en trozos pequeños. Jussiana los había pellizcado con un punzón largo y los mojaba en una salsa clara de agraz, hecha con zumo áspero de uva. La habían educado en la finura de las mesas nobles y seguía el protocolo tuvieran o no invitados. Más de una vez miraba con reprensión a su esposo, que cogía la carne con los dedos.

Los hijos pequeños ya habían comido y estaban cada uno en su sitio. Brunissenda y María, las dos chicas, bordaban en su cuarto, y Hug Ponç y Pere, el más pequeño, recibían clases de espada en el patio de armas. En aquel linaje todos eran Ponç y Hug, y el conde había querido que los primeros hijos varones llevaran el nombre de los antepasados.

Jussiana llamó a los criados con la campanilla.

—Traednos los confites —ordenó.

Dos sirvientes quitaron las escudillas de plata con los restos de carne.

—¿Puedo retirarme, señor padre? —El primogénito se estiró las mangas—. Ya no tengo hambre.

El conde intercambió una mirada con su esposa; se pasó la punta de un dedo por el interior del cuello de la camisa, que le apretaba más de la cuenta. Jussiana correspondió con un aire de aquiescencia; no dijo nada, se limitó a doblar la servilleta y observó a su hijo que abandonaba el comedor.

—Ve con el halconero —dijo el conde, sin apartar la vista de Jussiana—. No me gusta que pierda el tiempo —prosiguió—, debe recibir una buena instrucción. Muy pronto deberemos investirlo caballero... ¿Qué decís, señora?

—Tenéis razón.

La belleza pálida de la condesa resaltaba más que nunca. Llevaba un peinado de trenza con cinta de satén rojo que le remarcaba las facciones del rostro. Además, el vestido carmesí con que se había presentado a la mesa le acentuaba la blancura de la piel.

—¿Habéis conseguido que nuestra hija acepte de buen grado ser la prometida del conde del Rosellón?

Había que agrandar el condado y evitar las rivalidades entre vecinos; eso les aseguraría la fidelidad de algunos nobles rebeldes que rendían homenaje al barón rosellonés.

—Señor —la condesa se expresó con discreción—, creo que Brunissenda está preparada —al hablar, la vena del cuello le latió bajo la piel, justo hasta el escote, donde palpitaba un surco muy suave que permitía imaginar la forma del seno.

Había convencido a su hija de las bondades de aquella decisión. «Hija, tu prometido es un caballero noble; si lo sabes tratar, te respetará. Tienes las de ganar, porque eres bella y joven, sólo falta que sepas estar en tu sitio —le había dicho—. Yo también dejé a mis señores padres cuando tenía catorce años; nuestro destino es agrandar lo que hemos recibido, y tú serás una gran dama, estoy segura.»

—Eso os puede ayudar a hacer las paces con el Santo Padre —prosiguió Jussiana—, considerando la buena relación que el conde de Rosellón tiene con el papa Alejandro.

—Respeto la fe que profesáis por la Iglesia, amada esposa, pero ya sabéis qué pienso del Santo Pontífice y de esos monjes avariciosos —la voz del conde se endureció. Volvía a tener la expresión enérgica del gobernante orgulloso que había en su interior.

La condesa le dejó hablar.

—Os conviene hacer las paces con el abad, señor; si retiraseis los pleitos contra el monasterio, todo cambiaría, no podéis continuar...

—¡No tenéis que decirme qué debo hacer! —El conde pegó un puñetazo sobre la mesa—. ¿Sabéis que significaría eso? Nos estamos empobreciendo, señora mía. No quería preocuparos, pero nuestras finanzas pasan por un mal momento. —Frunció la frente—. He tenido que empeñar la villa de Ullà al obispo de Girona.

El rostro pálido de la dama se demudó.

—¿Tan grave es la situación? —dijo, llevándose la mano al pecho—. Puedo reclamar tributos por adelantado o empeñar alguna propiedad de mi señorío de Alcolea de Cinca.

Los sarracenos pagaban un tributo copioso a los cristianos desde que el alcaide musulmán de Lleida había entregado la villa de Alcolea al conde de Barcelona Ramon Berenguer en 1120. El conde cedió el señorío al padre de Jussiana, el barón de Entença, en compensación por los servicios recibidos. Y fue Jussiana quien heredó sus derechos.

—Espero que no sea necesario —respondió el conde. Esta vez había dirigido una mirada benigna a su mujer.

En aquel punto de la conversación entró uno de los criados con una fuente llena de nueces verdes confitadas. La condesa asintió y, esperando a que el criado se retirara prosiguió:

—Si me permitís, señor, no quiero interferir en vuestras decisiones, Dios me guarde, pero vuestros antepasados están enterrados con honor en el monasterio de Sant Pere de Rodes —insistió—. No podemos renunciar a tener un lugar allí... Si no hacéis las paces con el abad, el Santo Padre puede excomulgarnos y seremos considerados unos herejes, vos, yo misma y vuestros hijos.

—¿Y qué queréis que haga? —dijo el conde.

De nuevo, uno de los criados volvió a entrar con una bandeja de turrones con miel, avellanas y piñones, y un cuenco de requesón. Sirvió primero al conde y después a la condesa.

—Nuestro hijo pequeño no podrá quedarse en el condado —dijo Jussiana—. El mayor es vuestro heredero, el mediano recibirá mi hacienda, pero Pere me preocupa.

—Ya no es ningún niño, ha cumplido siete años —replicó el conde. Y se llevó un bocado de turrón a la boca.

—Le podríamos dar el legado que le corresponde y ofrecerlo al monasterio a cambio de que el abad renuncie a la parte del diezmo del estanque que os ha hecho reñir y levante la pena que pesa sobre vos... Así nuestro hijo tendría asegurado un lugar en el monasterio y recuperaríamos el buen nombre.

El conde no respondió. Oyeron repicar una lanza en la puerta del comedor. Era uno de los caballeros de la guardia personal.

—Con vuestro permiso, señor conde, señora condesa, el comandante de la Orden del Temple y hermano vuestro acaba de descabalgar en el patio.

—Decidle que ahora voy.

El conde Hug se levantó de la mesa. Despidió al guardia con un gesto mientras caminaba hacia Jussiana. Ella aún debía probar los postres. No dijo nada, sólo sonrió serenamente y dejó que el conde la besara.

—Me gustáis más cuando calláis —murmuró al oído de Jussiana. Su esposa olía a rosa y espliego.

La condesa lo dejó marchar y, al cabo de nada, salió al pasillo a contemplar el jardín. La atmósfera del día era ventosa, sin ninguna nube. Decían que para entrar en el cielo de Dios había que traspasar la puerta que guardaba san Pedro. Pero ella se imaginaba el cielo siempre abierto, nítido y delicioso, como el trozo de firmamento que veía en el exterior del palacio.

En el jardín estaba su hijo mayor y un halconero que le enseñaba el arte de la cetrería.

—Alzadle el capuchón, que vuele.

Un halcón desplegó las alas y planeó sobre el patio de armas en vuelo rasante, como si persiguiera un pájaro de poca volada. A continuación, un criado liberó una perdiz que se había levantado con un aleteo indeciso e inocente. El gavilán se lanzó en su persecución mientras su hijo gritaba:

—¡Haced venir al gavilán! ¡Quiero que regrese!

Aquel deporte no agradaba a su hijo primogénito; el chaval se parecía a ella, que no solía acompañar a su esposo en la caza del ciervo o del jabalí; prefería asistir a las demostraciones de halconería que se celebraban en pabellones acordonados donde los caballeros remataban palomos con el arco o cazaban liebres con sus halcones.

Mientras ella paseaba por el corredor, el conde Hug recibió a su hermano en la sala de armas.

Joan de Empúries parecía tener prisa. Se saludaron encajando los brazos y ahora hablaban de algún asunto importante, a juzgar por la expresión reflexiva de los dos hombres.

—He recibido una carta del obispo de Girona. —Joan de Empúries entregó el pergamino a su hermano—. Quiere saber si habéis autorizado al consejero Dalmau a decidir asuntos que son importantes para el condado; leed... Vuestro consejero, herido y con el brazo en cabestrillo, se ha presentado ante el obispo y le ha propuesto recuperar las reliquias del monasterio de Sant Pere; según vuestro «hombre de confianza» —el hermano pronunció estas palabras lacónicamente—, el relicario ha sido robado por el hospedero del monasterio, un tal Sebastià de Vila-sacra que estaba a vuestras órdenes.

—¿El hospedero tiene las santas reliquias? —Una expresión de sorpresa invadió los ojos del conde.

—Lo más extraño es que los monjes niegan que el tesoro haya sido robado, quizá quieran evitar que el robo se haga público... En todo caso, dudo que el tal Sebastià las haya distraído, sé que lo consideran un hombre noble... ¿Qué pretende vuestro consejero? Os dije que desconfiarais de él; ¿sabéis algo de todo esto?

—Estamos demasiado endeudados, hermano, la fidelidad de nuestros hombres es cara; debemos pagar los préstamos contraídos para comprar servicios y armas. —El conde Hug comenzó a caminar por la sala con las manos a la espalda—. Mantener la mesnada es tener una sanguijuela que te va chupando la sangre.

—¿Me estáis diciendo que habéis tramado un plan?

Hug de Empúries se detuvo en seco y clavó la mirada en su hermano.

—La única manera de hacer frente a las amenazas del abad era conseguir documentos y cosas de valor que nos salvaguardasen; tener alguna posesión del monasterio nos favorecería, si queremos ser fuertes a la hora de pactar... No espero que lo entendáis, hermano. —Bajó la voz—. No queríamos apropiarnos de nada, habríamos restituido las reliquias y Dalmau tenía órdenes de no cometer ninguna acción criminal.

Joan cambió de expresión. Interrumpió a su hermano, ruborizado.

—¿A qué jugáis? Habéis obrado ambiguamente, hermano, sois un ingenuo si creéis que la actuación de vuestro consejero os favorece. Es un hombre detestable, sin ningún escrúpulo... Sé por una fuente fiable que fue él quien ordenó el robo durante el sitio al monasterio.

El conde se apoyó en una silla.

—Lo ignoraba.

—¿Sabéis qué significa esto? Las culpas pueden recaer en vos.

—Me he comprometido a entregar a los culpables al abad —dijo el conde.

—¿Cómo queréis que interceda ante el Santo Padre para que retire la amenaza de excomunión que pesa sobre vos? ¿No aspirabais a tener una sede episcopal? —Joan de Empúries se plantó delante de su hermano y lo miró fijamente.

—No os quiero implicar en este asunto. —Hug de Empúries se alejó de la silla, con aire dolido. Su gesto habitualmente impetuoso se calmó—. No quiero perjudicaros.

—¡Pues ya lo habéis hecho, actuando fuera de la ley! —Joan levantó la voz.

—¿Qué ley? ¿Una ley que nos perjudica? —El conde Hug lo interrumpió—. Os juro que Dalmau tenía órdenes de no actuar sin mi consentimiento.

Su hermano suspiró, enojado.

—Os diré otra cosa que no sabéis: los hombres de vuestro consejero guardan un objeto valioso en Sant Joan Ses Closes, mis caballeros han registrado la iglesia y han encontrado una arqueta con huesos dentro.

—No sabía nada —murmuró el conde mientras caía abatido en el asiento.

—Son reliquias falsas, estoy seguro, porque no tienen el sello pontificio.

—¿Y qué debemos hacer?

—Destituir a vuestro consejero y hacerle confesar sus crímenes... No os fieis, quiere usurparos el poder... Ha mentido al obispo y os miente a vos; ¿queréis más pruebas?

Antes de abandonar la sala, Joan de Empúries aún dijo:

—Y procurad hacer las paces con el abad, si queréis que yo intervenga.

Capítulo 41

La trampa

Al día siguiente de haber hablado con fray Ermengol, a última hora de la tarde, el abad Berenguer dijo que quería estar solo. Se armó con un puñal y se abrigó con la capucha del escapulario, no tanto para evitar la tramontana que aún soplaba sino para que nadie lo reconociera.

Salió del monasterio por la portezuela del cementerio monacal, uno de los accesos menos frecuentes para los monjes. Por aquel lado podría bordear el muro norte y proseguir, a través de un camino hundido bajo la edificación, hasta la fuente de los monjes, desde donde se accedía al camino de Santa Creu.

Siguió aquel recorrido y, al llegar al pueblo, rodeó la muralla procurando no ser visto. Tomó la dirección de poniente.

Caminó hasta un lugar abierto a una gran explanada conocida como Roca Ventosa, que quedaba elevada sobre la planicie y rodeada de encinares, a medio camino de la ermita de Sant Onofre. En un extremo de la explanada había un mojón con una gran cruz, y allí se detuvo.

De vez en cuando, el viento le obligaba a levantarse la capucha del escapulario y, cada dos por tres, le subía la falda del hábito. Hacía frío y no sabía cuánto tiempo tendría que esperar. Se desató un lazo del cinto y lo dejó a los pies de la cruz de piedra, de manera que no fuera visible para nadie que llegara por el camino.

Estaba convencido de que fray Ermengol no mentía cuando le había revelado el nombre del instigador de los hechos. Había sopesado las razones y, finalmente, se había decidido a poner a prueba al sospechoso.

Aquella mañana había llamado a un sirviente de confianza que solía hacer de mensajero con el casal de Empúries. Era un hombre recio y calvo, que prometió cumplir fielmente el encargo.

—Lo que os pido es de gran importancia —le había advertido—, habéis de decir que os envía el consejero Dalmau de Quermançó.

El siervo miró al abad con sorpresa.

—Comprended que se trata de una mentira piadosa que servirá para arreglar un gran mal —argumentó el abad—, y por vuestro bien no queráis saber más. Sólo os ruego que actuéis con prudencia, para que nadie sospeche nada.

A continuación dio al sirviente el nombre del destinatario que debía recibir el mensaje.

—Le haréis saber que el consejero Dalmau lo quiere ver hoy en el paraje de Roca Ventosa, cuando el sol comience a ponerse. Decidle que, cuando llegue al lugar, busque una señal bajo la cruz de piedra.

A continuación dio permiso al mensajero para que abandonara el monasterio.

Estaba decidido a aclarar el asunto, quería desenmascarar al culpable y administrar justicia. No podía acusar a ningún hermano sin tener pruebas; por otra parte, el sospechoso le habría negado los hechos. Confiaba en que el traidor se presentara a la cita. No comprendía qué razones podían haber impulsado a un monje a cometer un delito tan grave. ¿Se había comportado como Judas Iscariote vendiendo la dignidad del monasterio por una bolsa de dinero? Peor aún, ¿habría robado y provocado la muerte de fray Bernat porque tenía celos como Caín de su hermano Abel?

Se ocultó detrás de una encina desde donde veía bien la cruz y esperó. El viento estaba en calma y, en la intemperie, sólo reverberaba la resonancia vacía que se producía al atardecer en la montaña, desprovisto aún de los gritos de las aves nocturnas. Le pareció que reinaba un silencio siniestro que contenía el sonido de las almas suicidas, y un escalofrío le recorrió el espinazo. Recordó a Norbert y la amenaza que le había proferido antes de abandonar el monasterio: «La carta que os he entregado es de suma importancia».

Pensó que pronto lo echarían en falta en el monasterio y era probable que el monje que esperaba no apareciera.

Caminó hasta donde acababa la explanada, dispuesto a marcharse y, al llegar a un alcornoque se volvió para echar un último vistazo. Entonces oyó crujir unos pasos en la hojarasca y se quedó inmóvil detrás del árbol, evitando que ningún movimiento lo delatara.

Afinando la vista, distinguió con claridad la silueta de un cuerpo gordo y pomposo, de hombros más estrechos que las caderas y una cabeza que se unía, rectilínea, al cuello. ¡Era él! Caminaba lentamente por la explanada, la estaba atravesando.

El abad observó cómo daba una vuelta a la cruz de piedra. Debía de buscar la señal convenida. Esperó a que descubriera el lazo y entonces gritó.

—¡Fray Damià!

El monje sacristán lo miró con unos ojos oscuros y pálidos. Por un momento le pareció que quería retroceder, pero no lo hizo. Lo detuvo con un gesto sereno. Por primera vez después de años de vida contemplativa sentía una rabia desorbitada.

—¡Ante Dios os acuso de traidor! —amenazó con el peor tono de voz—. ¡Os habéis aliado con el caballero más corrupto del condado de Empúries y habéis provocado la muerte de nuestro hermano!

El rostro de fray Damià se endureció.

—Siento la muerte de fray Bernat tanto como vos —respondió con una voz que no mostraba arrepentimiento—, ¡vos y el vizconde Jofre sois más culpables que nadie! —se encaró al abad. Y la generosa papada le tembló levemente.

—Debería haber sospechado de vos desde el primer momento —le espetó Berenguer—. Tenéis acceso al archivo del escritorio, lo sabíais todo... Comprasteis al clérigo Ponç, que estaba resentido con nosotros, y habéis obligado a Ermengol a obedeceros, vos mismo debéis de haber robado el portarrollos... ¿Cómo conseguisteis copiar la llave?

—Sabía dónde la guardabais y la devolví a su sitio antes de

que os dierais cuenta —al decirlo, los ojos del sacristán brillaron cínicamente.

—Sois muy astuto, Damià —el abad lo fustigó con la mirada—, pero os habéis condenado a los ojos de Dios.

—¿Quién sois vos para decirlo? Habéis arrinconado a los que no son partidarios vuestros y habéis provocado al conde Hug aliándoos con el vizconde de Peralada.

El abad Berenguer rechazó cada palabra con gestos de negación.

—¡Dios nos guarde del odio y de la difamación! Os recuerdo que no es el vizconde quien nos ha nombrado; somos un monasterio independiente y desde hace años tenemos prohibida la compra y venta de cargos, ¡bien lo sabéis!

—Y vos sabéis que el vizconde de Peralada vio con buenos ojos vuestro nombramiento.

—¡Eso no os lo tolero!

Hacía pocos años, en 1122, el papa Calixto II y el emperador Enrique V habían puesto fin a la guerra de las investiduras en el concordato de Worms; con aquel acuerdo quedaba ratificada la prohibición de la compra y venta de cargos eclesiásticos y se reconocía que la investidura de los clérigos correspondía sólo al poder eclesiástico. Desde entonces, cardenales, obispos y abades sólo dependían del Santo Padre en cuestiones religiosas y no podían ser investidos por reyes ni barones.

—Estáis tergiversando las cosas. —Las palabras del monje sacristán habían indignado al abad—. El conde Hug nos niega derechos reconocidos, pero eso a vos no os importa... Estáis lleno de resentimiento, Damià... ¿Acaso deseabais mi puesto?

A pesar del viento frío, el abad estaba sudando. Hablar de los demonios del pasado le costaba un gran esfuerzo.

—Vos no podéis entenderlo, no podéis comprender nada —exclamó el sacristán—. ¡Al diablo!

Una expresión de cansancio abatió al abad.

—¿Por qué lo habéis hecho, pues?

—En Quermançó, los hombres de vuestro amado vizconde mataron al padre del consejero y a mi hermano, ¿no lo recordáis? —Una chispa de furia relampagueó en el fondo de los ojos de fray Damià—. Nadie castigó a los culpables, entonces;

mi madre murió al cabo de poco tiempo y yo juré que les haría justicia.

—¿Y por eso habéis ayudado a extorsionar al monasterio y habéis matado a gente inocente?

—Los que han muerto no son responsabilidad mía.

—¿No sabéis que el deseo de venganza es una vileza indigna de un monje?

—¿Y por qué no perdonáis vos, si así lo creéis? —lo retó con despecho.

—Debo administrar justicia en el monasterio.

—¿Y qué pensáis hacer? —La voz del sacristán era helada como el aire.

El abad le dedicó una mirada fulminante:

—Acusaros.

—De ahora en adelante lo negaré todo y no podréis demostrar nada —lo desafió.

—Habéis venido aquí.

—Será mi palabra contra la vuestra y la de un monje deseoso de vino... ¡Eso es todo lo que tenéis como prueba!

Las últimas palabras del sacristán irritaron tanto al abad que se llevó la mano al cinto buscando el puñal.

—La ira también es indigna de un monje —le provocó—. Además, sé que ocultáis un documento que no gustaría nada al obispo.

El abad se sintió enardecido por la maldad que veía en el hombre que tenía delante; un usurpador, un criminal, fuera cual fuese la razón que lo había impulsado a cometer aquellos crímenes.

—¿No es así? —Damià volvió a instigarlo con una mueca sarcástica—. ¿No sois vos quien aplica la regla con rigor, quien presume de discernir la voluntad de Dios y se muestra indulgente a la hora de los castigos? Estáis comprometido a ser nuestro padre y no podéis perdonar...

En el tiempo que dura un soplo, el abad sintió el choque de la sangre en el corazón, el latido del puñal en la mano, la punzada de la rabia. Y casi al instante, cuando el instinto estaba ya a punto de vencerlo, recordó que aquel desalmado era un hermano. Durante años habían celebrado, rezado y comido juntos.

Desfalleció. «¿Dónde estáis, Señor?» Y sintió que la mano se le aflojaba.

—Mañana seréis juzgado —sentenció.

Fray Damià no respondió. Había dado media vuelta para volver al camino, con toda la amplitud del cuerpo, balanceándose bajo el abrigo.

Aquella tarde no regresó al monasterio. Al llegar a la vía empedrada, recuperó el caballo y cogió el camino de la llanura en dirección a Castelló de Empúries.

Capítulo 42

Justicia eclesiástica

El sacristán cabalgaba deprisa, el cuerpo pesado sobre el caballo, con el pensamiento puesto en lo que haría. A medida que atravesaba las aldeas de la llanura, se cruzó con algunos labradores que volvían del campo y lo miraban con mala cara. Toda aquella gente pobre tenía el destino que le correspondía. Él también. Igualmente habría abandonado el monasterio cuando fuese la hora; era insoportable tener que dar la razón a los monjes y ocultar lo que sentía. ¿Qué sabía el abad de él? Pocas veces le pedía su opinión, si no era para contradecirle. ¡Hipócrita! Y le acusaba de rencoroso. ¿Dónde estaba la justicia de Dios? Él ya no creía en nada, no le quedaba ni una pizca de fe. Quedaban lejos los días de certidumbre y de confianza en un Dios benefactor que gobernaba el mundo a pesar de los actos de los hombres. El consejero Dalmau sabría protegerlo y el abad no podría hacer nada en su contra. Se refugiaría en los dominios de Empúries hasta que consiguieran la nueva sede episcopal; entonces, lo nombrarían arcediano de la catedral de Santa María, tal como habían planeado.

Cuando llegó a los límites del condado, vio a lo lejos la villa de Castelló. Detuvo el caballo y, con las manos apoyadas en las mollas del vientre, contempló la capital, encendida bajo los reflejos de las antorchas que doraban la oscuridad de las murallas. Se tocó el anillo de oro que llevaba en la mano derecha. A su manera, había vengado la muerte de su hermano.

—He cumplido el juramento que os hice, madre —murmuró en voz baja.

Pero aún no había reanudado el camino cuando vio a una mesnada de hombres armados que veían armando alboroto. Lucían un pendón emporitano rojo y amarillo. «Son hombres del conde Hug, no hay nada que temer», pensó. Venían cantando con voces alteradas por el vino. Debían de haber pasado la tarde en los burdeles del puerto, en brazos de mujeres fáciles.

—¿Adónde vais, monje? —le gritaron cuando estaban cerca.

—Soy el sacristán de Sant Pere de Rodes y me ampara el consejero Dalmau —respondió, altivo.

Un espadín corpulento le cerró el paso.

—No os creo en absoluto; por lo que veo, los monjes coméis bien —dijo con la voz gangosa de quien va empapado en aguardiente—. ¡Dadme la bolsa del dinero!

—¡Dejadme paso o lo pagaréis caro! —intentó hacerse valer—. ¡Pediré vuestra cabeza al consejero!

El hombre armado rompió a reír de manera desagradable mientras los demás se sumaban a la juerga y gritaban con insultos y blasfemias.

—¡Descabalgad, frailecillo! ¡Defendeos!

En un momento, se encontró rodeado por un hatajo de borrachos que lo amenazaban como lobos.

—¡Esbirros desgraciados! —gritó.

Pero no llegó a tiempo de defenderse. El golpeteo de una vara le dio de lleno en el cráneo. Sintió un *clac* fuerte en la calva y, de pronto, el cuerpo le flojeó y perdió el sentido.

Al día siguiente despertó en una celda fría, estirado sobre un jergón de paja que picaba como un lecho de ortigas. Un dolor punzante le martilleaba dentro de la cabeza. «Ya está consciente», oyó que decía alguien. La cara serena de un hombre delgado, de cara chupada, lo observó por encima de las sábanas. Enseguida lo reconoció: era el hospedero del Coll del Perer que había sustituido a aquel demonio de Sebastià.

—¿Cómo os encontráis, fray Damià? —le preguntó—. Estamos en el hospital de peregrinos.

El abad Berenguer apenas había podido conciliar el sueño en toda la noche y se había levantado de mal humor.

De buena mañana compareció en su cuarto un emisario del arzobispo de Narbona. Se había hecho anunciar diciendo que traía una recomendación episcopal.

—Su Ilustrísima el arzobispo de Narbona pide que no acojáis a ningún peregrino albigense de los que se hacen llamar hombres buenos porque predican contra la Iglesia de Roma y niegan la existencia del infierno para hacerse gratos al pueblo. El emisario era un clérigo adusto, de hombros encogidos, que servía a los canónigos de la catedral narbonesa, dijo, y estaba visiblemente cansado del viaje.

—En Colonia ha habido altercados —prosiguió sin aliento—, un grupo de herejes ha sido quemado en la hoguera... Nuestro arzobispo quiere instituir una escuela antiherética en Montpellier para que los predicadores católicos puedan combatir la herejía.

La noticia desanimó al abad. Se le oscureció la mirada y acarició la cruz que le colgaba sobre el pecho. Toda aquella gente acusada de herejía mercadeaba libremente por las villas del condado; tenían libre paso en toda la comarca y el vizconde de Peralada los protegía. Aquella prohibición se sumaba a los infortunios que afectaban al monasterio.

Cuando el emisario abandonó el cuarto, el abad se sumió en la inquietud.

—Padre abad —lo interrumpió fray Gausbert. Caminaba con las manos en las mangas del hábito, arrastrando las sandalias. Lo saludó con una genuflexión—. Ha pasado algo muy extraño —prosiguió sin hacer caso a la expresión de enojo con que había sido recibido. Tenía ojos de chismoso—. Fray Damià está en el hospital de peregrinos, inconsciente y herido... Un mercader lo encontró por el camino y lo ha traído aquí a caballo.

El abad se quedó lívido y sus labios murmuraron alguna palabra ininteligible.

—¿Os puedo ayudar? —le preguntó fray Gausbert.

Negó con un gesto, mirando un punto indefinido. Parecía haber recibido un golpe y la mandíbula inferior le colgaba como a un viejo.

—Si me permitís, arreglaré vuestras ropas —fray Gausbert hablaba con la confianza que se puede permitir un mayordomo.

Fue a ordenar el arca de la ropa y, mientras repasaba los hábitos, observó dos o tres veces al abad, que no se había movido de la silla de brazos. Recolocó las túnicas albas de hilo blanco y los cuellos de concha de los escapularios, y media docena de calzoncillos y medias de lino blanco. Con la mano, desempolvó un sombrero negro con borlas para los viajes largos. Finalmente, con un cepillo de pelos de jabalí, peinó un capelo bombeado de cuatro picos que el abad se ponía para las ceremonias.

—Ya puedes retirarte. —Berenguer había tardado en reaccionar, pero ahora lo miraba con severidad.

Fray Gausbert obedeció y, antes de abandonar el cuarto, dejó un hábito limpio sobre la cama.

Unas horas más tarde, se reunieron los hermanos en la sala capitular.

Fray Damià compareció a la hora, caminando lento y pesaroso, con el cráneo vendado y un moratón en la frente. Apenas se miraron.

—Los hechos que han sucedido estos últimos días son muy graves —dijo el abad.

El sitial donde estaba sentado quedaba elevado sobre un pedestal de madera y le permitía ver bien el rostro de los monjes que le rodeaban. Se habían distribuido por orden de importancia; a su derecha, los más instruidos y, a la izquierda, el resto de hermanos, entre ellos fray Ermengol, que tenía cara de ausente y estaba delgado como una hoja de acelga.

Todo el mundo callaba, no tanto porque estuvieran de luto sino porque circulaban rumores que tenían al sacristán como protagonista.

El abad echó un vistazo al círculo de monjes que vestían de negro riguroso, con la expresión sobria de los días de reflexión y en un orden impoluto. Se maravilló de cómo podían engañar las apariencias. ¿Quién hubiera dicho que tenían problemas? Sofocó un bufido.

—Estamos aquí para impartir justicia —dijo, recordando que presidía un tribunal eclesiástico—. Sabéis perfectamente que Nuestro Señor Jesucristo echó a los mercaderes del templo a latigazos, así limpió la casa de Dios.

Al decir esto, miró con el rabillo del ojo al monje sacristán. Aunque estaba malherido, fray Damià conservaba el aire descarado y soberbio de quien rechaza los cargos que se le imputan.

—Debemos hablar claro, hermanos. —Paseó la mirada por la sala—. Tenemos el compromiso de ser obedientes a la regla benedictina y dar ejemplo a los novicios que ingresan en nuestra casa.

Observó de reojo a fray Ramon. El prior escuchaba taciturno; parecía atrapado en sus pensamientos.

—Algunos me habéis decepcionado mucho —era consciente de que esas palabras sembrarían tempestades—, habéis desobedecido los votos, fornicáis y bebéis, ¡y habéis pervertido vuestra paternidad corrompiendo a los novicios! —Llegado aquí, el labio inferior le tembló ligeramente—. Los que estáis implicados en estos pecados reconoceréis vuestra culpa, ¡y Dios nos perdone si acusamos en falso!

El discurso del abad tiñó de indignación los rostros de los hermanos y una oleada de murmullos y voces se esparció por la sala.

—¡Respetad el silencio! —el abad aplacó el tumulto con un tono severo. Pero las expresiones de vergüenza y de consternación se habían apoderado de todo el mundo. Hubo un silencio tenso.

De improviso, fray Ermengol se levantó del asiento. Estaba pálido como un cadáver y tenía los ojos húmedos.

—Hablad, hermano —le ordenó el abad, pasando por alto la mirada de ira del sacristán.

Fray Ermengol temblaba y comenzó balbuceando, pero dijo lo que debía decir y aceptó por adelantado la penitencia que lo redimiría de manera bien poco gloriosa. Ya se veía escarnecido por todo el mundo, atormentado por la serpiente de la abstinencia y atado con cadenas a la entrada de la iglesia durante días y días.

—¿Y vos, no tenéis nada que decir, fray Ramon? —El abad llamó la atención del prior—. ¿No habéis corrompido a los novicios?

—¡Eso no es cierto! —El prior le aguantó la mirada.

—¿Podéis jurar en nombre de Jesucristo que sois inocente?

El rostro del prior se encendió de repente.

—¿Acaso no me creéis? —exclamó.

—Tengo testimonios de confianza que no podréis negar —lo acusó el abad— y acataréis una pena ejemplar —sentenció. Le impondría la pena máxima, guardar abstinencia a pan y agua y llevar cilicio durante un año—. ¡Desde ahora os prohibimos que os acerquéis a los novicios!

»¡Estáis muy equivocados, hermanos, si pensáis que aquí dentro el camino hacia Dios es más fácil y estamos libres de pecado! —prosiguió mientras miraba a los monjes—. La tentación es fuerte, y los demonios se aprovechan de la malicia que hay en nosotros y de nuestra dejadez.

Ocho demonios tentaban al monje. Para ganarles había que cumplir los votos de estabilidad, pobreza, castidad y obediencia.

—El voto más difícil es la obediencia —recordó. Se había guardado la última acusación para el final—. Vos, fray Damià, exponed los hechos ante los hermanos... ¿Queréis hablar o no?

El monje seguía arrebujado en el asiento y lo desafió con una mirada arrogante.

—Si no queréis decir nada, ya lo haré yo por vos. —La mano consternada del abad hizo un círculo en el aire.

Entonces el sacristán se levantó; los rollos de la sotabarba le colgaban debajo del vendaje y un aliento sutil, casi inhumano, tocaba su rostro herido.

—Os agrada humillar a los hermanos, abad, ¿dónde está la compasión cristiana que predicáis? —comenzó a decir—. ¿Dónde se encuentra la gracia divina? ¿Qué debemos hacer con la podredumbre? Todo se corrompe y, sin embargo, de las heces nacen flores, según vos, bendecidas por Dios. ¿Recordáis qué dice san Juan en el Apocalipsis? «Vi siete ángeles que tenían las siete plagas, porque con ellas se consumará la ira de Dios»... ¿No es así como se nos dijo que el mal también proviene de Dios?

Los monjes se persignaron y el abad escuchó, atónito. Fray Damià hablaba como un profeta. Mientras vomitaba palabras, los ojos intimidadores le brillaban de entusiasmo.

—¿Pretendéis avergonzarnos? ¿No sabéis que los demonios que teméis os hacen compañía? Abrid los ojos, abad, vos sabéis muy bien que el poder debe saber administrarse.

A medida que escupía el discurso, el abad volvió en sí. Sintió que la sangre le hervía y el corazón le martilleaba. Estuvo a punto de perder la serenidad.

—¡Basta! ¡Callad! —reaccionó levantándose del sitial e intentando detener los improperios con un gesto de la mano—. ¡Nos habéis traicionado! ¡Nos habéis vendido al consejero del conde Hug, le habéis dado entrada para que nos robara nuestros tesoros y, por culpa de eso, ha muerto nuestro amado hermano Bernat! —Mientras decía las últimas palabras lo señaló con un dedo acusador—. Venid aquí delante para recibir el juicio, si poseéis legítimamente el Espíritu Santo —prosiguió—, decid sin temor: Gloria al Padre, al Hijo y al Espíritu Santo.

Si fray Damià no hubiera sido monje habría podido someterlo a la prueba del fuego haciéndole poner la mano sobre un brasero o sobre rejas de hierro candente. O administrarle la prueba del agua hirviendo, que la iglesia aplicaba a los que negaban su culpabilidad. Pero los clérigos y los monjes quedaban liberados de tales pruebas y sólo podían ser obligados a cumplir pruebas de juramento.

El sacristán no abrió la boca. Un temblor fugaz se le disparó en el labio inferior y, con brusquedad, abandonó su lugar y atravesó la sala capitular. A través de la puerta entreabierta le vieron caminar en dirección a la celda.

—¡El silencio os culpabiliza, Damià! —gritó el abad—, ¡quedáis expulsado de nuestra comunidad! —Tragó saliva—. Lo que ha pasado es tan gordo que nos guardaremos de explicárselo a nadie, sería nuestra ruina.

Dijo que la mala conducta de unos pocos los habría desprestigiado a los ojos de todo el mundo.

—Reconocemos nuestra parte de culpa —añadió—, porque no hemos prestado atención suficiente. Pensábamos que el enemigo estaba fuera, pero está dentro; hemos querido que cumplierais la regla estrictamente y muchas veces al querer fregar demasiado la suciedad se rompe el vaso.

Recordó lo que aconsejaba san Jacobo: «Si hago que mis ganados se cansen caminando demasiado, se me morirán todos en un día». Después dio permiso a los monjes para que se retiraran.

Horas más tarde, cuando aún no había ninguna señal del atardecer en el cielo, el monje expulsado abandonó el monasterio montado en su corcel.

Se iba con cara de disgusto; no había conseguido encontrar la carta que el abad Berenguer mantenía en secreto. Había hurgado el fondo del arca y estaba vacío. ¡Malnacido abad! Debía de haber sospechado que la quería sustraer y debía de haberla escondido en otro lugar. Se trataba de un asunto muy grave que implicaba a monasterios importantes, incluso a la Iglesia de Roma. Todos mentían. Mentían para conservar fieles. Escupió en el suelo y, al llegar a un recodo del camino, extrajo unas llaves del bolsillo del hábito y las lanzó por el acantilado. Cuando quisieran abrir la bodega, deberían reventar la puerta.

Capítulo 43

La priora Esclarmunda

Cuando faltaban tres días para San Andrés, la priora Esclarmunda volvió a visitar el monasterio. Había llegado sana y salva de Santiago en Galicia. De manera excepcional, el abad la recibió en el claustro. La vio entrar con pasos ligeros, los ojos diamantinos y el rostro sereno, como de costumbre. No pudo disimular la satisfacción que sentía al verla y ella no se hizo rogar para quedarse a conversar un rato.

Pasaron bajo las galerías porticadas.

—¿Cómo ha ido el viaje, priora? ¿Habéis tenido buen camino?

—Íbamos bien escoltadas y hemos conocido muchos lugares —respondió Esclarmunda. Y viendo el interés del abad por saber más detalles comentó alguna de las jornadas de viaje transcurridas entre ciudades de la ruta, la dificultad de atravesar el puerto de montaña del Cebreiro, las señales del camino, la buena acogida que habían recibido en los monasterios benedictinos. Explicó que habían seguido la ruta que indicaba el *Codex Calixtinus* de Aimeric de Picaud.

—Al llegar a Compostela entregamos vuestro mensaje a los canónigos —prosiguió—, lo recibieron de buen grado y quieren que sepáis que vendrán a veros.

La priora se detuvo y, con dedos ágiles, extrajo un pergamino del bolsillo del hábito y lo mostró al abad.

—El salvoconducto que nos expedisteis —sonrió—, nos ha sido muy útil.

El abad examinó el documento. Ahora constaban los sellos de las parroquias por donde Esclarmunda había pasado durante el camino.

Hizo ademán de devolverlo a la priora. Pero ¿y aquel sello estampado en un ángulo del salvoconducto? Se fijó detenidamente. «No puede ser», pensó. ¡Era un símbolo idéntico al de la carta de Norbert!

—Es un sello de una capilla de Zaragoza. —Esclarmunda había captado el interés que tenía ocupado al abad—. La visitamos a la vuelta.

—¿Sabéis qué significa este símbolo? ¿Y la inscripción que contiene? —El abad señaló la estampación. Figuraba un octágono de ocho radios y tres círculos que contenía un criptograma muy similar al del documento que él guardaba en secreto.

Una duda turbó la expresión de Esclarmunda.

—Sólo sé que reproduce el dibujo de la reja central de la puerta de la iglesia.

—¿La reja de la puerta? —dijo, extrañado. El lenguaje críptico tenía caminos impensables... Sin embargo, ¿qué relación podía tener el símbolo que él poseía con la puerta de una iglesia tan lejana? ¿Por qué habría utilizado aquel emblema el autor del documento de Norbert? ¿Quizás el camino de Santiago era una pista a seguir? ¿O todo tenía una relación con la herejía albigense? Pero ¿cuál?

Poco después se despidió de Esclarmunda, lleno de dudas.

Los monjes lo esperaban en el coro. Le resultó difícil concentrarse y, al salir de la iglesia, llamó a fray Onofre. El monje había transcrito textos muy difíciles.

—¿Tenéis idea de qué significa este símbolo? —preguntó enseñándole el sello del salvoconducto.

Fray Onofre lo examinó. Acercó los ojos entornados y, a continuación, los alejó.

—Me parece recordar que lo he visto en un códice griego —dijo en tono vacilante.

—¿Sabríais hallarlo?

—Si no me falla la memoria, me parece que se encuentra en un libro de Esmirna.

—¿De Esmirna? —se extrañó el abad.

—Es un libro profano que un dignatario de aquella ciudad regaló al monasterio hace unos años, ¿no lo recordáis?

Intentó hacer memoria:

—¿Un tal Alí?

—Así es —respondió el monje escribano—. Habla de la secta cristiana de los bogomiles.

—Tenéis buena memoria, fray Onofre…

¿Cómo no había caído antes? ¡Los bogomiles eran una secta de Asia Menor! Había oído hablar de ella, pero prácticamente no sabía nada en concreto. Debería investigar qué doctrina defendían. Le pareció que no había descubierto nada relevante. ¿Qué relación podía tener aquel símbolo con la carta? ¿Y por qué razón figuraba en el portal de la iglesia zaragozana?

Capítulo 44

La caza del jabalí

Allí, en plena sierra de las Alberes, el conde Hug tenía una reserva de caza que ocupaba una buena extensión de montaña. Abundaban los barrancos y los bosques de alcornoques donde vivían animales salvajes como el jabalí, y también ciervos, gamos y corzos que el conde había hecho liberar para su esparcimiento.

Era noviembre, un mes propicio para organizar cacerías. Los jabalíes ya habían criado, alimentaban a sus camadas y, como las bellotas de las encinas resultaban un alimento insuficiente, bajaban a la llanura.

Aquel día otoñal, el polvo que había levantado la tramontana se había posado, el sol brillaba y el aire olía a hojarasca.

El séquito del conde se había detenido fuera de la reserva, en un paraje de encinares frondosos, para cazar jabalíes.

Los cazadores de la corte emporitana formaban una comitiva espectacular; vestían cotas bordadas y sombreros con penachos confeccionados por los tejedores de la villa condal, que estaban obligados a zurcir las ropas después de la cacería. Los judíos también contribuían al deporte de los hombres del conde y les suministraban plumas de ave para los sombreros. En alguna ocasión, los unos y los otros habían protestado por aquel tributo que consideraban abusivo, pero el conde los había castigado con obligaciones aún más severas.

Hug de Empúries y Dalmau de Quermançó abrían el séquito. Formaban una pareja extraña; el conde, vestido de verde, y el consejero, negro como un escarabajo, excepto el brazo vendado hasta el hombro que llevaba en cabestrillo, sobre el pecho y sujeto con una correa.

La tarde anterior, Dalmau se había presentado ante el conde con la mirada fría y aquella cicatriz violácea que le afeaba el rostro. Esbozó una sonrisa torcida y se excusó:

—Me han herido los hombres del vizconde, pero tengo bien guardado lo que os interesa.

El conde lo había escuchado con indiferencia, sin hacer ninguna pregunta.

Hug de Empúries se había levantado más reflexivo y callado que de costumbre. Las cejas le pesaban y casi se le juntaban en el ceño; además, tenía las bolsas de los ojos hinchadas de no haber dormido lo bastante.

Entre la veintena de caballeros que los acompañaban estaba el primogénito del conde y unos cuantos escuderos con caballos protegidos con gualdrapas de cuero. Parecía que fueran a la guerra, pero debían participar en una batalla diferente. Llevaban armas de caza, arcos, lanzas y ballestas, y una jauría de perros lebreros de músculos tensos. Los habían recogido por el camino, en un caserío que dependía del señor conde. Dos labradores escuálidos habían desatado a los perros con desgana, porque estaban obligados a alimentar a los animales a cambio de nada. Era la obligación que tenían como súbditos del conde.

Ya en el bosque, los caballeros se detuvieron en una gran explanada rodeada de encinas y de robles. Un caballero hizo sonar un cuerno de buey y, casi al instante, unos «¡ea!» largos como chillidos resonaron por toda la montaña. Después se reunieron los jefes de cuadrilla, cuatro hombres experimentados en la caza.

Mientras tanto los escuderos, que eran perreros expertos, vigilaban a los lebreros desde muy cerca.

Los animales comenzaron a ladrar, nerviosos e impacientes.

—¡Dividíos! —ordenó uno de los jefes de cuadrilla a los demás—. ¡Id a inspeccionar el terreno de norte a sur!

Volverían cuando tuvieran claro los lugares por donde debían huir los jabalíes; entonces sabrían dónde había que disponer los puestos.

Primero debían localizar los refugios donde descansaban los puercos, que se ocultaban entre las zarzas. Una vez supieran su ubicación, los jefes de cuadrilla indicarían los puestos a los cazadores. Los jabalíes pasaban siempre por los mismos caminos y, en cada punto de paso, los esperarían dos caballeros, con lanzas, ballestas, flechas y a punto de disparar.

—¡Abrid otra zona de control!

Allí se quedarían los demás caballeros, dispuestos a matar a los jabalíes que se escaparan del primer círculo.

Los jefes de cuadrilla habían descabalgado para adentrarse en el bosque, cada uno en la dirección que le correspondía. Los perreros procuraban contener a los lebreros, que debían de olfatear a los jabalíes y ladraban cada vez más. Los caballeros, atentos a lo que hacía el conde, esperaban el aviso de los jefes de cuadrilla, mientras que el consejero se había unido a ellos y hacía piña con el grupo.

El conde Hug llamó a un guardia de su confianza para darle instrucciones. Hasta entonces se había mantenido al margen de las conversaciones de los caballeros y lo miraba todo con atención, como siempre que participaba en una cacería. Sin embargo, no podía disimular su mal humor y dedicó unas cuantas miradas recelosas a Dalmau de Quermançó.

Al cabo de un rato, llegó el primer jefe de cuadrilla. No iba solo: llevaba prisionero a un hombre derrengado y enjuto con una soga atada al cuello. Lo condujo ante el conde.

—¡Este hombre cazaba sin permiso, señor!

—Soy labrador de una casa que os guarda los perros, señor; sólo cazo pájaros ruines, garzas y estorninos... Tengo ocho hijos y la mujer enferma; este verano perdimos la cebada y necesitamos comer —el campesino hablaba con la cabeza gacha, mientras el conde lo miraba con indiferencia, sobre el caballo.

—Ya sabéis lo que les pasa a los cazadores furtivos —el tono de voz del conde se endureció—, sólo tenéis permiso para organizar dos cacerías al año, a condición de matar cuantos más lobos mejor.

Era la única concesión que daba a los campesinos. El consejero miró con odio al furtivo y escupió al suelo.

—¿Qué cojones de labrador eres? —gritó—. ¡Te mereces unas cuantas ligaduras!

Al oír estas palabras, el hombre se postró a los pies del conde implorando un castigo más leve. Sabía que se arriesgaba a un tormento terrible; lo atarían a una rueda o a un palo y le apretarían las piernas o los brazos hasta hacerlo sangrar.

Los caballeros se quedaron observando el castigo que aplicarían al campesino. Dos escuderos le ataron las muñecas con una soga e hicieron torniquete con un bastón.

Mientras la cuerda se le iba clavando, el campesino siguió de rodillas, dolorido y rojo.

—¡Otra ligadura! —gritó el consejero.

Esta vez el hombre apretó los dientes para no llorar, pero la soga ya le roía las muñecas y la carne estaba a punto de abrirse.

—¡Una más! —insistió Dalmau.

El conde levantó la mano con autoridad.

—¡Ya es suficiente! ¡Liberadlo!

La orden, tajante, sonó implacable. El hombre armado que hacía de verdugo paró en seco, cortando la expectación de los caballeros.

El campesino se levantó penosamente y miró con dolor el profundo arañazo que le había quedado marcado en las muñecas.

—¡Venga, marchaos! —ordenó Hug de Empúries.

El consejero lo desafió con una mirada fría como el hielo, sin decir nada, pero el conde frunció las cejas y lo miró, impasible.

El campesino echó a correr montaña abajo. Aún no había tenido tiempo de desaparecer, cuando llegaron los jefes de cuadrilla que volvían de buscar los refugios de los jabalíes.

Los perros agitaban las colas y no paraban de olfatear el aire; estaban ansiosos por correr detrás de las presas.

Cuando supieron dónde poner los puestos, los caballeros se distribuyeron y liberaron los perros. Los animales habían salido como un torrente, lanzándose en estampida a la persecución de los jabalíes. Irían hasta los rincones más frondosos del interior del bosque y, una vez allí, harían salir a los cerdos.

Hacía rato que Dalmau de Quermançó lo observaba todo desde el caballo, con actitud arrogante. Aunque tenía el brazo herido, no parecía haber perdido la fuerza. Cabalgó hasta donde estaba el conde y preguntó:

—¿Os pasa algo?

—Debo hablar con vos.

Sin dar mas explicación, el conde se encaminó a un puesto de caza que se encontraba a su derecha, tomando distancia del consejero. Entonces hizo un gesto a un caballero de su guardia, un movimiento de dedos que nadie habría sabido interpretar.

Como el puesto no estaba demasiado lejos y, si se quedaban al descubierto, habrían echado a perder la cacería de los que estaban escondidos esperando a los jabalíes, el conde Hug se detuvo al borde de una gran mata de guardalobo que cubría el sotobosque.

Allí esperó al consejero, que lo seguía y, cuando estuvo cerca, se le encaró con aspereza. Dalmau de Quermançó estaba impertérrito, como si no fuera con él. Ponía cara de sátiro, con aquella media sonrisa cruel.

—¿Dónde habéis estado todos estos días? —lo interrogó el conde.

—Ya os lo he dicho, he tenido que recuperar el relicario —mientras hablaba, el caballero aventó la oreja del caballo.

Hug de Empúries le dedicó una mirada fulminante.

—Las palabras y los hechos os traicionan. Tengo entendido que habéis ido a visitar al obispo de Girona —le recriminó con dureza— y le habéis pedido el relicario que decís que está en vuestra posesión, ¡con la excusa de que el hospedero del monasterio lo ha robado!

—Veo que estáis bien informado —respondió con indiferencia. A pesar de la grave acusación, no parecía demasiado afectado.

—¡Sois un mentiroso! Habéis traicionado mi confianza. —El labio inferior del conde, ya de natural salido, se enfiló ligeramente sobre la boca. Ahora un aire siniestro alteraba su rostro—. No habéis conseguido nada de lo que me habéis prometido y, lo que es peor, ¡habéis actuado en mi nombre para someter a mis vasallos, sólo en vuestro interés!

—¡Jamás! —Por primera vez, el rostro frío del consejero se tensó.

—El asalto del monasterio nos ha puesto en una situación muy comprometida —continuó el conde—; sois culpable de la muerte del anciano monje y no negaréis que ordenasteis a vuestros hombres que actuaran sin escrúpulos.

—Estáis mal informado —dijo Dalmau.

—¿Lo negáis? ¡He interrogado a vuestro escudero y me lo ha confesado! El abad exige justicia y quiere que os entregue al juez. Sé que habéis acumulado una pequeña fortuna en los burdeles del puerto y no pagáis ningún tributo por esta actividad, ¿es o no así? Se ha acabado el tiempo de gracia que os tenía reservado —sentenció.

El consejero se irguió en la silla, tenso. Una sombra de rencor le brilló en el fondo de los ojos.

—Mi padre era caballero vuestro y murió por defender el archivo de vuestra casa, ¿no lo recordáis? —Dalmau frunció la expresión—. Y yo he defendido vuestro poder, pero vos sólo escucháis a los que hablan mal de mí.

—Ya no os creo, Dalmau, podéis decir lo que queráis que ya no me merecéis ninguna confianza —la voz del conde se volvió ronca.

Dalmau enrojeció de la rabia.

—¿Así pagáis mi servicio? ¡Puedo comprar mi libertad, maldita sea! —Retrocedió sobre el caballo, enojado. Tenía bastante oro como para no tener que mendigar como un pobre legañoso; más bien ahora era al conde a quien le faltaba dinero—. Denunciadme al abad, si queréis, y le explicaré el plan que trazamos juntos —amenazó con voz bronca.

El conde se dirigió a él con aire furioso.

—¡No me amenacéis! ¡Quedáis destituido del cargo! —señaló a Dalmau con un dedo amenazador.

No era un arranque de mal genio, hacía horas que lo había decidido: tenía que echar al consejero de la corte, era un hombre demasiado taimado y desobediente y se había mostrado ineficaz para los asuntos de gobierno.

Oyeron a los perros que ladraban con aquel aullido fuerte que emiten cuando encuentran a los jabalíes.

—¡Demostrad que sois un caballero si os queda una pizca de dignidad! —lo desafió el conde—. Aceptad dejar el cargo, si estimáis el honor de vuestro linaje.

Durante un momento pareció que el consejero meditaba algo.

—Podríamos hacer un trato justo —habló en tono persuasivo—. Si me nombráis veguero, os prestaré tanto dinero como necesitéis para pagar deudas y, a cambio, me dais una buena propiedad.

La iglesia prohibía cobrar intereses en los préstamos entre cristianos, por eso los nobles acostumbraban a conceder propiedades para cobrar sus rentas.

—¿Acaso os burláis de mí? —se enfureció el conde Hug—. ¡Aún me debéis los tributos atrasados! ¡Deberéis ajustar cuentas con la justicia! ¡Mañana mismo lo haré público!

En un arrebato de ira, el noble azotó el caballo y salió al galope, dejando atrás a su antiguo confidente.

El consejero lo vio marcharse con una expresión de odio en la mirada. Le había sido fiel a su manera, pero el poder entraña astucia y sólo los que son como zorros conservan el cargo. Se había visto obligado a salvaguardarse de usurpadores y hacer fortuna para comprar hombres que lo defendieran.

Se sintió como un perro obediente maltratado por el señor y, al mismo tiempo, liberado de compromiso. Ya conocía las injusticias de los condes. Su linaje valía mucho más que cualquier cargo de mierda y tenía derecho a cobrarse el favor que su padre había hecho a los de Empúries. Fuera como fuese, no permitiría que el conde lo humillara haciendo pública su destitución y entregándolo al juez. Había acumulado una pequeña fortuna en onzas de oro y podía comprar magistrados y conseguir lo que le conviniera. Obraría con cautela y nadie podría demostrar nada.

Se quedó inmóvil en medio del retamal, sembrando ideas funestas. Lejos de donde estaba comenzaba el camino por donde bajarían los jabalíes en su huida.

Con ojos sanguíneos miró el espesor del bosque, como si allí dentro se ocultara, intacto, su oscuro pasado.

Observó a su alrededor. El conde se había adentrado en el boscaje; los perros buscaban los refugios y los caballeros esperaban en los puestos. Vio las aljabas con las reservas de flechas bajo las encinas y cabalgó en aquella dirección.

Cuando tuvo lo que quería, se perdió entre la vegetación.

A unos cincuenta codos del claro donde se habían distribuido los cazadores, entrevió a su presa. Se desató el brazo del cabestrillo, cogió el arco y preparó una de las saetas de madera de aliso que había sustraído de las reservas.

El conde estaba apostado en un ángulo del camino, lejos del embate de los perros.

Apuntó pensando qué se debía de sentir cuando tienes la muerte en la nuca. Él nunca había sentido nada, apenas un poco de dolor después de ser herido en batalla. No conocía la angustia que hacía temblar a los soldados asustadizos, ni el miedo de los siervos acobardados, ni había sentido ninguna emoción que no fuera la de acorralar a un muchacho. Era incapaz de soltar una lágrima. Le agradaba el riesgo, el combate cuerpo a cuerpo, la suerte de los vencedores. Tenía orgullo y sabría hacerse justicia.

Lo que estaba a punto de hacer no era por cobardía. Disparar por la espalda a alguien que te ha traicionado no le parecía una acción cobarde. Sólo era una defensa, el último recurso que le quedaba para sobrevivir.

Tensó el arco. Estaba listo para soltar la saeta; no se movía en absoluto, como un lobo que se dispone a saltar sobre su víctima.

Levantó el arco con un movimiento preciso de brazos. La herida del hombro ya no le hacía daño. Acercó la cabeza a la madera flexible y entornó los ojos.

Justo entonces, cuando la flecha se disponía a salir de la tenaza del cordaje, cuando aún no había recibido el impulso preciso, una saeta disparada desde un rincón del bosque le entró por el costado izquierdo y le acertó el corazón.

Al instante se estremeció y se desplomó del caballo, dejando caer al suelo la flecha que iba a disparar.

Un rato más tarde lo llevaron hasta la explanada. Su escudero se postró sobre el cuerpo y lo lloró, aunque sabía que había intentado asesinar al conde a traición.

El hijo del conde abrazó a su padre en silencio, mientras Hug de Empúries miraba el cadáver con consternación.

—La flecha que iba dirigida a vos está envenenada —dijo el guardia que le acababa de salvar la vida.

Nunca sabrían que el consejero había conseguido la ponzoña en el puerto, en la cabaña de Ademar.

Allí mismo dieron por acabada la cacería. Apenas habían matado dos jabalíes, pero no era adecuado hacer más batidas ni celebrar ningún festín.

Capítulo 45

Últimos días en Galligants

En Girona, el Pájaro se encontraba como en el paraíso. Las penurias del viaje habían quedado atrás. Desde que había salido del túnel y había dormido en brazos de Càndia, las pesadillas y los episodios de miedo que lo torturaban con visiones extrañas parecían haberse esfumado. Era increíble tanta paz.

Aún no había visto la ciudad ni el interior de la catedral que se alzaba, soberbia, sobre el torrente de Galligants. El monasterio donde se alojaban era una abadía pequeña, una casa de seis monjes que formaban comunidad con unos cuantos clérigos. Supo que el vizconde Guerau de Girona era vasallo del conde Alfonso de Barcelona y se hacía llamar vizconde de Cabrera, igual que su padre, Ponç Guerau, que había muerto hacía poco.

El nuevo vizconde había heredado los patrimonios de Cabrera por parte de su padre y el condado de Girona, que le venía de su abuela, Ermessenda de Montsoriu.

Desde el siglo IX, aquel territorio condal dependía de los condes de Barcelona, pero tenía una cierta entidad; los vizcondes gerundenses incluso tenían derecho a acuñar moneda.

«El señor conde es tan joven como vos —le había explicado el monje—. Conoce el arte de la trova; hace versos para que los recite un bufón de la corte, un juglar que se llama Cabra.» El Pájaro sabía muy poco de aquel arte; en una sola ocasión había visto a un juglar haciendo juegos malabares con anillas de madera y contorsiones colgado de una polea, en la plaza de Castelló de Empúries.

En el monasterio saboreó el maná del cielo. Recién llegados, les sirvieron en el refectorio de los invitados una bandeja llena de avellanas, nueces y dulces hechos por las monjas del convento de Sant Daniel. Más tarde, les dieron un cuarto individual, totalmente montado, con un arca para guardar la ropa y un palanganero para lavarse. Por primera vez en la vida tuvo una cama para él solo, con cabecero de madera; sólo le faltaba el dosel con cortinas para ser como la que Càndia tenía en el palacio de Peralada. Por aquel motivo, probablemente, durmió como un lirón durante toda la noche, soñando con su amada de manera continuada e intensa. Yacía con él, perfumada de lirio de los valles. Los mechones sedosos del pelo le tapaban los pechos menudos. Le había mostrado el deseo de las chicas vírgenes y ahora lo miraba parpadeando, con aquellos ojos fascinantes y dulces. Entreabría los labios de fresa, que sólo sabían reír, como si quisiera comérselo.

Al día siguiente se despertó sudado, fuertemente excitado por un sueño que parecía real. Pero enseguida volvió a a la realidad. Quién sabía dónde estaba Càndia ahora. ¿Y si el hijo del vizconde la retenía en el castillo? Seguro que la vizcondesa le daría la razón a aquel granuja, sólo porque era el primogénito, y Càndia no tendría a nadie que la defendiera.

Estos pensamientos de inquietud quedaron interrumpidos por la visita de Sebastià, que le daba los buenos días.

—El abad quiere vernos, carménate la lana —dijo refiriéndose a su pelo enredado; ajeno aún a peines— y vístete deprisa, ¿oyes?

No le dijo que lo veía más delgado ni que tenía la cara menos salpicada de pecas, ya que apenas había visto el sol durante todo el viaje.

El superior del monasterio de Sant Pere de Galligants los esperaba en la iglesia, delante de la capilla del oratorio. El templo estaba orientado de oeste a este. Era bello pero húmedo, con una planta basilical de tres naves y un crucero sobre el cual se levantaba un cimborrio de planta octogonal que daba luz al interior.

La bóveda de cañón de la nave central, sostenida por cuatro

arcos torales, imponía respeto. A aquella hora, un hilo de luz entraba por el cimborrio y por la linterna del crucero, como si fuera niebla.

El padre abad los escudriñó de pies a cabeza, con unos ojos amodorrados y gelatinosos, y ellos lo saludaron haciendo una genuflexión.

—¿Así que ayudáis en el hospital de Sant Pere de Rodes? —dijo echando una ojeada al documento que le había entregado Sebastià.

Él asintió, resollando. Tenía mejor cara que el día anterior; los ojos deshinchados le suavizaban ahora la dureza del rostro, pero aún tenía aspecto desaliñado, porque no se había recortado la barba.

—No se lee demasiado bien —suspiró aquel hombrecillo que no superaba en mucho la altura de Blai. Tenía los labios estirados hacia dentro y, al hablar, se le veía un diente de plata. Entrado en años, tenía las mejillas colgantes, con una frente alta que se alejaba de los párpados caídos.

—Hemos tenido un viaje accidentado y no he podido evitar que se mojara por el camino —se justificó Sebastià.

El pergamino que debía acreditarlo como emisario del abad Berenguer resultaba ahora ilegible en algunos puntos. Buena parte de la caligrafía, trazada con tinta de corteza de encina, había quedado difuminada a causa de la humedad.

—No obstante, las credenciales son claras y reconozco el sello de vuestro abad... Me alegra recibir noticias de un monasterio hermano —suspiró el abad mientras volvía a observar el dibujo del signo abacial, una llave y la rueda con el báculo.

Los dos monasterios tenían similitudes, pero la construcción imponente del de Rodes había sido erigida cuatro siglos atrás, mientras que el edificio que ahora los acogía apenas tenía treinta años. Las rentas de que disponía el monasterio no habían permitido acabar el nuevo edificio hasta 1131; entonces se había consagrado la iglesia.

—Compartimos muchas cosas con la casa de Rodes, incluso el maestro escultor —prosiguió el abad.

El Pájaro aguzó las orejas.

—¿Queréis decir el Maestro Peire? —inquirió Sebastià.

—Efectivamente... ¿Veis esos capiteles donde están representados los reyes de Oriente? —El anciano señaló la cabecera de la nave central donde se levantaban las columnas que los sostenían. Los relieves brillaban bajo la luz del cimborrio—. El maestro los esculpió hace unos cuantos años, cuando yo ya era abad de esta casa.

El Pájaro observó las figuras de los capiteles. Enseguida reconoció la mano del maestro en los pliegues de las túnicas y las capas ampulosas, que parecían tener movimiento. Las caras de los reyes adquirían vida; eran tan perfectas que se diría que eran de verdad. Todo lo que había aprendido hasta entonces en el taller de escultura le pareció insignificante. Había que tener un gran talento para esculpir de aquella manera; dominar el taladro con mano vigorosa, como quien gobierna un caballo salvaje.

De pronto, las campanas repicaron rompiendo el silencio. El abad se desentumeció; pareció que tenía prisa.

—¿Y este joven que os acompaña?

—Soy su tutor y, cuando viajo, siempre viene conmigo —argumentó Sebastià.

—Bien, vos y yo deberíamos hablar…

La insinuación era bastante clara y Blai no se lo hizo repetir. Se despidió besando la mano del venerable y regresó a la celda.

El abad lo siguió con la mirada, hasta que estuvo fuera.

—¿De quién es hijo este joven pelirrojo? Tiene unos ojos muy extraños —inquirió.

—Tiene raíces en Normandía, su padre vino de allí —se limitó a responder Sebastià—, con nosotros también venía otro joven a quien tengo en gran estima —prosiguió—. Ahora mismo está preso y quería pedir a vuestra merced que velara por él.

—¿De qué se le acusa?

Sebastià le relató los hechos y, al acabar, el viejo abad asintió:

—No os inquieteis, le protegeremos para que pueda volver a Rodes y vuestro abad le garantice un juicio justo. —A continuación, el venerable examinó el pergamino que tenía en las manos—. El documento que traéis habla de un asunto de suma importancia. —Su voz había adquirido un tono grave—. Sentaos —prosiguió ofreciéndole sitio en un banco contiguo a la capilla, mientras él mismo se sentaba con lentitud fatigada—.

Os hablaré claramente —aflojó la voz—: más vale que el obispo Guillem no sepa nada de esto. Podría reclamarnos las reliquias sólo por el hecho de no estar en el sitio que les corresponde, ¿entendéis?

Sus ojos adormecidos se avivaron un poco. De improviso, la cara de Sebastià se demudó. ¿Cómo le diría que no tenía el relicario? Contuvo una maldición. Quizás en ese momento el obispo ya poseía los santos huesos si el mal caballero que los había detenido en el desfiladero había cumplido su amenaza.

—Debo comentaros algo, padre abad. —Tragó saliva—. Durante todo el viaje he traído el tesoro como si fuera un niño enfermo al que no puedes dejar ni un momento —suspiró antes de continuar—, pero hemos encontrado una mesnada del vizconde de Girona y nos han detenido... Me han quitado el relicario y no he podido recuperarlo hasta más tarde. —De nuevo calló, intentando adivinar qué debía de estar cavilando el venerable—. Os aseguro que lo he traído encima desde entonces, pero cuando lo he abierto los huesos del apóstol ya no estaban.

Habló desanimado. Esperaba que el abad no se pusiera en su contra y lo acusara de negligencia. En cambio, el superior benedictino hizo una media sonrisa, al tiempo que un brillo desconocido se encendía en sus ojos de pescado hervido.

—Podría dudar de vuestras palabras —dijo—, pero hoy mismo me las han confirmado... Ha venido a verme un caballero que sirve al vizconde de Girona y que es devoto de nuestra iglesia... Está bajo las órdenes de un barón que no nos merece demasiada estima, Dios nos perdone.

Resolló. La ancianidad debía de comenzar a pesarle.

Sebastià le escuchaba sin saber bien adónde iría a parar. Especuló con una posibilidad: el barón a quien se refería el abad debía de ser el noble vanidoso que los había tomado como rehenes.

—El caballero que os digo estaba entre los hombres que os detuvieron —aclaró el venerable—, es él quien os cogió las reliquias para que el barón no se las llevara.

Le ahorró el comentario con que el caballero fiel le había descrito los hechos: «El que se hace llamar Sebastià es un hombre cojo y lo acompaña un joven pelirrojo que tiene ojos de gato almizclado. Han dicho que traen estas reliquias para vos y he pensado que existía el peligro de que no llegaran a vuestra merced y que fueran profanadas».

—¿Queréis decir que…? —Sebastià comenzó a atar cabos.

—Yo tengo el relicario que habéis perdido.

Cuando la luna había hecho un ciclo completo, veintiún días con sus noches, el abad Berenguer recibió una carta de Sant Pere de Galligants. Después de todo se sintió reconfortado. El tesoro estaba seguro y Sebastià había cumplido con éxito su misión. Pero la tranquilidad se desvaneció enseguida y aquella sensación de placidez duró muy poco.

Fray Onofre rompió el silencio del cuarto.

—Disculpad, venerable, he encontrado información sobre lo que me habéis pedido…

Disimuló la alteración que le provocaba cualquier novedad sobre el secreto que guardaba celosamente. Supuso que fray Onofre había descubierto alguna clave para descifrar aquel criptograma extraño que la priora Esclarmunda aseguraba haber visto en Zaragoza. Todo aquello le provocaba un sentimiento ambiguo; necesitaba comprender qué significaba y continuar ocultando lo que sabía.

Poco después fue al escritorio. Fray Onofre ya le esperaba. Encorvado y enjuto, con ojeras profundas y violáceas de tanto forzar la vista y un gran códice abierto sobre la mesa.

—El plano que he encontrado está en este libro de arquitectura —dijo el monje—, y creo que será de vuestro interés.

Le enseñó el dibujo de una planta basilical; era una nave en forma de octógono con una columna central de madera que sostenía un segundo piso.

—Es la ermita de la Virgen de Montsacro —aclaró fray Onofre siguiendo el dibujo—, tiene una nave octogonal, con una cueva, un altar inferior y un árbol central, que es esta columna. Según este códice, la ermita fue trazada sobre la planta de un túmulo primitivo de piedra —prosiguió—, esto explicaría la forma de la nave.

—Por tanto, estaríamos hablando de la cristianización de antiguas piedras sagradas —reflexionó el abad.

—Es probable —intervino de nuevo fray Onofre—. Parece que la ermita fue construida sobre un templo dedicado a una antigua diosa solar a la que adoraban los antiguos pobladores y que la Santa Iglesia dedicó a la Virgen María.

—Es curioso… —la voz del abad se hizo dubitativa.

—Hay otras iglesias con planta octogonal —lo interrumpió el monje—, la Vera Cruz de Segovia, San Baudilio de Berlanga, todas éstas siguen el esquema de algunas capillas de la orden del Temple.

—¿Creéis que tienen alguna relación con las albigenses? —preguntó el abad.

Un aire de estupor rompió la placidez expresiva del monje.

—No lo sé…

—Es extraño —murmuró el abad.

¿Qué vínculo sutil que escapaba a su comprensión podía unir todos aquellos datos? Una cosa quedaba muy clara, se trataba de iglesias situadas en diferentes puntos de las rutas de peregrinación a Santiago. Y lo que revelaba el documento de Norbert afectaba a la peregrinación. ¿Podía ser ésta la relación entre aquellas iglesias y los símbolos que aparecían en la carta?

Abandonó el escritorio más confuso que antes. Cuanto más pensaba menos comprendía. ¿Por qué razón el autor del documento había utilizado aquella simbología?

«El número ocho es la octava», se dijo. Su metal es el plomo y, entre las piedras, el ónix negro. Es el número de Job, el hombre de la santa paciencia.

«¿Acaso el canto gregoriano no está compuesto de octavas?», reflexionó. El ocho significaba la perfección. Sin embargo, aún no había sido capaz de descifrar los demás signos criptográficos.

Nuevamente decepcionado, regresó a su cuarto.

Capítulo 46

Intentos de tregua

Noviembre trajo las últimas migraciones de aves, correlimos de pico fino, cigüeñas blancas y pequeños pájaros mosquiteros. La tierra se replegaba sobre sí misma, mientras el adormecimiento de los campos después de la siembra y la quietud de las marismas coincidían con el acortamiento de las horas de luz.

Uno de aquellos días, al atardecer, un jinete desconocido llegó al pueblo de Santa Creu. El balanceo oscuro de un manto que flameaba con la tramontana se fue acercando y, en la proximidad, se hizo visible la figura de un monje que cabalgaba a horcajadas en la silla, con los calzones a la vista y el hábito remangado hasta la rodilla. El desconocido había entrado por la puerta norte de la muralla y, al pasar por delante del hostal, detuvo el animal de un tirón. En ese momento, los postigos de unas cuantas ventanas que daban a la plazoleta rechinaron apagadamente.

Encontró a una chica sucia y despeinada con el canalillo de los pechos a la vista. Apilaba leña a la entrada del hostal y, al verlo, se lo quedó mirando descaradamente, con un manojo de sarmientos de viña bajo el brazo.

—Dios os guarde, doncella, ¿conocéis a un monje llamado Norbert?

Como si hubiera nombrado al diablo. La cara de la joven se demudó por completo y un aire de espanto barrió la desvergüenza de sus ojos.

—Yo no sé nada —dijo con turbación—. ¿Qué queréis, señor?

Miquela había estado observando desde el interior de la casa cómo el desconocido detenía el caballo ante de hospedería para preguntar. Se apresuró en salir a la calle con las mangas del brial remangadas y un delantal gastado y viejo.

—Ya le responderé yo, Saurina —dijo enseñando la hilera de dientes picados que se le veían al abrir la boca. Había repasado al desconocido con una mirada chismosa—. Esta moza es joven y no sabe según qué cosas. —Enseguida se secó las manos en el delantal—. ¿A quién habéis dicho que buscáis?

—A un monje que se llama Norbert —repitió el recién llegado mientras descabalgaba. Ya en el suelo, resultó ser un hombre más bien bajo, liso como una tabla y con un aspecto extraño. Una ceja le bailaba más que la otra y tenía la boca desfigurada, con el labio inferior ligeramente levantado sobre el superior.

—¿Norbert Croisset, queréis decir?

El monje asintió.

—Hace años que murió, señor —dijo Miquela, haciendo la señal de la cruz.

—¿Me podríais decir dónde fue enterrado? —preguntó el benedictino.

La mujer de Aimeric tardó un poco en responder. Prefería no hablar de los difuntos que no yacían en sagrado.

—Dejó los hábitos, ¿sabéis? Tenía mujer y un hijo... La tumba de ella está en la montaña, pero él... Nadie sabe dónde reposa.

Se volvió a persignar. Los espíritus de los que morían sin la bendición de la iglesia no podían ser enterrados en lugar sagrado y estaban condenados a vagar eternamente. Eran almas en pena; no se veían, pero estaban, y se ocultaban en la montaña.

—¿Qué queréis decir? —insistió el monje.

—¡Dios me guarde de explicar las cosas que se cuentan! Era un hombre corrupto y lo echaron del pueblo. —Miquela hizo una pausa y se secó la boca con la punta del delantal—. Él y su mujer vivían en pecado; ella estaba casada con otro.

—¿Podéis decirme dónde vivían?

—En la casa de las cavernas —le indicó el camino del mar—, pero ya podéis ahorraros ir allí, haríais el viaje en vano.

—¿Por qué?

—La casa está en ruinas, más vale que no vayáis, señor.

Sin embargo, el benedictino emprendió la ruta en la dirección a donde lo había guiado el dedo de Miquela. La mujer resopló y volvió dentro mientras rumiaba sobre la tozudez de los hombres, que no creían en nada del mundo invisible.

Llegado el frío, todo parecía en calma, salvo el viento.

Los asuntos pendientes entre el monasterio de Rodes y la corte de Empúries, puestos en juego sobre la mesa, se habían comenzado a resolver a base de negociaciones. Era un tiempo propicio para el pacto y la tregua e, igual que los sembrados de la llanura y los bulbos que hibernaban bajo tierra, habrían de dar fruto en pocos meses.

La condesa Jussiana había visto llegar la tarde a través de los ventanales del cuarto de invitados, con una cierta añoranza de la luz y del buen tiempo, ya que el invierno le gustaba bien poco. El cuarto donde se encontraba era amplio, con una cama de madera siempre preparada por si llegaba algún huésped, un arquibanco con colcha donde guardaban los calzados, un gran baúl de roble y dos grandes candelabros de pared que sólo se encendían al anochecer. Desde aquel punto del palacio se dominaba el patio de armas, los muros de defensa y los tejados de las casas de la villa, resguardadas en torno a la iglesia de Santa María.

Dos sirvientas risueñas, peinadas con trenzas y pasadores, hilaban junto a los ventanales, perdidas en medio del cojín de pliegues y orillos que desplegaban sus faldas voluminosas. Tenían el huso en la mano derecha y el palo largo de la rueca apoyado en el suelo. Estiraban la lana de la cesta con dedos ligeros, la hacían pasar por la rueca, la enroscaban en el huso e iban tensando la hebra; así conseguían un hilo resistente. Pero aún deberían vaciar la rueca, enrollar las madejas, llevarlas a teñir y, al final, tejerlas. Hilar era un trabajo entretenido. La condesa quería un paño de abrigo especial para el carruaje de su hija Brunissenda, pero las sirvientas eran lo bastante jóvenes para encontrar esparcimiento en cualquier tarea y todo las distraía.

—¡Estad atentas a lo vuestro! —las riñó.

Jussiana iba ajetreada arriba y abajo del cuarto, con el cabello recogido bajo una toca blanca. Se movía con gracia dentro del brial, un vestido encordado de manga estrecha ajustado a las curvas generosas de su cuerpo, que aunque había perdido cintura aún era hermoso.

—¡Hermínia, trae las sábanas de lino! —gritó.

De inmediato, una mujer gorda, entrada en años, que caminaba balanceando las caderas, apareció en la sala con una pila de ropa plegada en los brazos. Debía de haber corrido porque bufaba como una mula agotada al final del día.

—Aquí lo tenéis, señora.

La sirvienta dejó las sábanas sobre el arquibanco y volvió por el mismo camino. Antes de salir de la sala dedicó una mirada airada a las hilanderas, que ahora callaban y tenían los ojos clavados en el huso.

La condesa se agachó para destapar una caja de castaño con codales de latón muy honda y espaciosa. Estaba preparando el ajuar de su hija mayor. Acababan de prometer a Brunissenda con el vizconde de Béziers, señor de los territorios de Carcasona y de Narbona, y se iban a celebrar los esponsales pronto, ya que el futuro esposo quería consumar el casamiento, no tanto porque su prometida tenía catorce años y ya había menstruado, sino por razones de la política de pactos que acababa de emprender con los condados vecinos. Hug de Empúries se había avenido a la alianza matrimonial para proteger su territorio. El señor de Béziers era un barón fuerte; se había aliado con el joven Alfonso, conde de Barcelona y rey de Aragón, que también gobernaba el Rosellón, la Provenza y buena parte de los condados de Occitania. Esta circunstancia era vista como una amenaza por el príncipe de Tolosa. Ahora, el conde tolosano había pedido ayuda al rey de Francia, mientras que la casa de Barcelona y la de Béziers buscaban el apoyo de la corona inglesa. Todo hacía pensar, pues, que habría guerra.

Jussiana examinó bien la caja antes de guardar la ropa. Tocó el forro de satén con la paciencia de quien supervisa las minucias domésticas. En su mano fina brillaba intermitente una esmeralda incrustada en el anillo de boda de oro; hacía juego con sus ojos de aguamarina y le embellecía los dedos. Hubiera debido estar contenta, pero tenía la cabeza llena de pensamientos inquietantes. «Pronto perderé a mi hija», se dijo, y casi al instante sofocó un regusto de melancolía áspera. Hasta que llegara la hora, mantendría encendido un cirio en la capilla del palacio para que todo fuera bien durante la celebración de los esponsales.

Ya había aconsejado a su hija. El matrimonio era un pacto. La mujer se podía hacer valer criando hijos que perpetuasen el linaje; el amor podía venir más tarde. «Si sabes estar en tu sitio, no tendrás nada que temer. He querido que recibieras una buena educación para que puedas entender los asuntos de la corte y guardarte de opinar públicamente; eres lo bastante lista para convencer a cualquier esposo, y recuerda siempre que eres una dama.»

Por eso la habían instruido con las monjas de Sant Miquel Sescloses; hasta la priora Esclarmunda le había dado consejo.

«Una dama no sólo debe saber hilar ni conformarse con leer las Sagradas Escrituras —le había dicho Jussiana—. Debes ser capaz de llevar un control de los asuntos legales y económicos que el procurador del palacio administre en tu nombre y el de tu esposo.»

Había educado a su hija en la Ley de la Iglesia, pero no quería que la severidad apagara el buen criterio de la chica. Una cosa era tener fe y creer en las bondades del Evangelio y otra ser una beata. Era preciso saber cuál era la diferencia entre la educación y el servilismo. Debía ser princesa y no esclava. Ella no fue educada en esa ley, pero la había descubierto con los años.

—Eres una mujer y no puedes permitirte según qué —había dicho a su hija.

—Señora madre —le había preguntado Brunissenda—, ¿por qué nos culpan del pecado original?

Eran hembras y llevaban el estigma de la maldición. Las damas debían obediencia a su señor, para no incitar a la malicia de la naturaleza. «Te he hecho instruir para que brilles en la corte; una mujer juiciosa siempre tiene mucho a su favor, mira si no a esa abadesa alemana, Hildergarda de Bingen... La priora Esclarmunda siempre habla de su sabiduría. Dice que ha escrito libros de ciencia y se le ha permitido predicar públicamente, incluso la leen los doctores de la Iglesia.»

Admiraba a aquella mujer célebre que, desobedeciendo al obispo, había hecho enterrar en el suelo consagrado del convento a un joven excomulgado que se había reconciliado con la iglesia. Hildergarda de Bingen no se había limitado a la tarea de bordar casullas y manteles litúrgicos como la mayoría de las religiosas.

—Señora, traigo la colcha bordada.

La vieja sirvienta volvió a entrar en la estancia, apresurada y con aire de cansancio en el rostro.

—Mira qué grande es esta caja, y aún no sé si cabrá todo —dudó la condesa mientras colocaba la ropa con delicadeza—. Primero pondremos las sábanas de lino, y encima la frazada de lana de Aragón y esta colcha... Todo ello hará de cojín a la vajilla de plata... Los velos deben ir arriba de todo; ve a buscarlos, Hermínia.

—Señora, me mataréis...

De modo que la sirvienta retrocedió, restregando los pies en el suelo y resoplando sin disimular, porque era mucha la familiaridad que tenía con la condesa. Cuando se marchaba, miró de reojo a las sirvientas, con reprensión, como diciendo «¿De qué os reís, gandulas?», y enseguida desapareció de la vista.

Cuando hacía ya un buen rato que se había ido, se oyó un ruido en el pasillo. La condesa aguzó las orejas. Escuchó un *clinc* de espuelas y repiques de metal al tocar el suelo. Enseguida la voz enérgica de su esposo le hizo dejar el trabajo.

—Quiero hablar con vos.

Las sirvientas agacharon la cabeza, intimidadas por la presencia impetuosa del conde, que les echó un vistazo incisivo por encima del hombro vigoroso. Aún era un hombre de buen ver, viril, incluso en la dureza de las facciones y las entradas de la frente que le afeaban el cráneo. Tenía, al mismo tiempo, un aire de caballero alocado y perdulario, quizá por la cabellera ondulada que le bailaba en la nuca o por la pose desafiante que lo acompañaba al ir y venir. Aquel día exhibía los atributos señoriales, un gran medallón con un caballo plateado y una espada de pomo redondo de oro con el grabado repujado del escudo condal.

La condesa lo miró con complacencia. Sólo le faltaba la corona de ceremonias para parecer un príncipe.

Muy pronto los ojos del conde volvieron a caer en las hilanderas.

—Retiraos —ordenó Jussiana. Procuraba alejar a las sirvientas jóvenes de la vista de su esposo porque le conocía las querencias.

Poco después, se quedaron solos en la estancia.

—He decidido pactar con el abad. —Erguido cerca de la puerta, el conde posó el pie sobre el arquibanco—. He conseguido dinero para pagar a los juristas y los costes de los pleitos.

Jussiana se puso de puntillas, con la cara radiante.

—¡Gracias a Dios! Me complace ver que queréis hacer las paces, señor.

—No os negaré que hay un problema —alegó el conde—. Si reconozco los derechos del abad sobre las propiedades que reclama, deberemos empeñarnos de nuevo.

La expresión de alegría de la condesa decayó al instante y se le entenebrecieron los ojos.

—Os seré franco, no sé qué es mejor —la voz del conde ahora sonaba menos altiva. Había quitado el pie del arquibanco y echó a andar por el cuarto.

Jussiana entendió enseguida el requerimiento de su esposo. Era la manera con que pedía consejo sin decir que quería recibirlo. No tardó demasiado en saber qué debía decir. Hacía tiempo que sopesaba remedios y soluciones para reconciliarse con la abadía. Había rumiado mucho sobre ello.

—En otra ocasión, señor, hablamos de la conveniencia de entregar a nuestro hijo pequeño al monasterio, ya que no le corresponde ningún título... Quizás haya llegado el momento apropiado... Ha sido educado en las disciplinas nobles y algún día puede aspirar a tener un buen cargo en la abadía. —Sofocó un suspiro—. Aún es muy joven, pero tiene carácter, ya lo sabéis.

—¡No quiero que lo eduquen cuatro monjes corcovados y borrachines! —exclamó el conde, airado. Le costaba poco exaltarse—. ¿Habéis pensado que será un hombre y querrá una mujer?

La condesa lo calmó con una mirada apaciguadora. La luz

de la tarde le encendía tornasoles rosados en la cara. Aún era una mujer bellísima, a pesar de las delgadas arrugas desplegadas en torno a los ojos y la madurez del rostro.

—No hay ninguna ley que prohíba que los monjes renuncien a los votos que han hecho, cuando sea la hora podrá escoger, siempre tendrá la herencia que le dejaremos... Ya ha cumplido siete años —la voz de Jussiana había adquirido un tono de añoranza—, y os obedecerá de buen grado... Él os puede reconciliar con el monasterio y nunca jamás ningún abad tendrá derecho a pedir vuestra excomunión. Además, esto os puede ayudar a encontrar el apoyo de los obispos, siempre que hagáis las paces con el vizconde de Peralada; al fin y al cabo sois parientes.

Mientras hablaba, el conde la había observado intensamente, con hambre de deseo, como cuando la tenía en la cama, pero enseguida esquivó la mirada e hizo un gesto abrupto.

—¡No sois vos quien debe decidir en los asuntos de gobierno! —gritó—. ¡Si tanto insistís, podemos prometer a vuestra hija pequeña con el heredero del carajo de pariente!

—Señor, habéis pedido mi opinión y os la he dado —Jussiana se mantuvo en su sitio, sin moverse—, la última palabra la tenéis vos... María es demasiado pequeña, dejemos que cumpla los diez años; a esa edad me prometí a vos.

Se necesitarían unos cuantos inviernos para que su esposo hiciera las paces con los Rocabertí de Peralada. El compromiso de la pequeña María, que ahora sólo tenía seis años, con el hijo del vizconde de Rocabertí, que había pretendido la mano de Càndia, serviría para calmar los conflictos de las dos ramas familiares. Pero entonces ni Jussiana lo sabía.

Cuando caía la tarde, la condesa se retiró a rezar a la capilla del palacio y el conde recibió a su hermano en la sala de armas, bajo uno de los tapices bordados con escenas de batalla. Un ujier había anunciado la llegada del monje caballero. Esta vez, Joan de Empúries traía una gran cruz de madera colgando sobre el hábito pelado, y no llevaba la túnica blanca de los templarios. Había entrado con la autoridad de siempre, el rostro serio, la espalda recta y los gestos mesurados.

—Hemos recibido un aviso de los obispos de Narbona y de Elna. —En cuanto empezó a hablar se sentó en una de las sillas de piel que guardaban las paredes de la sala, al lado de su hermano—. Recomiendan que no acojamos a nadie que profese la herejía albigense, eso quiere decir que debemos expulsar a todos los buenos hombres que van y vienen por nuestro territorio... Es una recomendación que no me gusta, ya lo sabéis...

Un signo de preocupación contrajo las facciones de Joan de Empúries.

—¡Otra vez! ¿Sabéis qué supondría eso? —Un arrebato de rabia impetuosa hizo levantar al conde Hug de la silla—. ¡Más de cien mercaderes occitanos entran y salen cada día de nuestra villa! Son comerciantes, gente pacífica que nos deja más ingresos que nadie.

El conde no sospechaba que, años después, exactamente en 1190, su primogénito sería excomulgado por el Papa por haber acogido a buenos hombres en el territorio condal. Sólo era el anuncio de una represión brutal, la cruzada contra los albigenses en 1209, con un final muy triste.

—¡Me niego! —gritó.

El condado estaba lleno de albigenses. Tenían buena relación con los señores de la comarca. Venían de Carcasona, de Albí, de Narbona, de todas partes. Compraban más que vendían, se llevaban pieles curtidas, cáñamo, vino y salazones.

—Tarde o temprano tendremos que actuar —dijo el hermano del conde.

—¡Que sea tarde, pues, cuando nos obliguen!

Esta vez, Joan de Empúries calló.

Entrada la tarde, cuando la oscuridad avanzaba sobre los estanques y teñía de bruma el jardín de las bestias, sacó otro tema de conversación.

—Hemos ordenado al procurador que confisque los bienes de Dalmau de Quermançó —el conde habló con autoridad. Se había detenido delante de la reja de la corona condal. La llama de una lámpara de aceite se reflejaba en la pedrería del círculo de oro y en cada una de las dieciocho puntas de la corona donde brillaba una perla.

—No hizo testamento y el juez ha dictaminado a favor de la corte, porque atentó contra vos —dijo su hermano mientras se sentaba en un arquibanco acolchado—. Tenéis derecho a quedaros con la herencia de ese traidor... Amasó una buena fortuna y no me preguntéis cómo, era una mala pieza, ya lo sabéis, pero doscientas onzas de oro os permitirán saldar deudas. —Hizo una pausa—. Por cierto, ¿qué debemos hacer con Damià de Armentera? Él y ese bastardo de Dalmau eran uña y carne... Parece que ha abandonado el monasterio.

—¿Lo reclama el abad?

—Si no lo tengo mal entendido, lo ha expulsado de la comunidad, y Damià quiere quedarse en la hacienda familiar.

—Que pague todos los tributos y se lo concederemos —sentenció el conde.

Cuando Joan de Empúries salió del palacio, el día era una raya de luz sobre la cordillera.

Al otro lado de los límites del condado, la guardia del vizconde de Peralada cerraba la puerta del casal de los Rocabertí. Càndia estaba en el cuarto donde había dormido durante casi dos años. Hacía el equipaje para viajar a Italia. Estaba retenida en la casa y se sentía prisionera. La condesa Ermessenda y su hijo estaban resentidos por el rechazo de la muchacha y la habían menospreciado públicamente. Habían dado la orden de no dejarla salir hasta el día siguiente, cuando llegara el carruaje que la devolvería a su tierra.

Capítulo 47

Viaje de retorno

El Pájaro se tocó la cara, intentando adivinar si había cambiado de aspecto durante las últimas semanas; pero el rostro no se le había endurecido, sino que era más fino. A pesar de las comidas del convento, estaba tan delgado como siempre. Detrás del caballo, cogido a la silla que Sebastià ocupaba por completo, se sonó la nariz con la manga de la camisa. Estaba protegido por la espalda voluminosa de su tutor, el grosor del manto de lana y una capa pluvial que le habían regalado los monjes de Galligants.

La humedad del camino le hería los ojos y la nariz le moqueaba continuamente.

Sebastià espoleaba el caballo, ya que *Blancard* se había acostumbrado a reposar y habría ido más lentamente. En muchos tramos el camino era de subida. Habían atravesado montañas escarpadas donde pastaban ovejas y vacas. El golpeo de las hachas resonaba en las pendientes de la montaña, como señal de que alguien poblaba aquellos mundos de Dios. En algún recodo del camino, encontraron cuadrillas de leñadores que cortaban encinas y pinos.

Habían atravesado el río Ter y galopaban en dirección al norte por una antigua vía empedrada de siete codos de ancho. Las herraduras de *Blancard* resonaban con un *cracc* nítido, de hierro nuevo, y los mechones de su crin se balanceaban continuamente. El Pájaro lo había cepillado en la albardería del monasterio. Estaba orgulloso de aquel corcel. Mientras cabalgaban, se dejaba llevar por el balanceo de la silla, y los párpados se le cerraban.

Sebastià parecía decidido a ganar tiempo. Cuando convenía, sacudía las bridas y decía «arre». En Galligants se había afeitado la barba e iba lampiño como un pollo desplumado.

En todo el camino no había dicho ni palabra. Seguro que tenía a Guisla en la cabeza. El Pájaro sólo pensaba en Càndia y se moría de ganas de llegar a Peralada. Anhelaba reencontrarla, tenerla en sus brazos. Le había hecho jurar: «Prométeme que no te marcharás a tu país sin que volvamos a vernos».

Girona quedaba atrás. Sebastià no volvió la cabeza ni una sola vez. Miraba la tenue claridad del cielo, cómo se iba abriendo a medida que avanzaban hacia el norte. «Quiere soplar la tramontana; volvemos a casa.» Casi al instante sintió una sacudida de placer y reprimió la punzada de la emoción. Durante días no había estado seguro de nada. «Hasta ayer estábamos a punto de emprender la marcha quién sabe adónde —se dijo—. Si hubiera sido preciso, hacia Montserrat o Santiago de Compostela.»

Por la mañana, el abad de Galligants lo había llamado.

—Hemos recibido un mensaje de Rodes —había dicho—; nos comunican que podéis volver porque el peligro ha pasado y el conde de Empúries se ha mostrado favorable a hacer las paces.

—¿Os puedo pedir un favor antes de marcharme?

El abad lo había escuchado, acurrucado en el sitial. Tiraba a jorobado.

—Decidme.

—Hasta hoy habéis protegido a Adalbert —dijo Sebastià—, ahora temo por él... Si los esbirros del vizconde de Cabrera lo entregan al conde de Empúries, será ejecutado sin piedad.

—¿Me estáis pidiendo que interceda por él?

Sebastià se había provisto de argumentos para defender al muchacho. Insistiría tanto como fuera necesario.

—Os lo suplico, padre venerable, es más inocente que culpable; está arrepentido y merece clemencia... Tal como me prometisteis, vos podéis conseguir que el vizconde lo entregue a nuestro abad, que le garantizará un juicio justo.

El abad había asentido con unos ojos aletargados de anciano.

—Me comprometo de nuevo, ya que vos me lo pedís y, cuando sea la hora, lo haré escoltar hasta Rodes.

Aquellas palabras lo convencieron.

Ahora estaba tranquilo. «Te devolveré a tu hijo sano y salvo, Guisla. Lo juro por Dios, que me muera antes de permitir que lo condenen.»

Confiaba que el destino conspiraría a su favor. Más de una vez recordó el viaje de ida. Quién sabe si el bastardo del consejero los esperaría en cualquier punto del camino. Le parecía extraño no tener ninguna noticia de él; era un hombre peligroso. «Ya debe de haberse recuperado de la estocada.»

Esta vez había cambiado las reliquias de sitio. Las llevaba en un zurrón atado en bandolera sobre el pecho. Respiró el aliento de tramontana que le entraba en el cuerpo y agradeció el soplo helado del nuevo invierno.

Más tarde, atravesaron el río Fluvià y un conjunto de cerros con bosquecillos y campos a su alrededor.

Los pensamientos aún le vagaban, perdidos en algún lugar detrás de los recuerdos, cuando llegaron al cruce que los devolvería a Peralada. Si hubieran seguido hacia poniente habrían llegado a Figueres, de la cual apenas se intuía el poblado disperso alrededor de una pequeña iglesia. Más adelante, aquel lugar se convertiría en una villa soberana rodeada de murallas; devendría primero territorio alindado, compartido entre el condado de Besalú y los vizcondes de Rocabertí, hasta que el rey Jaime I le concediera la carta de población y diera a su alcalde la jurisdicción de la villa.

Pero nada de lo que estaba por suceder podía ser previsto entonces. Sebastià había tomado la dirección del mar, esta vez siguiendo la vía principal, sin desviarse en ningún momento, hasta llegar a la altura de una acequia sucia, llena de cañaverales, que daba agua a una serie de huertas y de casas. En todo el camino sólo habían descabalgado para comer un bocado de pan y cebolla y orinar bajo un sauce.

Hacía rato que tenía un nudo en la garganta. Regresaba a los lugares conocidos, quién sabe cómo lo recibiría Guisla. «Vas y vienes como un ladrón, sin avisar ni dar explicaciones; ¡si supieras cómo he sufrido por Adalbert! Y tú, siempre a la tuya, maldito seas, no me explicas nada, ya me conozco tus historias.» La calmaría con la mirada, y no la dejaría hablar. Le tocaría el pelo empolvado de harina. «Tu hijo está protegido, estate tranquila, mujer, no seas tozuda; ven aquí, acuéstate a mi lado.»

Antes de llegar a Peralada encontraron una larga hilera de carretas que los obligaron a salir del camino. Eran muleros de gesto malcarado que trajinaban troncos de árboles y llevaban la ropa tan sucia que no se apreciaba el color original.

Aquí y allá se veían olivos con frutos, a punto de batir. Las lluvias de otoño habían abonado la hierba y todo era de un verde esmeralda. A lo lejos, en medio del bosquecillo, los cerdos pastaban bajo las encinas. Había que alimentarlos con bellotas, a la espera de la matanza, en pleno invierno, cuando hiciera frío de verdad y el tiempo asegurara la conservación de las carnes embutidas destinadas en buena parte al pago de tributos y diezmos. Los jamones del cerdo eran privilegio de los señores barones y los abades; y todos aquellos campesinos deberían conformarse con chicharrones, tocino magro y butifarras de sangre.

De pronto, la villa de Peralada apareció en el horizonte, sobre una pequeña colina bordeada por las aguas del Orlina y el Llobregat. Ya se veía la muralla de más de cinco hombres de altura y las almenas que la remataban.

Al Pájaro le dio un vuelco el corazón. En el pecho le comenzaron a resonar mil repiques de campana. Càndia lo esperaba allí donde se habían amado. Pronto volvería a encontarse con ella. Confiaba en la promesa que le había hecho: «Te estaré esperando». La quería tanto que le causaba dolor tener que ocultar aquel amor. Mientras pensaba, la inquietud se apoderó de él.

Bordearon Peralada por el lado del bullidor. La tramontana removía aquí los aires bajos. Sólo de rodear la muralla los invadió el tufillo fétido de las grasas en descomposición y de las pieles que se secaban en los márgenes de la acequia, mezclado con el hedor de los taninos proveniente del molino de corteza, un edificio alzado sobre la acequia que alimentaba la curtiduría de piel.

Esta vez no entraron por los burdeles; a la altura de la calle de los tintoreros, uno de los guardias del portal, que iba enfundado en una pelliza de cordero, reconoció a Sebastià y les dio entrada.

—¿Adónde vais tan bien afeitado? Parece que os tratan bien esos puñeteros monjes.

Sebastià se acomodó en el caballo y sonrió.

—Ya lo creo.

El frío atenuaba los olores que exhalaba la población, en un momento en que aún se notaba el efecto de las lluvias abundantes, que habían hecho desbordar las aguas fecales. Los líquidos corrían por los rodales de los adoquines transportando toda clase de detritos, materias en descomposición y excrementos.

No era día de mercado, pero la agitación en la calle de las tintorerías era continua; por doquier había mercaderes y cuadrillas de soldados que hablaban con unos y otros.

Fueron a casa del trapero al que conocía Sebastià. El hombre los vio desde el obrador y los hizo entrar.

—No vayáis al hostal, quedaos aquí.

Sebastià torció los labios, dudando.

—Quizá tengáis razón, aquí estamos más seguros.

Le sorprendía no haber visto aún al enemigo.

El Pájaro estaba impaciente y su tutor se dio cuenta enseguida.

—¿Estás ansioso por ver a tu dama? Tienes suerte de conocer al jefe de la guardia, pillo... Ve con cuidado.

Al llegar la noche, Blai se enfundó la espada y volvió al castillo de los Rocabertí. Esta vez iba solo, caminando como una flecha bajo el frío intenso, con la mirada ausente de los enamorados.

Dejó atrás el rumor de los callejones nocturnos y llegó a las puertas de la fortificación, que tenía al menos tres codos de ancho. Allí lo paró un silbido.

¿Y si lo detenían? Se estremeció de la cabeza a los pies. Quien había silbado acababa de abandonar la sombra del muro. Entonces apareció la figura fornida del jefe de la guardia con la espada desenvainada. Parecía un oso peludo, con la malla puesta y el cabello encasquetado bajo la bacía de hierro.

—¿Ya vuelves a estar aquí? —lo advirtió con una expresión de sorpresa—. Aquel día, por poco nos descubren. Tu dama está fuera; se ha marchado hacia Italia en compañía de su doncella; el vizconde la ha hecho escoltar hasta Narbona, y no sé nada más.

Se le encogió el corazón. No dijo nada, vencido por la desolación. «¿Me ha abandonado? ¿Se ha arrepentido de amarme? Prometió que me esperaría...»

Lo invadió la imagen de Càndia, que se partía en dos. Una era dulce y acogedora, la otra áspera y cruel. Y lo hirió una punzada de dolor.

—¡Venga, que no se acaba el mundo! ¡Hay más hembras que guerreros! —El guardia le dio una palmada en el hombro.

Hizo esfuerzos por no llorar delante de aquel valentón, pero se había rendido al dolor.

Aquella noche apenas pegó ojo. Encontró a Sebastià roncando, aferrado al relicario. Más valía así, ya que no tenía ganas de hablar con nadie. Estaba angustiado y triste. Cuando pudo dormirse, Càndia vino a atormentarlo, acompañada de todas las diablesas del túnel del monasterio.

—¡Venga, despierta!

Sebastià le estaba sacudiendo. Entonces fue consciente de que soñaba con una garra roja que le arrancaba los genitales y sangraba, dolorido. Sofocó un grito de angustia.

—Despierta, has tenido una pesadilla.

Abrió los ojos, sudado, con las pupilas perdidas en el vacío.

—Càndia se ha ido a Italia —murmuró—, seguro que allí hay caballeros de su estamento.

—No digas eso. —Sebastià lo miró, compadecido—. ¿Por qué te culpas? Quizá la hayan obligado a marcharse antes de hora.

—Dijo que me amaba. —Sintió el profundo desgarro de un puñal clavado en pleno corazón, vacío, mientras el agua salada le anegaba los ojos—. ¡Todo lo que he hecho no ha servido de nada!

Sintió la mano de Sebastià en el hombro.

—Quizá no debía ser. —Su tutor tenía ahora una voz suave, casi paternal, y en su rostro no había ningún signo de dureza—. Si ella no es para ti, ya encontrarás a otra chica que te quiera.

Para casarse y tener hijos encontraría las mujeres que quisiera. Pero había hablado de amor y no de ningún contrato matrimonial.

—Te he visto trabajar y tienes madera de escultor, estoy seguro —continuó diciendo Sebastià—, lo que debes hacer es no rendirte, mañana mismo vuelve a trabajar... Te ayudaré tanto como pueda, y tú, tarde o temprano, serás oficial.

—Lo dices para que me calle... ¡En el monasterio no cuento para nada y la gente de Santa Creu me tiene por un hijo bastardo! —Ya fuera de sí, Blai tiró la capa de estameña al suelo—. ¡Ni siquiera sé dónde yace mi padre!

Había prorrumpido en un llanto rabioso que enfureció a Sebastià.

—¡Basta! No quiero que digas eso, ¿oyes? —Lo cogió con rudeza por el brazo—. Recuerda que eres un caballero, ¡maldita sea! Tú no eres ningún bastardo, ¿oyes? ¡Tu padre era un monje y mañana sabrás dónde yace! ¡Juro por Dios que lo sabrás, aunque no te guste!

Resopló, rojo como una guindilla. «Pocas veces estamos despiertos —habría dicho—; dormimos casi toda la vida y nos arrastran los demonios si no estamos atentos. Te he prometido llevarte a la tumba de tu padre, joven caballero, y te ayudaré, aunque me pese, aunque tenga que actuar contra la ley, a liberarte de la servidumbre.»

Capítulo 48

La tumba

El molino de Balascó se alzaba sobre un riachuelo, en una cañada de montaña, en el imponente promontorio del Cap de Creus. Para llegar a él desde Rodes, había que recorrer un buen trecho, descender hasta alcanzar el mar y, allí abajo, volver a enfilar pendientes camino de la ermita de Sant Baldiri de Taballera.

Ellos habían cabalgado desde Peralada al amanecer, siguiendo la carena sin subir al monasterio, con las espadas ceñidas a la espalda y la tramontana aguijoneando como el hielo. Sebastià estaba tranquilo. «Si no nos han cogido el tesoro hasta ahora, tampoco lo harán en adelante; estamos en tierra segura.»

—¡Dios del cielo! ¡Me habéis hecho sufrir más que un mal parto! —exclamó Guisla levantando los brazos, las manos desnudas y una extenuación de ansiedad en el rostro. Fue el primer saludo que les dio al llegar al molino. Había dejado el capazo lleno de harina de garbanzos delante de la puerta y fue hacia ellos con paso decidido, el delantal de saca empolvado y la toca gris que le enmarcaba la cara morena. Alguna vez había pensado: «Valdría más ser puta que matarme a trabajar como hago, pero Dios me guarde de serlo».

Hacía muchos días que Sebastià deseaba aquel momento. Vaya si lo esperaba. La belleza de Guisla no se había ajado en absoluto y le brillaba una chispa en los ojos. No le dijo que estaba esplendorosa, pero le besó la mano. Guisla lo miró con recelo.

—Pensaba que no volverías —se quejó—, si no llega a ser por Aimeric, que me avisó, ya te daba por muerto. —Cerró los ojos al decirlo—. Todos estos días sin ti ni mi hijo... Tengo miedo de que me lo maten, Sebastià.

Él la abrazó, tanto le daba que los viera el Pájaro.

—Estate tranquila, mujer, el abad de Galligants me ha prometido que no lo entregará al conde Hug; lo está protegiendo y tu hijo tendrá un juicio como corresponde.

El Pájaro los dejó solos. Le daba no sé qué ver cómo se abrazaban, aún no se le había cicatrizado la herida del desamor y cualquier gesto de ternura le recordaba a Càndia. Además, estaba nervioso por lo que le había prometido Sebastià. Pronto sabría dónde descansaba su padre.

Se puso a curiosear por el molino. Aquella casa al abrigo de la roca siempre le había parecido un lugar extraño, sobre todo porque la atravesaba un canal de agua. Había entrado en ella dos o tres veces, acompañando a Sebastià, para buscar harina de cebada o de habas y, en cada ocasión, había sentido un escalofrío de angustia.

Entró en la sala del molino. El rumor del agua y el ruido fuerte del mecanismo que hacía girar la muela de piedra resonaba en el espacio. Era una dependencia de paredes altas sin ventanas y con una inmensa viga que triangulaba el hueco del techo, de donde colgaba una tolva, un recipiente de madera acabado en una boca por donde salía el grano.

Se echó sobre el techo de madera que cubría el agujero de la tolva y miró al suelo; desde allí se veía pasar el agua de la acequia.

—¿Qué haces aquí?

Al levantar la cabeza, el Pájaro descubrió a un hombre entrado en años, vestido con un sayal de estameña, negro y hosco.

—¡He venido con Sebastià! —alzó la voz para que lo oyera—. ¿Qué hacéis?

—¿No lo ves? Tenemos que moler garbanzos y habas para hacer pasta de legumbres, algo tiene que comer la gente de la montaña... Es un mal año, y no tenemos ni mijo ni cebada... El pan candeal lo guardamos para el abad, que tiene el derecho absoluto del molino —dijo el hombre. Para hacer aquel pan blanco había que separar el salvado de la harina.

El mozo de Guisla había comenzado a vaciar sacas de garbanzos en la tolva. El Pájaro vio caer los granos entre las dos muelas de piedra; allí en medio se aplastaban.

Sebastià le había explicado que la muela de arriba era la volandera y rodaba gracias a un eje impulsado por una rueda de palas. El agua la hacía girar. «Es un molino de rodillo y el mecanismo es como un árbol —le había dicho—. El agua remueve las raíces, que son las palas.» También le había explicado que primero salía el salvado o la cáscara y después la harina.

Estuvo atento al polvillo de harina que caía de las muelas y se vaciaba en la harinera, una especie de caja profunda. Aquel hombre la sacaría de allí con la pala de ensacar y la pondría en sacas de cáñamo como las que se amontonaban ante la pared.

Cuando ya se había cansado de dar vueltas, oyó que Sebastià lo llamaba. Al cabo de un momento salieron del molino. Cabalgaron un trecho, hasta que dejaron atrás la vegetación frondosa de la hondonada de la montaña y, después de un rato, encontraron una explanada de rocas solitarias donde sólo soplaba el viento.

Sebastià tiró de las bridas del caballo, que parecía dispuesto a recorrer el mundo.

—¡So! Hemos llegado a las cavernas —dijo, descabalgando—. Hacia allí hay una pared de rocalla con cuevas.

Estacó el caballo en un peñasco y cargó las alforjas a la espalda.

El Pájaro miró a su alrededor. No conocía aquel lugar, quedaba muy apartado del monasterio. Contó cuatro cuevas que apenas se veían porque estaban cubiertas de zarzales.

—Antes aquí vivían ermitaños —dijo Sebastià. Ahora no había un alma; sólo gaviotas y rocas con líquenes y, más allá, precipicios abiertos al mar.

—¿Qué comían? —preguntó el Pájaro.

—Hinojo, raíces y frutas silvestres.

—¿Y podían vivir?

—Subsistían. ¿Ves? Aquí ha arraigado una higuera. —Se agachó y le señaló una rama que nacía en una grieta de la roca. Al hablar, sus ojos se levantaban ligeramente hacia las sienes para morir en un puñado de arrugas—. Su primera intención será dar frutos para que los coman los pájaros... La naturaleza es generosa.

El Pájaro no dijo nada. Recordó la valentía de su tutor y, de nuevo, sintió admiración por él.

Una ráfaga de viento los hizo marcharse de aquel lugar desprotegido. Siguieron por un sendero que corría entre el roquedal. Cuando ya no encontraban ningún rastro de vida vegetal, sólo rocas, llegaron a una explanada de tierra. Allí había una casa de paredes desmoronadas, totalmente cubierta de espinas, y un tamarisco solitario.

Sebastià se detuvo.

—Aquí naciste tú cuando esto aún era una casa; tus padres se refugiaron en ella...

El Pájaro miró aquella ruina abandonada. No tenía ningún recuerdo de ella. O tal vez alguno. Veía la imagen de una puerta abierta y de un fogón; unas manos grandes y blancas que atizaban el fuego. Sólo eso, nada más.

—Ve hasta el árbol y mira bien —dijo Sebastià.

El Pájaro rodeó el tamarisco, pero no encontró nada que le llamara la atención. Cuando regresaba, el chillido de una gaviota le hizo levantar los ojos. Entonces tropezó con la presencia de una cruz de madera que coronaba el roquedal, justo detrás de la casa. Estaba torcida, a una distancia considerable del tamarisco.

Contó dos zancadas hasta llegar a la señal. Ya allí, vio claramente la cruz de madera podrida que señalaba una tumba. Estaba excavada en medio del roquedal y la cubría una losa de arenisca donde rezaba la inscripción: HIC IACET MEA RAIMUNDA. Aquí yace mi Raimunda.

Se agachó sobre la tumba y tocó las letras con la punta del dedo, como si quisiera cincelarlas de nuevo. Poco después, oyó detrás de sí la voz de Sebastià.

—Tu madre yace aquí. Murió al darte a luz y tu padre no pudo enterrarla en el cementerio.

Toda mujer adúltera era condenada a pasar vergüenza pública, debía correr desnuda por pueblos y villas, para que todo el mundo la viera, con una guirnalda de soga en la cabeza, y no merecía descansar en sagrado.

El Pájaro reprimió el dolor. Un largo escalofrío le recorrió el espinazo. Le entristecía pensar que su madre no tuviera derecho a descansar en paz. ¿Cómo podía ser que la gente considerara corrupta a una mujer que había dado la vida por él?

—No lo entiendo —murmuró tragando saliva. Si una adúltera no tenía derecho al cielo, ¿qué pasaba con los criminales?—. ¿Y mi padre? ¿Dónde está su tumba? ¿O es que no fue enterrado porque mató a un hombre?

Mientras preguntaba, Sebastià se sentó a su lado, descargando en el suelo las alforjas. ¿Cómo podía explicárselo todo sin hacerle más daño?

—Sé que no he sido el mejor tutor, me debo de haber equivocado en muchas cosas y tienes derecho a reprocharme lo que quieras... De tu padre, tampoco te he dicho toda la verdad.

El chaval lo miró con recelo, intentando adivinar lo que estaba a punto de oír.

—Después de dejarte en el monasterio, tu padre se marchó. —Hizo una pausa tensa, buscando las palabras adecuadas—. Nadie supo más de él, hasta que un día un pescador aseguró que lo había visto en uno de estos acantilados. —A Sebastià le costaba proseguir—. Se lanzó al mar —murmuró cerrando los labios—, y lo más extraño de todo es que nadie encontró nunca el cuerpo.

El Pájaro sintió una mano firme sujetándole los hombros, un sabor agrio que subía por la boca del corazón y unas ganas inmensas de llorar. Sin querer, las lágrimas le anegaron los ojos.

—No hagas caso de lo que dice la gente, tus padres merecen descansar en paz.

Silenció los comentarios mordaces de los maldicientes. Muchos de ellos daban por hecho que Norbert era un alma en pena y estaba condenado a vagar eternamente por la montaña de Verdera.

Cuando el llanto del chaval se calmó, se le presentaron las angustias pasadas. El recuerdo de los alaridos nocturnos se mezclaba con la voz que alguna vez había oído mientras dormía. Era la sensación de una presencia que iba y venía como una sombra.

Sin decir nada, sorbiéndose los mocos, se deshizo del brazo

de Sebastià para respirar el aire frío. Caminó hasta el precipicio y miró al fondo cómo caían los barrancos por las gargantas rocosas. Vio a los charranes que anidaban en las grietas del acantilado, y el mar, toda una inmensidad de agua, engullendo el pie de la montaña. Se arrodilló al borde de una roca y se persignó. «Si tu alma está aquí, padre, que encuentre reposo y Dios le dé paz.»

Allí, a pie de la roca y por primera vez desde que vivían juntos, Sebastià le habló de tú a tú, como a un hombre.

—¿Quién no ha matado a alguien, en este mundo de odios y de combates? ¿Sabes por qué dejé las armas? —la voz de su tutor era sólo un murmullo—. Estaba harto de muertos y un día pensé que la vida debía de tener algún otro sentido. —No solía hablar de él mismo, si no convenía—. ¿Recuerdas lo que te dije de Jerusalén? Aún no te he explicado la batalla más cruel.

El rostro de Sebastià había adquirido un aire taciturno. Se pasó la mano por la barbilla; parecía otro hombre con la cara afeitada.

—Una mañana de aquéllas se nos acercó una gran hueste enemiga —dijo—. Eran turcos... llevaban túnicas azules e iban embozados hasta los ojos. Pensé que sus madres debían de haberlos parido encima del caballo, porque montaban como demonios. Eran feroces y tenían más arqueros que los egipcios que persiguieron a Moisés... La verdad es que sólo al presentar batalla ya hirieron a muchos de nuestros hombres.

Tosió y, poco después, lanzó un escupitajo al suelo.

El Pájaro guardaba silencio; no sabía por qué le estaba explicando aquella historia, pero lo escuchó con la mirada perdida.

—Fue una lucha sangrienta —prosiguió—, ellos eran hábiles con las flechas y nosotros sufrimos una gran mortandad... Acabé combatiendo a pie, ciego de rabia, mientras nuestros hombres se desangraban en el suelo. —Hizo una pausa y después continuó—: Yo sólo sentía ira y deseo de venganza, y me abalancé contra un arquero... Me disparó una flecha que me atravesó el hueso de la rodilla; era dura como un arpón, la maldita. —Tragó saliva—. Me arrojé sobre aquel cabrón y le hice caer del caballo. De veras que parecía un demonio viviente, sólo se le veían los ojos y era bajo como una sanguijuela. —Se le congestionó el rostro y estornudó fuerte, como si expulsara algún mal de encima—. Le ensarté la espada en el corazón y cayó al suelo, con un reguero de sangre en el pecho. Pero sus ojos se clavaron en mí como si quisieran decirme algo. —Fijó los ojos en el mar—. Yo me quedé petrificado y no podía apartar los ojos de aquellas pupilas de cristal... Tenían un brillo que me hería...

Inspiró. El viento soplaba cada vez más fuerte y rizaba las olas.

—De tanto matar hombres, el corazón se te endurece como una piedra —dijo—; solíamos rematar al enemigo con la espada y proseguir la matanza, pero aquel arquero estaba moribundo y ya no podía hacer nada por defenderse.

Recordó con vergüenza que alguna vez, en el fragor de la lucha, los caballeros más feroces decapitaban y arrancaban el corazón de los vencidos y los lanzaban a la hueste enemiga para atemorizarla.

—Le arranqué el turbante para desenmascararlo, para saber qué cara tenía el felón, pero ¿sabes qué?

Nuevamente hizo una pausa.

—Era lampiño, de cara pequeña, con unas mejillas finas de niño y los ojos brillantes y nacarados. —Recordó aquellos brazos que apenas habían cogido forma—. Entonces le levanté la túnica. ¿Y sabes qué vi?

El Pájaro negó con la cabeza.

—Iba calzado con unas polainas cosidas a unos zancos de madera, y más arriba, vi unos pies y unas piernas pequeñas y secas como palos.

Poco a poco se había ido haciendo visible el cuerpo de un niño: las manos ocultas en los guantes de combate, las extremidades cortas, la mirada de criatura.

—El guerrero con quien me había batido era un chiquillo...

Cerró los ojos, como si contuviera una emoción lejana que volvía a abrir una vieja herida. En aquel momento se había sentido como san Pablo cuando cayó del caballo. En su interior, no paraba de decir: «¿Qué has hecho?». Miraba a aquel chiquillo y veía al hijo que no había tenido con ninguna mujer, el hijo del sacrificio de Abraham.

—Lo peor vino después, maldita guerra —continuó—, muchos de nuestros hombres estaban muertos y los arqueros enemigos yacían en el suelo. Comencé a arrancar turbantes y a levantar túnicas, como si hubiera perdido el juicio. ¿Y sabes qué? Ninguno de ellos tenía más de siete años... ¡Habíamos estado luchando contra criaturas!

Hizo un silencio. Sólo se oía silbar el viento.

—Sentí asco de todo, asco de mí mismo, y me prometí que cambiaría... No quería seguir luchando, por eso abandoné las huestes del conde.

Desde entonces había procurado ver hermanos entre los enemigos.

—En este mundo, si no perdonas, no tienes descanso ni alegría.

En la cueva, haciendo penitencia, había comido miel silvestre, hormigas, langostas verdes, flores y raíces. Había hecho frente a una tempestad de recuerdos monstruosos que lo incendiaban y le producían insomnio. Sentía que estaba solo en el mundo, como un gusano, que el cielo le había abandonado y Dios lo castigaba con la mala conciencia, porque había obedecido leyes injustas. Durante meses su cabeza fue un infierno. No pudo liberarse hasta una madrugada en que vio un águila de cola barrada de las que anidan en los roquedales. Se detuvo arriba, en el cielo, y, de pronto, se precipitó en picado sobre una rata de montaña y se la comió. Entonces tuvo una revelación: aquella rata asquerosa tomaría pronto la forma de pájaro, se transmutaría en águila y volaría hacia las alturas. Y en aquel instante supo, porque el corazón se lo decía, que también él era una rata y, si no se dejaba deglutir por el espíritu que gritaba en su interior no se liberaría nunca. Sólo así se transformaría en un hombre nuevo. Entonces recuperó la fuerza con que se da el esperma. Supo que había muerto y volvía a nacer, y se sintió pleno de vida, con un ardor de corazón que sólo había vuelto a experimentar dos o tres veces rezando solo o en brazos de Guisla.

Capítulo 49

Llegada al monasterio

Como un trovador que ha abandonado la lucha y puede cantar las batallas, Sebastià podía conjurar las imágenes del pasado para calmar las viejas heridas. Jerusalén formaba parte del recuerdo. Ahora sólo deseaba llegar al hospital, reencontrar caras conocidas y reanudar el día a día.

Por dentro estaba eufórico, pero exteriormente tenía la sonrisa exhausta de quien vuelve de un largo viaje.

De regreso al monasterio, Sebastià y Blai habían adelantado a dos peregrinos barbudos que caminaban descalzos. Iban provistos de un bastón, una capa de estambre, una calabaza de agua y un sombrero de alas recogidas con una concha. Con el primer Dios os guarde dijeron que iban a Santiago de Compostela.

—Queremos recibir la bendición de esta santa abadía y esperamos encontrar un lecho donde dormir.

—Seréis bienvenidos en nuestro hospital —dijo Sebastià. Enseguida espoleó el caballo y dejó atrás a los caminantes.

No tardó mucho en ver el pueblo de Santa Creu y el imponente edificio monacal. Brillaba bajo el sol de invierno con el color blanco gris del mortero de cal, estirado en las torres de defensa y erecto en el campanario. Parecía un príncipe sobre un sitial de piedra.

Sebastià estaba impaciente por llegar al hospital y bordeó la muralla del pueblo sin intención de entrar en él. Tenía el cuerpo molido de tanto viajar y el pensamiento sólo le pedía volver a casa. «El tiempo pasa, todas las cosas pasan», pensó. Volvía a Rodes después de la batalla y, esta vez, no había derramado sangre.

Un toque de corneta muy agudo anunció el cambio de guardia.

Ya estaban en las inmediaciones del portal de acceso al monasterio cuando les sorprendieron unos gritos desaforados que provenían de la explanada exterior. Un hombre vestido con un hábito de beato, con la ropa áspera de los penitentes, proclamaba a los cuatro vientos un sermón extraño. Declamaba como si tuviera delante un ejército de peregrinos.

Sebastià escuchó lo que decía.

—¡Hombres pecadores y perversos, degradados de toda ralea! —vociferaba—. ¡El mundo era un jardín y lo habéis convertido en un pudridero a vuestra imagen y semejanza, porque en vuestro interior se pudren las viejas maldades y el orgullo os impide cambiar! —Gesticulaba con desasosiego—. ¡Limpiad vuestra alma, inicuos! ¡Reconoced humildemente la bondad de corazón que os ha dado el Padre y yo os redimiré! ¡De mí recibiréis el mandamiento de volver a la tierra de la inocencia perdida!

El Pájaro preguntó qué hacía allí aquel tocado del ala.

—Los locos siempre dicen grandes verdades —respondió su tutor.

El penitente se perdió más allá del camino, mientras ellos llegaban a las puertas del monasterio.

Traspasando el portal, el Pájaro sintió una emoción desconocida; estaba compuesta de tristeza y alegría mezcladas en igual proporción. La fragancia de miel, el hedor a encierro del recinto, el tufo caliente y ahumado de las caballerizas, y el olor rancio del vino proveniente de la bodega le recordaron los aromas de siempre y, con ellos, los hechos que lo habían alejado del monasterio y el acto de desobediencia que había cometido. Quién sabe cómo lo recibiría el abad. Se atemorizó un poco pensando en el castigo que le esperaba.

Sebastià se había identificado ante el guardia de la torre, alzando la mano, y entró en el recinto a trote ligero, levantando una nube de polvo que llamó la atención de los que estaban en el patio. Al instante, se apagó el martilleo de los picapedreros que trabajaban al aire libre, siguiendo las órdenes de Arnau de Elna.

Los hombres habían comenzado a parlotear en voz baja, intercambiando miradas de desconfianza. El único que salió a darles la bienvenida con alegría fue Aimeric. Corrió a su encuentro, con los brazos abiertos y aquellas manos de oso peludo.

Sebastià lo saludó y le entregó el caballo. Aimeric los puso al día de todo lo que había pasado.

—El abad ha expulsado al sacristán por traición... ¿Sabéis qué ha hecho, el muy hijo de perra? ¡Nos ha dejado sin llaves y hemos tenido que echar abajo la puerta de la bodega! —se quejó—. Se hacía obedecer por fray Ermengol y aquel rabioso de consejero.

—Malas piezas las del señor conde —dijo Sebastià.

—¿Es que no sabéis que Dalmau ha muerto? —preguntó Aimeric—. ¡Quiso asesinar al conde Hug!

—Había de tener un mal fin —dijo Sebastià. No añadió nada más, y fue a poner las reliquias a resguardo.

El Pájaro se sentía algo cohibido por aquella recepción decepcionante. Genís y Samsó, los aprendices con quienes se había iniciado en el arte de la escultura, lo habían saludado, avergonzados, con un movimiento de cabeza.

—El primer oficial quiere hablar contigo —le dijo uno de los picapedreros.

Fue a ver a Arnau de Elna, que trabajaba en la galilea de la iglesia. Estaba repasando la superficie de una escultura sobre un banco que le servía de obrador. Arnau lo miró de reojo sin dejar de percutir el punzón contra la piedra.

Así pasó un rato, hasta que se dignó girarse.

—El trabajo no se puede abandonar. —Lo escrutó con mirada severa de capataz—. Has perdido demasiados días de labor y deberás recuperarlos si quieres continuar con nosotros.

—Haré lo que sea necesario, señor. —Blai agachó la cabeza—. Puedo trabajar por las noches.

El oficial esbozó una sonrisa agria.

—Ya te marcaremos nosotros el horario; y ve a hablar con el abad, tendrás que vértelas con él.

No fue hasta más tarde que el abad Berenguer lo recibió. Al entrar en el recinto del monasterio, el Pájaro había topado con un penitente imprevisto. Fray Ermengol cumplía rigurosamente la penitencia pública atado a una cadena y vestido con un hábito de arpillera que dejaba pasar el viento. Estaba en el suelo, acurrucado y mudo, y ni lo miró.

Fray Gausbert lo anunció en la sala capitular. Le daba un poco de angustia tener que hablar con el abad. El corazón le palpitaba febrilmente y respiró hondo para darse valor. La voz sobria del abad Berenguer le hizo tener los pies en el suelo.

—¡Ven aquí, hijo pródigo! —El venerable levantó una mano amenazante, mientras Blai flexionaba las rodillas y se postraba en el suelo—. ¡Debería hacerte azotar por lo que has hecho! Tienes suerte de que tu tutor querrá interceder por ti.

—Venerable, perdonadme —se excusó el joven sin levantarse—. Sólo quería acompañarle.

—Eres tan granuja como tu... —el abad interrumpió lo que había comenzado a decir—. Nos has desobedecido... ¿No te hemos dado alimento y cama y todo lo que necesitas para vivir?

—Padre venerable, me falta una cosa más necesaria que el pan. —Seguía postrado a los pies del abad, se jugaba demasiado—. Un día me dijisteis que el Padre del cielo me ama y yo sé que es así —mientras lo decía, el corazón le latía con fuerza—, pero necesitaba saber quién era mi padre en la tierra.

El abad se ruborizó.

—¿De qué te ha servido saber que eres hijo de un monje pecador? Tu padre, Norbert Croisset —pronunció aquel nombre con lentitud, entornando los ojos—, era un desobediente como tú, ¡que mereces ser azotado!

Parecía estar sopesando el castigo que le aplicaría. Tosió como si se hubiera ahogado y, subrepticiamente, cambió de expresión.

—Os suplico clemencia —imploró el chaval.

El abad lo miró en silencio. Postrado en el suelo parecía un chiquillo.

—Levántate —dijo el abad. Y giró la cabeza hacia un lado, rendido a la piedad—. ¿Cómo piensas enmendar tu falta?

—Trabajaré con los escultores tantas horas como tiene el día.

—Eso espero. —Le ofreció la mano derecha para que se la besara—. Vuelve al trabajo ahora mismo y cumple con tu intención.

Aquel día la visión de la arqueta provocó en el abad una alegría difícil de contener. Comprobó que no faltaba ningún hueso y guardó las reliquias en un secreter de la sala capitular. Había escuchado las razones de Sebastià con interés.

—Podéis estar seguro de que daremos asilo al hijo de la molinera de Balascó, nuestro procurador velará porque tenga una pena justa y proporcionada... Marchaos en paz —lo despidió con buen ánimo.

Durante un rato se entregó al deporte de la calma, hasta que fray Gausbert lo interrumpió para anunciarle la visita de un monje extranjero: un benedictino joven, alto y flaco, que iba armado con una daga en el cinto.

—Decidme, hermano.

—Soy el monje Gilabert, vengo del *Monts Sancti Michaeli in periculo mari* —dijo en un latín impecable mostrando un salvoconducto.

Sólo con oír mencionar el sitio, el abad se inquietó. El monasterio del Monte San Miguel de Normandía era un cenobio bastante célebre y fray Norbert venía de aquel remoto lugar. Sin embargo, aquel monje desconocido tenía un aspecto noble.

Comprobó el salvoconducto. Poseía las credenciales de la abadía, un sello en pan de oro del obispo Aubert con la figura del arcángel san Miguel.

—He recorrido muchas leguas a caballo por un camino difícil —dijo el monje. El arcángel lo debía acompañar porque, según dijo, se había salvado del ataque de unos salteadores en tierras occitanas—. Busco a un hermano que se llama Norbert —dijo sin más dilaciones—, sé que ha vivido en esta casa.

El abad se alarmó.

—Si habéis preguntado por él, os deben de haber dicho que ha muerto; se lo llevó la vida hace unos cuantos años.

Las facciones del normando se encogieron; enarcó las cejas y miró fijamente al abad.

—Norbert usurpó un documento de nuestro monasterio —dijo con firmeza.

—¿Qué clase de documento?

—Una carta de un ex cardenal del Santo Padre que atenta contra la Iglesia romana. Hemos recibido órdenes de destruirla, venerable.

El abad se quedó pensando qué debía decir. Tenía un documento que los protegía mientras lo guardara en secreto. Si confesaba que lo tenía, le acusarían de haberlo retenido.

—¿Podéis ser más preciso? —Se hizo el desentendido.

—Esta carta pertenece a un ex cardenal que renunció al cargo y decía ser testigo de la falsificación de restos y de bienes sagrados por parte de la sede vaticana.

—¿Qué clase de bienes?

—Como comprenderéis, no puedo daros detalles que no estoy autorizado a revelar —respondió el monje—. El caso es que el ex cardenal acabó dando la razón a los albigenses y se posicionó a favor de los argumentos que afirman el poder que Jesucristo concedió a la mujer y la redención de los fieles sin la intercesión de los ministros de Dios.

—¿Cuestiona la autoridad del Papa y de los clérigos?

—Por descontado, venerable… ¿Estáis seguro de que nunca habéis visto esta carta? —insistió el monje—. Contiene un antiguo símbolo que los eremitas del desierto transmitieron a través de Esmirna y que veneran los herejes.

Hete aquí lo que no había sido capaz de desvelar, se dijo el abad.

—¿Qué clase de símbolo? —pinchó, para hacer cantar al monje.

—Un octógono que forma una telaraña de ocho radios y tres círculos. Según un grupo de herejes albigenses relacionados con la secta de los bogomiles de Esmirna, este símbolo representa la geometría de la Madre universal y contiene los atributos de la feminidad, dos iniciales dibujadas en el círculo central, AM, que coinciden con la codificación del nombre de María Virgen.

¡Cómo no lo había pensado antes! ¡Las iniciales que tanto lo habían intrigado estaban en todas las iglesias de advocación mariana!

—Ya sabéis que los herejes albigenses van contra la Iglesia de Roma y este documento les daría argumentos porque el ex cardenal denuncia que la Iglesia ha falsificado... —Llegado aquí, el monje normando replegó las articulaciones de los dedos sobre el cinto e hizo parpadear los ojos—. Disculpadme, venerable, pero no os puedo dar esta información.

—Me hago cargo —lo tranquilizó el abad.

—La carta sostiene que la verdadera naturaleza de Dios contiene el poder del Padre y de una Madre Divina. ¡Como comprenderéis, eso puede ser mal utilizado por los herejes, que afirman que la unión sexual entre hombre y mujer permite la comprensión de Dios! —dijo con voz de pito.

El abad lo desmintió con un gesto.

—Conozco bien a los herejes albigenses, se llaman a sí mismos perfectos, obedecen la autoridad de obispos ilegítimos y es cierto que incorporan a las mujeres a la clerecía —replicó—, pero nunca he oído decir que identifiquen a Dios con una Madre.

—Creedme, todos han bebido de la misma falsa doctrina —insistió el normando—. ¡Afirman que Jesucristo ha sido mal interpretado por nuestra Iglesia, hablan del poder de María Magdalena y este símbolo representa no sabemos qué geometría sagrada de una madre cósmica que estaría en las estrellas! Es gente peligrosa, creen en mentiras.

—Pero ¿es auténtica esta carta que decís? —Necesitaba aclararlo.

—Por descontado. —El monje tenía las mejillas rojas de la excitación—. El ex cardenal era un hombre controvertido que se puso a favor de la herejía y, si su testimonio cae en manos de los albigenses, puede amenazar a nuestra Iglesia.

—Decidle a vuestro abad que nunca he visto ese documento.

Despidió al monje normando ofreciéndole un caballo bien ensillado que no estuviera cansado del viaje y la hospitalidad de una cama.

—Os lo agradezco, pero tengo que ponerme en camino hoy mismo.

Cuando se quedó solo, el abad meditó la decisión que debía tomar. Ocultaría la carta por siempre jamás para que ni aquel traidor de Damià ni ningún otro hermano pudieran encontrarla. Así aseguraría los bienes del monasterio. Además, si la Iglesia de Roma les negaba alguna vez la capacidad de otorgar perdones, podían utilizar aquel documento para presionar al Pontífice.

Al atardecer, después de una comida copiosa en el refectorio de los invitados, el monje normando abandonó el monasterio.

Encontró el camino despejado. Bajó por la montaña, a trote ligero, y a medio camino, le salió al paso un demente. Debía de ser prisionero de algún mal espíritu porque se lanzó al camino gritando, enloquecido. Se abalanzó sobre el caballo con tanta brusquedad que el animal se espantó y corrió desbocado hasta hacer caer al jinete. Cuando un caballo pierde el gobierno no hay quien lo pare.

Allí mismo, mientras rodaba por la pendiente, el monje normando tuvo un último pensamiento para el arcángel Miguel: «Acógeme en el cielo si es mi hora». Poco después, se partió el cráneo con la arista de una roca.

Capítulo 50

El regreso del maestro escultor

El Maestro Peire estuvo un total de cuatro días de viaje a través de los territorios de Occitania. La vuelta a Sant Pere de Rodes fue a principios de diciembre. El conde Ramon de Tolosa lo había hecho escoltar hasta Carcasona. Llegado allí, el maestro escultor prosiguió el trayecto en solitario, cabalgando por caminos de montaña y bordeando llanuras y burgos. De Carcasona a Lagrassa, y de allí hacia Perpiñán, hasta llegar a los Pirineos orientales, donde atravesó el Coll de Panissars. Durante todo el viaje lo saludaron pueblecitos apiñados en torno a pequeñas iglesias de tejados puntiagudos, con viñas y campos sembrados de los que ya despuntaban las hojas. El tiempo no había sido del todo favorable. El último día, al pasar los Pirineos, lo habían precedido unas torres altísimas de nubes y un repicar de truenos que descargaban sobre las montañas convertidos en lluvia. Poco después, se había levantado un viento de noroeste violento y frío. Al Maestro Peire todo esto le pareció providencial, porque el viento le empujaba y le era favorable.

Había dejado atrás Tolosa, la ciudad de los azulejos rojos, flanqueada por el río Garona y coronada por el palacio de los condes y la basílica de San Saturnino. En la ciudad, ahora soplaban malos aires. El conde Ramon de Tolosa vivía una situación complicada; sus vecinos, el conde de Barcelona y el de Rasés, amenazaban los límites territoriales del condado. Los obispos de Tolosa y de Albí tampoco ayudaban mucho a pacificar la situación; habían ordenado a los clérigos y canónigos que rebatiesen los argumentos de los albigenses que vivían en el territorio y exigían al príncipe, tal como denominaban al conde Ramon, que obligara a sus súbditos a acatar la fe en la Iglesia romana. Ya tenían previsto organizar un coloquio en Lombers en 1175; entonces, obligarían al príncipe Ramon y a su esposa a estar presentes.

El Maestro Peire había obrado con cautela, procurando pasar inadvertido, para que el conde no lo retuviera en la ciudad. «Soy libre», se dijo, mientras cabalgaba. Y espoleó el caballo.

Se marchaba de Tolosa habiendo resuelto todos los asuntos pendientes. Un procurador de la corte lo había defendido de las acusaciones de impago de tributos que le imputaba el conde Ramon. Y se había librado, a condición de esculpir un sarcófago cincelado al estilo de los romanos ilustres, tal como quería el conde.

Había tardado un mes y medio en acabar los relieves del sarcófago, el mismo día la justicia le dio la razón y le fueron reconocidos los derechos sobre la hacienda familiar. Había quedado satisfecho con la resolución judicial y, por fin, después de muchos días de intranquilidad, quedó exonerado de las deudas. De pronto se sintió forastero en la ciudad que lo había visto nacer y decidió vender la casa familiar, un edificio de piedra rosada y arcadas de madera cercano al palacio de los condes. Pensó que se retiraría a Italia y, con el paso de los días, los viejos recuerdos que lo ligaban a la ciudad se diluirían como la niebla matinal que cubría el lecho del río Garona.

Sin embargo, nunca llegaría a saber que el verdadero motivo de los requerimientos del conde Ramon había sido un pacto de alianza firmado con el condado de Empúries y que el consejero Dalmau de Quermançó había sido su principal instigador.

Ahora estaba a muchas leguas de distancia de Tolosa de Languedoc.

Esta vez no se detuvo en la villa de Peralada. Sabía que su hija había abandonado la corte condal y temía ser mal recibido por la vizcondesa Ermessenda, que no aceptaba un no y estaba resentida porque habían rechazado a su hijo. La vizcondesa lo había dejado bien claro el día que se despidió de ella para marcharse a Tolosa:

—No habéis sabido hacer valer vuestra autoridad de padre, Maestro Peire, y habéis roto vuestra palabra —dijo mirándolo severamente. Tenía unos ojos fríos, de mármol negro—. Ya que habéis tomado una decisión equivocada, más vale que vuestra hija abandone nuestra corte tan pronto como sea posible.

Fueron las últimas palabras de Ermessenda de Vilademuls. Pero él estaba cargado de razones; no quería que Càndia fuera infeliz. La había encontrado gimoteando en la cama, con los ojos hinchados y el tejido de las mejillas ajado por las sábanas.

—Vuestra hija me hace sufrir, señor —le había dicho la dama de compañía—. No prueba bocado y llora todo el día, tiene un gran disgusto.

Había intentado convencer a la chica para que abandonara su actitud.

—No estoy enojada, padre, pero no me quiero casar con el hijo del vizconde, no lo amo y con él seré desgraciada.

—¿Cómo puedes estar segura? ¿Por qué lo dices?

—Se comporta vilmente, he visto cómo humilla a los esclavos.

Las palabras desoladas de Càndia le habían hecho reflexionar. Ciertamente, ser cruel con los débiles era el peor defecto.

—No te obligaré a casarte a disgusto, hija, aunque quizá llegarías a amarlo.

—Ya estoy enamorada, padre.

—¿De quién?

—Si os lo digo, ¿me reprenderéis?

Recordaba perfectamente la mirada suplicante de su hija. Cuando supo quién era el afortunado, lamentó que la niña de sus ojos amara a un siervo.

—Vos también fuisteis aprendiz de escultor y os habéis convertido en maestro —le dijo Càndia.

—Si quiere casarse contigo deberá liberarse de la servidumbre.

—Dadle la oportunidad de demostrar que vale, padre.

Lo que le pedía su hija era otra cuestión.

—Ve a Italia con tu dama y ya hablaremos.

Recordó que había pasado un mes y medio desde entonces, y sofocó un suspiro.

La visión de la villa de Peralada duró poco tiempo; iba al galope, impulsando al caballo con el látigo, porque estaba impaciente por llegar al monasterio. Quién sabe cómo encontraría la obra.

El guardia de la torre fue el primero en verlo y le dio la bienvenida con un toque de cuerno largo y grave. Aún no había descabalgado cuando salió a recibirlo Arnau de Elna, a quien en pocos meses se le había salpicado la barba de pelos blancos. El hombre era la imagen de la actividad absoluta: el delantal de sarga,* el cinto cargado de herramientas y un caminar diligente. Apenas lo saludó y él, que ya conocía su talante, no le hizo caso.

Antes que nada se dirigió a la iglesia para comprobar el estado de la obra. Los escultores trabajaban a destajo cincelando molduras, porque iban atrasados. Lo saludaron con una reverencia que él pasó por alto.

Fue a examinar los sillares de los picapedreros y las piezas de los aprendices, sin decir nada al Pájaro, que no se atrevía a apartar los ojos de la piedra. Durante un rato estuvo repasando las molduras con detenimiento. De vez en cuando entornaba los ojos y hacía alguna mueca de enojo que le marcaba las arrugas de la frente.

—¿Acaso os da pereza mover la mano? —dijo con autoridad—. Debéis pulir mejor las inscripciones de las placas, ¡las letras deben poder leerse desde el pie de la puerta! —riñó.

Tendría que repasar uno a uno los relieves que no habían pasado por sus manos, la cruz y el *agnus dei*, aquel cordero de Dios que debía presidir el tímpano, la mampostería de relleno con invocaciones a san Pedro y los relieves de ángeles que completaban la arquivolta.

Apenas se entretuvo. Ordenó a los esclavos que le llevaran el banco de trabajo a la galería de la iglesia y que colocaran el relieve que había dejado inacabado al marcharse a Tolosa.

Pronto comenzó a esculpir los detalles con avidez serena.

Una semana más tarde aún no se había permitido más descanso que la comida de mediodía y las horas profundas de la noche. Había trabajado al atardecer, a la luz de las lámparas y una hilera de velas. De aquella manera, acabó dando forma a un relieve sobre la resurrección de Lázaro.

Los días de invierno eran cortos y había que desbastar y marcar una quincena de piezas destinadas a los relieves historiados que completarían la portada antes de que llegara la primavera. No le quedaba más remedio que esculpir a un ritmo más que acelerado.

El Pájaro había reanudado el trabajo sin pausa; el día se le hacía corto, al ser tan larga la noche invernal. Se necesitaba destreza para alisar piedras. Aprendió a pulirlas con una piedra tosca que esmerilaba muy bien y trabajaba en el obrador desde que salía el sol hasta que oscurecía. El trabajo le ayudaba a soportar mejor el desaliento que le producía la ausencia de Càndia y aún más pensar que le había abandonado. Cuando lo pensaba, se sentía flaquear e intentaba disimular el desaliento a golpes, picando la piedra con la martellina. Sabía que tendría que volver a ganarse la confianza del oficial y trabajaba sin la alegría de antes, movido por la necesidad de hacerse un hueco entre aquellos hombres de buen oficio. Continuaba aspirando a un trabajo que le parecía menos duro que limpiar el hospital o ayudar a los mozos en los establos. Poco más podía hacer entre aquellas cuatro paredes.

Había vuelto a tener pesadillas. Una noche soñó que le perseguía un lobo y él corría por la montaña; se hería la mano en la arista de un peñasco y huía ensangrentado, tropezando con el roquedal. Caía al suelo y el lobo le mordía en el pecho. Justo entonces se volvía rojo como la sangre y ya no le veían ni los pájaros. Se había hecho transparente como un alma en pena.

—¡Despierta! —Sebastià lo sacudió con unas manazas llenas de durezas—. No pasa nada, tenías una pesadilla. —Un rato más tarde, le volvió a despertar—. Últimamente duermes mal, si no fuera que tu mal sólo se cura con tiempo y paciencia buscaríamos algún remedio. —Sebastià puso cara de contrariedad.

—¡Es que no la puedo olvidar! —No podía explicar cómo se sentía, tenía el corazón hecho pedazos—. El mundo es injusto, ¿por qué nací siervo? ¿Por qué...?

—Ya te lo dije, pero tú, venga a insistir —balbuceó Sebastià—, lo querías todo, querías una dama, querías saber la verdad, maldita sea... ¡Pues ya la tienes, cojones!

El Pájaro palideció; los labios le empezaron a temblar y tuvo que reprimir un grito. Le atravesó una rabia dolorosa; se habría arañado. Y se desahogó dando puñetazos sobre el jergón hasta que la rabia cesó. Entonces se recostó y lloró en silencio. Sebastià le dejó hacer y no se movió de su lado.

—No debemos ambicionar un destino que no nos corresponde —habló en un tono de murmullo, cuando el chaval ya no se movía—. ¿Qué piensas? Los príncipes tienen más obligaciones que nadie y a menudo están solos, por más sirvientes que los asistan; no duermen en paz porque han de dar guerra todo el santo día, les traicionan y les envenenan los hombres en quienes confían; tienen un destino muy triste, nunca lo quieras para ti. Tú tienes suerte de aprender un oficio —prosiguió dándole una palmada en el hombro—, míralo así.

Diciembre avanzaba deprisa. Los campesinos se cogían las aceitunas y las cepas de uva dormían el sueño del invierno. El frío se había apoderado del monasterio, así como el olor a cerrado que desprendían los patios interiores. Cada día, Aimeric encendía una pira en medio del patio y apilaba leña con aquellas manos de oso peludo. Usaba madera de escaso valor: ramas de pino y de roble muerto que juntaba en la floresta, cáscaras de fruta seca y piñas vacías.

Los aprendices trabajaban ahora en una celda contigua a la de los sirvientes, con guantes de lana basta que los protegían de los sabañones. Genís y Samsó se habían sumado a la cuadrilla.

—¿Qué cuenta el pecoso? —le preguntaban.

El Pájaro tallaba un sobrante de piedra con la escarpa. Medio sonrió. «Id con viento fresco», pensó. Confiaba en que el oficial le volvería a llamar en cualquier momento.

Uno de aquellos días apareció Miquela, con la toca y el sayal remendado que conjugaban con su espíritu simple.

—Aimeric me ha dicho que te has salvado de un buen castigo —llamó a Blai con una señal y lo retuvo en la puerta del hospital—. Tengo que decirte algo, jovencito, no sé si te han dicho algo de tu amada... —le escrutó los ojos tristes—. La costurera que conozco me ha explicado que la bruja de la vizcondesa le tenía ojeriza; comenzó a decir que había recibido la visita de un amante y la acusó de deshonesta... La chica tuvo que marcharse de Peralada a toda prisa —farfulló enseñando la hilera de dientes picados—. Debió de sufrir mucho, pobrecilla.

Al Pájaro le dio un vuelco el corazón.

—¿No dejó nada para mí?

—¿Qué quieres? ¡Si ni siquiera tuvo tiempo de ponerse los zapatos! —Aimeric la llamó—. Este hombre me tiene harta, me tengo que marchar...

El Pájaro se quedó solo, sopesando lo que acababa de oír. Recordó las palabras de Càndia: «Te llevaré en el corazón». Debía confiar. Confiar en ella.

Capítulo 51

La finalización de la portada

Era la primavera de 1163. Los sembrados ya habían nacido, la retama estaba a punto de florecer y las abejas libaban las flores con un zumbido tan frenético como el que tenía lugar en el interior del monasterio. La proximidad de la fiesta de la Santa Cruz, que aquel año caía en Viernes Santo, se respiraba en el aire. Gracias a eso, los monjes celebrarían un año jubilar y podrían otorgar a los peregrinos los mismos perdones que la Santa Sede del Vaticano.

Ya hacía días que había acabado la Cuaresma y, con ella, la prohibición de los juegos, la obligación del ayuno y penitencia rigurosa durante cuarenta días.

Tres días antes de la gran festividad, al toque de alba de las campanas, Aimeric había limpiado los establos soltando sapos y culebras porque las golondrinas anidaban debajo de los cuadrales. Se presentaba un día ajetreado, si el azar no estropeaba los planes. Los escultores tenían previsto coronar la gran portada de mármol y dejarla a punto para la gran celebración. La obra esculpida quedaba protegida en el espacio de la galilea de la iglesia, que servía de panteón a los nobles emporitanos. En aquel momento la cubría un gran andamio de tablones y ya se podían contemplar los relieves esculpidos.

Arnau de Elna reunió a todos los obreros para darles instrucciones.

—¡Quiero tres hombres allá arriba! —Señaló el andamio

más alto, un tercer piso sobre la arquivolta. Dio órdenes a otro grupo—: ¡Vosotros vigilad las maromas!

—¡Atad bien las piezas antes de izarlas! —indicó a una cuadrilla de ganapanes. Y aquellos hombres de amplias espaldas y brazos nervudos que habían trabajado en el transporte de material durante todos aquellos meses fueron a buscar las maromas.

En cuestión de pocos días habían montado la base y los dos primeros pisos de la portada. Las esculturas imponentes de los apóstoles Pedro y Pablo escoltaban la entrada, a ambos lados de la puerta, y se habían colocado las piezas del tímpano y dos grandes relieves que representaban la última cena y la escena de la crucifixión a la altura del primer piso. Y, encima, una serie de relieves historiados sobre los milagros de Jesucristo. Sólo faltaba encajar la última hilera de piezas y coronar la obra.

El sol comenzaba a levantarse en el horizonte y más de veinte obreros esperaban nuevas órdenes del oficial en jefe. La inquietud por ver acabado el resultado de dos años y medio de trabajo corría ahora entre los escultores como un río de lava hirviendo.

—¡Venga, izad!

Al grito de Arnau, los ganapanes que estaban en el suelo respondieron como un solo hombre ayudando a levantar la primera de aquellas últimas esculturas, que era un relieve tan pesado como dos caballos.

Cuando ya tenían el relieve a la altura de los hombros, las cuerdas aflojaron y se vieron obligados a sostenerlo a fuerza de brazos. Sudaban encorvados, apretando los dientes, los músculos tensos por el esfuerzo.

—¡Tirad de las maromas, rápido!

El oficial había enrojecido y dio órdenes a los mozos que vigilaban el mecanismo de elevación, que funcionaba por tracción animal.

Fuera, en el patio, dos muleros espolearon las mulas que impulsaban la rueda giratoria, hasta que la triple maroma se tensó sobre la polea que coronaba la portada, liberando a los hombres del peso de la escultura.

—¡Arriba, arriba! —volvió a gritar el oficial.

Poco después, el relieve había llegado a la altura del tercer piso. Los tres hombres que esperaban sobre el andamio, ayudados por la fuerza de arrastre de las maromas, la habían hecho encajar en el lugar que le correspondía.

El Maestro Peire lo miraba todo desde fuera de la iglesia. Cualquiera habría dicho que mantenía una actitud indiferente y distante, porque había terminado el trabajo. Pero sufría más que nadie; por eso había dejado la tarea al primer oficial. Arnau de Elna tenía don de mando y sabía izar los relieves mejor que él. Estaba agotado. Había trabajado hasta bien entrada la madrugada, entumecido por el frío y rodeado por tres lámparas de aceite que apenas iluminaban el espacio del obrador para poder acabar la última pieza, el milagro de las bodas de Caná. El dedo mellado no le impedía esculpir con precisión y, con una paciencia infinita y un taladro afilado como una aguja, había ido perforando las incisiones de los globos oculares de las figuras. Después había pulido los rostros con exactitud, totalmente abstraído, mientras los relieves se iban afinando. No dio la pieza por acabada hasta el momento en que vio en ella hombres de carne y hueso y las figuras se hicieron reales. Repasó las expresiones de admiración de los apóstoles ante el gesto de humillación de Jesús, que les había querido lavar los pies en el lavatorio. Y, de improviso, se emocionó. Con aquella pieza acababa la portada.

El relieve llevaba la inscripción JESÚS LAVA LOS SANTOS PIES DE LOS APÓSTOLES, y debía servir como símbolo de penitencia. Encima iría la *Dextera domini* representando la mano de Dios, con el índice y el dedo medio alzados en señal de bendición.

—¡Subid la *Dextera*!

Arnau dio la orden de levantar la escultura que coronaría la obra.

Hacía rato que izaban piezas y las iban colocando en su sitio. Tres obreros achaparrados las habían alzado una a una, sobre el andamio, con los brazos nervudos y el rostro congestionado. Una vez arriba las hacían coincidir con la fachada. Por suerte, las aristas estaban bien pulidas y encajaban perfectamente.

Aimeric, el Pájaro y Sebastià, que se había vuelto a dejar crecer la barba, contemplaban la escena con el corazón encogido, temiendo que fallara algo. Lo miraban todo, boquiabiertos.

—Es extraño que estos monjes sabelotodo no salgan a verlo —dijo Aimeric.

Cuando ya no contaban con ello, aparecieron el abad Berenguer y fray Guillem, el maestro de obras. El abad vestía un escapulario grueso que le cubría el hábito y caminó silenciosamente hasta el maestro escultor.

Los habían visto hablar de lejos.

—¡Más a la derecha! ¡Poco a poco! —La voz poderosa del Maestro Peire se sumó a la del oficial.

—Sólo un dedo y ya está —murmuró el Pájaro.

Sebastià callaba como un mudo, mirándolo todo a distancia.

Los hombres del andamio intentaban colocar el último sillar; era difícil hacerlo encajar entre la faja de inscripciones de manera que quedara una arcada perfecta. Resoplaban y tenían los músculos agarrotados. Habían tenido que retirar el sillar y pulirlo encima del andamio. Volvieron a intentarlo y, por fin, la pieza encajó en el hueco.

Todos, absolutamente todos, contemplaron extasiados la visión de la gran portalada.

En aquel momento comenzaron a repicar las campanas, el silencio angustioso se rompió y una euforia extraña recorrió el rostro de todos los presentes. Los obreros se abrazaron, los escultores sonrieron, liberados de la tensión, y el Maestro Peire recibió la enhorabuena del abad.

El Pájaro reprimió el impulso de abrazar a Sebastià. No había dormido demasiado porque había ayudado a los escultores a escarpar aristas hasta medianoche. Arnau de Elna decía que debían encajar como carne y uña, y no quería ningún fallo. «Debe ir perfecto», decía. Perfecto. Exacto. Todo debía ser tal como él decía. Alguna vez había deseado replicarle, pero acababa mordiéndose la lengua. El oficial nunca daba explicaciones y elegía a los aprendices que le parecía. Nunca le había dedicado ningún elogio. Blai sabía que no tendría ninguna otra oportunidad y el primer día que metiera la pata le echaría. Pero se consideraba bien pagado; trabajaba a veinte pasos del Maestro Peire y, por primera vez en la vida, recibía un sueldo de dos camisas de lino y diez monedas condales.

Desde que había vuelto de Tolosa de Languedoc, el maestro escultor no le había dirigido la palabra. Pero alguna vez, en plena actividad, había descubierto que lo miraba de reojo. Distante, desde su banco.

Antes del toque de vísperas, una pequeña comitiva de nobles atravesó el umbral de aquel magnífico pórtico.

El hijo pequeño del conde Hug y la condena Jussiana, Pere de Empúries, un chiquillo moreno y espigado de ocho años, ingresaba en el monasterio. Lo acompañaban sus padres y Ponç Hug, el hermano primogénito.

El niño vestía un hábito talar negro y había recibido una buena esquilada. Aquella mañana, en la sala de armas del palacio condal, había escuchado sin entender casi nada la cédula de petición con que sus padres se comprometían a entregarlo al monasterio y aportaban como ofrenda los bienes que le correspondían en herencia.

—Ofrecemos a nuestro hijo Pere al monasterio de Sant Pere que gobierna el abad Berenguer y lo entregamos como monje ante testigos. Y para que esta donación sea irrevocable, prometemos bajo juramento ante Dios que nunca le daremos permiso ni ocasión de salir del monasterio.

Con las últimas palabras dichas en boca de Joan de Empúries, que era el padrino del chaval, la condesa Jussiana sintió una punzada en el corazón.

—Le entregamos en herencia el bosque de Sant Romà, a condición de que, mientras vivamos, tengamos su usufructo. A cambio, cada año daremos una excelente recepción a los monjes del monasterio el día de Santa Margarida.

Su padre, el conde Hug, le dijo con orgullo:

—No olvides tu estirpe.

El niño miró entristecido a la condesa.

—Madre, ¿no volveré a veros?

—Una vez al año, hijo mío, en el monasterio estarás bien. —Jussiana contuvo la emoción. Se sabía observada por su esposo y se limitó a darle un beso en la frente, confundida ante los sentimientos contradictorios que le oprimían la garganta. Con suerte, vería muy pocas veces a aquel hijo.

Ahora habían entrado en la iglesia, acompañados por dos caballeros de la corte y el hermano del conde, que haría de testigo.

El templo resplandecía intensamente en la luz de la tarde y olía a incienso y rosas. Los preparativos para la celebración del

Jubileo habían modificado la sobriedad habitual cambiándola por una inmoderación desconocida. Los candelabros y las lámparas brillaban en los altares de los santos, el altar mayor estaba cubierto por un manto de lino bordado con hilo de plata y al pie del reconditorio de las reliquias reposaba una gran guirnalda de lirios y de rosas blancas.

Los monjes esperaban el inicio de la ceremonia, de pie en el oratorio, y el abad salió a recibir a los condes en el pasillo de la nave central.

—Dios os guarde, conde Hug, condesa Jussiana, hermano Joan, caballeros.

—Señor abad…

Jussiana estaba bellísima, con la toca suave en torno al rostro ovalado y una túnica fucsia con mangas estrechas que se abrían en el codo y colgaban sobre las faldas. Había flexionado las rodillas ante el abad. El conde, en cambio, lo miró a los ojos, apaciguado sólo por la presencia de su esposa y la necesidad de hacer una tregua.

Al abad no le pasó por alto el gesto soberbio del noble. Se levantó con autoridad, apoyado en el báculo.

—Nos habría complacido hacer las paces antes, conde. Vuestros amados padres reposan en esta iglesia y vuestro linaje continúa teniendo un lugar prominente.

—Espero que el vizconde de Rocabertí no os haga cambiar de opinión.

El sarcasmo que ocultaban las palabras del conde propició la mirada de reprobación de su hermano. «Tanto me da dónde me entierren —le había dicho aquella tarde—. Sólo quiero que el panteón familiar dé testimonio de la legitimidad de nuestra estirpe.»

—Sabed que no asistiremos a la ceremonia del Jubileo, que presidirá el vizconde Jofre —prosiguió el conde Hug.

—Lo comprendemos. —El abad no parecía en absoluto alterado por la noticia.

A nadie se le escapaba que sería difícil restablecer el diálogo entre las casas de Empúries y Peralada. Estaba previsto que firmaran pronto un pacto de no agresión para asegurar la actividad de los mercaderes y artesanos que vivían en las villas, los derechos sobre aquel preciado bien que era la sal y el control del comercio marítimo. Pero los rencores entre unos y otros aún no se habían desvanecido.

El joven Pere fue ofrecido a la casa de Dios con una sencilla ceremonia. Se presentó en el presbiterio con la cédula de petición en la mano derecha y el abad la envolvió con los manteles del altar.

Jussiana se mantuvo en un lugar discreto, reclinada en la tribuna de las damas. Siguió el protocolo en todo momento y los ojos le brillaban de emoción. La cabeza le decía que dejaba a su hijo en buenas manos, pero, a pesar del convencimiento, el corazón la traicionaba. Todo tiene un precio, se dijo, Dios me ha dado cinco hijos, es justo, pues, que le devuelva uno para que sirva en su templo. Casi al instante recordó al pequeño Hug, el hijo que había perdido, y sintió un río de dolor bajándole por el pecho, corriente abajo.

A pesar de la batalla interior que libraba la condesa, todo había ido bastante bien. La satisfacción por la proximidad del Jubileo comenzaba a eclosionar con fuerza y había contagiado el ánimo de los monjes, que entonaron los cantos gregorianos con magnificencia.

Nada presagiaba que, después de la celebración, volvería algún viejo fantasma.

Capítulo 52

La fiesta del Jubileo

Una euforia repentina parecía haberse apoderado de todos los seres visibles e invisibles del monasterio, hasta los caballos relinchaban más de lo habitual. Aquel día de primavera se concederían perdones extraordinarios a los peregrinos y visitantes.

El sol centelleaba en las aristas y cornisas del patio y hacía refulgir los mármoles de la portada.

El abad Berenguer agitaba el hisopo ante la obra escultórica. Estaba exultante. Ostentaba los atributos de obispo que la ocasión le permitía, el anillo de oro con un rubí engarzado, la mitra y el báculo de cobre acabado en un pomo en espiral. La costumbre mandaba santificar los lugares con elementos de purificación, el agua, la sal y el fuego, agentes de transformación en la naturaleza que limpiaban los restos corruptos y eran garantía de pureza y de pulcritud.

Mil rociadas de agua con sal salieron del hisopo para bendecir la obra del Maestro Peire, bajo la mirada atenta de los nobles y los prelados que asistían a la celebración. Entre ellos estaban los vizcondes de Rocabertí, un grupo de caballeros y damas de la corte de Peralada, el obispo de Narbona, los abades de Ripoll y de Lagrassa, la priora Esclarmunda y un canónigo de la catedral de Santiago de Compostela que estaba de visita para pactar condonaciones a los peregrinos que visitaran las dos iglesias en peregrinación. Los acompañaba también el obispo de Zaragoza, que había cedido la villa de Ossera al monasterio en agradecimiento por un don recibido en una primera peregrinación.

El día anterior, todos aquellos nobles convidados habían disfrutado de un banquete copioso en la cocina abacial, en medio de una actividad incansable. El abad había repartido aguamaniles a los invitados y les ofreció manjares exquisitos. Fueron acogidos con vajilla de plata y fuentes repletas de perdices guisadas y pescado de roca acompañado de toda clase de pasteles, empanadas de verdura y salsas condimentadas con canela, clavo, pimiento y finas hierbas del bosque. Tres coperos llenaban continuamente los cálices vacíos con miel fermentada y una mezcla de vino tinto y blanco aliñado con especias.

Ahora, mientras bendecía la portada, el abad no pudo evitar sonreír, rompiendo el silencio preceptivo del ceremonial. ¡Por fin el Jubileo! Reprimió una exclamación. La espera de los últimos tres años había merecido la pena.

—Habéis creado una obra espléndida. —El vizconde fue el primero en felicitar al Maestro Peire, que iba acompañado de su oficial.

El escultor había rechazado dejar su rúbrica en los mármoles, tal como le sugería el abad. Los podía haber firmado, porque no estaba sujeto a la regla benedictina que obligaba a ejercer las artes con plena humildad, pero se dio por satisfecho de ver la obra perfectamente acabada. Sin duda, era la joya más hermosa que había esculpido nunca. Daba por hecho que era fruto de la inspiración divina que le acompañaba en el trabajo y tenía bastante con saberse entre los maestros escogidos, los que habían trabajado en la construcción de Notre-Dame de París y los que cincelaban capiteles en la catedral de Poitiers.

Por aquellas puertas pasaría un mar de peregrinos que cumplirían con un ritual antiguo, difícilmente explicable a los ojos de la razón. Habían hecho un largo viaje para llegar, con el bastón en la mano, el zurrón y una esportilla para las licencias y pasaportes y una copia manuscrita del testamento que habían hecho antes de partir.

Llegados al monasterio, entrarían en el templo por la puerta de San Pedro, contemplarían la estatua del apóstol que guardaba las llaves del cielo y de la tierra. Lo invocarían para recibir la bendición del Hijo de Dios, que mostraba su poder a través de los milagros representados en las esculturas. Una inscripción en la arquivolta, inaccesible para la mayoría de los visitantes, que no sabían leer, invocaba este poder: POR EL ESPLENDOR DEL MONASTERIO QUE NOS HA SUSTENTADO Y ENALTECIDO, APÓSTOL SAN PEDRO, OS SUPLICAMOS QUE ROGUÉIS POR NOSOTROS PARA QUE SEAMOS PARTÍCIPES DEL PARAÍSO.

La admiración por las esculturas que mostraban los invitados obligó al Maestro Peire a esgrimir una explicación razonada de los relieves y de las técnicas que había utilizado para esculpir la obra.

—Algunas decoraciones están talladas al bies —dijo señalando las volutas y palmetas que completaban algunos capiteles—. Trabajo las figuras y perfilo los detalles con el taladro.

—Nadie puede contarlo mejor que vos —precisó el abad. Y volviéndose hacia el vizconde Jofre—: Sin vuestra ayuda, vizconde, tampoco habría sido posible enaltecer nuestra iglesia… Lo haremos constar públicamente en el panteón de esta galilea, ya que no queda constancia escrita en el monumento.

Al oír el comentario, la vizcondesa Ermessenda, que se había mantenido en el lugar que correspondía a las damas, unos pasos por detrás de obispos y barones, hizo un gesto inamistoso.

—¿Y por qué no figura el nombre de mi esposo? ¡Es quien ha sufragado la obra! —dijo llevando la mano a los dobladillos de brocado que le salían de abajo del pecho para caer, alados, sobre la falda. Lucía sus mejores joyas, un collarcito de ágata y una malla de hilo de oro en el pelo.

Las damas que la acompañaban la miraron alarmadas, mientras que la priora Esclarmunda disimulaba una sonrisa y los barones se hacían los tontos. Durante unos instantes pasó un silencio súbito como una exhalación, que acabó rompiendo el prior de la abadía de Lagrassa.

—Es en verdad una obra magna, maestro. Nos enorgullece pensar que trabajaréis en nuestra abadía. ¿Contáis con venir pronto?

—Es probable que hagamos el viaje juntos. —Los ojos del Maestro Peire brillaron, ilusionados con la idea de regresar a Italia en unos cuantos meses—. Pasado mañana emprenderemos la marcha.

—Señores, deberíamos entrar, nos esperan para celebrar la misa —recordó el abad.

En el exterior del monasterio se agolpaba una multitud que deseaba entrar en la iglesia. Escuchaban el sermón de un cura de voz jactanciosa que les exhortaba al arrepentimiento de los pecados e invocaba el poder de las reliquias. A medida que pudieran avanzar, se dirigirían al lavatorio del claustro monacal, que fray Gausbert había abierto a todo el mundo. Dejarían las culpas ante la caja oscura de un confesionario y accederían al templo.

—Voy a misa. —Miquela se quitó el delantal. Se había recogido los mechones desordenados en un moño, pero era igual de fea—. Ya tengo la cena a punto... ¿No vienes, Sebastià?

El hombre negó con la cabeza. No le agradaban las multitudes. Y se ahorró decir lo que pensaba: «No nos salvan las reliquias, sino las buenas obras».

—Un día así bien merece una fiesta.

—Mi mujer está siempre con historias, déjala hablar —dijo Aimeric. Pero poco después la siguió como un cordero hasta la iglesia, mientras tres repiques solemnes de campana llenaban el espacio. Por primera vez en muchos años, se había acicalado. Se había peinado y llevaba una gonela nueva.

El monasterio era una babel confusa, compuesta por hablas romances que se hacían medio entender las unas con las otras.

El Pájaro se sumó al gentío. La devoción de los peregrinos, que se golpeaban el pecho y se arrodillaban delante de la galilea, le contagió una emoción indescriptible. Quién sabe qué habían hecho aquellos hombres y mujeres para que tuvieran que arrepentirse con tanta contrición. Recordó lo que solía decir su tutor: muchos buscan la bienaventuranza en las gestas de batalla, en la riqueza, o en el vino o en el cuerpo de alguna virgen, pero nada de eso los hace libres. Temen los tormentos del infierno y se arrepienten por miedo, pero el miedo es la cadena que más ata.

De pronto, alguien lo sacudió. Miquela lo había agarrado del brazo.

—¿Adónde vas? ¿Sabes qué? —prosiguió sin dejarlo responder—. Saurina se ha ido del pueblo... Su padre la ha entregado en matrimonio a un viejo mulero de Salses; se ve que el prometido tiene una buena casa, ¡pero cuando sepa la joya que ha pillado quedará bien servido!

Sin querer pensó en los labios húmedos de Saurina y, en su recuerdo, se superpusieron los ojos de Càndia, donde brillaban todas las estrellas.

Ya en la iglesia, Blai se sintió cohibido por la profusión de gente que se aglomeraba en ella. No tenía ojos para fijarse en tantas cosas como le presentaban los sentidos.

No había pisado más la cripta ni había hablado del túnel con nadie. De día, la casa de Dios le parecía un lugar seguro, luminoso y pacífico, sin ningún rastro de tiniebla. Ahora todo refulgía: el santo sagrario de plata, las lámparas bruñidas que colgaban de las columnas, las cruces procesionales de cobre y los cirios que ardían en las capillas de los santos. El altar mayor estaba guarnecido con flores y manteles con encajes de bolillos. Y las reliquias quedaban expuestas bajo un palio de madera policromada.

Reconoció la arqueta que habían transportado hasta Galligants. A su alrededor, dispuestos en círculo, reposaban diversos relicarios. Levantando la mirada podía ver con dificultad la exposición sagrada. Intentó distinguir el misterio que más lo había inquietado durante años: el dedo momificado de santa Magdalena. Pero fue en vano, porque desde la capilla donde se encontraba era imposible ver ningún detalle.

El abad Berenguer presidía el altar rodeado de obispos con ropas bordadas y un sombrero puntiagudo en la cabeza. Había comenzado a dar la bienvenida a los peregrinos y a enumerar las reliquias. Al acabar, los monjes entonaron un canto de bienvenida en alabanza de Dios, *De humildate Deo, cantate domino*. El Pájaro tosió, el aire era espeso y casi no se podía respirar. Un humo denso, proveniente de un gran incensario que oscilaba en el espacio de la nave, desprendía un aroma asfixiante de incienso que aplacaba la pestilencia del sudor de los peregrinos.

Vio a Samsó y Genís, que se movían entre la muchedumbre. A su lado estaban los aparceros de la montaña y el ermitaño de Sant Onofre, con una postura huraña de bestia solitaria, la barba algo recortada y los labios secos y torcidos. La presencia de éste despertó en Blai un sentimiento indefinido, de angustia y frío, de algo desconocido. Como era del todo imposible atravesar la nave, se quedó en la capilla de Sant Martí, desde donde veía de reojo las tribunas de los nobles. Los primeros bancos de la derecha estaban ocupados por caballeros con vestiduras ricas y clérigos de digna figura, y los bancos de la izquierda por las damas nobles, que se cubrían con velos. Entre ellas, descubrió la cabeza estirada y la toca brocada de Ermessenda de Vilademuls. La vizcondesa le daba rabia; por su culpa, Càndia había tenido que marcharse antes de hora.

Cuando ya había perdido por completo el hilo de la celebración, los monjes entonaron las notas de un salmo.

Esperó aburrido el momento de la adoración de las reliquias. Primero las reverenciaron los prelados, nobles y damas, y después los peregrinos, que ahora comenzaban a desfilar ordenadamente. Algunos de ellos eran tullidos. Vio a dos mancos, a una mujer ciega, que debía ser guiada, y a un hombre que tenía una pierna amputada y caminaba con muletas. Algunos lloraban emocionados porque al fin podían acercarse a las reliquias. «Si las tocas con fe, te puedes curar de cualquier enfermedad —le había dicho Miquela—. Yo sé de un hombre que no se podía mover y salió caminando.»

Decían que las reliquias tenían un gran poder y que el cuerpo de los santos curaba, como Jesucristo y sus apóstoles. Los santos también ayudaban a los hombres después de la muerte, estaban en el cielo y podían pedir la intercesión de Jesucristo ante el Padre.

La adoración se le hizo interminable y pronto el Pájaro se escabulló fuera de la iglesia.

Al salir, el viento había girado a poniente y unos nubarrones altos como castillos amenazaban por el lado de montaña.

Al anochecer, el eco de los sermones aún reverberaba por los riscos. Como en las grandes iglesias patriarcales de Roma, los peregrinos, vigilados por los monjes que velaban las reliquias, continuaron desfilando ante el altar durante horas y horas.

Capítulo 53

La marcha del Maestro Peire

Dos días después de la fiesta ceremonial, los hombres del Maestro Peire abandonaron el monasterio. La pausa de la vida sedentaria se había acabado, había que proseguir la tarea itinerante y emprender el trabajo en otras tierras. Tenían previsto detenerse en la abadía de Lagrassa, donde esculpirían una nueva portada. Después trabajarían en la catedral de Elna, en el monasterio de Cuixà y en multitud de iglesias de la comarca que les habían encargado trabajo, y finalmente volverían al taller de marmolistas del Rosellón. Entonces, el Maestro Peire viajaría a Italia para reencontrarse con su hija.

El viento del norte empujaba los copos de nieve en dirección al gran macizo del Montseny, e iba abriendo claros en el cielo.

—¡Atad bien los fardos, que no perdamos ninguno!

Hacía rato que Arnau de Elna controlaba los preparativos. Los escultores habían ido embalando cajas y morrales con las herramientas de trabajo y los bienes que les pertenecían: martellinas, trinchantes, punzones, taladros y mazos de hierro, además de algún banco de madera desarmado, que fueron a parar a lomos de tres asnos y cinco mulas, dos de las cuales eran obsequio del vizconde Jofre.

Los aprendices y los obreros habían abandonado el monasterio el día anterior. Samsó y Genís se despidieron del Pájaro con una cierta pesadumbre y le dieron la palabra de que volverían porque, no obstante las riñas, el vínculo de amistad ya había arraigado entre ellos.

El chaval se mantuvo atento a los movimientos de la cuadrilla de escultores y muy pronto se sumó a la tarea de atar las correas de los serones, con la excusa de que sabía tratar a aquel ganado indócil y tozudo que eran los asnos y las mulas. La verdad es que se moría de ganas de marcharse con ellos y, más de diez veces, observó al Maestro Peire y a Arnau, que estaban demasiado ocupados y ni lo vieron.

En toda la mañana no había puesto el pie en el hospital; no tenía hambre, los nervios se lo comían y se le contagió una prisa extraña. No sabía qué más podía hacer y se ofreció para dar de beber a los animales.

En el establo se encontró con Aimeric, que deshacía gavillas de paja.

—¿Se puede saber qué piensas? —El mozo dejó de desempolvar paja en el lecho de los animales. Se quedó de pie, con los brazos peludos sobre la panza—. A mí no me engañas, tú quieres marcharte con esta gente... Lo tienes difícil, chaval, todos estamos en manos del abad. Los campesinos deben mantenerse ligados a sus tierras y no pueden abandonarlas —prosiguió—, y nosotros hemos de servir al señor abad, no tenemos heredades ni bienes y estamos obligados a pagar el diezmo, a contribuir a la defensa del monasterio y a alojar a quien quiera el abad en nuestra casa, si nos pide albergue, así que... —Aimeric hablaba con un resentimiento cobarde, como si se hubiera acabado conformando a su suerte—. Sólo podemos redimirnos del yugo si pagamos el rescate que quiere el abad.

El rescate correspondía a una tercera parte de los bienes que poseía el siervo, que solía ser demasiado pobre para pagarla.

—Ésta es la ley para dejar de ser siervo —dijo rascándose la frente—, pero si no posees nada, ¿qué has de dar, no te jode?

El Pájaro no respondió. Una angustia fría como la hoja de un puñal le recorrió el espinazo. El mozo no dijo nada más; volvió al fondo del establo caminando de manera desacompasada.

Durante un rato, Blai fue arriba y abajo llevando a los asnos y las mulas al abrevadero hasta que el ganado estuvo satisfecho. Cuando acabó salió al exterior ensimismado en sus preocupaciones.

Fue entonces cuando descubrió un gesto imprevisto en el maestro escultor. Lo vio muy claro: le estaba mirando fijamente, sin hacer caso de los hombres que lo rodeaban; parecía abstraído, como cuando trabajaba en alguna pieza que requería su atención, y le hizo una señal discreta, inclinando la cabeza como diciendo «ven».

Blai se acercó con el corazón latiéndole tan fuerte que tuvo miedo de que el escultor lo oyera.

El Maestro Peire se había llevado las manos a la trenza de cuero del cinto y no se le veía el dedo cortado. Gastaba un aire refinado, pero su expresión era mesurada y serena.

—¿Cuánto tiempo hace que trabajas para nosotros? —dijo con un tono de voz señorial.

—Más de un año, maestro, me gustaría aprender bien el oficio —afirmó dándose ánimos.

Nunca había visto al escultor tan de cerca; el pelo blanco con entradas en las sienes, las bolsas de los ojos, hinchadas, y los ojos de carbón oscuro que recordaban los de Càndia.

—Me han dicho que no tienes padre... Pareces un franco de las tierras del norte, con esos ojos claros.

El joven estaba un poco avergonzado, pero aguantó la mirada del maestro.

—Si no me han informado mal, eres un siervo del abad —prosiguió el Maestro Peire—. Si tu señor te libera, te daré una oportunidad; vendrás con nosotros como hombre libre y servirás a nuestras órdenes hasta que puedas trabajar de escultor.

Aquellas palabras lo espolearon. Debía hablar con el abad como fuera.

Fray Gausbert estaba atareado en la portería, pero pareció comprender la urgencia de su petición.

—El padre abad está ocupado, ya miraré qué puedo hacer.

Al cabo de un rato lo llamó y, poco después, su señor recibía a Blai en el escritorio.

—Venerable, os pido que me liberéis. —Hizo la genuflexión en señal de respeto, movido por una inquietud desconocida que gravaba sobre él como un peso muerto.

El padre abad torció la boca.

—Hijo, te hemos protegido y alimentado. —Hizo una pausa y frunció las cejas—. Eres súbdito nuestro.

—Sé que me puedo redimir, si vos me lo concedéis —insistió de rodillas.

—Ya sabes qué hizo tu padre.

—Mi padre mató a un hombre, pero se arrepintió, señor; el Hijo de Dios también perdona a los pecadores.

Berenguer se quedó mudo. Jesucristo dijo al ladrón: «Mañana estarás conmigo en el paraíso».

—¿Cómo pagarás la redención? —objetó—. Hasta ahora has trabajado para tu manutención y no tienes herencia... ¿Adónde quieres ir?

—Con los escultores, venerable.

El abad balanceó la cabeza mientras dejaba caer la mano en un gesto de indulgencia.

—Ésta es tu casa —respondió al fin—. ¡Ea, vuelve al hospital! —No le dejó replicar, sólo le señaló la puerta—. ¡Ea, vete!

Y Blai se retiró, derrotado, sabiendo que no podía hacer nada para liberarse.

La ira se desató en su interior como una tempestad, las palabras del abad se le clavaron en el pecho como una flecha rabiosa y lo presionaban dolorosamente; tenía ganas de gritar y huir, y corrió sin parar hasta que estuvo fuera del monasterio. Corrió por el camino de la montaña que conducía al lado del mar, bordeando los precipicios de la costa.

No quería ver marcharse la comitiva del maestro con toda la cuadrilla de escultores. Era demasiado doloroso y no habría podido soportarlo.

Fue hasta el borde de la montaña y allí comenzó a lanzar piedras al vacío, con toda su fuerza, como si quisiera llegar al agua, que estaba demasiado lejos. Y cuando tuvo el brazo muerto y dolorido de tanto tirar piedras, sintió que su cólera aflojaba y unas lágrimas amargas como la hiel le rodaron por las mejillas.

Miró hacia el campanario. Dos golondrinas sobrevolaban el cielo, entrecruzándose. Le pareció que danzaban y las siguió mientras se giraban hacia el mar, con los ojos velados.

Recordó las palabras de Càndia: «Cuando estés lejos de mí y dudes, recuerda el juramento que nos hemos hecho». De improviso, el corazón le dio un vuelco y surgió de su interior una invocación espontánea. «Volaré hasta donde estés.» Y al instante, le invadió un alud de pensamientos que se iban desplegando con fuerza. «Me escaparé y seguiré a los escultores a distancia y, cuando estén muy lejos, me sumaré a ellos; suplicaré al maestro de rodillas, si es preciso. ¿Qué es lo peor que me puede pasar? Quizá no me acepte sin credenciales... Si me entrega a los soldados, me acusarán de desobediencia y me encarcelarán. ¿Y qué habré perdido, si ahora soy prisionero?»

Se arriesgaría e intentaría huir. La única herencia que le quedaba era la certeza de que su padre había sido un hombre libre. «Yo soy libre, por más que mi padre perdiera su condición», se dijo, y, empujado por esta convicción, regresó al monasterio, que refulgía con los muros blanquecinos encarados al sol.

Cuando llegó, en el patio sólo quedaban los burros y las mulas. Los escultores estaban comiendo en el pueblo de Santa Creu y tardarían un rato en emprender la marcha.

Se refugió en la celda del hospital; quería preparar un hatillo con cuatro cosas que le parecían necesarias para el viaje: dos camisas, unos pantalones, un manto y un puñal. Esperaba que Sebastià no lo descubriera. No quería marcharse sin avisarle, pero no habría sabido cómo decírselo.

Sebastià estaba en el comedor atendiendo a los peregrinos. Observó a su tutor a escondidas mientras hablaba con los huéspedes, sonriendo, con la barba recortada, la nariz prominente y la pose de hombre con mal genio. Fue a llamarlo, pero se arrepintió y retrocedió hasta la puerta. Más valía estar pendiente de los movimientos de los escultores.

—¿Dónde estabas? No te he visto en todo el día. —Sebastià lo descubrió—. ¿Qué te pasa por la cabeza?

La voz potente de su tutor sorprendió al Pájaro.

—Quiero marcharme con el maestro escultor —dijo en un murmullo—, pero el abad no quiere liberarme de la servidumbre.

—¿Pensabas marcharte sin despedirte? —lo reprendió mientras le escudriñaba los ojos—. ¿Te lo has pensado bien?

El Pájaro asintió.

—¿Y cómo te irás sin permiso? Por doquier te pedirán las credenciales y, si no las tienes, te encarcelarán.

—¿Por qué la justicia no nos ampara?

La expresión de Sebastià se perturbó.

—Las leyes de los hombres son cojas y sirven a los más poderosos.

—Quiero marcharme.

—¿Es por ella?

Al Pájaro le brillaron los ojos.

—No hagas nada hasta que yo vuelva —le ordenó su tutor—, espérame aquí.

Lo vio salir del hospital y se quedó detrás de la hoja de la puerta.

Poco después, oyó el griterío de los hombres que subían por el camino de Santa Creu. Vio a los escultores, que entraban en el patio, ataban las mulas y montaban los caballos ensillados. Tenía que apresurarse si quería seguirlos, porque ya desfilaban en dirección al camino. Pasó por debajo del alero del muro y entró en las caballerizas. Robaría un caballo. El establo estaba en calma, Aimeric se había marchado a casa y no quedaba nadie.

Cuando iba a escoger un palafrén, *Blancard* relinchó.

—¿Por qué no me has esperado?

La voz de Sebastià le hizo girarse repentinamente. Su tutor caminaba deprisa, a pesar de la pierna mala.

—Toma. —Se sacó un rollo de pergamino de la manga de la camisa y lo puso en sus manos—. El abad ha firmado tu célula de manumisión de la servidumbre; ahora puedes pasar a servir al escultor, quizás él te libere.

Muchos siervos debían conformarse con una manumisión; pasaban a servir a otro señor, que pagaba por obtenerlos.

—¿Cómo lo has conseguido?

—No importa.

No poseía bienes muebles y había pagado la manumisión con el mantenimiento que le correspondía como hospedero. Durante tres años renunciaría a cualquier compensación por los servicios prestados al monasterio; el abad, por su parte, había ratificado el compromiso de defender al hijo de Guisla.

El Pájaro miró el rollo con incredulidad. Una alegría desbordante comenzó a galopar en su interior.

—¡Vete! ¿Qué esperas? Aún estás a tiempo de alcanzar a la comitiva; coge un buen asno y márchate.

Durante un breve espacio de tiempo se quedaron paralizados, sin saber qué decirse, mientras el viento exterior traía voces de hombres y relinchos de caballo.

Sebastià rompió el silencio.

—Vete, ¿oyes? —dijo con voz enronquecida—. ¡Lárgate!

No dijo nada de lo que habría sido necesario. «No olvides que la vida es más grande que tus miedos y tu fuerza es mayor que tus dudas. La suma de lo que haces al cabo del día te hará buen o mal caballero. Ojalá encuentres la llave que abre la puerta del cielo, allí donde moros y cristianos pueden vivir en paz... El infierno es una prisión sin amor; cuando conoces la ternura de unos brazos ya no hay marcha atrás, es tan grande el gozo que sientes que quisieras vivir para siempre allí.»

El Pájaro abrazó aquel cuerpo fornido que retrocedía, huraño, como si le angustiase demostrar afecto.

Sebastià se retiró en silencio. No habría sabido explicar la emoción que le desgarraba el pecho. Sólo dijo con voz ruda:

—Si las cosas no van bien, vuelve.

El Pájaro saltó a lomos de un asno y salió del establo.

Sebastià lo vio marcharse y un regusto agrio de ternura y dolor le subió a la boca. Una voz áspera y punzante lo atrapó con cavilaciones. «Hay demasiada pasión en los hombres, demasiado deseo de venganza. Si miramos dentro del corazón sólo encontramos excesos; ¿por qué esperamos que el mundo nos dé algo diferente? Vivimos una milicia de días sin reposo —se dijo—, y la religión no sirve de nada si abandonamos los actos nobles.»

De pie, solitario como un lobo, saludó al hijo que lo abandonaba. Murmuró:

—Suerte.

Cuando ya estaba lejos, el Pájaro echó la vista atrás. Sebastià había ido hasta la explanada. Estaba allí arriba, quieto como un árbol y todo él resplandecía; desprendía una llama que atrapaba el aire de alrededor. Sintió que los ojos se le anegaban. Aquel hombre le había enseñado a valerse por sí mismo, a combatir y defender los valores de un caballero.

Pronto se adentraría en un mundo desconocido, siguiendo al maestro escultor, detrás de la chica que le había robado el corazón.

Consiguió atrapar a la comitiva por el costado derecho, a la altura de la última mula. Arnau de Elna había detenido el caballo a medio camino para controlar la marcha de las cargas. Lo vio y no hizo ningún gesto de rechazo, como si ya estuviera previsto que él formara parte de aquella cuadrilla de hombres.

El camino sería largo, territorios hostiles, ríos infranqueables, bandidos y salteadores de caminos, pueblos y gentes que hablarían lenguas extrañas, villas esplendorosas que le recordarían las de su tierra. Por primera vez en la vida, mientras bajaba por la montaña siguiendo la hilera itinerante, Blai se sintió libre como un milano. Tocaba el cielo prometido con los dedos; acababa de obtenerlo.

Capítulo 54

Fin del año jubilar

Todo lo que el abad Berenguer más preciaba se cumplió durante la celebración del Jubileo. El conde Alfonso de Barcelona, acatando las últimas voluntades de su padre difunto, Ramon Borrell, había hecho llegar al monasterio una considerable suma de dinero.

El abad salió vencedor de un gran combate contra sus adversarios. La enemistad con Hug de Empúries ya era agua pasada; el conde acababa de firmar un documento donde prometía no cometer ni dejar cometer acciones violentas contra el monasterio ni sus súbditos y se comprometía a una tregua con los Rocabertí.

Con el paso de los meses, el monasterio había vuelto a la calma, al *ora et labora* habitual que rige cualquier casa benedictina. Pero, no obstante, a finales del verano, cuando los lagares ya estaban llenos de uva y reinaba la vida monótona de siempre, el abad sufrió un imprevisto.

Las postrimerías de agosto se habían hecho anunciar de la manera que solían, con un fuerte viento proveniente de las tierras septentrionales, los países francos del norte.

Durante cinco días sopló la tramontana. Por la noche, las alas de aquel viento ario provocaron corrientes gélidas en el interior del edificio monacal. Las ráfagas barrían el claustro y penetraban en la iglesia con un silbido obstinado que resonaba en los huecos del deambulatorio y de los ábsides. Los monjes lo aceptaron como un hecho que no podía evitarse; sabían que, cuando la tramontana se hace fuerte, se transforma en un demonio que cabalga el aire. Y se protegían a su manera, dormían en la celda común con una manta de lana gruesa.

Una de aquellas noches, dos hombres se encontraron en el exterior del edificio monacal, dentro del recinto amurallado, desafiando el flagelo del viento. Habían recorrido la sala capitular, bajado por la escalera de patio y ya estaban en el camino de ronda que seguía el muro de protección por el lado del mar. Continuaron por el pasillo estrecho que circundaba el perímetro interior de la muralla hasta llegar a un punto donde el circuito se ensanchaba considerablemente, y se detuvieron allí. En aquel lugar estaban los restos de unas ruinas antiguas del tiempo de los romanos, de las cuales sólo quedaban rastros de los cimientos. A partir de ahí, el camino de ronda volvía a estrecharse e iba a morir en el espacio del huerto monacal.

—Tratemos de no hacer ruido —murmuró el abad.

Fray Gausbert asintió e, inmediatamente, volvió a asegurar el hatillo que llevaba bajo el brazo derecho y la azada que le colgaba del cinto.

El viento multiplicaba el eco de los sonidos; el dormitorio de los monjes quedaba unos brazos más al norte, un piso por encima de ellos.

Caminaron entre los vestigios hasta llegar a un pozo seco que estaba tapiado con tablones de madera y recubierto por un túmulo de piedra y una cruz, a la manera como se levantan los mojones que bendicen los caminos.

—Debemos contar los pasos desde aquí hasta el lugar donde cavaremos —la voz sigilosa del abad resonó en medio del jaleo del viento.

Quería ocultar para siempre los secretos mejor guardados del monasterio. Habría esperado para enterrarlos a que acabara el año, pero lo que había sucedido aquella tarde lo convenció de lo contrario. Finalmente había tomado una decisión irrevocable.

Después del toque de vísperas, fray Gausbert había comparecido de manera apresurada en su cuarto.

—Padre abad, he encontrado un rollo en el mostrador del

locutorio. No sé quién lo ha dejado, pero va dirigido a vuestro nombre.

Con un estilete de hoja fina arrancó el sello de lacre; desplegó el rollo y leyó en silencio, sin saber qué podía esperar de un pergamino anónimo.

«Sabemos que poseéis un documento que demuestra la falsedad de reliquias que se han hecho pasar por auténticas, entre ellas las del apóstol Pedro que están en el Vaticano. Procurad destruirlo si no queréis que el obispo se entere, ordene inspeccionar vuestra casa y os repruebe por haber puesto en peligro la reputación de la Santa Iglesia y probablemente la de vuestro monasterio.»

—Quien nos lo envía no es cualquiera —murmuró sin aclarar el asunto que trataba el escrito delante de fray Gausbert—. Es alguien que puede comprar pergaminos de cordero de buena calidad y tiene tinta a su alcance.

«¿No es posible tener reposo, Señor? —se dijo—. Alguien nos ha descubierto… ¿Quién sabe si el corrupto de Damià de Armentera ha hablado más de la cuenta? Es muy capaz, ese
usurpador. ¿O quién sabe si es alguien que conocía al monje normando y que ha sabido de su muerte?»

—Gausbert, el honor de nuestro monasterio está en peligro —dijo para aclarar las dudas de su mayordomo, que no sabía a qué atenerse.

Fray Gausbert se había quedado boquiabierto, ajeno a razones que apenas podía imaginar.

—Hermano —dijo el abad—, ya sabéis que merecéis mi confianza, sois un hombre discreto y juicioso y estoy seguro de que nunca revelaréis nada de lo que os pueda contar… Pero os quiero pedir un favor.

Un aire de preocupación apareció en el rostro del monje camarero; no obstante, hizo un gesto de asentimiento.

—Debo ocultar algo de valor y vos me ayudaréis.

Podía haber mantenido el silencio y evitar las preguntas del hermano, pero un hombre solo que guarda un secreto es como un membrillo que no se aprovecha y se acaba pudriendo. Por eso había decidido compartir al fin el peso de su carga.

—Debéis saber, Gausbert, que poseemos un documento que nos compromete. —Hizo una pausa y se aclaró la garganta—. De hecho, testimonia que las reliquias de san Pedro que guarda el Vaticano son falsas.

La expresión del mayordomo se perturbó.

—Hace tiempo que el Pontífice pidió a dos prelados de confianza —prosiguió el abad—, entre ellos un ex cardenal normando, que abrieran la tumba del apóstol y comprobaran si contenía las reliquias auténticas, pero encontraron la tumba vacía.

La explicación detallada de los acontecimientos hizo reaccionar al monje.

—¡No puede ser!

—El documento es auténtico, Gausbert, y no creo que quien escribiera la carta, que entonces era cardenal, estuviera interesado en mentir, no ganaba nada —continuó el abad—. El Pontífice hizo registrar toda la necrópolis que hay en los sótanos del Vaticano y, como no encontraron los despojos, ordenó que todo quedara en secreto y que la tumba fuera sellada y expuesta a la veneración de los peregrinos.

—¿Estáis diciendo que el Pontífice ha consentido el engaño?

—Según dice el ex cardenal, así es.

—¿Y las reliquias que tenemos nosotros?

—Quizá sean parte del cuerpo del apóstol y fueran trasladadas a nuestra montaña en tiempos del emperador Focías, tal como dicen los documentos que conservamos en nuestro escritorio... —dudó, como si lo que iba a decir le pesara en la conciencia—. O bien son falsas.

—¡Lo que decís es muy grave!

—Aún hay otra cosa, Gausbert. Es probable que las reliquias de Santiago que reposan en Compostela no sean auténticas; el documento sostiene que el Vaticano sólo conoce los viajes de san Pablo a Tarragona, no existe ni un solo documento que testimonie el viaje de Santiago a Hispania; nada, absolutamente nada.

Meses atrás el propio abad había insinuado aquella posibilidad al canónigo de la catedral de Compostela, pero el prelado lo negó con rotundidad. Incluso se había alterado. ¿Acaso insinuaba que sus antecesores habían cometido engaño? ¿Hablaba de una burla? En todo caso, no podían invitar a que se dudara de las reliquias santas.

Berenguer lo había llevado en silencio, sabiendo que aquel

tesoro era el principal motivo de sostén de muchos monasterios. No dijo lo que pensaba, Dios no podía ser reducido a los objetos sagrados, eso era idolatría, pero calló para no ser acusado de decir las mismas cosas que los albigenses.

El rostro de fray Gausbert sólo reflejaba perplejidad. El monje había roto los pensamientos del abad:

—¿Por qué no habéis destruido el documento?

—Nos protege, hermano... Si el Pontífice nos niega alguna vez el Jubileo podemos hacernos fuertes y cambiar el apoyo papal por nuestro silencio; el Vaticano nunca querrá que eso se divulgue.

—Jugáis con fuego.

—La verdad es que no podemos arriesgarnos a perder a los fieles, somos responsables de conducir al rebaño.

—Padre Berenguer, lo único que puede hacer perder la fe a la gente del pueblo es el hambre —objetó fray Gausbert—; muchos campesinos viven en la miseria.

—¿Qué insinuáis?

—Este año podríais ordenar la redención de una parte del diezmo a los que demuestren que no pueden pagar.

—¿Y de qué viviremos?

—Nuestro deber es aceptar el rigor de la regla monástica.

—La iglesia está hecha por hombres, Gausbert, y los hombres son imperfectos... Es preciso aceptar el mal para conseguir un bien mayor. Sin el mal no tomaríamos conciencia del bien; si no hubiera noche, no conoceríamos el día ni sabríamos el valor que tiene la luz. Traedme el arca de plata que guardamos en el oratorio —ordenó.

Instantes más tarde se despidió de la carta de Norbert. Antes volvió a examinar aquel símbolo misterioso que no había sido capaz de descifrar en todos aquellos años. Mientras seguía con la punta del índice el octógono perfecto, los tres círculos y la inscripción que contenían, sintió un inesperado calor en la coronilla, un hálito ardiente y suave que parecía provenir del cielo y se le colaba por la abertura craneal. Se estremeció y pronunció en voz alta:

—Ave María.

Aquel nombre tenía el poder de la maternidad. ¿No había dicho eso aquel monje normando?

«Quizá estemos equivocados y no hayamos entendido el mensaje de Jesús —se dijo—. ¿Y si fuera verdad lo que dicen los buenos hombres, que el Hijo de Dios se unió con una mujer para encontrar la unidad? O quizá todo está escrito en lenguaje críptico y las llaves de san Pedro representen los contrarios que se deben unir en el hombre.»

Enseguida se arrepintió de haber dudado. Estrechó contra el pecho la cruz que llevaba colgada a la altura del corazón. «Señor, libérame de la tentación de la duda.» Poco después se dirigió al escritorio. Consultó la cartografía antigua de Rodes y el plano de la construcción del primer monasterio. Por el lado del mar figuraban las ruinas de un templo pagano. «Es un buen lugar», se dijo. Había que ocultar la carta de Norbert tanto tiempo como fuera necesario.

Ahora, en plena noche, él y fray Gausbert estaban a punto de poner a resguardo el documento. Actuaban amparados por la oscuridad nocturna, bajo la luz relampagueante de las estrellas de invierno.

—Cavad —señaló una zona de tierra blanda donde sobresalían piedras de la antigua edificación romana. Más allá, todo era peñascal; una enorme mole de roca viva—. Aquí reposará seguro; nuestro monasterio no puede perder la grandeza que siempre ha tenido... Al fin y al cabo, lo que salva a los peregrinos es la fe.

Al instante, un pensamiento siniestro se apoderó del abad: «No quiero creer que todo lo que veneramos sea mentira. Si fuera así, perderíamos el honor y el nombre de esta santa sede». Se asustó y se persignó tres veces. «Dios Padre Omnipotente, bendice este lugar y la decisión que hemos tomado.»

El golpeteo de la azada sobre la tierra arcillosa lo sumió en un estado de ausencia. La tramontana batía la montaña y, antes de hundirse en el mar, se colaba en las cuevas con un eco ensordecedor, como si quisiera arrancarlas.

Un escalofrío le heló la nuca. Sintió la fuerza desatada de la tramontana, la brutalidad y la grandeza de aquel lugar que tantas veces le había parecido el paraíso. Tal vez el cielo prometido, el tesoro que buscaban los peregrinos, estaba en el corazón del hombre.

Levantó la mano, como si quisiera aplacar la violencia del

viento y, en ese momento, una racha lo empujó y le habría hecho perder el equilibrio si no hubiera estado apoyado en el bastón.

Vio que Fray Gausbert seguía cavando, ajeno a los pensamientos que lo atormentaban a él.

Justo entonces, un puente invisible lo transportó hacia un tiempo desconocido. Pasarían los años, él ya estaría muerto y el monasterio aún viviría para desafiar el paso vertiginoso del tiempo. No podía imaginar que los monjes abandonaran jamás aquel titán de roca; a pesar de las debilidades de los hombres, confiaba en las fuerzas providenciales.

El embate de la tramontana solamente lo haría temblar. En los años venideros, coronaría aún la montaña, conocedor del secreto de la inmortalidad que palpita en las piedras. Y seguiría allí para restaurar su memoria.

Apunte histórico

Esta novela es el resultado de unos cuantos años de investigación, de documentación y de escritura continuada. Durante este período he debido enfrentarme a un auténtico laberinto de datos históricos, genealogías y cronologías. Incluso he llegado a dormir en el monasterio; lo he recorrido durante la noche, a la luz de una linterna de bolsillo y, en las tinieblas, he comprobado la acústica de la cúpula, que me ha devuelto con nitidez las notas del *Ave María* de Schubert.

La historia de Sant Pere de Rodes es larga y tuvo diversos momentos de esplendor y decadencia. Entre los primeros, cabe destacar la época de Tassi y de su hijo, el abad Hildesind (siglo X), que convirtió en abadía el antiguo monasterio, y el momento que relata esta historia, durante la segunda mitad del siglo XII, cuando el Maestro de Cabestany esculpió una gran portada de mármol de la cual sólo se conservan algunos fragmentos.

La decadencia fue larga. Las guerras y las dificultades para sobrevivir en la montaña obligaron a los monjes a abandonar el monasterio a finales del siglo XVIII, para ir primero a Vila-sacra y después a Figueres.

La investigación histórica confirma que, desde tiempos antiguos, el monasterio fue un centro de peregrinación importante. Según la historiadora Sònia Masmartí i Recasens, «la leyenda de las reliquias de san Pedro Apóstol pudo originarse a partir de finales del siglo XI y tanto puede ser anterior como contemporánea de la del apóstol Santiago de Galicia».

Por lo que se refiere a las reliquias, existe un documento del siglo XV en el archivo de Sant Pere de Rodes que las detalla con exactitud. Es preciso tener en cuenta que la veracidad de las reliquias es una conjetura imposible de ser probada. La afirmación de que poseían la cabeza y el brazo derecho del apóstol Pedro entraría en contradicción con el Vaticano, que siempre ha dicho tener en su poder los restos del apóstol, a pesar de las dudas que han envuelto esta cuestión.

Sea como fuere, las reliquias tenían un papel fundamental en una sociedad a la que aterrorizaba el más allá y confiaba en salvarse a través de la adoración de los santos.

El viaje de salvaguardia del relicario que relato es ficticio, si bien es cierto que los viajes que se realizaban en la época permiten la novelización ya que, con frecuencia, peregrinos y guerreros protagonizaban periplos heroicos que hoy en día nos pueden parecer irreales.

Se sabe que la bula papal o carta pontificia que el papa Urbano II otorgó a la abadía en el año 1088 existía en el siglo XIV, pero no es seguro que fuera auténtica. Sin embargo, este hecho corroboraría la importancia de la peregrinación.

Todas las referencias a personajes históricos son auténticas y he aprovechado también el nombre de algunos de los monjes que vivieron en el monasterio durante la época que relato.

He consultado la bibliografía existente sobre la figura del Maestro de Cabestany y he tenido en cuenta el largo recorrido artístico de este maestro escultor a través de Occitania y de Italia, y el hecho de que trabajara con un grupo de escultores roselloneses. Con relación a la portada de mármol del monasterio de Rodes, me he basado en el estudio de Jaime Barrachina Navarro, *Las portadas de la iglesia de Sant Pere de Rodes*.

El archivo del monasterio fue destruido en buena parte durante las guerras contra los franceses en los siglos XVII y XVIII, juntamente con los pergaminos y manuscritos de la biblioteca. Pero se conserva la Biblia de Rodes, que se encuentra en la Biblioteca Nacional de París bajo el título de *Bible de Noailles*, y actualmente existe un facsímil de este códice en la Biblioteca de Port de la Selva, gracias a una iniciativa para la recuperación del patrimonio cultural del Ayuntamiento de esta población.

En lo que se refiere a la historia del monasterio, me baso en la bibliografía existente sobre Sant Pere de Rodes y he contado con la ayuda de Sònia Masmartí i Requesens, que me ha facilitado documentación diversa y los artículos contenidos en su estudio *«Sant Pere de Rodes com a lloc de pelegrinatge»*.

Las disputas de poder entre los vizcondes de Peralada, los condes de Empúries y los abades del monasterio están detalladas en un tratado histórico patrocinado por los vizcondes de Peralada en tiempos de Felipe III, donde se hace referencia a los tiempos pasados y a los enfrentamientos armados entre Peralada y Empúries, a los cuales se sumó el conde de Barcelona Ramon Berenguer III durante el período que se sitúa en torno a 1160. Se sabe que las hostilidades protagonizadas por estos condes ocasionaron destrozos en el monasterio y que el vizconde de Peralada restauró la iglesia, hecho por el cual obtuvo del papa Alejandro III el patronato de dicha iglesia y monasterio el 26 de marzo de 1163.

En los archivos de Castelló de Empúries he encontrado información suficiente como para poder construir la historia condal, y la biblioteca de Peralada me ha suministrado también información sobre la estirpe de los Rocabertí, vizcondes de Peralada.

También está documentado el hecho de que el conde Ramon Berenguer IV dejó al monasterio una importante suma económica en testamento en 1162 para reparar los destrozos ocasionados por sus tropas en el pasado.

Las referencias a los cátaros o albigenses corresponden a la época narrada. Los cátaros conformaban una corriente del cristianismo que propugnaba la vuelta a la pobreza evangélica. Fue calificado de herejía por la Iglesia de Roma, que la vio como una amenaza a partir de la segunda mitad del siglo XII y promulgó finalmente una cruzada para combatirla (1209). Según Anne Brenon, especialista en el tema, sus fieles recibían el nombre de albigenses, por identificación con los habitantes de la ciudad de Albí. Por tanto, me refiero a ellos siempre como albigenses o buenos hombres.

La existencia de la Encomienda del Temple de Castelló de Empúries consta en diversos artículos publicados por el Institut d'Estudis Empordanesos.

En la novela hay episodios que pueden parecer inverosímiles, pero que tienen una base histórica: la existencia de un templo de Venus que los antiguos historiadores sitúan al noroeste de la costa de Hispania, la procesión de la tramontana, que aún hoy se celebra, el descubrimiento de una mina que podría haber comunicado el monasterio con el castillo de Sant Salvador o el pueblo de la Selva y la cueva donde vivió san Pablo de Narbona. Finalmente, la leyenda de los tres monjes forma parte de la tradición del monasterio y ha hecho verter mucha tinta.

Quiero dejar constancia aquí de que las referencias al camino de Santiago de Compostela se basan en aspectos históricos verídicos, aunque formen parte de la ficción; por tanto, que nadie vea en ellas otra intención que la del juego literario. Yo misma he recorrido parte del camino y respeto el valor que tiene para muchos peregrinos.

Cierro esta nota que, de otra manera, sería inacabable. Sólo me queda decir que he tratado de escribir una novela documentada, entretenida y asequible. Esto es lo que he pretendido, pero seréis vosotros, lectores, quienes la calificaréis.

[illegible]rafía

[illegible] Barcelona [illegible]

[illegible] Barcelona, [illegible]

[illegible] de Aragón [illegible]

[illegible] Nationale Française [illegible] Biblioteca del [illegible] de la [illegible]

[illegible]

[illegible] Barcelona [illegible]

[illegible] tomo [illegible] Ediciones Zodiaque [illegible]

[illegible] Lozano Millán, Guía del peregrino [illegible]

Bibliografía

Abadal i de Vinyals, Ramón d', *Els primes comtes catalans,* Vicens Vives, Barcelona, 1983.

Antoni Pladevall y F. Català Roca, *Els monestirs catalans,* Destino, Barcelona, 1970.

Badia-Homs, Joan, *Monestir de Sant Pere de Roda. Guia històrica i arquitectònica,* Generalitat de Catalunya, Barcelona, 2002.

Biblia de Rodes, Bibliothèque National Française de Recherche. Facsímil de la Biblia de Rodes, Biblioteca del Port de la Selva.

Bolòs, Jordi, *La vida quotidiana a Catalunya,* Ed. 62, Barcelona, 2000.

—. *Catalunya medieval: una aproximació al territori i a la societat de l'Edat Mitjana,* Pòrtic, Barcelona, 2000.

Bonnery, André; Burrini, Marco; Lorés, Immaculada, *Le maître de Cabestany,* Éditions Zodiaque, Lauragaig, 2000.

Bravo Lozano, Millán, *Guía del peregrino medieval* o *Codex*

Calixtinus, Sahún, 1997, Centro de estudios de Santiago de Compostela.

Brennon, Anne, *El veritable rostre dels càtars*, Proa, Barcelona, 1990.

Català i Roca, Pere, *Llegendes cavalleresques de Catalunya*, Rafael Dalmau, Barcelona, 1986.

D'Abadal i de Vinyals, Ramon, *Els primers comtes catalans*, Vicens Vives, Barcelona, 1983.

De Fluvià, Armand, *Els primitius comtats i vescomtats de Catalunya*, Enciclopèdia Catalana, Barcelona, 1989.

Del rebost a la taula, Electa, Museu d'Història de la Ciutat, Barcelona, 1994.

Del Campo i Jordà, Ferran, *88 guaites dels castlans de l'Alt Empordà*, Guies del patrimoni comarcal, Carles Vallès, editor, Olot, 1989.

Del Campo i Jordà, Ferran, *El Castell de Requesens*, Brau, 1993.

Dromendrari, Joseph. *Árbol genealógico de la casa de los vizcondes de Rocabertí, por la Gracia de Dios, Condes de Peralada*, Génova, 1676.

Fernández Arenas, José, *Elementos simbólicos de la peregrinación Jacobea*, Edilesa Ensayo, León, 1998.

Font, Pere Lluís, *Història del pensament cristià*, Proa, Barcelona, 2002.

Guía práctica de la cantería, Escuela taller de restauración centro histórico de León, León, 1993.

Gifre, Pere, *Història de l'Alt Empordà*, Diputació de Girona, 1999.

La fortuna d'unes obres, Sant Pere de Rodes, del monestir al museu, Quaderns del Museu Frederic Marès, Barcelona, 2006.

Le Goff, Jacques, *Los intelectuales en la Edad Media.* Gedisa, Barcelona, 1986.

—. *Lo maravilloso y lo cotidiano en el occidente medieval,* Gedisa, Barcelona, 1999.

Lorés, Immaculada, *El monestir de Sant Pere de Rodes,* Ed. Universitat de Barcelona, 2002.

Pujol i Hamelink, Marcel, *Història dels estanys de Castelló. Parc Natural dels Aiguamolls de l'Empordà.* Roses, enero de 1994.

Mayer, Agustín, *Historia y teología de la penitencia,* Herder, Barcelona, 1961.

Mieres, Tomàs, *Costums de Girona,* colección Documents, edición crítica de Antonio Cobos Fajardo. CCG edicions.

Padern, Joan; Padrosa, Inés; y Padrosa, Miquel, *Peralada, talaia entre l'Albera i el mar. Guies de patrimoni local,* Diputació de Girona, 2007.

Padrosa, Inés, *Catàleg dels manuscrits llatins de la Biblioteca del Palau de Peralada,* Annals de l'Institut d'Estudis Empordanesos, Girona, 1999.

Pella i Forgas, Josep, *Historia del Ampurdán,* Luis Tasso impresor, Barcelona, 1883.

Pendàs García, Maribel, *La vida quotidiana a l'Etat Mitjana a través de l'art,* Vicens Vives, Barcelona, 2000.

Pladevall, Antoni, *Història de l'església a Catalunya,* Claret, Barcelona, 1989.

Puente, Juan Luis, *Firmado en la piedra por los maestros canteros medievales*, Edilesa, León, 2004.

Pujol i Canelles, Miquel, *Els templers a l'Empordà. La Comanda del Temple de Castelló de Empúries*, en Separates dels Annals de l'Institut d'Estudis Empordanesos, Figueres, 1984.

Sánchez González, Antonio, *El archivo del condado de Ampurias*, Columna-Pont de Pedra, Girona, 1993.

Sobrequés i Callicó, Jaume, *Història de Barcelona*, vol. II, Enciclopèdia Catalana y Ajuntament de Barcelona, 1991-2001.

Sureda, Joan, *Història Universal de l'art*, vol. 4, L'Art Romànic, Planeta, Barcelona, 1988.

Temps de monestirs, Museu d'Història de Catalunya, Pòrtic, Barcelona, 1999.

Vilar, Pierre, *Història de Catalunya*, Edicions 62, Barcelona, 1987-1990.

Glosario

alodio: bien inmueble o propiedad que quedaba libre de tributos y deberes feudales.

alquerque: juego con fichas de origen árabe, conocido también como tres en raya, que se jugaba en un tablero de cinco casillas por cinco.

bonete: sombrero.

borceguíes: calzado que llega hasta más arriba del tobillo, ajustado con cordones, para caminar o para trabajar.

brial: vestido o túnica larga hasta los pies. Las damas llevaban un brial de mangas estrechas, abierto en el cuello y ajustado con un broche.

buriel: lana gruesa y basta de color gris oscuro.

cota: túnica. Los guerreros llevaban cotas de mallas para protegerse el cuerpo.

escabel: taburete bajo.

jubileo: fiesta que inicia el año jubilar, en que se otorgan perdones especiales a los peregrinos. En Rodes se celebraba cada siete años, cuando la fiesta de la Santa Cruz caía en viernes. Los peregrinos podían conseguir gracias y prerrogativas idénticas a las que habrían recibido viajando a San Pedro de Roma.

primicias: los primeros frutos.

redil: terreno cerrado y parcialmente cubierto, más o menos alejado de una casa de labranza.

refectorio: comedor de una comunidad religiosa.

sarga: tejido de ligados de hilo de curso cuadrado, con puntos de cruce y pasadas que forman unos ribetes dispuestos oblicuamente.

sayal: vestido amplio hasta los pies.

tederos: parrillas de hierro donde ardían las teas o astillas de madera que servían para iluminar el exterior.

Agradecimientos

A Jordi Llavina y a todos los buenos amigos y lectores críticos.
A Ainaud de Lasarte, que me explicó la simbología de la barca mística.
A Jordi Planellas.

Por haberme abierto puertas y dejarme libros sin fecha de devolución:

Al director del Museo de Empúries, Xavier Aquilué.
A los amigos de la Biblioteca Fages de Climent de Figueres y a la bibliotecaria Lluïsa Vidal.
Al padre Josep Taberner.
A la Biblioteca del Port de la Selva y a la bibliotecaria Isabel Buscató.
A Inés Padrosa Gorgot, investigadora y responsable de la Biblioteca Palau de Peralada.
A la archivera Marisa Roig del Arxiu Municipal de Castelló de Empúries.
Al archivero de Llançà, Joan Serra.
A Èrika Serna, archivera del ACAE (Arxiu Comarcal de l'Alt Empordà de Figueres).
Al pintor Ricard Anson, por el tiempo que me ha dedicado.
A los monjes de Montserrat, especialmente al padre Roure y al padre Pius Tragan, que me abrieron las puertas de la biblioteca de la abadía.
Al marmolista Joaquim Caselles, por haberme mostrado los secretos del mármol.

[illegible]

[illegible]

[illegible]

[illegible]

[illegible]

[illegible]

[illegible]

[illegible]

[illegible]

[illegible]

[illegible]

Este libro utiliza el tipo Aldus, que toma su nombre
del vanguardista impresor del Renacimiento
italiano Aldus Manutius. Hermann Zapf
diseñó el tipo Aldus para la imprenta
Stempel en 1954, como una réplica
más ligera y elegante del
popular tipo
Palatino

***

**

*

Tras los muros se acabó de imprimir
en un día de primavera de 2010,
en los talleres de Brosmac,
carretera Villaviciosa de Odón
(Madrid)

***

**

*